Le dernier bal des débutantes

Éditions Eyrolles
61, bd Saint-Germain
75005 Paris
www.editions-eyrolles.com

Traducteur : Laurent Barucq
Éditrice externe : Agnès Marot
Titre original : *The Last Dance of the Debutante*

Depuis 1925, les éditions Eyrolles s'engagent en proposant des livres pour comprendre le monde, transmettre les savoirs et cultiver ses passions !

Pour continuer à accompagner toutes les générations à venir, nous travaillons de manière responsable, dans le respect de l'environnement. Nos imprimeurs sont ainsi choisis avec la plus grande attention, afin que nos ouvrages soient imprimés sur du papier issu de forêts gérées durablement. Nous veillons également à limiter le transport en privilégiant des imprimeurs locaux. Ainsi, 89 % de nos impressions se font en Europe, dont plus de la moitié en France.

This edition published by arrangement with the original publisher
Gallery Books, a Division of Simon & Schuster, Inc., New York.

ISBN : 978-2-416-01133-7

Julia Kelly

Le dernier bal des débutantes

Traduit de l'anglais (États-Unis) par Laurent Barucq

EYROLLES
Romans

Pour ma mère

Prologue

Hiver 1957

Lily sentit glisser le livre sur le dessus de la pile qu'elle portait, et elle serra le bras afin qu'il ne tombe pas sur le trottoir. Il bruinait, comme chaque fois que la fraîcheur de l'automne laissait place au froid hivernal londonien. Elle jeta un coup d'œil sur les livres. Elle aurait dû les ranger dans son cartable de cuir usé, mais celui-ci était trop plein, car il contenait déjà des exemplaires de *Quelle Époque !* de Trollope et *Les Temps difficiles* de Dickens, ainsi que ses cahiers de composition.

Une femme vêtue d'un impeccable costume jaune canari, les cheveux noués par une écharpe de soie chatoyante aux tons bleu et crème, dépassa Lily à la hâte. De l'autre côté de la rue, une nourrice s'arrêta pour houspiller son jeune protégé. Elle l'exhorta à remettre son bonnet afin qu'il n'attrape pas froid.

Ce n'était pas un quartier peuplé de femmes au foyer préparant le repas pour leurs maris ouvriers, ni de jeunes un peu bohèmes qui trouvaient parfaitement acceptable de prendre leur petit déjeuner en fin d'après-midi : Belgravia constituait un paisible sanctuaire pour les membres d'une élite qui, à cette heure-là, buvaient le thé dans des tasses en porcelaine tout en réfléchissant au dîner, au bal ou à la pièce de théâtre qui allait occuper leur soirée.

Lily quitta Pont Street pour prendre Cadogan Place, avec sa rangée de maisons blanches ornées de colonnes et de balcons, semblable à un gros gâteau d'anniversaire posé en face de Cadogan Place Park, oasis ceinte d'une clôture. À mi-chemin, elle s'arrêta, tira sur l'ourlet de sa veste d'écolière bleu marine et passa la main dans ses boucles blond clair. Cela ne servait à rien de vérifier : elle avait peigné ses cheveux dans les toilettes de l'Institut pour filles de Mrs Wodely avant de prendre le bus direction Hyde Park Corner, et ils étaient déjà parfaitement en place. Elle les avait attachés avec des épingles la veille au soir avant d'aller dormir, puis les avait brossés avec soin le matin même. Cela dit, il valait mieux ne rien laisser au hasard quand il s'agissait d'aller prendre le thé du mardi avec Grand-Maman.

Lily redressa les épaules, releva le menton, et tourna le gros bouton en cuivre de la vieille sonnette de sa grand-mère.

Un... deux... trois... quatre... cinq...

La lourde porte noire s'ouvrit en grinçant, et derrière elle apparut comme d'habitude la gouvernante de Grand-Maman, une femme sèche et soignée.

— Bonjour, Mrs Parker, dit Lily à la gouvernante, qui fit un pas en arrière pour la laisser entrer.

— Madame est dans le petit salon, répondit Mrs Parker, le visage toujours serein, dénué de toute expression.

Comme d'habitude.

Lily posa sa pile de livres sur la grande table ronde de l'entrée où se trouvait un vase en cristal contenant des fleurs, et tendit son cartable à Mrs Parker, impressionnée de voir que cette femme plutôt âgée ne flanchait pas sous le poids du sac. Une main sur la rampe cirée, Lily fit de son mieux pour gravir l'escalier en « flottant », comme sa grand-mère le lui avait montré de nombreuses fois.

— Une dame doit savoir se déplacer sans effort, Lillian, lui avait dit Grand-Maman en l'observant, assise sur une chaise que Mrs Parker avait apportée pour l'occasion au pied de l'escalier.

Lily se souvenait encore de la frustration qui était montée en elle comme de l'eau piégée derrière un barrage tandis qu'elle « flottait » de haut en bas et de bas en haut, encore et encore. Grand-Maman avait fini par dire : « On va considérer que c'est suffisant, j'imagine », pour indiquer à Lily que ce ne le serait jamais.

En haut des marches, Lily tourna à droite, toqua délicatement à la porte du salon et attendit.

— Entre, l'invita Grand-Maman d'une voix riche et mesurée.

Lily tourna la poignée de cuivre, poussa la lourde porte et…

Elle s'arrêta.

Tout dans la pièce était à sa place. Les cheveux de Grand-Maman étaient noués en un chignon bien serré, comme d'habitude, et pas un pli n'apparaissait sur sa robe vert émeraude aux manches longues et fines, cintrées aux poignets. Comme toujours, un plateau à thé en argent était posé à côté d'elle, les tasses de porcelaine prêtes à servir, ornées de roses pâles accentuées par des rubans turquoise et des bords festonnés d'or. Mais, au lieu du seul siège qui faisait d'ordinaire face à Grand-Maman, il y en avait deux.

— Maman ? s'étonna Lily. C'était le thé du mardi, pas le dîner du vendredi. Maman ne venait jamais prendre le thé avec elles. Celle-ci lui adressa un sourire timide, mais Lily voyait bien ses mains trembler sur ses genoux.

— Bonjour, Lillian. Ta mère va se joindre à nous aujourd'hui, dit Grand-Maman. Assieds-toi, s'il te plaît.

À pas prudents, Lily traversa la pièce jusqu'à sa chaise et s'assit comme on le lui avait appris. Les chevilles croisées d'un côté. Le dos droit. Les mains posées sur les genoux. Après une journée entière à l'école, il lui fallut faire preuve de la plus grande discipline pour ne pas s'avachir de fatigue.

— Ta mère est ici parce qu'il s'est passé quelque chose, dit Grand-Maman en plaçant le passe-thé en argent au-dessus de la première tasse afin de la remplir.

— Il est arrivé malheur à Joanna ? demanda Lily, incapable de s'en empêcher.

Maman se crispa, et les fines rides sur le front de Grand-Maman se creusèrent.

— On ne prononce pas le nom de cette femme dans cette maison, rappela-t-elle à Lily.

Maman se tordait les mains dans tous les sens, et Lily se sentit rougir de culpabilité. Elle savait bien qu'il ne fallait pas poser de questions sur sa grande sœur.

— Je suis désolée, dit-elle, en s'adressant surtout à sa mère. Racontez-moi ce qui s'est passé.

— Montre-lui, Josephine, dit Grand-Maman avec un bref hochement de tête à l'intention de sa belle-fille.

Maman fouilla dans son sac, posé sur la table près de sa chaise, et en sortit une enveloppe couleur ivoire. Elle allait l'ouvrir quand Grand-Maman lui dit :

— Laisse Lillian la lire elle-même.

Lily se saisit de l'enveloppe que lui tendait sa mère et lut l'adresse qui y figurait.

Mrs Michael Nicholls
17 Harley Gardens
Londres
SW10

Elle passa les doigts dans la fente laissée par le coupe-papier de sa mère et en sortit la carte.

Ses yeux s'écarquillèrent.

— Lis-la à haute voix, intima Grand-Maman, la satisfaction visible au coin des lèvres.

Elle déglutit et commença la lecture :

— « Le lord-chambellan est sommé par Sa Majesté de convier Mrs Michael Nicholls et Miss Lillian Nicholls à une réception de présentation à Buckingham Palace le mercredi 19 mars de 15 h 30 à 17 h 30. »

Maman se pencha en avant sur son siège.

— Tu vas être présentée à la cour, Lily.

Lily expulsa tout l'air de ses poumons en un grand souffle.

— Présentée ?

— Tout comme ta mère et moi-même avons été présentées, ainsi que toutes les femmes du côté de ton père, dit Grand-Maman.

— Ta tante Angelica aussi, ajouta Maman, le sourire tremblotant car elle se retenait de pleurer.

— Tu vas être une débutante, Lillian, conclut Grand-Maman. L'une des dernières.

— La reine a décidé que 1958 serait la dernière année des présentations, expliqua Maman.

— Une tradition vieille de plusieurs siècles qui disparaît, précisa Grand-Maman d'un ton dédaigneux.

C'était la chose la plus proche de la désapprobation que Lily avait jamais entendue dans la bouche de sa grand-mère au sujet de la reine.

Lily secoua la tête.

— Je savais que les dernières présentations auraient lieu l'année prochaine. Certaines filles de l'école ne parlent que de ça. Mais moi ? Une débutante ?

— Ça fait partie de ta lignée. C'est ce que font les femmes de la famille Nicholls, répondit Grand-Maman.

— Les femmes de la famille Bute également, rappela Maman à sa belle-mère. Angelica a téléphoné pour dire que Georgina avait elle aussi reçu son invitation aujourd'hui. Vous serez présentées toutes les deux, et vous ferez la saison ensemble.

Au moins, sa cousine serait à ses côtés, mais Lily hésitait encore. Elle ne s'attendait pas à devenir débutante : une telle aventure – non seulement la fête de présentation à la cour, mais aussi la saison en elle-même – nécessitait tout le soutien d'une famille conciliante.

— Qui va me présenter ? demanda-t-elle.

Maman déglutit, puis se redressa de quelques millimètres, la soie noire de sa plus belle robe de jour bruissant doucement.

— C'est moi. Tu es ma fille. C'est la moindre des choses.

Une fille ne pouvait être présentée à la reine que par une femme ayant elle-même été présentée. Pourtant Lily n'arrivait pas à imaginer Maman faisant la queue devant le palais avec les autres mères et les débutantes, étant donné l'étroitesse du cercle de gens que celle-ci fréquentait de son plein gré.

— Ta mère reconnaît qu'il est temps pour elle de réintégrer la société, précisa Grand-Maman comme si elle lisait dans les pensées de Lily. Michael est mort depuis suffisamment longtemps.

Les mains de Maman devinrent blanches aux articulations lorsqu'elle entendit le nom du défunt père de Lily. Cela faisait dix-huit ans qu'elle s'était enfermée dans une vie semirecluse. Qu'elle n'avait pas porté de vêtements de couleur en dehors de sa chambre à coucher. Lily n'avait jamais connu sa mère autrement que telle qu'elle était aujourd'hui.

« Elle a perdu son éclat le jour où elle est rentrée d'Amérique et où Michael n'était pas là pour l'accueillir au port. Je sais que son plus grand regret, c'est de n'avoir pas été présente quand il est mort, avait un jour dit tante Angelica, avant d'ajouter en vitesse : Bien sûr, tout cela n'est pas ta faute, ma chérie. Ni celle de ta sœur, d'ailleurs. Qui aurait pu prévoir lorsque Joanna est tombée malade que Michael le serait aussi ? »

Mais Lily se souvenait très bien de l'horrible sensation qui s'était emparée d'elle quand elle avait compris que, si c'était bien la maladie de Joanna qui avait poussé sa mère à partir pour l'Amérique, sa propre naissance l'avait forcée à rester là-bas.

— Ta mère t'accompagnera tout au long de la saison, et moi, bien entendu, je te guiderai et te soutiendrai à l'occasion des soirées les plus importantes, reprit Grand-Maman, ce qui ramena Lily à la réalité : le salon, le thé, l'invitation. As-tu des questions ?

Lily regarda sa mère puis sa grand-mère.

— Je suis obligée de devenir débutante ?

La tasse de thé de sa grand-mère cliqueta contre sa soucoupe.

— *Obligée ?* Sais-tu combien de milliers de filles ont postulé au palais pour obtenir une invitation ? J'ai écrit en personne au lord-chambellan pour être sûre de t'obtenir une place.

— Je suis sûre que Lily ne voulait pas paraître ingrate, intervint Maman en jetant à sa fille un regard inquiet.

Grand-Maman fixa Lily d'un œil sévère.

— J'espère bien, car c'est moi qui prends en charge le coût de la saison.

L'angoisse monta dans la gorge de Lily.

Encore une dépense.

Elle savait qu'elle devait se montrer reconnaissante envers Grand-Maman car, sans elle, Maman et elle n'habiteraient pas la maison de Harley Gardens, et Lily ne pourrait pas se permettre d'étudier chez Mrs Wodely. Elle n'aurait pas d'argent pour s'acheter des chaussures et des sacs à main – même si leur gouvernante, Hannah, lui avait appris depuis longtemps à découper un patron ou enfiler une machine à coudre.

Lily se souvenait très bien du temps où sa grand-mère n'avait pas encore débarqué dans leur vie pour jouer les bienfaitrices. Maman avait tout fait pour essayer de le lui cacher, mais, même quand elle avait douze ans, Lily savait que sa mère était désespérée. Alors, un samedi après-midi, Maman avait enfilé sa plus belle robe, laissé Lily auprès de Hannah, et était revenue quelques heures plus tard. Elle avait appelé sa fille dans le grand salon, qui ne servait que rarement, et lui avait annoncé qu'elle irait dans une nouvelle école – une école choisie par Grand-Maman.

Bien vite, elles eurent plus d'argent pour acheter de petites choses comme de nouveaux chapeaux ou des gants pour chaque saison, et Hannah allumait des feux de cheminée dans le petit et le grand salon, matin et soir – un luxe qu'elles ne se seraient pas permis auparavant. Mais il y eut d'autres changements. Chaque mardi après l'école, Lily devait se rendre chez Grand-Maman pour le thé, et, tous les vendredis, Maman les rejoignait pour le dîner. Sa mère avait essayé de rendre les choses amusantes – comme s'il s'agissait d'une aventure –, mais Lily avait perçu la tension dans sa voix et elle avait compris. Cette générosité avait un prix.

— Toutes mes excuses. Je suis vraiment reconnaissante de pouvoir vivre une saison, Grand-Maman, murmura-t-elle.

— Bien. Josephine, la première chose que tu devras faire demain sera de prendre rendez-vous chez Worth pour la robe de débutante de Lily. Elle est grande, mais je suis sûre qu'ils pourront arranger quelque chose de flatteur malgré tout, ordonna Grand-Maman.

Maman acquiesça, mais les lèvres de Lily s'entrouvrirent à l'idée du prix d'une robe dans la légendaire maison de haute couture.

— Je peux sûrement en coudre une moi-même, dit-elle.

— Coudre ta propre robe pour ton entrée dans le grand monde ? Je n'ai jamais entendu une chose pareille, railla Grand-Maman. Il faut aussi qu'on te trouve une tenue pour ta présentation, Lillian. C'est vraiment dommage qu'on ne porte plus de traînes ni de plumes à la cour. Les robes de jour et les chapeaux paraissent tellement minables en comparaison.

« Et puis il te faut une robe pour le bal de la reine Charlotte. Elle devra être blanche, bien sûr. Et au moins trois autres robes de soirée et quelques robes de cocktail. Oh, quelle corvée !

Lily se sentit prise de vertiges.

— J'ai pensé qu'on pourrait demander à Mrs Mincel de concevoir certaines des robes les plus simples, proposa Maman en parlant de sa propre couturière. Et puis, il y a toujours Harrods.

Grand-Maman fit la moue ; elle pensait sans doute à la grande époque durant laquelle elle avait fait son entrée dans le monde. Une débutante n'aurait jamais osé se présenter à un bal dans une robe achetée en grand magasin, même une enseigne aussi distinguée que Harrods.

— Angelica dit que toutes les débutantes vont chez Harrods de nos jours, insista Maman.

Grand-Maman baissa le menton, cédant en silence sur ce point précis.

— Il va falloir faire quelque chose pour tes cheveux, Lillian, reprit-elle finalement.

— Je peux l'emmener chez Mr Antoine, suggéra Maman.

Lily toucha ses cheveux, qui lui arrivaient aux épaules, horrifiée à l'idée de les confier au coiffeur de sa mère, lequel semblait spécialisé dans les boucles serrées qui ornaient la tête de bon nombre des mères de ses camarades de classe.

— Elle ira chez Mr Gerard. Il a un œil incomparable en matière d'élégance, et je vais chez lui depuis des années, répondit Grand-Maman.

Son ton laissait clairement entendre ce qu'elle pensait du travail de Mr Antoine.

— Pour les débuts de Lily, je pensais qu'on pourrait organiser un cocktail avec Georgina. C'est faisable pour deux cents livres, dit Maman.

— Il faut qu'elle organise un bal, rétorqua Grand-Maman.

— Oh, non, rebondit Lily un peu trop vite, attirant sur elle l'attention des deux générations de femmes. Je veux dire : je préférerais organiser un cocktail avec Georgie. Je ne connais pas beaucoup de filles à part mes amies de l'école.

Le visage de Grand-Maman s'adoucit devant sa détresse.

— Si c'est ce que tu veux, un cocktail dans un endroit convenable fera l'affaire. Le Dorchester, ou le Hyde Park Hotel, peut-être. Et je n'ai aucune objection à ce que tu reçoives avec ta cousine, Lillian. Georgina est une bonne fille.

Voilà qui la rassurerait, au moins. L'idée d'une soirée dédiée à elle seule lui paraissait la plus intimidante des fantaisies. Certaines filles aimaient se trouver au centre de l'attention, mais Lily n'avait jamais fêté ne serait-ce que son anniversaire.

— Les prochains mois seront cruciaux, et nous aurons toutes un rôle à jouer. Je vais commencer par écrire à mes amies et m'assurer d'autant d'invitations que je le peux. Josephine, pendant que Lily sera à Paris, tu devras aller déjeuner avec les autres mères et faire de même.

Comment pouvait-on demander à sa mère, qui vivait recluse, de replonger dans la grande société ? Et…

— Paris ? répéta Lily.

Elle venait de prendre conscience qu'on avait prononcé le nom de cette ville.

Grand-Maman inclina légèrement la tête.

— Oui, Paris. Il faut bien que tu ailles apprendre les bonnes manières.

— Mais je serai à l'école !

— Je crois que nous sommes toutes d'accord pour dire que l'institut de Mrs Wodely a largement rempli sa fonction.

— Que pourraient-ils t'enseigner de plus, Lily ? demanda Maman, sa douce voix l'implorant de ne pas perturber l'équilibre fragile des faveurs de sa grand-mère.

— L'année scolaire n'est pas terminée, protesta-t-elle faiblement.

— Sois sérieuse, Lillian. C'est cela (Grand-Maman fit un geste en direction de l'invitation que Lily avait posée sur la table) le plus important. Tu manques encore de savoir-vivre, et tu ne peux pas décemment survivre à une saison sans passer par l'école des bonnes manières.

Lily pressa une main contre sa poitrine pour essayer de ralentir son cœur qui battait la chamade. Il lui semblait important de finir l'année scolaire. Pour pouvoir se dire qu'elle était allée au bout. Qu'elle avait réussi quelque chose en entier, toute seule.

— Il *faut* que tu réussisses ta présentation et ta saison, et la seule façon d'y arriver, c'est de te préparer, insista Grand-Maman.

— Je croyais que c'était le but des leçons que tu me donnes tous les mardis ?

— Tes manières sont passables, mais ce n'est pas suffisant. Elles devront être impeccables. Toutes les jeunes filles ont besoin de passer par une école privée pour prendre des leçons de savoir-vivre, mais toi plus que les autres. Le malheur familial joue contre toi.

Sa famille. Sa mère, enfouie si intensément dans les profondeurs du deuil qu'elle n'en avait pas émergé depuis dix-huit ans. Sa sœur dont elle n'avait aucune nouvelle, une jeune fille fougueuse envoyée en Amérique, qui était revenue en Grande-Bretagne après la guerre et avait quitté les siens sans dire un mot.

— Il faut que tu sois *parfaite* cette saison, dit Grand-Maman. Tu as une chance de montrer que tu n'es pas comme ta sœur. Une chance de charmer un homme comme il faut, sans quoi tu n'auras plus beaucoup d'options pour trouver un mari.

— Un mari ? murmura-t-elle.

Lily ressentit soudain une compassion nouvelle pour les héroïnes de tous les romans du XIXe siècle qu'elle avait lus dans sa vie.

— Ou un gentil petit ami. Ça te plairait, n'est-ce pas ?

Maman lui adressa un léger sourire.

— C'est ce que font les femmes de notre classe sociale, Lillian. L'année qui arrive va déterminer tout le reste de ta vie, rappela Grand-Maman.

Lily se mordit la lèvre et acquiesça. En un après-midi, tout son monde avait radicalement changé. Elle écouta sa grand-mère parler de cours de danse et de révérence auprès de Mme Vacani, d'une école privée à Paris, du thé des débutantes, du bon moment pour rencontrer les autres filles avec lesquelles elle ferait ses débuts dans la société. Il y aurait des essayages et des rendez-vous chez le photographe. Rien de trop vulgaire, bien entendu, juste quelques portraits à paraître dans *The Sketch* au mois de mars, lorsque toutes les débutantes rivaliseraient pour publier leurs photos afin de s'assurer la première fournée d'invitations aux cocktails et aux bals.

Quand Grand-Maman les laissa partir, Maman et elle, Lily avait du mal à réfléchir à cause de toutes ces instructions.

Comme Lily était avec sa mère, Mrs Parker leur avait appelé un taxi pour rentrer à Chelsea, au lieu du bus qu'elle prenait d'habitude. Lorsqu'elles tournèrent sur Sloane Square, Maman prit la main de Lily. La douceur de ses gants de cuir était apaisante.

— Je sais que la perspective de devenir débutante doit te paraître étouffante, dit-elle. Mais tu vas le faire, n'est-ce pas ? Ça me ferait tant plaisir.

Si Lily avait encore quelques doutes sur le fait qu'elle serait vraiment débutante durant l'année à venir, cette phrase les repoussa au fin fond de sa tête. Elle ne pouvait pas dire non à sa mère. Elles avaient été seules pendant si longtemps, et pour la première fois depuis des années, Maman semblait déterminée à s'aventurer hors de la maison.

— Par quoi on commence ? demanda Lily.

Première partie

Les présentations

La fierté d'une famille

À chaque saison vient un moment, une fois les premières soirées passées, où il faut faire le point. Certaines débutantes qui paraissaient prometteuses avant leur présentation ont déjà fané, tandis que d'autres nous surprennent telles des fleurs qui peinent à naître au départ et éclosent d'un seul coup. C'est le moment où ces filles apparaissent sur le devant de la scène et nous montrent ce qu'il y a vraiment d'extraordinaire dans la saison : n'importe quelle débutante peut attirer notre attention si elle a le courage et la chance de son côté. Elle peut même devenir la fierté de sa famille, et prouver à tous qu'elle dispose de l'élégance, de la tenue et de la grâce de la débutante accomplie.

1

19 MARS 1958

QUATRE MOIS PLUS TARD

LILY SE BALANÇAIT D'UN PIED SUR L'AUTRE, en essayant de limiter le contact du cuir neuf sur ses talons. Elle tendit le cou et regarda d'un œil suspicieux la longue rangée de jupes de soie gonflées qui s'étendait devant elle.

— Arrête de gigoter, murmura Maman en lui donnant un coup de coude presque imperceptible.

Elle se redressa machinalement ; les mois de formation à Paris et à Londres avaient pris le dessus.

— On arrive presque au bout de la queue.

— Oh, quel vent !

Maman attrapa fermement le chapeau de feutre noir et la voilette qui coiffaient son élégante chevelure grisonnante, tandis que les autres femmes qui se tenaient devant la grille de fer de Buckingham Palace laissaient échapper des gloussements et des cris de surprise.

Lily vit, une demi-douzaine de filles plus loin, la bourrasque emporter le chapeau orné de pétales de la tête d'une débutante et l'envoyer valser sur Buckingham Gate. Elle porta une main compatissante à son propre chapeau, un bandeau de soie blanche paré de quelques plumes couleur crème qui se rejoignaient au sommet de son crâne – un achat économe, car il allait avec toutes les robes de jour dans la garde-robe de Lily, et pas uniquement avec sa tenue de présentation en moire rose pâle.

— N'aplatis pas tes cheveux, Lily, la réprimanda sa mère en jetant un œil sur les délicates boucles que Mr Gerard avait passé la matinée à mettre en place. Rappelle-toi : quand tu seras dans la salle de bal, tu devras rester assise jusqu'à ce qu'on t'appelle. Puis tu devras…

— Remettre la carte beige qui dit « À présenter au lord-chambellan ». Je sais, Maman.

— Tu te souviens de tout ce que Mme Vacani t'a enseigné ?

Comment oublier ? Les heures passées à apprendre les bonnes manières à l'Académie de danse Vacani de Knightsbridge resteraient gravées en elle à vie.

Le buste en avant. Descends en flottant. D'un pas assuré. Les yeux au sol. Redresse-toi. Et, pour l'amour du ciel, ne regarde pas la reine !

La queue devant elles avança à nouveau, laissant apparaître la porte du palais. Maman agrippa le bras de Lily juste au-dessus du poignet.

— Souviens-toi : c'est *important*, Lily. Pour ta grand-mère comme pour moi.

Ces derniers mois, on n'avait cessé de lui rabâcher que ce jour était important. Que tout reposait sur la réussite de sa saison. À chaque fois, elle s'asseyait calmement, les mains serrées le long du corps, et se forçait à ne pas hurler.

— S'il y a le moindre accroc – le moindre pas de travers –, tout le monde le saura et personne n'oubliera, l'avertit Maman.

Lily leva le menton en essayant de repousser le mélange de nervosité, d'excitation et de fatigue qui montait en elle. Elle *savait* que c'était important. Hier encore, Grand-Maman lui avait pris la main dans une rare démonstration d'affection et lui avait dit : « Tu n'es pas Joanna, mais tu vas porter le poids de ses erreurs. Tu n'auras qu'une seule chance d'être présentée. Ta fierté n'est pas la seule chose qui dépend d'une révérence parfaite. »

— Je n'oublierai pas, Maman.

Lily toucha l'avant-bras de sa mère et s'aperçut qu'elle tremblait.

— Ça va ?

— Ne dis pas « ça », ce n'est pas poli, répondit Maman.

Elle jetait des coups d'œil furtifs par-dessus la foule, tel un animal pris au piège cherchant un moyen de s'échapper. Lily se corrigea :

— Tout va bien, Maman ?

Sa mère refusait de la regarder.

— Je vais parfaitement bien.

Lily voulait insister, mais elles passèrent enfin la grille du palais. Le personnel guida le flot de femmes à l'intérieur, séparant poliment les débutantes de leur chaperon. Chaque débutante affronterait seule l'épreuve de la présentation.

— N'oublie pas de saluer Fenella Melcrew et Claudia Lessing. C'était gentil de leur part de t'inviter à leur déjeuner de débutantes pour que tu puisses rencontrer d'autres filles, lui rappela Maman.

— Je n'oublie pas.

Maman lui jeta un dernier regard critique qui se changea en un doux sourire.

— Tu es très belle. Je te retrouve plus tard, à la réception.

Lily regarda sa mère – elle sortait du lot dans sa robe noire de veuve et ses longs gants blancs, aussi raffinés que l'endroit où elles se trouvaient – disparaître dans le flot de chaperons qui se rendaient à la salle de bal édouardienne. Elle attendrait là-bas et écouterait l'orchestre à cordes des Irish Guards avec toutes les autres mères, les tantes et les grands-mères qui avaient autrefois été présentées. Il y aurait aussi un ou deux chaperons professionnels – des femmes qui bénéficiaient de la référence incontestable d'avoir été elles-mêmes débutantes et dont on pouvait acheter les services à grands frais pour présenter les filles dont les proches n'avaient pas les antécédents qu'il fallait. À nouvelle richesse, nouveau statut : ces filles et leurs familles faisaient de leur mieux pour percer dans le cercle fermé dans lequel les femmes comme Maman et Grand-Maman avaient grandi avant d'atteindre leur objectif ultime. Celui de Maman avait été d'épouser le lieutenant Michael Nicholls et de donner naissance à Joanna, puis à Lily.

À présent confrontée à la tâche qui avait marqué l'entrée de sa mère dans le grand monde, Lily se laissa emporter dans le flux régulier de débutantes excitées qui se dirigeaient vers la salle de bal en bavardant.

Lorsqu'elle entra, elle salua de la tête quelques filles qu'elle reconnaissait de l'Institut de Mrs Wodely, mais aussi de l'École des bonnes manières de Paris, chez Mme Corbin. Elle jeta des regards furtifs vers le plafond ornementé de la salle de bal. Les murs brillaient sous l'ivoire et les dorures, illuminés par des lustres en forme de gouttes. La pièce était remplie de chaises dorées installées avec une précision militaire, dont la moitié étaient déjà occupées. Un domestique la conduisit vers une rangée centrale. En faisant bien attention de ne pas laisser sa jupe rose qui lui arrivait à la cheville se prendre dans un clou ou un talon mal placé, Lily se faufila le long de la rangée et s'assit à côté d'une fille brune qui tremblait tellement que les deux cartons de présentation qu'elle tenait fermement à la main battaient l'un contre l'autre.

Lily lui sourit en faisant de son mieux pour paraître amicale et rassurante.

— Bonjour.

Sa voisine leva la tête, les yeux tellement écarquillés que Lily ne put s'empêcher de penser à Bambi. Presque immédiatement, elle rabaissa le regard sur ses mains.

Avec un léger soupir, Lily lissa sa jupe. Le plus ironique était que sa voisine avait probablement su toute sa vie qu'elle serait débutante un jour. Lily aurait dû se douter qu'on n'en attendrait pas moins d'elle, mais elle n'avait jamais pensé que Maman serait capable de la présenter. De temps à autre, elle avait entendu des histoires sur la femme qu'était sa mère avant la guerre : une hôtesse charmante qui organisait des fêtes élégantes mais modestes, dansait le fox-trot et savait chanter des duos si on le lui demandait. Cette version de Josephine Nicholls semblait si confiante, si différente de la triste femme apeurée qui traînait à la maison et ne s'aventurait que rarement dehors, tout de noir vêtue !

Elle n'avait pris conscience d'à quel point le comportement de sa mère était étrange qu'à onze ans, en entendant par hasard un groupe de filles discuter lors de la fête d'anniversaire d'une de ses camarades de classe. C'était une *garden-party*, et Lily se sentait engourdie par la chaleur du soleil. Elle avait trouvé un endroit tranquille sur un banc caché derrière une haie, et se prélassait quand lui parvinrent les rires de la fille dont on fêtait l'anniversaire et deux de ses amies.

— Je n'arrive pas à croire qu'elle soit venue, avait lancé l'une d'elles.

— C'est Maman qui m'a forcée à l'inviter. Elle était amie avec la mère de Lily avant la guerre.

— Maman dit que Mrs Nicholls ne sort plus de chez elle, et que les gens la surnomment Old Vic, comme la reine Victoria.

Les autres filles avaient éclaté de rire, et Lily s'était recroquevillée de honte sur son banc.

— Mon Dieu, ils laissent vraiment entrer n'importe qui.

Lily se tourna vers la débutante qui venait de parler d'une voix calme et assurée. La chaise à sa gauche était maintenant occupée par une belle fille aux cheveux noir de jais, dont les boucles parfaites flottaient sous un petit chapeau jaune. Celui-ci était parfaitement assorti à sa robe pistache ornée de touches citron sur les ourlets et le décolleté. Ses pommettes saillantes surplombaient des lèvres rouges et un menton pointu, et ses yeux verts furetaient partout dans la pièce. Elle analysait tout et tout le monde en une seconde avant de s'en désintéresser.

— Bonjour, tenta Lily, rendue méfiante par son premier échec.

La beauté anguleuse s'immobilisa, les yeux plissés comme pour jauger de la qualité de Lily. Elle finit par répondre :

— Bonjour. Je m'appelle Leana Hartford.

Les lèvres de Lily tressautèrent. Elle aurait dû reconnaître la jeune fille pour l'avoir vue dans le *Tatler* et dans *The Sketch* que sa grand-mère l'avait forcée à lire à son retour de Paris, remplaçant les livres scolaires par des magazines remplis de ragots. Les journalistes mondains avaient déclaré deux semaines plus tôt que Leana était l'une des deux sérieuses concurrentes au titre de Débutante de l'année – l'autre étant une petite blonde appelée Juliet Milner, que Lily n'avait pas encore rencontrée. Le jeudi précédent, l'un des journaux avait consacré un article détaillé à la garde-robe de Leana pour la saison, conçue par le créateur favori de la reine, Norman Hartnell.

— Enchantée ! Je m'appelle Lily Nicholls.

Leana saisit la main qu'elle lui tendait en riant.

— La fille de la Old Vic ?

Lily retira sa main d'un coup sec.

— D'ordinaire, les gens ont suffisamment de tact pour ne pas appeler ma mère ainsi devant moi.

Leana écarquilla les yeux, et Lily crut qu'elle allait piquer une colère, mais elle fit quelque chose de bien plus inattendu : elle sourit.

— Oh, ce n'était pas très aimable de ma part. Je dis parfois des choses sans réfléchir. Je te demande pardon.

Ce fut au tour de Lily d'être surprise. Ce n'étaient pas de véritables excuses, mais Leana paraissait vraiment contrite.

— Certaines de ces robes sont tout simplement scandaleuses, tu ne trouves pas ? reprit Leana en inspectant les autres débutantes.

— Scandaleuses ?

Leana agita une main gantée.

— Je suis sûre qu'on peut toutes faire mieux que d'aller chez des couturiers de seconde zone.

— Je les trouve jolies, pour la plupart, rétorqua Lily.

Leana lui lança un regard.

— Lesquelles ? Je te mets au défi d'en trouver une seule jolie, à part les nôtres.

Lily tendit le cou et aperçut Philippa Groves, une ancienne camarade d'école.

— Là. Regarde la robe à fleurs de Philippa.

Leana se tourna vers la concernée qui riait avec une fille appelée Ivy, qui avait étudié à Paris chez Mme Corbin, et d'autres que Lily connaissait de loin. Quand Philippa leva les yeux et la vit, elle agita la main vers elle d'un geste aussi élégant que naturel. Lily lui répondit, mais elle se sentit bien plus gauche que la délicate Philippa.

— Tu la connais ? demanda Leana.

— On rivalisait pour les mêmes récompenses en anglais à l'école.

— Elle est très jolie, commenta Leana à la façon d'un entraîneur équestre qui évalue la concurrence avant une course.

— Oh oui. Et sa robe vient de chez Troubadour.

Elle le savait parce que Maman et elle avaient vu Philippa et sa mère entrer dans le magasin près du Claridge.

— Mais que penser de toutes ces filles qui ont dû acheter leur robe chez Harrods ? Imagine le risque d'arriver à la présentation dans la même robe qu'une autre !

Leana frissonna.

— Tout le monde ne peut pas s'offrir les services d'un couturier, rétorqua Lily avec emphase.

L'horreur simulée sur le visage de Leana se changea en rire.

— Tu me crois, maintenant ? Parfois, je suis un véritable monstre. Mon frère, Geoffrey, dit que c'est parce que je suis trop gâtée, mais j'obtiens si rarement ce que je veux dans la vie qu'il doit avoir tort.

Sans savoir pourquoi, Lily n'y croyait pas du tout.

— Qui d'autre reconnais-tu ? demanda Leana.

Lily balaya la foule du regard.

— Les deux filles la tête l'une contre l'autre, trois rangs devant nous : Claudia et Mary. On est allées à l'Institut de Mrs Wodely ensemble. Et… (Elle plissa les yeux.) Est-ce Katherine Norman au bout de leur rangée ?

— La fille du magnat de la presse ? demanda Leana avec un soupçon de moquerie.

— Oui, c'est ça. Elle était deux classes au-dessus de moi à l'école, mais on s'est rencontrées lors d'une pièce de fin d'année. C'était une horrible version de *La Nuit des rois* de Shakespeare où tous les rôles étaient joués par des filles, mais elle faisait une très bonne Olivia. Moi, j'avais conçu les costumes.

De leurs brèves conversations autour de tasses de thé pendant les pauses, elle se souvenait de Katherine comme d'une fille gentille et chaleureuse qui ne voyait pas d'inconvénient à discuter avec des plus jeunes qu'elle. Mais c'était aussi le genre de personne dont tout le monde parlait parce qu'on venait la chercher et on la déposait à l'école en Rolls-Royce, avec une couverture en fourrure sur les genoux les jours de grand froid.

— J'ai lu des choses à son sujet, reprit Leana. Elle a refusé de devenir débutante jusqu'à ce que le lord-chambellan annonce que c'était la dernière année des présentations. Elle aurait mieux fait de rester chez elle.

— Pourquoi est-ce que tu dis ça ?

— Eh bien, regarde ses parents. Ils ont fait tout ce qu'ils pouvaient pour acheter leur place dans la grande société, comme engager Mrs Kingsley pour être son chaperon ou organiser un bal dans l'affreuse demeure qu'ils ont achetée. J'ai bien l'impression que ça va être une vraie mascarade.

— Et pourtant tout le monde veut savoir s'ils vont recevoir leur invitation, dit Lily.

Leana agita la main avec dédain.

— Vouloir assister à un spectacle, c'est une chose. Cela n'implique pas qu'ils ont vraiment envie de fréquenter les Norman. Au bout du compte ils n'arriveront jamais à *s'intégrer*, n'est-ce pas ?

Les filles des rangées devant elles commencèrent à se lever, et un brouhaha chargé d'excitation s'éleva dans la salle, suivi de ricanements sourds et du bruissement des jupes et des jupons. Lily n'était pas mécontente de cette diversion.

— Enfin, murmura Leana près d'elle, repoussant ses boucles vers l'arrière pour qu'elles tombent de façon uniforme sur sa longue nuque.

Lily se leva et suivit le flot de filles, le cœur battant la chamade tandis qu'elle arrivait à la porte de la salle de bal. Elle savait qu'à quelques pas de là étaient assis la reine Elizabeth II et le duc d'Édimbourg, attendant patiemment que chaque débutante ait fait sa révérence. Tout à coup, tout ce qu'on lui avait appris depuis qu'elle avait quitté l'école pour se préparer à sa présentation s'évapora de sa mémoire. Elle aurait pu se pétrifier sur place, mais elle savait au fond d'elle-même que rester immobile à ce moment précis serait perçu comme un signe de faiblesse ; une faiblesse que les filles ambitieuses présentes dans la pièce percevraient à coup sûr.

Quand elle arriva devant la porte où se tenait le lieutenant-colonel Terence Nugent, lord-chambellan, elle tendit sa carte « à présenter ».

— Merci, Miss Nicholls, dit le lord-chambellan en lisant son nom sur la carte.

Elle baissa la tête pour se préparer. Une main lui toucha le coude. Elle se retourna et vit Leana, belle et rayonnante sous la lumière des milliers de cristaux qui pendaient des lustres.

— Bonne chance, lui dit Leana.

— À toi aussi, murmura Lily.

Elle se tourna à nouveau et attendit le signal du lord-chambellan. Puis elle s'avança.

Ses yeux se posèrent sur les silhouettes de la reine et du duc d'Édimbourg, assis sur une haute estrade, leurs trônes surmontés d'un baldaquin rouge vif. Ils ressemblaient exactement au joli couple qu'elle avait vu dans les journaux et à la télévision chez tante Angelica : elle, majestueuse et digne, lui, beau et quelque peu espiègle. Un peu sur le côté siégeait la princesse Margaret, incroyablement glamour tandis qu'elle observait la scène avec une expression distante.

Elle entendit son nom :

— Miss Lillian Nicholls.

Lily prit une grande inspiration et s'arrêta devant la reine sur le petit point blanc dont Mme Vacani lui avait parlé. Elle entama sa révérence en faisant bien attention de garder ses mains gantées le long de son corps et ses talons hors de sa jupe au moment de les croiser par terre. Elle descendit bien bas, les yeux baissés en signe de respect. Son genou gauche vint se loger derrière le droit et – miracle des miracles – elle parvint à ne pas chanceler.

Avec délicatesse, Lily se releva, fit trois pas en avant et reproduisit la même courbette devant le duc d'Édimbourg. Cette fois, elle osa jeter un regard en direction de la reine et de son mari. Ils trônaient, une expression polie figée sur leurs visages majestueux.

Lily se força à marcher avec autant de grâce et de maîtrise qu'en arrivant. Mais, une fois passé la porte ouverte, quand elle fut enfin sortie du champ de vision royal, elle posa la main sur sa poitrine pour calmer les battements affolés de son cœur. La cérémonie n'avait duré qu'un instant, mais elle contenait toute une éternité au cours de laquelle chaque détail aurait pu mal se passer. Pourtant, Lillian Nicholls avait survécu, et elle avait fait un premier pas dans le grand monde.

2

AUX PORTES DE LA SALLE DE RÉCEPTION, Lily tendit son carton d'invitation et entra sur la musique jouée par l'ensemble de cordes des Welsh Guards. Tout autour d'elle, des groupes de filles et leurs mères, grands-mères et tantes bavardaient, soulagées d'avoir passé l'épreuve de la présentation. Grand-Maman l'avait prévenue qu'à la fin de la semaine tous les impairs et gaffes de chacune seraient mentionnés dans la dernière édition du *Tatler* ou du *Sketch*, avant d'être repris et diffusés dans les salons et aux déjeuners des débutantes.

Lily chercha des yeux Leana, qui aurait dû se trouver juste derrière elle, mais la foule s'était refermée après son entrée et elle se cogna dans une autre fille.

— Oh, je suis vraiment désolée ! cria-t-elle, espérant que l'autre débutante n'avait pas un verre à la main.

Quand elle leva les yeux, elle se rendit compte qu'elle avait bousculé Katherine Norman.

— Ce n'est rien. Lily Nicholls, c'est bien ça ? demanda Katherine.

Un grand sourire illuminait son visage en forme de cœur.

— C'est exact.

Katherine rit.

— J'en étais sûre. Tu as cousu ma robe pour *La Nuit des rois*. Une robe bleu nuit, avec un voile à paillettes, bien trop belle pour un simple costume de théâtre scolaire.

Lily sourit, ravie que la jeune femme se souvienne d'un détail aussi minime que ce costume.

— Comment s'est passée ta révérence ? demanda-t-elle.

Katherine soupira en lissant du plat de la main son élégante robe en organza à grandes rayures blanches.

— Je suis restée bien stable, heureusement, mais je dois admettre que j'étais très nerveuse.

— Je crois que nous l'étions toutes.

— Te voilà, Lily !

Lily sursauta en découvrant que Leana s'était glissée à côté d'elle.

— Tu t'es bien vite échappée. J'ai décidé que tu étais la personne la plus intéressante ici, et je ne veux pas rester loin de toi. Allez, viens. On va discuter et comparer nos notes, lança Leana en passant son bras sous celui de Lily, avant d'adresser un grand sourire à Katherine.

— Ça ne t'ennuie pas, si ?

Katherine, qui parut amusée, fit un grand geste de la main.

— Je t'en prie.

Lily ouvrit la bouche pour présenter les deux jeunes femmes, mais Leana tourna les talons et tira Lily derrière elle en un arc de cercle.

— Je suis contente d'avoir pu te sauver, chuchota Leana.

— Me sauver ?

— De Katherine Norman. Maintenant, dis-moi tout : tu es tombée ? Je suis sûre que non. Tu as l'air si calme et détendue.

— Je n'ai même pas tremblé, répondit-elle en jetant un œil à Katherine, laquelle parlait déjà avec une grande rousse qui avait pris la place de Lily.

— Moi non plus, mais le duc d'Édimbourg m'a fait un clin d'œil, avança Leana.

Lily la dévisagea.

— Vraiment ?

Leana remit ses cheveux noirs en arrière et sourit comme pour dire : « Bien sûr que c'est vrai. Et pourquoi pas ? » Leana était d'une beauté à couper le souffle et, tandis que les autres filles avaient toujours l'air de bavasser et s'agiter comme des papillons affolés, elle évoluait avec une élégance toute mondaine.

— Bon, il faut qu'on parle de quelque chose de très sérieux, reprit-elle. Tu dois venir à mon déjeuner de débutante vendredi.

— J'en serais ravie, merci beaucoup. Je dois juste vérifier mon emploi du temps. J'ai peur de prendre la moindre décision sans le consulter d'abord !

— Je suis sûre que tu es déjà invitée partout.

— Non, pas du tout, mais j'ai quelques amies à l'école, et je me suis déjà rendue à deux déjeuners avec ma cousine, Georgie Laningham.

— Georgie Laningham, répéta Leana, songeuse.

— Je lui enverrai une invitation aussi, si tu veux.

— Oh, je ne peux pas te demander ça, rétorqua Leana.

Georgie, qui suivait de près les débutantes présentées dans le *Tatler* et le *Sketch*, en serait pourtant ravie.

— Je vais dire à ma mère d'envoyer les invitations, reprit Leana. Elle connaît toutes les personnes qui valent la peine d'être connues, on a invité toutes les filles qu'il te faudra absolument rencontrer durant la saison. En d'autres termes :

je peux m'épargner tous les autres déjeuners et goûters insipides.

Lily fronça les sourcils. Les déjeuners permettaient aux filles de se mélanger avant le véritable début de la saison. Armées de leurs carnets d'adresses, elles mangeaient du poulet Reine Elizabeth et passaient d'un salon à un autre en inscrivant les noms et coordonnées de chacune dans l'espoir d'obtenir une invitation.

— La plupart des filles invitées à mon déjeuner seront présentées à la reine demain et je pensais que je n'aurais personne à qui parler aujourd'hui, puis je t'ai rencontrée. Enfin, tu viendras vendredi, n'est-ce pas ?

Le sourire étincelant de Leana se changea en une moue suppliante.

— Si je suis libre, oui, répondit Lily, un peu submergée par l'insistance de Leana. Il faut vraiment que je vérifie. Oh, voilà Maman. Elle aura son agenda avec elle. On peut lui demander.

— Te voilà, dit Maman en se précipitant vers elle. Je t'ai cherchée partout. Comment ça s'est passé ?

— Comme je l'espérais. La reine était là, tout comme le duc d'Édimbourg. La princesse Margaret aussi, répondit-elle.

Maman lui agrippa la main.

— Est-ce que la reine t'a fait un signe de tête ? Souri ? Ta grand-mère voudra savoir.

— Je ne sais pas. J'ai gardé les yeux baissés.

— Lily s'en est *très bien* sortie, intervint Leana.

La mère de Lily voûta les épaules, et Lily la vit reprendre une expression qui ressemblait à un masque de calme avant de répondre :

— Je vois que tu t'es fait une amie.

— Oh, Maman, voici Leana.

Les lèvres de Maman s'entrouvrirent.

— Leana… ?

— On était assises l'une à côté de l'autre en attendant d'être présentées, reprit-elle.

— Lily vient à mon déjeuner de débutante vendredi, dit Leana.

Elle rit.

— Si je ne suis pas prise ce jour-là, rappela Lily.

— Comment pourrais-tu préférer aller à une autre réception ? demanda Leana en portant la main à sa poitrine, feignant l'horreur. Quoique, j'imagine qu'on rencontre toutes sortes de personnes dans les déjeuners et les premières fêtes, et tu vas crouler sous les invitations. Tu n'auras plus une minute de libre pour moi.

— Je suis désolée, ma chère. Quel est ton nom de famille ? demanda Maman.

— Hartford.

La voix qui répondit trancha à travers le brouhaha de la réception.

— Mais je pense que tu le savais déjà. Bonjour, Josephine.

Lily jeta un œil par-dessus l'épaule de sa mère en direction de la femme sculpturale aux beaux cheveux noirs relevés en un chignon bien serré qui venait de prendre la parole. Un rang de grosses perles d'ivoire anciennes reposait contre sa peau d'albâtre, mis en avant par les riches touches de cobalt et d'or de sa robe jacquard et de sa veste assortie. Cette femme semblait parfaitement à son aise dans les salles de réception du palais, comme si elle n'avait aucun doute sur son droit d'être là.

— Ruth, murmura Maman, ses lèvres rouges ressortant sur sa peau pâlie par le choc.

Sans qu'elle sache pourquoi, quelque chose chez cette femme élégamment habillée poussa Lily à prendre la main de sa mère et à la serrer très fort.

— Je ne savais pas que Leana avait fait la connaissance de ta fille, avança Mrs Hartford.

Lily sentit la poigne de sa mère se serrer et, pendant un moment, elle crut qu'elle allait partir en courant. Au lieu de ça, Maman se redressa et répondit :

— Je ne l'y ai certainement pas encouragée.

Lily cligna des yeux. Même si elle s'était presque entièrement retirée de la société après son retour en Angleterre à la fin de la guerre, Maman n'en demeurait pas moins un produit de son éducation, toujours régie par l'étiquette et les bonnes manières. Qui était donc cette femme devant qui elle ne pouvait refréner une telle impolitesse ?

— Bonjour, Mère, intervint Leana, une main sur les hanches et une pointe d'insolence dans le sourire. Ma révérence a été un franc succès, si tu veux savoir. Le prince Philip m'a fait un clin d'œil.

Si Mrs Hartford avait entendu sa fille, elle n'en montra rien. Elle plissa les yeux.

— Ce n'est pas plus mal qu'ils arrêtent les présentations cette année. Ils laissent vraiment entrer n'importe qui, lâcha-t-elle avant de balayer Lily du regard du haut de son chapeau ivoire jusqu'à la pointe de ses chaussures à talons.

L'insulte – semblable à celle que sa fille avait proférée une heure plus tôt – atteignit Lily en pleine poitrine, mais, avant qu'elle puisse répondre, Maman lui tira la main.

— Il faut vraiment que nous partions.

— Tu n'oublieras pas le déjeuner ? demanda Leana. Je t'enverrai une note avec l'adresse.

— Lily, feula Maman.

— Je suis désolée ! réussit-elle à dire alors que sa mère commençait à l'éloigner.

Elles s'attirèrent quelques regards tandis que Maman fonçait à travers le mur de débutantes aux tenues pastel et de leurs chaperons.

— Maman, protesta-t-elle. J'ai encore tellement de filles à saluer. Je n'ai pas eu l'occasion de parler à Philippa Groves, et elle m'a déjà invitée à son cocktail.

— Tu salueras tes amies de l'école une autre fois.

Cela faisait des années que Lily ne lui avait pas connu de ton aussi sec. Grand-Maman était sévère. Maman, elle, était… plus faible, plus encline à passer de longues périodes enfermées dans sa chambre ou terrée avec tante Angelica, qui semblait parfois la seule capable de lui soutirer un rire.

Lily hocha la tête et sourit à toutes les personnes qui les regardaient comme si elles allaient se mettre en travers de leur chemin. À la porte des salles de réception, un domestique en livrée leur indiqua le chemin vers le bout du couloir, et toute l'opulence du palais royal se mit à défiler tandis que Maman se hâtait de les traîner dehors. Lily aurait voulu s'arrêter pour tout admirer – elle n'aurait plus jamais la chance de revivre une présentation, après tout –, mais elle ne put se défaire de la poigne de sa mère avant de se retrouver à l'extérieur du palais. Un page se dépêcha de leur héler un taxi.

— Maman, qu'est-ce que tu fais ? Tout l'intérêt de cette réception est de rencontrer d'autres filles, rappela-t-elle en se frottant l'os de la main, qui lui faisait mal tant sa mère l'avait serré.

— Pas si tu comptes fréquenter des filles comme Leana Hartford.

— Je pensais que tu serais ravie d'apprendre que j'ai rencontré Leana. Elle est très populaire. Tout le monde pense qu'elle sera nommée débutante de l'année.

— Cette famille ne vaut pas la peine d'être connue.

— Mr Hartford est homme politique ou diplomate, non ?

Maman fit volte-face, les poings serrés comme pour contenir un accès de rage.

— Je ne veux pas que tu lui adresses la parole. Je ne sais pas pourquoi tu t'es assise à côté d'elle.

Les années passées à gérer les humeurs de sa mère avaient appris à Lily à ne pas insister, mais elle ne comprenait pas ce qu'elle avait fait de mal, car on n'avait cessé de lui répéter au cours des derniers mois que ce serait grâce à ses relations qu'elle réussirait sa saison.

— Je n'ai pas choisi de m'asseoir à côté de Leana. J'ai pris une chaise, et elle une autre. J'ai essayé de discuter avec la fille assise de l'autre côté, mais elle tremblait tellement que j'ai été surprise de voir qu'elle arrivait à marcher. Je sais que Leana peut paraître pompeuse, mais je crois qu'elle est plus généreuse qu'elle le prétend.

Un taxi s'arrêta devant elles. À peine le domestique avait-il ouvert la porte que Maman s'était ruée sur la banquette arrière. Lily se glissa à l'intérieur, sa jupe gonflée autour d'elle à cause des couches de filet qui constituaient son jupon.

Elles restèrent silencieuses dans le taxi jusqu'à ce qu'elles aient traversé Eaton Square. Maman releva alors son voile noir et soupira.

— Je sais que tu essaies de faire de ton mieux. En temps normal, je serais d'accord avec toi : il faut que tu rencontres autant de filles que tu le peux. La poignée d'invitations que tu as reçues est un bon début, mais ce n'est pas assez. Cela dit, tu dois rester prudente.

Elle voulait demander pourquoi, alors que le nom de Leana se trouvait sur toutes les lèvres au dernier déjeuner auquel elle avait assisté, mais le regard intense de sa mère l'en empêcha.

— Allez, ta grand-mère a téléphoné ce matin en insistant pour qu'on aille la voir dès qu'on aurait quitté le palais. Tu pourras tout lui raconter.

Lily s'avachit sur le siège en cuir noir du taxi. Maman avait peut-être des préjugés sur les Hartford, mais Grand-Maman était un être sociable malgré son âge. Elle comprendrait sûrement pourquoi il était important d'accepter l'invitation de Leana.

— Tu as réussi ?

Ce fut la première question de Grand-Maman quand elles entrèrent dans le salon de Cadogan Place. Lily, épuisée par la tension du trajet en taxi depuis Buckingham Palace et le stress de la présentation, avait envie de se jeter sur le canapé. Au lieu de ça, elle s'assit poliment au bord comme sa grand-mère le lui avait appris depuis ses douze ans.

— Lily a tout fait très bien, de l'avis général, répondit Maman, la fatigue audible dans sa voix.

— Lily ? insista Grand-Maman.

— Je ne suis pas tombée, je n'ai pas troué ma robe avec mon talon, je n'ai pas éternué pendant ma révérence, je n'ai pas vécu la moindre catastrophe, répondit-elle pour plaisanter.

— Sois sérieuse, Lillian, la gronda Grand-Maman.

Elle réprima l'envie de sourire face à l'irritation de sa grand-mère.

— Tout s'est passé comme il le fallait. Même Mme Vacani aurait été fière de ma révérence.

— Très bien.

Grand-Maman les regarda l'une après l'autre.

— Qu'est-ce qui ne va pas ?

— Tout va bien, répondit Maman par automatisme.

— Je ne vous attendais pas avant une heure au moins, objecta Grand-Maman, sourcil levé.

Un silence s'installa jusqu'à en devenir gênant.

— La réception qui suit les présentations est une partie importante de la journée. Tu ne devrais pas rater la moindre occasion de rencontrer d'autres débutantes, Lillian, reprit Grand-Maman.

Lily n'aurait jamais cru que sa mère pouvait s'enfoncer davantage entre ses épaules voûtées.

— Je ne me sentais pas très bien, répondit-elle rapidement.

Grand-Maman plissa les yeux, mais elle finit par acquiescer.

— Tu as reçu d'autres invitations ?

— Il en est arrivé une ce matin de la part de Madeline Cargrew. Son cocktail se tiendra le 2 mai, dit-elle en récitant de mémoire les détails de l'événement.

Impossible de les oublier vu la puissance du cri de surprise que Maman avait poussé en voyant que le carton d'invitation était imprimé et non gravé.

— Peut-être que Georgie peut demander si tu peux venir à certains de ses déjeuners, avança Maman.

Sa mère avait bien du culot de suggérer qu'elle compte sur la charité de sa cousine alors qu'elle avait obtenu la promesse d'une invitation de la part de Leana Hartford. Leana, qui, par sa simple réputation de possible débutante de l'année, était invitée partout et connue de tout le monde.

— Et l'invitation de Leana Hartford ? demanda-t-elle gaiement.

— Tu as rencontré Leana Hartford ? rebondit Grand-Maman avec intérêt.

— Non. Je ne veux pas que Lily fréquente les Hartford, intervint Maman.

— Mais pourquoi ? insista Lily. Pourquoi ne devrais-je pas aller au déjeuner de Leana quand tu sais pertinemment que toutes les filles avec les meilleures relations y seront présentes ? Vous m'avez toutes les deux répété qu'il était important que je fasse attention à qui je rencontre durant cette saison.

Elle savait que l'argument jouerait en sa faveur.

— Lily, je ne veux plus en parler, la coupa Maman d'une voix tremblante.

— Mais pourquoi ? insista-t-elle.

— Ta mère et Michael étaient très amis avec les Hartford avant la guerre, lui révéla Grand-Maman.

— Et ils m'ont prouvé à quel point ils n'avaient rien à faire de cette amitié après la mort de mon mari.

— Tu n'es pas raisonnable, Josephine, avança Grand-Maman.

— Que s'est-il passé ? demanda Lily.

Maman ne desserra pas les lèvres, même lorsque Grand-Maman laissa échapper un son exaspéré.

— Tu peux au moins en parler à ta fille pour qu'elle comprenne.

Maman hocha faiblement la tête.

— Juste après la déclaration de guerre en 1939, Michael et moi avons envoyé Joanna à Washington pour la mettre en sécurité. Bon nombre de gens évacuaient leurs enfants à l'époque. Mais elle est tombée malade, et je suis allée m'occuper d'elle. Je savais que c'était risqué parce que les sous-marins tiraient déjà sur les bateaux de passagers, mais ma fille avait besoin de moi.

— Une décision insensée pour une femme enceinte, dit Grand-Maman avec dédain.

Maman prit une grande inspiration et passa outre cette interruption.

— Je t'ai donné naissance, Joanna a guéri et nous étions prêtes à rentrer. J'avais demandé à Ethan Hartford d'user de son influence diplomatique pour m'assurer un passage sûr vers l'Amérique, mais il a refusé de m'aider au retour. J'ai appris plus tard qu'il savait que Michael souffrait d'un cancer à l'estomac. Il me l'a caché et ne m'a pas aidée dans une période de détresse. Je ne pourrai jamais le lui pardonner.

— Personne ne savait pour le cancer, rétorqua Grand-Maman, la voix moins glaciale que d'ordinaire. Michael ne voulait pas que l'on s'inquiète.

Lily vint combler le vide entre leurs deux chaises et posa une main tendre sur le bras de sa mère.

— Je suis désolée. Je ne savais pas.

Maman leva la main comme pour la poser sur celle de Lily, mais elle hésita, avant de s'éloigner de sa fille. Le silence s'installa dans la pièce jusqu'à ce que Grand-Maman se redresse et déclare :

— Je vais demander du thé, ensuite je veux entendre tous les détails sur ta présentation, Lily.

Lily se mordit la lèvre et acquiesça, essayant de ne pas laisser la douleur du rejet de sa mère s'enfoncer trop profondément dans son cœur.

3

Le SILENCE AU SUJET DE LEANA HARTFORD pesait lourdement sur les femmes Nicholls dans les couloirs calmes de la maison sise au 17 Harley Gardens. Il avait accablé Lily depuis le moment où elles avaient passé la porte d'entrée jusqu'à l'heure tardive où elle avait fermé son livre et annoncé qu'elle allait se coucher. Elle avait alors abandonné la chaleur du feu de cheminée qui brûlait dans le salon pour retrouver le radiateur électrique de sa chambre plus tôt que d'habitude, parce que le froid valait toujours mieux que la déception.

Quand Lily s'éveilla le lendemain matin, elle espérait que tout serait oublié. Elle descendit prendre son petit déjeuner et trouva une pile de courrier à sa place. Sur le dessus se trouvait une petite enveloppe couleur chamois où son adresse était élégamment écrite à l'encre bleue.

— Bonjour, Maman, dit-elle en attrapant l'enveloppe du dessus.

— Tu vas au déjeuner de Georgie habillée comme ça ? demanda sa mère en la balayant du regard.

Lily baissa les yeux sur la robe bleu turquoise vieille de deux ans qu'elle avait serrée à la taille avec une ceinture de cuir noir. Elle était fière de cette toilette, car elle l'avait faite sur mesure, mais apparemment elle ne conviendrait pas pour rencontrer des débutantes. Elle parcourut rapidement en pensée sa garde-robe avant de déclarer :

— J'ai quelques courses à faire, ensuite je pensais me changer et mettre ma robe en laine rose avec le passepoil rose foncé.

— Elle est jolie. Où vas-tu ce matin ? demanda Maman, en arrangeant les manches de son cardigan ébène qu'elle portait boutonné jusqu'en haut, une grande broche de jade épinglée sur le cœur.

— Chez Peter Jones, le grand magasin de Sloane Square. Il me faut encore deux collants et du tissu pour un chemisier que je suis en train de coudre.

Maman regarda Lily, la tête légèrement inclinée tandis qu'elle l'évaluait. Elle finit par dire :

— Je me disais… Je sais à quel point tu aimes confectionner tes propres robes. Je ne vois pas de mal à ce que tu couses toi-même certaines de celles que tu porteras aux cocktails.

— Grand-Maman insiste pour qu'on en achète des neuves.

— Ta grand-mère n'est plus une débutante et n'en a plus présenté depuis des décennies. Elle s'est montrée très généreuse pour la saison, mais les dépenses réelles sont plus élevées qu'elle ne le croit. T'envoyer à Paris s'est avéré plus coûteux que prévu, et même en partageant les frais de ta soirée avec ta cousine…

— Je serai ravie de faire mes propres robes, la coupa Lily.

Maman poussa un soupir de soulagement.

— Bien. Celles prévues pour ta fête et le bal de la reine Charlotte ont déjà été commandées, donc tu n'as pas besoin de t'en occuper.

— Je vais voir s'il y a de jolis tissus chez Peter Jones.

Maman lui offrit l'un de ses rares sourires.

— Je pensais aussi aller à la bibliothèque, reprit Lily en attrapant la tranche de pain grillée que Hannah, leur bonne, avait glissée dans le porte-toast.

— Tu n'auras pas besoin de beaucoup de livres quand la saison aura commencé, la prévint Maman.

Lily rit.

— Je ne peux pas me contenter d'aller à des soirées et de boire du thé pendant plusieurs mois d'affilée. Je suis sûre que je trouverai le temps de lire.

Maman posa ses couverts.

— Ce ne sont pas de simples soirées, Lily. C'est ta chance de rencontrer les gens qu'il faut. Tu dois te concentrer là-dessus.

Mais Lily était déterminée à garder du temps pour elle. Elle adorait lire, et elle avait perdu l'équilibre que lui procurait sa dernière année d'école quand on lui avait annoncé qu'elle allait être une débutante. Dire au revoir à ses professeurs avait été plus dur qu'elle l'avait imaginé à cause de l'expression qu'ils arboraient : « Encore une jeune fille brillante au talent gâché », semblaient-ils se dire. Elle n'avait peut-être plus de leçons, mais la lecture lui procurerait tout de même un certain plaisir.

— Ta grand-mère a raison, tu devrais recevoir plus d'invitations, reprit Maman.

Elles regardèrent toutes les deux la belle ligne de cartes blanches posées sur le manteau de la cheminée du petit salon. Avant la période des grands bals, ces invitations étaient l'occasion de rencontrer d'autres filles… et surtout celles qui avaient des frères, des cousins ou des amis, et qui pouvaient vous les présenter officiellement lors d'un cocktail ou d'un bal.

— J'ai été conviée à une demi-douzaine de thés et de déjeuners. Les filles de l'école de Mrs Wodely m'ont toutes envoyé des invitations pour leurs soirées, rappela-t-elle à sa mère.

— Tu connais ces filles depuis des années, et la moitié d'entre elles n'ont pas de frères à marier. Tu devrais te concentrer sur les cocktails et les bals. C'est là que tu rencontreras des hommes.

Tout cela semblait si désuet : pousser des jeunes filles à rencontrer des jeunes hommes bien comme il faut afin qu'elles les épousent. Pourtant, cela se passait encore ainsi. Rencontrer un prétendant grâce à un groupe de gens dont les familles se connaissaient toutes, à un ou deux degrés de séparation, et étaient susceptibles d'approuver chaque parti, permettait de limiter les erreurs – même si elles arrivaient parfois. Mais les choses étaient en train de changer. Les débutantes pouvaient trouver un travail après la fin de la saison, et vivre dans de petits appartements partagés. Certaines filles étaient acceptées à Oxford, à Cambridge, à l'université d'Édimbourg ou à Trinity à Dublin – un chemin que sa professeure de littérature anglaise, Miss Hester, l'avait poussée à suivre dès qu'elle en avait eu l'occasion et jusqu'à sa retraite. Mais tout cela n'arriverait qu'après la saison.

Celle-ci demeurait sacro-sainte.

En soupirant, Lily attrapa de nouveau l'enveloppe sur le dessus de la pile et glissa sous le rabat le joli coupe-papier en argent que lui avait offert tante Angelica l'année précédente. Elle l'ouvrit avec un bruit de déchirure et en sortit une invitation. Un bout de papier à part s'échappa et retomba sur la table.

L'invitation disait :

Miss Lillian Nicholls

Mrs Ethan Hartford
À son domicile
vendredi 21 mars
Pour déjeuner
13 heures

Hartford House, 51 Manchester Square, Mayfair

— De la part de qui est-ce ? demanda Maman.

Lily déglutit et tendit la carte à sa mère. Elle profita de cette distraction pour se saisir du mot qui allait avec.

Chère Lily,

On s'est tant amusées à la cour. Joins-toi à nous vendredi et sauve-moi d'un moment qui sera sûrement très ennuyant sans toi.

Bien affectueusement,

Leana Hartford

— Je ne veux pas que tu y ailles, dit aussitôt Maman en faisant resurgir la dispute de la veille qui frémissait en surface, prête à exploser de nouveau.

— Maman, Leana est populaire, et elle n'est pas élève chez Mrs Wodely. Je suis sûre qu'elle connaît un tas de filles. (Elle marqua une pause.) Et Grand-Maman semblait penser que c'était une bonne idée.

— Je te demande de respecter mon souhait, n'est-ce pas suffisant ?

— J'essaie seulement de comprendre…

— Assez.

Le mot sortit de façon sèche et ferme.

— Bien, Maman, murmura Lily en baissant la tête.

Elle ramassa le reste du courrier, mais pas avant d'avoir glissé le mot de Leana dans sa poche.

Le vendredi après-midi, juste après treize heures, Lily ouvrit son long manteau et lissa un pli sur sa robe d'hiver ; une robe en laine bleue avec une ceinture indigo et des boutons du même bleu profond sur le devant, dans laquelle elle se sentait plus raffinée que d'habitude. Elle avait vérifié la courbe de son rouge à lèvres cerise et l'angle de son chapeau avant de descendre du bus : quelque chose lui faisait croire que tout devait être parfait aujourd'hui.

Elle leva une main gantée et appuya sur la sonnette de cuivre de Hartford House. Elle tenait son sac à main en cuir devant elle en serrant très fort les anses pour cacher tout tremblement tandis qu'elle patientait.

Dès qu'elle s'était retrouvée seule la veille, elle avait écrit à Leana pour lui dire qu'elle viendrait le vendredi. Elle savait qu'après le petit déjeuner ce jour-là, sa mère irait chez tante Angelica pour discuter des détails du cocktail de Lily et Georgie, et sans doute aussi pour obtenir un peu de soutien avant sa première apparition en société depuis des années. Hannah serait aux courses, et Lily n'aurait qu'à se faufiler par la porte d'entrée et marcher jusqu'à l'arrêt de bus sur King's Road sans que personne ne la voie.

Quand elle était plus jeune, Lily avait rarement défié Maman – elle ne voulait pas contrarier sa mère si fragile, dont les humeurs passaient en un instant de l'angoisse à la fermeté –, mais les choses avaient changé quand elle avait eu douze ans. Tout avait commencé lors des dîners chez Grand-Maman. Assise en face de Maman avec Grand-Maman en bout de table qui expliquait à sa mère comment gérer certains aspects de sa vie, elle s'était dit que quelque chose… n'allait pas.

Un soir, peu après son seizième anniversaire, tandis qu'elles rentraient à Harley Gardens dans un taxi, Lily avait éclaté :

— Pourquoi tu la laisses te parler comme ça ?

Maman avait regardé Lily comme si cette dernière l'avait giflée.

— Ta grand-mère se montre assez généreuse pour payer nos dépenses, Lily. Si on la contrariait, adieu l'école, adieu la vie à Harley Gardens. Quand Michael est mort, il a fallu payer les droits de succession. J'ai à peine réussi à garder la maison. Sans ta grand-mère, j'aurais dû la vendre pour subvenir à nos besoins. Le monde n'est pas noir et blanc. Parfois les gens font des choses qu'ils n'ont pas envie de faire parce qu'ils n'ont pas le choix. Tu ferais mieux de te souvenir de ça et de ne pas me juger trop sévèrement.

Lily s'était enfoncée sur la banquette du taxi, honteuse de s'être emportée. Ce jour-là, elle avait ouvert les yeux. Tout ce qui se trouvait dans sa maison avait été acheté et entretenu grâce à la générosité de Grand-Maman. Son éducation, ses bonnes manières. Sa saison ? Tout ça, c'était Grand-Maman. Mais les choses avaient un coût. Grand-Maman exerçait un pouvoir tacite sur une grande partie de leurs vies, et Lily avait été soulagée quand sa grand-mère lui avait annoncé que les thés du mardi et les dîners du vendredi ne seraient plus la norme une fois Lily revenue de France, afin de laisser de la place dans son emploi du temps de plus en plus chargé.

À présent, elle faisait ses premiers pas seule dans la société.

La grande porte blanche de Hartford House s'ouvrit sur la gouvernante, une femme svelte vêtue d'une longue robe noire.

— Je m'appelle Lily Nicholls.

La gouvernante inclina la tête.

— Bonjour, Miss Nicholls. Miss Hartford vous attend.

Elle recula pour laisser entrer Lily. Celle-ci fit de son mieux pour ne pas fixer l'immense hall d'entrée lorsqu'elle s'arrêta pour confier son manteau à l'employée de maison. Elle était allée à des fêtes d'anniversaire dans certaines des plus belles maisons de ses camarades de classe, mais cette demeure ne figurait pas dans la même catégorie. L'extérieur géorgien du bâtiment renfermait une sorte de palais vénitien avec des colonnes blanches qui montaient jusqu'à un plafond recouvert de feuilles d'or et de fresques. Le sol en marbre blanc s'étendait devant elle et s'élevait en un escalier en colimaçon jalonné de portraits de personnes mortes depuis bien longtemps. Celles-ci semblaient la regarder fixement, comme si elles désapprouvaient sa désobéissance à sa mère.

— Par ici, Mademoiselle, dit la gouvernante, retrouvant l'attention de Lily.

Celle-ci rougit et agrippa son sac à main un peu plus fort en suivant la femme âgée le long d'un couloir moquetté. La rumeur d'une dizaine de voix se fit entendre lorsqu'elles s'arrêtèrent devant une porte en chêne verni. La gouvernante l'ouvrit et une vague de rires en sortit, entraînant Lily à l'intérieur.

La pièce était pleine de filles, toutes vêtues de teintes abricot, pistache, rose, bleu pastel et crème, leurs jupes gonflées autour d'elles comme des choux pâtissiers. Elles discutaient avec enthousiasme en petits groupes, des verres de punch à la main. Au centre de toutes, entourée d'une demi-douzaine d'amies, trônait Leana, qui tenait salon dans un fauteuil Louis XIV, vêtue d'une longue robe blanche en soie de la meilleure qualité.

L'étiquette voulait que Lily aille saluer Leana d'abord, mais le groupe de filles autour de leur hôtesse l'en dissuada dans un premier temps. Elle aperçut sa cousine Georgie près des fenêtres encadrées de rideaux en damas, accompagnée de deux de ses amies avec qui elle avait pris des cours d'équitation. Avant qu'elle ait pu la saluer, une fille aux cheveux courts coiffés en un nuage de boucles blondes s'approcha d'elle.

— Bonjour. Tu es Lily Nicholls, n'est-ce pas ? demanda-t-elle joyeusement.

— Oui, c'est moi. Je suis désolée, on se connaît ?

La fille secoua la tête.

— Oh, non. Je suis Cressie Blessingham. Enchantée.

— Moi de même, répondit Lily.

— On m'a envoyée te chercher.

— Je te demande pardon ?

Cressie fit un signe de tête en direction de l'endroit d'où Leana les observait.

— Elle voulait te saluer, mais elle arrive à peine à se détacher du groupe. Elle est débordée depuis que la fête a commencé.

— Oh.

Sans attendre un mot de plus, Cressie se dirigea vers Leana. Stupéfaite, Lily la suivit.

Leana se leva pour embrasser Lily sur chaque joue, le parfum de *L'Air du Temps* les enveloppant toutes deux en un nuage.

— Voilà l'invitée que j'attendais, dit Leana avant de se tourner vers la fille assise au plus près d'elle sur le sofa.

— Rebecca, fais donc de la place à Lily.

Lily ouvrit la bouche pour protester, mais Rebecca se leva sans sourciller et s'installa à l'autre bout du sofa.

— Et voilà. Il y a plein de place maintenant, dit Leana en se rasseyant.

Avec précaution, Lily s'assit à l'endroit que Rebecca venait de libérer.

— Je suis désolée pour mon retard, commença-t-elle.

— Je sais à quel point ça peut être énervant de compter sur les taxis. Je suis toujours hors de moi quand Papa prend le chauffeur pour toute la journée. Je ne crois pas qu'il comprenne à quel point une débutante a besoin d'un chauffeur.

Lily inclina la tête comme pour signifier qu'elle était bien d'accord, tout en se demandant si Leana avait déjà pris le bus dans sa vie.

— Il faut que tu me téléphones la prochaine fois que tu as besoin d'un chauffeur. Je suis sûre qu'on pourrait te prêter Smythe, puisqu'on est voisines, proposa une brune avec une jolie robe en soie pastel à col bateau.

— C'est gentil, répondit simplement Leana, laissant comprendre à tout le monde ce qu'elle pensait de l'idée d'emprunter un chauffeur.

Puis elle reprit :

— Alors, Lily, il faut que je te présente. Tu connais déjà Cressie. Voici Lady Fiona Summerton, Miss Sophie

Cartwright, Miss Deborah O'Malley, Miss Elizabeth Yarley et Miss Charlotte Damrosch.

Lily perdit complètement le fil des noms, mais elle salua rapidement chacune des débutantes.

— Il faut toutes que vous fassiez la connaissance de Lily. C'était la seule personne un tant soit peu intéressante à notre présentation.

— Quel jour avez-vous été présentées ? demanda Charlotte d'une voix douce.

— Vendredi, répondit Lily.

— Moi aussi j'ai été présentée vendredi, murmura Elizabeth.

— Oui, ma chérie, mais tu étais très loin dans la queue. Je n'allais quand même pas t'attendre, si ? Je trouve ça vraiment scandaleux qu'ils nous aient fait patienter en ligne sur le bord de la route comme si on faisait la queue devant un music-hall.

— J'ai adoré, soupira Sophie. J'avais l'impression d'être une actrice à la première d'un film.

— En parlant d'actrice, vous avez vu les photos de la princesse Grace et de la princesse Caroline dans le *Times* ? demanda Cressie.

— C'est un magnifique bébé, commenta lady Fiona, et toutes en convinrent en chœur.

La conversation continua jusqu'à ce que la gouvernante réapparaisse pour annoncer à Leana que le déjeuner était servi.

— Mesdemoiselles, si vous voulez bien vous diriger vers la salle à manger, dit l'hôtesse du jour.

Le volume dans la pièce s'éleva tandis que les filles s'exécutaient. Lily ajustait son sac à main à son poignet lorsque Leana la prit par sa main libre et lui dit à voix basse :

— Je t'ai placée à ma gauche. Maman et moi, on s'est disputées à cause de ça – elle voulait lady Fiona à ma droite parce que c'est la fille d'un comte et Sophie à ma gauche parce que son père est un baronnet –, mais je lui ai dit que c'était ma fête et que je choisirais qui serait assise près de moi.

Face à l'insistance du regard de Leana, Lily esquissa un sourire.

— Merci. Je suis sûre que j'en apprécierai davantage le déjeuner.

— Quand j'ai vu que tu étais en retard, j'ai eu peur que Maman t'ait découragée, reprit Leana en passant son bras sous celui de Lily, tout comme elle l'avait fait dans les salons de réception. Tu dois me promettre que tu ne la laisseras pas nous séparer.

— Je ne veux pas créer de conflit entre vous, objecta Lily.

Leana fit un geste de la main alors qu'elles arrivaient dans la salle à manger, où se trouvait une table dressée pour trente-six personnes ; des vases de renoncules élevées en serre débordaient sur la nappe en lin immaculée.

— Si Maman voulait avoir son mot à dire sur mes fréquentations, elle n'avait qu'à faire attention à moi ces dernières années. Et si on mangeait ?

Le déjeuner fut composé de trois services : d'abord du saumon fumé écossais, puis des côtelettes d'agneau cuites jusqu'à ce qu'elles soient tendres comme du beurre, et enfin une délicate tarte au citron. C'était un changement bienvenu par rapport à tous les poulets façon Reine Elizabeth et les sandwichs au concombre et cresson que Lily avait mangés aux déjeuners et aux thés des autres débutantes, dont elle se lassait déjà.

Après le repas, les filles se retirèrent dans le salon et sortirent leurs carnets d'adresses et leurs stylos. Si la conversation leur avait jusque-là permis de faire connaissance, elles passaient à présent à la partie « affaires ».

Lily ouvrit son carnet bleu clair relié de cuir et écrivit soigneusement les noms de chacune des filles qui entouraient Leana quand elle était arrivée.

— Mon cocktail aura lieu le 10 avril, précisa Charlotte en écrivant son adresse et son numéro de téléphone dans le carnet de Lily. Je t'enverrai une invitation dès que je serai rentrée à la maison, et bien sûr je t'en enverrai une pour mon bal aussi.

— Merci. Ma cousine, Georgina Laningham, et moi organisons notre cocktail le 23 avril au Hyde Park Hotel. On serait ravies que tu viennes, répondit Lily en rendant à Charlotte son carnet.

— J'attends ton invitation, répondit Charlotte.

L'échange terminé, Lily passa à la fille suivante, puis la suivante, et circula dans toute la pièce jusqu'à croiser Georgie.

— Bonjour, ma chérie, pépia sa cousine en embrassant Lily sur les joues. Joli coup que tu as réussi là.

— Quel coup ? demanda Lily en riant.

Georgie sourit de toutes ses dents.

— Devenir amie avec Leana Hartford, l'une des meilleures débutantes de l'année.

— Baisse d'un ton, siffla-t-elle en jetant un regard autour d'elles pour voir si les autres filles s'étaient retournées.

— Tu n'es pas drôle. (Georgie fit la moue de ses lèvres roses.) Même si j'imagine que je dois faire ce que tu dis. Je suis certaine que tu es la seule raison pour laquelle j'ai été invitée.

Lily fronça les sourcils.

— Qu'est-ce que tu veux dire ?

— Sortie de nulle part, une invitation est arrivée avec la deuxième distribution du courrier hier après-midi. Maman a failli en avoir des palpitations parce que trois de mes robes sont chez la couturière pour des retouches, et bien sûr ce sont celles qu'elle préfère. Elle a pratiquement supplié notre coiffeur de me prendre ce matin, dit Georgie en touchant ses cheveux auburn ondulés retenus en arrière à l'aide de plusieurs peignes en écaille de tortue.

Lily sourit en imaginant tante Angelica courir dans tous les sens.

— En tout cas, j'aime beaucoup ta robe, dit-elle.

Georgie agita la jupe d'avant en arrière, admirant le balancement du tissu blanc orné de petites fleurs de pêcher.

— Merci. Cela dit, j'adorerais avoir ton œil et la moitié de ton talent avec une aiguille. Maintenant, arrête de changer de sujet. Je veux savoir comment tu connais Leana.

Lily raconta à sa cousine la journée des présentations, la confrontation glaciale entre Maman et Mrs Hartford, et l'intérêt que Grand-Maman portait à Leana.

— Comme c'est intrigant, commenta Georgie en remettant en place une de ses boucles. Ta grand-mère a raison, aussi terrifiante soit-elle. Le *Sketch* va probablement nommer Leana débutante de l'année, à moins que Juliet Milner ne la coiffe au poteau. Cela dit, Leana a plus d'articles que Juliet en ce moment, donc j'en doute.

— Je n'arrive pas à croire que tu saches tout ça, dit Lily.

— Et toi, comment se fait-il que tu ne le saches pas ? demanda Georgie avec une réelle surprise. Ce sont des informations importantes.

— Combien de robes possède Leana Hartford ou à quel thé a-t-on vu Julie Milner la semaine dernière ? énuméra Lily d'un air sceptique.

— Les pages « Société » renferment un certain pouvoir, que tu le veuilles ou non. Bien sûr… (Georgie se pencha près d'elle.) Ce pouvoir ne vaut rien si on le recherche activement. Personne ne respecterait une débutante qui essaierait de devenir la débutante de l'année.

— Je déteste cette notion de débutante de l'année. Ça me paraît ridicule de nous mettre en compétition les unes contre les autres.

— Eh bien, ni toi ni moi n'avons à nous en préoccuper. Nous n'avions aucune chance dès le départ, même si l'attention ne m'aurait pas gênée. C'est le but de la saison, non ?

— Je ne sais pas. Je crois que j'espère juste rencontrer des gens charmants et…

Georgie renversa la tête en arrière et se mit à rire.

— Des hommes, Lily. On est censées rencontrer des hommes. Pour se marier.

— Tu parles comme Maman et Grand-Maman, commenta Lily en riant.

— C'est dommage que nous n'ayons pas de frères ou de cousins. Ils nous auraient servi de cavaliers, regretta Georgie.

— J'imagine qu'on va devoir en trouver nous-mêmes.

— Eh bien, si tu restes dans l'entourage de Leana, je suis sûre que tu rencontreras des hommes en chemin. N'oublie pas de penser à ta cousine préférée si c'est le cas, lança Georgie avant de s'avancer vers un autre groupe de filles, son carnet d'adresses à la main.

4

Ce soir-là, dans le brouhaha du salon Waterloo du Cavalry Club plein à craquer, Lily se dit que le cocktail d'Isabel Crowford serait couronné de succès et considéré comme un bon lancement pour les nombreuses réceptions de la saison à venir.

Elle n'avait vu la débutante à l'honneur que durant quelques secondes dans la queue qui menait au salon Waterloo. Isabel se trouvait entre sa mère et son père, serrant les mains et faisant la bise à tous ceux qui entraient. Une fois à l'intérieur, les débutantes, leurs cavaliers et les membres de leur famille, tous vêtus de robes de soirée et de costumes, se dispersaient ; certains prenaient les chaises disposées çà et là autour de la pièce et d'autres sociabilisaient sous le grand chandelier de verre.

Comme c'était le premier cocktail pour bon nombre de débutantes – dont Lily –, la plupart des invités avaient répondu présent.

— J'aimerais bien qu'ils ouvrent les portes des balcons, dit Ginny Douglas, une fille blonde et délicate que Lily avait rencontrée chez Mme Vacani quand elle apprenait à faire la révérence.

— On est un peu serrés, n'est-ce pas ? Mais ça donne une joyeuse ambiance, rebondit Lily, en protégeant son verre de gin orange pour éviter qu'il ne déborde sur ses gants lorsque plusieurs débutantes passèrent près d'elle en riant.

Ginny, qui ne semblait pas partager son optimisme, porta une main à son front.

— Je crois que je vais trouver un siège quelque part.

En la regardant s'éloigner, Lily aperçut un éclat de satin vermillon par-dessus un grand jupon et se redressa en voyant tante Angelica foncer dans sa direction.

— Te voilà, ma chérie !

Elle s'arrêta devant Lily, un verre à cocktail dans chaque main, et son énorme jupe ondula avant de retomber autour d'elle.

— Je vous ai observées toute la soirée, Georgie et toi. Vous vous débrouillez très bien avec les autres filles.

— Merci. Tu as vu Maman ? demanda Lily en tendant le cou.

Tante Angelica haussa les sourcils et tourna la tête vers la gauche.

— Je l'ai laissée dans un coin avec Richard Prichard. Il avait un petit faible pour elle quand elle était débutante.

Lily regarda par-dessus l'épaule de sa tante. Pendant tout le trajet en taxi, Maman avait regardé droit devant elle en tortillant son mouchoir entre ses doigts. Lily s'attendait à ce qu'elle soit nerveuse : c'était la première fois que sa mère se retrouvait à une vraie fête hors de leur cercle familial depuis la guerre, et elle ne serait jamais venue si ce n'était pour la saison de Lily.

— Ne t'inquiète pas pour elle. Essaie juste de rencontrer autant de gens charmants que possible, dit tante Angelica.

— Je n'y manquerai pas, promit Lily, même si elle savait que sa mère serait toujours dans un coin de sa tête.

— Si tu as besoin d'un coup de main, demande à Georgie. Elle est entourée d'un véritable troupeau. C'est formidable !

Là-dessus, tante Angelica disparut.

À nouveau seule, Lily avala une gorgée. Aux yeux des non-initiés de la saison, être une débutante devait paraître simple – on s'habille, on assiste à des fêtes, on fait la conversation –, mais c'était sans compter la pression qui pesait sur les épaules de toutes les jeunes filles non mariées de la pièce, censées circuler et passer pile le temps qu'il fallait avec chaque personne. Elles discutaient poliment – et jamais de sujets polémiques –, laissant chacun de leurs interlocuteurs avec un trait d'esprit grâce auquel ils ne les oublieraient pas. D'une façon ou d'une autre, à travers ces moments volés, on attendait d'elles qu'elles trouvent un homme qui leur servirait d'abord de partenaire de danse, puis de cavalier, avant de devenir petit ami, fiancé et, enfin, mari.

Pour Lily, les choses étaient encore plus difficiles depuis qu'elle s'était rendu compte qu'elle avait ici plus de connaissances que de vraies amies – une vérité qui s'appliquait à sa vie en général. Même si les invitations aux thés et aux anniversaires lui étaient parvenues, elle n'avait jamais vraiment pu rendre la pareille, car Maman refusait d'ouvrir leur porte à n'importe qui. Tante Angelica venait souvent combler ce vide, mais elle devait déjà s'occuper de Georgie, et Grand-Maman n'avait aucune envie de recevoir des groupes d'adolescentes dans son élégante demeure. Sans entretien, les relations qui s'installaient entre les générations d'une famille dépérissaient, et Lily n'avait pas d'amie de longue date avec qui elle aurait partagé des souvenirs communs.

À l'autre bout de la pièce, Lily aperçut Ivy Wark. Elle se dirigea tout droit vers sa camarade de chez Mme Corbin, mais Leana, vêtue d'une robe en taffetas prune aux épaules dénudées, vint se placer sur son chemin.

— Te voilà ! dit-elle avec un grand sourire.

Elle fit un signe de tête en direction du verre qu'elle portait dans la main gauche.

— C'est pour toi.

Lily posa le sien à moitié bu pour se saisir du nouveau.

— Merci.

— J'étais sur le point d'abandonner tout espoir de te voir arriver, remarqua Leana en levant son propre verre.

— Je suis là depuis six heures et demie.

— Quel ennui ! C'est bien trop tôt à mon goût.

Leana prit sa main libre.

— Viens. Je veux te présenter des gens.

Leana l'entraîna entre les mères vêtues de soie, les pères au col raide et les jeunes hommes portant des costumes de toutes les teintes de bleu marine et de gris. Lily avait l'impression que tout le monde les regardait sur leur passage, les yeux rivés sur la potentielle débutante de l'année.

Enfin, sa nouvelle amie s'arrêta devant un trio de jeunes garçons.

— Je l'ai trouvée !

Le groupe se tourna d'un coup vers Lily, et celle-ci dut se forcer à ne pas reculer devant l'insistance des regards posés sur elle.

— Je tiens à vous présenter ma bonne amie Lily Nicholls. Lily, voici le sous-lieutenant Gideon Moore du régiment des Grenadier Guards, dit Leana.

— Enchantée, répondit-elle automatiquement à un grand homme aux cheveux noirs ondulés et aux yeux bleus perçants qui arborait un sourire amusé.

— Ne crois pas un mot de ce qu'il te dira, la prévint Leana. Je le connais depuis des années, et je ne l'ai jamais entendu raconter la vérité.

Le sourire de Gideon s'adoucit avec un grand charme.

— Tu devrais plutôt croire tout ce que *je* dis et ne pas faire attention à elle.

Leana leva les yeux au ciel.

— Gideon pense à tort que, sous prétexte qu'on a grandi dans des villages voisins, je suis censée tolérer son sens de l'humour. Plus important encore, ces charmants messieurs… (Leana fit un geste pour désigner le cercle) sont le sous-lieutenant Cecil Towey et Rupert Harper-Bowman.

Lily salua Cecil, qui avait une silhouette plutôt romantique avec ses cheveux châtain foncé coiffés en arrière et ses lunettes à monture sombre, et Rupert, un garçon dégingandé aux boucles rousses. En les examinant, elle voyait bien qu'ils observaient ses cheveux, son visage, sa robe, ses chaussures, sa silhouette. Elle se sentait comme un chaton dans la vitrine d'une animalerie, convoité par les potentiels acheteurs qui décidaient si oui ou non ils allaient la rapporter à la maison.

— Ça te plaît d'être une débutante, Lily ? demanda Cecil.

— Je ne sais pas encore. C'est mon premier cocktail, répondit-elle.

— À moi aussi, fit Leana avant de boire une grande gorgée.

— Ce n'est pas une réponse très enthousiaste, Lily. Toutes les débutantes ne sont-elles pas censées rougir d'excitation et se ravir de chaque fête ? demanda Gideon.

Elle haussa les épaules.

— On m'a raconté que la saison était comme un marathon, alors je ferais mieux de conserver mon énergie.

— Et ton opinion, visiblement.

— Tu n'iras pas loin avec Lily en jacassant comme ça, Gideon, le prévint Leana, qui ne semblait pas remarquer l'attention que lui portaient les autres hommes. Elle est bien trop raisonnable pour ça.

— Raisonnable ? (Il eut un sourire malicieux.) Je pensais que les mots « intelligente », « accomplie », et « belle » te viendraient d'abord à l'esprit.

— Tout cela fait qu'elle est trop bien pour toi, Gideon, rétorqua Leana.

— Je crois que je me ferai ma propre opinion, si toutefois j'ai le droit de participer à cette conversation, intervint Lily.

Gideon envoya sa tête en arrière en riant.

— Très juste.

Cecil ajusta ses lunettes avec un soupir.

— Il ne sert à rien d'essayer de se glisser entre Leana et Gideon quand ils s'envoient des piques.

— Tu adores ça, rétorqua Gideon en poussant son ami du coude.

— Je trouve ça fatigant, le contra Cecil. Tu veux un autre verre, Lily ? Le tien est presque vide.

Avant qu'elle puisse réagir, Leana répondit en levant son propre verre, presque vide lui aussi, même s'il était plein quelques instants plus tôt.

— C'est très gentil de ta part, Cecil.

— Je vais t'en chercher un, proposa Rupert en rougissant jusqu'à la racine de ses cheveux roux.

Leana envoya sa chevelure brune derrière une de ses épaules nues.

— Cecil, tu peux aller chercher le mien, et Rupert celui de Lily.

Cette dernière avait déjà l'estomac noué à cause de la pression, du fait qu'elle n'avait pas dîné et du gin qu'elle avait consommé, mais Leana semblait trouver un grand plaisir à envoyer ces jeunes hommes en mission.

Alors que les deux garçons s'éloignaient, Gideon dit :

— Cecil et moi sommes tous les deux dans les Grenadier Guards, nous sommes donc copieusement lassés de nos histoires respectives.

— Et Rupert ? demanda Lily.

— C'est le petit ami de Cressie Blessingham, répondit Gideon.

— Même si elle pourrait avoir beaucoup mieux, commenta Leana avec dédain.

— Ce n'est pas toi qui le fréquentes, Leana, donc je crois que ton opinion importe peu, rétorqua Gideon.

— Quel est le problème avec Rupert ? demanda Lily.

— Il est si… ordinaire. Cressie pourrait se montrer bien plus ambitieuse. La famille de Rupert n'a rien de remarquable, et lui, que fait-il de sa vie ?

— Il est fonctionnaire, et plutôt doué à ce que je sache, répondit Gideon.

Leana se tourna vers son amie.

— Lily, tu trouves que je suis désobligeante ?

Lily leva les yeux de son verre.

— Peut-être un peu.

Gideon prit un air suffisant, et l'espace d'un instant, Lily crut que Leana allait s'en prendre à elle. Au lieu de ça, celle-ci se mit à rire.

— Tu as raison. Bien sûr que tu as raison. Tu seras ma boussole morale pour la saison. Tu pourrais avoir une bonne influence sur moi.

— Quelle mission pénible ! Laisse Lily profiter de sa saison, la tança Gideon.

La foule devant eux s'écarta suffisamment pour que Rupert et Cecil puissent se faufiler avec leurs boissons.

— Ça n'a pas pris longtemps, remarqua Lily avec un sourire reconnaissant.

— Nous avons fièrement combattu et nous avons triomphé, plaisanta Cecil.

Rupert tendit son verre à Leana, et fit un signe de tête vers la droite.

— Ne serait-ce pas la « débutante millionnaire » ?

Lily suivit son regard jusqu'à apercevoir Katherine Norman à l'autre bout de la pièce. Elle rayonnait dans une robe blanche d'un matériau étincelant, nouée à la taille avec une large ceinture de velours indigo. Même si Katherine, qui se tenait seule debout près des portes, ne devait pas avoir plus de deux ans d'écart avec la plupart des filles présentes, elle paraissait incroyablement plus sophistiquée. Peut-être était-ce à cause de sa façon de pencher la tête ; ou de ses lèvres légèrement relevées vers la gauche, qui semblaient indiquer qu'elle trouvait tout cela amusant – comme si la saison faisait partie d'une plaisanterie élaborée dont elle seule connaissait la chute.

— J'ai entendu dire que Walter Norman avait l'intention d'inviter presque tous les officiers de notre régiment, des Coldstream Guards et des Scots Guards au bal de sa fille, précisa Cecil.

— Je la connais de l'école, leur apprit Lily.

— Qui ? La débutante millionnaire ?

— Oui, Katherine, répondit-elle, refusant d'employer ce surnom.

Elle ne savait que trop bien à quel point ils pouvaient être blessants.

— Tu crois que tu pourrais nous présenter ? demanda Cecil en arrangeant sa cravate.

— Vraiment, Cecil, on croirait entendre un héros de troisième ordre dans un roman victorien de second ordre, le réprimanda Leana.

— Je crois que oui. Je ne la connais pas si bien, précisa Lily, un peu dubitative.

— Eh bien voilà, Towey. Peut-être que tu pourras ravir une débutante après tout, plaisanta Gideon en tapant dans le dos de son ami.

— Voilà qui règle bien des choses, n'est-ce pas ? conclut Leana.

Quand tout le monde se retourna vers elle avec curiosité, elle agita la main d'un geste informel.

— Pour le dîner. Gideon, tu as dit toi-même que la table était réservée pour cinq personnes. Avec Lily, Gideon, Rupert, Cressie et moi, ça fait cinq.

Cecil bredouilla.

— Mais le dîner...

— Je suis sûre que tu passeras un bon moment à faire la connaissance de Katherine Norman, Cecil, le coupa Leana d'un ton glacial.

Cecil voûta ses larges épaules sous sa veste bleu marine, comme un petit garçon à qui l'on venait de dire qu'il ne pouvait plus jouer avec ses amis. Il marmonna une excuse au sujet d'un camarade qu'il devait saluer et s'éloigna.

— Leana, tu ne peux pas me donner la place de Cecil, dit Lily.

— Pourquoi pas ?

— D'abord, tu ne m'as pas encore invitée à dîner, et je n'ai pas encore dit oui.

Leana commença à protester, mais Lily poursuivit :

— Si je disais oui, je suis certaine que le restaurant pourrait rajouter une sixième chaise.

— Tu viendras, n'est-ce pas ? demanda Leana, presque anxieuse.

— Si je peux aller dire à Cecil de se joindre à nous, oui, accepta Lily.

Leana sembla batailler avec cette décision, mais finit par capituler.

— Très bien. Je plaisantais, de toute façon.

À ses côtés, Gideon dit à voix basse :

— Bien joué.

Lily lui offrit un petit sourire et se dirigea vers Cecil. Quand elle arriva à son niveau, elle lui posa délicatement une main sur le bras.

— Tu veux bien me montrer où je pourrais trouver un verre d'eau ?

Cecil commença à le lui expliquer, puis il lui tendit le bras.

— Bien sûr.

Ils firent quelques pas, puis il lança :

— Tu n'as pas vraiment besoin d'un verre d'eau, n'est-ce pas ?

Elle le regarda.

— Non, pas vraiment, mais j'ai pensé que tu voudrais sans doute un peu de compagnie. Leana s'est rendu compte qu'elle avait été méchante. Elle voudrait que tu viennes au dîner.

Il émit un rire.

— Qu'est-ce que tu lui as dit ?

— Pourquoi crois-tu que je lui ai dit quoi que ce soit ?

Il lui lança un regard tel qu'elle dut admettre la vérité.

— Je lui ai précisé que je ne viendrais pas si tu ne venais pas.

Il hocha la tête.

— Merci.

— Je serais ravie de te présenter à Katherine Norman si tu veux, mais je ne la connais pas beaucoup.

Il se frotta la bouche de sa main libre. Loin de ses amis, il semblait las et moins enjoué.

— Peut-être une autre fois.

— Comme tu veux.

— À dire vrai, il y a certaines attentes. C'est-à-dire que ma famille…

— Espère que tu vas faire un bon mariage, termina-t-elle à sa place.

Il rit en soupirant et regarda autour d'eux avant de reprendre à voix basse :

— Mon grand-père est mort il y a quelques mois, et les frais de succession sur la maison sont colossaux. Et puis, il y a la propriété.

Elle comprit immédiatement. Il avait besoin d'épouser quelqu'un de riche pour remplir les coffres de la famille. C'était une histoire vieille comme le monde au sein de sa classe, mais il avait au moins la décence de se sentir penaud.

— Est-ce que tu serais heureux ? demanda-t-elle.

— Je serais heureux de ne pas vivre dans une digne pauvreté. Quoi qu'il en soit, ne t'embête pas pour les présentations. S'il y a bien un avantage à faire partie des Guards, c'est que je manque rarement d'invitations à des cocktails comme celui-ci.

— Lily ? Je me demandais où tu étais passée.

En entendant la voix de sa grand-mère, Lily se redressa un peu et prit un air charmant avant de se retourner.

— Bonjour, Grand-Maman.

Sa grand-mère balaya Cecil du regard avec une efficacité implacable, prenant en compte la coupe de son costume, les boucles élégantes de ses cheveux, et la façon dont il se tenait avec attention près de sa petite-fille. Grand-Maman leva un sourcil en direction de Lily.

— Grand-Maman, je te présente le sous-lieutenant Cecil Towey. Cecil, voici ma grand-mère, Mrs Gerald Nicholls.

— Enchanté, Madame, la salua Cecil en inclinant parfaitement la tête tandis qu'il lui serrait la main.

— Towey, de la famille Towey de Gloucester ? demanda Grand-Maman.

— Oui.

Grand-Maman retira sa main.

— Je vois.

Ces deux mots constituaient un rejet sec. Comme s'il ressentait cette désapprobation, Cecil se tourna vers Lily.

— Si tu veux bien m'excuser, j'aperçois des amis de ma mère. Je vais aller les saluer.

— Bien sûr.

Il pressa sa main dans la sienne et, avant de partir, il ajouta :

— Ce serait un grand honneur pour moi d'être ton cavalier, si jamais tu en avais un jour besoin.

Elle rougit. Son premier cavalier ? Georgie serait tellement fière.

— C'est très gentil de ta part. Merci.

— Comment l'as-tu rencontré ? demanda Grand-Maman dès que Cecil fut hors de portée de voix.

— Cecil ? On m'a présenté quelques-uns de ses amis.

— Son grand-père est mort il y a peu. Ils croulent sous les dettes.

— Les droits de succession, plutôt.

— En ce qui te concerne, c'est la même chose.

— Ne t'en fais pas. Cecil ne s'intéresse pas du tout à moi, mais j'ai rencontré plusieurs de ses amis ce soir. Ils m'ont invitée à dîner plus tard. Oh.

Lily aperçut sa mère par-dessus l'épaule de Grand-Maman. Maman avançait lentement au bras d'un homme d'âge mûr, qui hochait doucement la tête tandis qu'elle parlait. Quand ils s'arrêtèrent à leur niveau, on lui présenta Mr Prichard, qui s'inclina avec soin et prit congé.

— Richard Prichard. Quel nom ridicule pour un homme, commenta Grand-Maman.

— Il est très gentil avec moi, rétorqua Maman avec un léger sourire.

Lily savait que cette soirée n'était pas facile pour sa mère – toute la saison serait une épreuve pour elle –, mais elle était ravie que Maman et Grand-Maman soient là. Il y avait quelque chose de réconfortant dans le fait de savoir que parmi les invités se trouvaient des personnes familières.

— Lily me racontait qu'elle avait été invitée à dîner. C'est très bien pour une première sortie, dit Grand-Maman.

— Y aura-t-il des hommes à ce dîner ? demanda doucement Maman.

— Oui, répondit Lily, obtenant ainsi deux hochements de tête approbateurs.

— Et qui fait partie de ce groupe ? demanda Grand-Maman.

— Cecil, le sous-lieutenant Gideon Moore des Grenadier Guards, et Rupert Harper-Bowman, répondit-elle.

Une expression proche de l'approbation passa sur le visage de sa grand-mère.

— J'ai été présentée avec la grand-mère de Rupert.

— Et moi avec sa mère, ajouta Maman.

— Qui sont les filles ? demanda Grand-Maman.

— La petite amie de Rupert, Cressie.

— La fille de Sir Blessingham. C'est très bien, dit Grand-Maman.

— Et Leana Hartford, ce qui fait six personnes en tout.

Sa mère se raidit immédiatement.

— Lily, je t'ai déjà dit ce que je pensais des Hartford. Ils ne sont pas dignes de confiance.

— Maman, c'est Leana qui m'a invitée à dîner. Pourquoi l'aurait-elle fait si elle était si méchante ?

— Elle t'a invitée à dîner ? Même après que tu as refusé d'aller à son déjeuner ? demanda Maman.

— Tu as dit non au déjeuner de débutante de Leana Hartford ? demanda Grand-Maman.

Qu'elle dise la vérité ou qu'elle mente, elle allait contrarier sa mère ou sa grand-mère.

Est-ce si important ?

L'idée lui vint avec la clarté aveuglante du tonnerre. Ce n'était pas la saison de sa mère ni de sa grand-mère. Elles n'avaient pas besoin de s'entendre avec les filles qu'elle fréquentait. C'était *elle* qui devait trouver sa voie parmi la foule. C'étaient ses relations, et sa vie.

— J'y suis allée pendant que tu étais chez tante Angelica, Maman, avoua-t-elle.

— Lily ! cria sa mère.

— Josephine, sois raisonnable pour une fois et ne fais pas de scène, la houspilla Grand-Maman. Comment était le déjeuner ?

— J'ai rencontré une dizaine de filles. La majorité d'entre elles étaient charmantes, voire de très bonne compagnie.

— Et leurs adresses ?

— Je les ai toutes.

Elle marqua une pause.

— Dont celle de lady Fiona.

— La fille du comte de Summerton ? demanda Grand-Maman.

— Oui.

Même Maman semblait impressionnée, bien qu'elle montrât clairement sa déception face à la trahison de Lily.

— Leana semble connaître beaucoup de monde, insista Lily.

— Il y a une différence entre connaître du monde et être connu. J'ai bien peur que Leana appartienne à la deuxième catégorie, rétorqua Maman.

— S'il te plaît. Je n'ai pas encore reçu d'invitation à dîner, dit-elle en tournant le regard vers sa grand-mère.

Grand-Maman écarta les bras devant elle.

— La décision revient à ta mère. Je n'oserais jamais m'en mêler.

Lily réprima une grimace, sachant très bien que Grand-Maman se mêlait toujours de tout, mais elle se tourna vers sa mère. Celle-ci sembla hésiter un moment avant de répondre :

— Non, je ne le permets pas. Fin de la discussion.

Lily prit une grande inspiration.

— Non, Maman, cette discussion n'est pas finie.

— Je te demande pardon ?

Son cœur cognait dans sa poitrine, mais elle continua de fixer sa mère, oubliant la pièce surchauffée, le regard insistant de Grand-Maman et l'adrénaline de sa première fête.

— J'ai été présentée, dit-elle lentement. Je vais aller à des thés, des déjeuners, des cocktails et des bals. J'aurai les mêmes conversations avec les mêmes personnes soir après soir. Je ferai tout ce que Grand-Maman et toi me demanderez de faire afin de progresser en tant que débutante, mais je n'arrêterai pas de fréquenter Leana Hartford à moins que tu ne me donnes une autre raison que le fait que tu n'apprécies plus Mr et Mrs Hartford, parce que je suis une femme maintenant. Je devrais être capable de choisir mes propres amies.

Sa mère pinça ses lèvres d'un blanc exsangue, et Lily faillit perdre son sang-froid, mais Maman finit par secouer la tête.

— Tu feras ce que bon te semble. C'est ce que tu as toujours fait.

Ce n'était pas vrai. Si tel avait été le cas, elle aurait été entourée de livres à l'heure actuelle, et elle n'aurait pas « débuté ». Cependant, on avait choisi cette voie pour elle, la tradition se présentait à elle : autant qu'elle l'accepte pour ce que c'était.

— Je suis sûre que je serai rentrée avant minuit.

Cela lui laisserait suffisamment de temps avant de prendre congé et demander au restaurant où ils allaient de lui commander un taxi. Cela lui permettrait aussi d'étudier avant d'aller se coucher.

— Ne t'embête pas à venir me dire bonsoir, rétorqua Maman. Je serai au lit.

Tandis que Maman s'éloignait, Grand-Maman tapota la main de Lily.

— Tu as bien fait, ma chérie. Tu as très bien fait.

5

LILY MIT DE CÔTÉ TOUTE LA CULPABILITÉ qu'elle ressentait d'avoir défié sa mère au sujet du dîner et se dirigea vers le groupe de Leana.

Cressie, qui venait de se joindre à eux, la salua d'un geste et lui fit la bise.

— Oh, tu es divine. J'adore ta robe. C'est très malin de la part du couturier d'avoir ruché le corsage comme ça.

La couturière, qui n'était autre que la propriétaire de la robe ornée de mousseline de soie au niveau de la taille, ne put s'empêcher de sourire. Cressie serait probablement horrifiée si elle savait que Lily avait dû coudre ses propres vêtements, étant donné qu'elle l'avait entendue raconter fièrement aux filles présentes au déjeuner de Leana que sa mère l'avait emmenée chez Worth pour acheter six robes de cocktail et trois robes de bal.

— Merci. Tu es ravissante ce soir, répondit-elle sincèrement.

Cressie avait ce teint de pêche que les rédacteurs vantaient dans leurs publicités, et ses boucles soyeuses étaient retenues en arrière d'un côté à l'aide d'un peigne assorti au fil argenté de sa robe de brocart bleu nuit qui lui tombait sous le genou.

— Te voilà, Lily, l'accueillit Leana. Je croyais qu'on t'avait perdue pour toujours !

— J'étais juste allée dire à ma mère et à ma grand-mère que je me joindrais à vous pour dîner.

— Alors tu viens ? demanda Leana, les yeux brillants.

— Oui.

— Oh, très bien. Il y aura donc au moins une personne raisonnable parmi nous, réagit Gideon, ce qui lui valut les moqueries des autres garçons.

Leana leva les yeux au ciel.

— Allons-y, alors ! Je ne supporterai pas un autre verre avec si peu d'alcool.

— J'ai surtout envie de vraie nourriture, abonda Rupert en jetant un œil vers l'un des nombreux plateaux de petits fours recouverts de quelques toasts au saumon et de vol-au-vent, proposés par les serveurs gantés de blanc.

— Où allons-nous ? demanda Lily.

— Au Ritz, répondit Leana.

Lily déglutit. Elle n'était jamais allée au Ritz, et elle ne pouvait pas se le permettre. Elle disposait d'une petite somme d'argent dans son sac, mais juste assez pour un repas modeste et un taxi pour rentrer.

Une main délicate se posa dans le bas de son dos. En levant les yeux, elle vit Gideon qui lui souriait.

— C'est moi qui régale.

— Oh, je ne peux pas l'accepter !

— Au risque de passer à côté de la soirée ? Laisse-moi faire et amuse-toi. C'est un ordre, Miss Nicholls.

Elle sentit un sourire lui monter au coin des lèvres.

— En tant que soldat, ce n'est pas toi qui es censé recevoir des ordres ?

Le visage de Gideon s'éclaira.

— Seulement si la femme qui les donne me plaît.

Elle pencha la tête et but une dernière gorgée de son verre avant de le tendre à Gideon, qui attendait pour s'en saisir.

— Merci.

— Cecil vient avec nous ? demanda-t-il.

Elle secoua la tête.

— Je crois qu'il est encore un peu vexé.

Il soupira.

— Elle devrait se montrer plus douce avec lui. Tout le monde ne possède pas une maison sur Hanover Square. Merci d'avoir essayé, cela dit. C'est gentil.

— Oh, ce n'était rien.

— Ce n'était certainement pas rien. Je vais conduire jusqu'au restaurant. Je sais que c'est ridicule parce que le Ritz n'est pas loin sur Piccadilly, mais je n'ai pas envie de laisser la voiture. Tu veux venir avec moi ?

Il sourit si fort que son beau visage s'illumina, et elle ne put que hocher la tête.

— Eh bien, c'est décidé, dit-il.

— Quoi donc ? demanda Leana qui s'était approchée d'eux.

— Lily monte en voiture avec moi. Ça vous laissera plus de place dans le taxi.

Leana regarda Lily, puis Gideon.

— C'est vrai ?

— Laisse tomber, Leana, lui intima Gideon d'un ton plus ferme.

Lily sentit qu'elle avait fait quelque chose de mal. Elle voulut poser la question, mais se ravisa. Pourquoi Gideon ne la conduirait-il pas ? Il ne semblait pas s'être engagé auparavant auprès de Leana.

— On devrait y aller, rappela Rupert en regardant sa montre.

— Vous voulez bien être des anges et aller chercher nos affaires ? demanda gentiment Leana.

Gideon prit un air renfrogné.

— Nous ne sommes pas tes valets de pied, Leana.

— Non, mais vous faites très bien semblant quand on vous le demande. Sois un cœur !

Elle lui tendit son étiquette métallique pour le vestiaire.

Quoi qu'il en pensât, il se contenta de saisir l'étiquette et se tourna vers Lily. Elle hésita ; il se radoucit.

— C'est bon.

Elle ouvrit son sac et sortit sa propre étiquette.

— Merci.

Gideon sourit.

— Je te retrouve dans le hall.

Tandis que les hommes s'éloignaient, Leana prit Lily et Cressie par le bras.

— Allons nous repoudrer, je veux savoir tout ce que vous avez appris ce soir.

Comme si elle n'avait attendu que ce signal, Cressie se mit à partager tous les ragots qu'elle avait entendus pendant la soirée :

— Vous saviez que Mr et Mrs Balcon restent ensemble malgré l'infidélité du père uniquement pour que Cynthia puisse être présentée ? demanda-t-elle dès qu'elle se fut assurée qu'elles étaient seules.

— Si le lord-chambellan l'avait su, Cynthia n'aurait jamais été invitée à la cour, commenta Leana, plissant les lèvres le temps d'y appliquer un rouge carmin.

Lily sortit son propre poudrier et commença à se tamponner le nez, essayant de se défaire de la sensation d'être une étrangère face à deux amies.

— Et la rumeur raconte que le bal de Harriette Pont aurait déjà coûté plusieurs centaines de livres. Cette saison pourrait bien pousser Mr Pont à bout, ajouta Cressie.

— Papa dit qu'il a failli tout perdre avant la guerre en spéculant en bourse. Ils n'ont eu de quoi vivre ces dix dernières années que parce qu'ils ont vendu leur hideuse maison de Hans Court.

Leana leva les yeux vers le miroir.

— C'est à Chelsea, près de là où tu habites, Lily, n'est-ce pas ?

Hans Court se trouvait de l'autre côté de Chelsea, plus cossu, bien loin de Harley Gardens, mais Lily se contenta d'incliner la tête.

— Oui, plus ou moins.

— Et toi, Lily ? Tu as entendu de bons ragots ? demanda Cressie en se servant d'un mouchoir pour essuyer un peu de mascara sous ses yeux.

Lily referma son poudrier.

— Pas spécialement.

— Elle connaît Katherine Norman, même si je ne suis pas sûre que je le crierais sur tous les toits à sa place, lui apprit Leana en riant.

— Avant notre présentation, ça faisait plusieurs années qu'on ne s'était pas parlé. Elle était quelques classes au-dessus de moi à l'école, mais je l'aimais bien. J'espérais pouvoir la saluer ce soir ; il semblerait qu'on se soit manquées.

— J'ai entendu dire que son bal allait coûter une fortune, dit Cressie.

— Elle ne risque pas de manquer de fonds, releva Leana avec dédain, comme si l'idée même des vastes ressources des Norman avait quelque chose de salissant.

— Les invitations n'ont pas encore été envoyées, mais j'espère bien en recevoir une. Je veux voir à quoi ressemble la soirée de la fille d'un magnat de la presse.

— Ce sera vulgaire et de mauvais goût, décida Leana.

— Mais tu seras contrariée si tu n'es pas invitée, se moqua Cressie.

Son amie leva un sourcil soigneusement épilé.

— Je suis sûre que je recevrai une invitation, mais il faudra que je discute avec Maman pour savoir si on pense vraiment que c'est une bonne idée que j'y aille.

— Si je suis invitée, j'irai, la prévint Lily. Je suis sûre que ce sera amusant.

— Que tu es courageuse…

Un sourire se forma lentement sur les lèvres de Leana.

— Après tout, peut-être qu'on doit toutes faire attention à ne pas te sous-estimer. Tu as l'air de très bien t'entendre avec Gideon.

Lily haussa les épaules.

— Il s'est montré très attentionné ce soir.

Leana pouffa.

— Gideon est très attentionné avec toutes les jolies filles qui passent dans son orbite. Il aime qu'on s'intéresse à lui.

— Je le trouve craquant, avoua Cressie en gloussant.

— Il ressemble à Montgomery Clift dans *Une place au soleil.*

— Faites qu'il ne t'entende jamais. Il est suffisamment vaniteux comme ça, soupira Leana en tournant la tête de part et d'autre pour vérifier son rouge à lèvres.

— Il a dit que vous vous connaissiez depuis l'enfance ? demanda Lily.

— Sa famille vient de Wootley, un village voisin d'Elkenhurst, lui apprit Leana.

— La propriété des Hartford, Asheville Hall, est magnifique, dit Cressie.

— C'est là que se tiendra mon bal en juin.

Leana se leva du siège rose tufté sur lequel elle était assise, le taffetas de sa robe bruissant mélodieusement.

— Je crois qu'on les a assez fait attendre, non ?

Les deux autres filles la suivirent, mais, une fois à la porte, elle s'arrêta.

— Je suis ravie que Gideon s'intéresse à toi aujourd'hui, Lily. Mais ne fais pas la même erreur que bon nombre de filles avec lui.

— Laquelle ?

— N'oublie jamais que le plus grand amour de Gideon, c'est lui-même.

— Il va simplement me conduire au restaurant, affirma Lily sur un ton un peu plus ferme qu'elle ne l'aurait dû.

Elle n'appréciait pas que Leana présume de ce qu'elle ressentait ou non pour Gideon. Ils se connaissaient à peine, et Lily n'était pas une héroïne idiote sortie d'un livre. Elle n'allait pas tomber follement amoureuse d'un homme dont elle ne savait rien.

Leana leva le menton et étudia Lily.

— On verra bien, lâcha-t-elle avant d'ouvrir la porte.

Quand elles furent seules dans les toilettes, Cressie ajouta :

— Gideon rend toujours Leana folle quand ils vont quelque part ensemble. Elle va à des fêtes depuis quelques mois parce que Mrs Hartford est invitée partout, et Gideon et son frère font tous les deux partie des Grenadier Guards.

Cressie lui donna un petit coup de coude.

— Leana n'aime pas le changement, mais elle aura tout oublié dans une heure ou deux.

Lily acquiesça devant cette explication et ce conseil. Toutefois, une fois arrivée près des hommes qui les attendaient dans le hall, elle était au comble du ravissement lorsqu'elle prit le bras de Gideon pour qu'il la conduise à sa voiture.

Quelques heures plus tard, Lily se trouvait au milieu d'un élégant salon à Hartford House, pieds nus sur le parquet verni, présentement apparent car les hommes avaient roulé le tapis. Dans une main, elle tenait une coupe de champagne à moitié bue, à moitié oubliée. Près d'elle, Rupert et Cressie dansaient en bougeant à peine les pieds. Leana était étalée sur un canapé en velours rose pâle, une bouteille de champagne coincée entre sa taille et le dossier tufté, et Cecil, qui était finalement venu dîner après que Gideon lui avait téléphoné au club, essayait de se verser un whisky avec une carafe en cristal en titubant.

Lily bougeait la tête en arrière de sorte que ses cheveux blonds viennent lui chatouiller les épaules. Elle pivotait lentement, les yeux fermés, pendant que le tourne-disque jouait *Diana* de Paul Anka. Elle était ivre. Ivre pour la première fois, de champagne, de rires, et du besoin vorace de s'amuser, car tel avait été le dîner au Ritz en compagnie de ce groupe : amusant.

— Tu vas te rendre malade.

Elle ouvrit les yeux et vit Gideon qui riait en la regardant. Sa cravate desserrée pendait à son cou, et le bouton du haut de sa chemise était défait. Les cheveux un peu ébouriffés, il avait l'air espiègle – voire dangereux.

— Je passe un excellent moment, annonça-t-elle en continuant de tourner. Un excellent, excellent moment.

Quand elle se retrouva à nouveau face à lui, il s'avança doucement et lui prit les bras comme s'ils dansaient.

— Tu as vraiment passé une bonne soirée ? demanda-t-il.

— C'était plaisant, répondit-elle en se rendant compte qu'elle appréciait la façon dont ce mot roulait dans sa bouche. Plaisant, très plaisant.

Il rit.

— Je me suis trompé. Tu n'es pas raisonnable du tout.

Elle secoua la tête et s'affaissa un peu contre son bras.

— Oh, je ne me sens pas bien.

— Oui, je sais.

— Comment tu le sais ? demanda-t-elle.

— Parce que, Miss Nicholls, vous êtes ivre – un état que je connais très bien.

Elle recula, avec l'impression qu'elle se déplaçait dans de la gélatine.

— Je te demande pardon ? Une dame ne boit jamais à l'excès.

Il rit.

— D'après qui ?

Elle fit un geste de la main.

— Oh, tout le monde. Maman. Grand-Maman.

— Tout le monde, clairement.

— Tu te moques de moi.

Il l'attira vers lui et posa la joue contre sa tempe.

— C'est vrai. Ça fait partie de ce que j'ai préféré, ce soir.

— Le dîner était bon. Divin, même, se reprit-elle en se remémorant la terrine de canard, le homard thermidor et la mousse au chocolat qu'elle avait mangés, le tout accompagné de vin dont on la resservait si fréquemment que son verre ne semblait jamais vide.

— Je suis content que ça t'ait plu.

Elle regarda ses mains dans les siennes et prit conscience qu'elle avait dû poser son verre à un moment donné.

— Je n'ai plus de champagne.

— Je te l'ai pris.

Elle fit la moue, et il ajouta :

— Tu me remercieras dans quelques heures, crois-moi.

Elle soupira.

— Très bien. Même sans champagne, je ne pense pas que je revivrai un jour une soirée aussi parfaite.

— Qu'est-ce qui la rend parfaite ?

— La légèreté.

— La légèreté ?

Elle fronça les sourcils, essayant de passer outre le champagne pour trouver les mots lui permettant de s'expliquer. Elle finit par dire :

— C'était amusant. Je ne me suis jamais autant amusée, je crois.

Mais même à travers l'ivresse brumeuse qui s'emparait de son esprit, elle savait que c'était bien plus que ça. Ce soir, elle avait eu l'impression d'avoir une place quelque part. Le repas animé, l'annonce de Leana leur interdisant formellement de rentrer chez eux une fois sur le trottoir devant le Ritz, la décision de se rendre tous à Hartford House pour continuer la fête… La danse, l'alcool, les rires. La soirée avait été un véritable tourbillon de souvenirs avec des gens liés en amitié par la nourriture et le vin.

C'était tout ce qu'elle désirait. Des amis. De vrais amis pour rire et pleurer avec elle. Des gens sur qui elle pouvait compter et qu'elle avait envie de revoir. Peut-être avait-elle trouvé ce qu'elle cherchait, ce soir, dans le groupe de Leana.

— Elle est très belle, n'est-ce pas ? dit Lily en désignant Leana, assise sur le sofa.

Gideon jeta un œil dans sa direction.

— C'est vrai. Mais elle le sait. Elle l'a toujours su.

Elle sourit en se rappelant que Leana avait dit à peu près la même chose au sujet de Gideon quelques heures plus tôt.

— C'est grave si une femme sait qu'elle est belle ?

Il secoua la tête, mais son visage s'assombrit.

— Non, mais certaines femmes utilisent leur beauté comme un pouvoir.

— Mais c'en est un, dit-elle avec un hoquet.

Elle porta la main à sa bouche.

— Désolée.

— Non, dit Gideon en ignorant son irrévérence. Depuis toujours, Leana sait qu'elle est belle et qu'elle peut obtenir tout ce qu'elle veut. Ça fait partie de son problème.

Lily ricana.

— Quels problèmes pourrait bien avoir une fille comme elle ?

Elle leva la tête et lut de la tristesse dans les yeux de Gideon.

— Je crois que tu deviendras très amie avec elle, mais fais attention.

— Pourquoi devrais-je faire attention ?

Il s'approcha d'elle et, les lèvres presque contre son oreille, il murmura :

— Parce que je ne suis pas sûr qu'elle sera très amie avec toi. Et toi, Lily Nicholls, tu m'as l'air d'une personne correcte.

Elle s'interrogeait sur la tristesse dans sa voix lorsqu'un bruit sourd résonna. La bouteille de champagne avait glissé des mains de Leana et roulait au sol, laissant échapper ses dernières gouttes sur le parquet.

Gideon fit délicatement tourner Lily et s'éloigna. D'une voix forte, il dit :

— Je crois qu'il est temps que nous laissions notre hôtesse dormir.

— Rabat-joie, lança Cressie à l'autre bout de la pièce.

Gideon s'avança vers le tourne-disque et en leva le bras pour couper la musique.

— Venez, je vais demander à un des domestiques de nous appeler des taxis. Cecil et moi devons être au rapport demain.

Les autres sortirent, mais pas avant que Lily ne tourne une dernière fois sur elle-même, cherchant à tout prix à mémoriser cette soirée.

6

À CAUSE DE CE DÉTOUR À HARTFORD HOUSE, Lily n'était toujours pas rentrée à minuit. Elle n'était pas non plus rentrée à une heure du matin.

Les premières lueurs orange et rose de l'aube se levaient déjà sur les bâtiments de Chelsea lorsque le taxi que les domestiques épuisés de la famille Hartford avaient hélé pour elle s'était arrêté devant sa maison d'enfance. Sans que personne ne la voie, Lily avait avancé aussi doucement que possible dans ses collants, ses chaussures à talons se balançant au bout de ses doigts. Même si tout vacillait autour d'elle, elle avait ouvert la porte avec sa clé et refermé prudemment pour que le heurtoir ne frotte pas contre sa plaque. Puis elle avait enlevé sa robe et son maquillage et s'était effondrée dans son lit en jupon, avant de s'endormir en quelques minutes.

À présent, dans le salon d'un appartement de Marylebone reconverti en studio de photographie où Maman et elle devaient retrouver tante Angelica et Georgie, elle essayait désespérément de ne pas céder à la nausée qui lui prenait l'estomac ni à la douleur incessante dans son crâne. Toute la matinée, elle avait regretté de s'être couchée tard. Ou peut-être était-ce le champagne. Tout ce champagne.

Maman tourna la page du magazine qu'elle lisait avec plus de virulence que nécessaire et pesta à voix basse :

— Je n'arrive pas à croire que tu te sois baladée par monts et par vaux, toute seule dans un taxi, jusqu'au petit matin. À quoi pensais-tu ?

Lily fut sauvée par l'arrivée de tante Angelica, vêtue d'un tailleur turquoise, suivie de Georgie dans une tenue couleur pêche plus discrète.

— Bonjour, mes chéries ! Désolée du retard. C'était un vrai cauchemar autour de Hyde Park. Le taxi n'a pas bougé pendant dix minutes, dit-elle en les embrassant toutes deux sur les joues avant de s'arrêter. Oh, Lily, tu as le teint verdâtre.

— Quel est l'intérêt de réserver une séance avec un photographe si c'est pour que tu arrives en ayant l'air d'être passée sous un bus ? siffla Maman.

— Allons, Josephine, tempéra tante Angelica. Lily n'a pas l'air d'être passée sous un bus. Elle a simplement besoin d'un peu plus de poudre sous les yeux, et elle aura l'air en pleine forme.

Mais il n'y aurait pas eu assez de poudre sur l'entièreté de la Grande-Bretagne pour la sauver ce matin-là. Georgie se glissa près de Lily et lui plaça dans la main un verre d'eau servi de la carafe posée sur un plateau d'argent.

— Elle était *ivre*, Angelica, murmura Maman.

— Oh, qui ne l'a jamais été ? On n'est plus en 1921, ma chérie, répondit tante Angelica.

— Tu veux dire que je ne devrais pas la gronder ? Elle a dix-huit ans !

— Exactement. Elle a dix-huit ans, et elle s'est juste amusée un peu. Si la saison n'avait rien d'amusant, les filles ne la feraient pas.

Lily prit une petite gorgée d'eau et envisagea de fermer tous les rideaux et de s'allonger sur le parquet en chêne frais pendant que les autres femmes se disputaient.

— Tu as mangé quelque chose, Lily ? demanda tante Angelica.

— Non, réussit-elle à répondre, l'estomac grondant à la simple évocation du concept de nourriture.

— Eh bien, après ta session avec Jacques, on va te trouver de quoi te restaurer. Tu dois aller au cocktail de Lydia Turow au In & Out ce soir, et il vaudrait mieux que tu ne t'évanouisses pas en plein milieu.

Heureusement, l'assistant du photographe choisit ce moment pour réapparaître et montrer à Lily et Georgie le chemin du cabinet de toilette en suggérant fortement à Lily d'aller rectifier son maquillage.

Devant la coiffeuse entourée d'ampoules lumineuses, Lily s'effondra sur une chaise à fleurs.

— Je ne vais pas y arriver.

— Tu te fais prendre en photo, tu ne vas pas à la guerre. Lève le menton que je puisse voir ce que je peux faire pour t'aider, lança Georgie.

Après un bref coup d'œil, sa cousine ouvrit son sac à main et commença à en extraire du maquillage, une éponge, un tube de mascara, du blush et un certain nombre de rouges à lèvres.

— Il est grand comment, ce sac ? demanda Lily.

— Suffisamment. Tu as de la chance qu'on ait le même teint, même avec mes cheveux roux. Maintenant, raconte-moi tout.

Elle s'exécuta, jusqu'à relater l'exclusion de Cecil par Leana, le trajet en voiture – rapide et risqué – dans la Jaguar de Gideon, le dîner, les verres, les verres suivants, et les pas de danse sur la musique du tourne-disque.

— Ça avait l'air à la fois romantique et chaotique, commenta Georgie en appliquant du maquillage sous les yeux de sa cousine.

— Ça l'était, soupira Lily.

Georgie s'arrêta pour inspecter son travail et sortit un crayon pour arranger les sourcils de Lily.

— Mais cette Leana…

— Qu'est-ce qu'elle a, Leana ? demanda Lily en grimaçant lorsque Georgie appuya un peu trop fort sur le crayon.

— Désolée, je me disais juste que Leana semble un peu…

— Difficile ? proposa-t-elle.

— Voilà.

— Certes, mais elle est peut-être simplement impétueuse. J'ai l'impression qu'elle a l'habitude d'obtenir tout ce qu'elle veut, et quand je lui dis non elle paraît surprise.

— Tu es sûre qu'elle va continuer d'accepter ce genre de choses longtemps ? demanda Georgie.

Elle haussa les épaules.

— Pour l'instant, c'est le cas.

— J'espère juste que tu fais attention. J'ai connu des filles comme elle. Elles jouent les chatons à certains moments, et elles finissent par te rappeler que les chatons ont des griffes.

Lily acquiesça en grimaçant, car les mouvements lui faisaient tourner la tête.

— Je ferai attention, dit-elle prudemment, en se remémorant l'avertissement similaire de Gideon la veille au soir – ou très tôt ce matin ?

— Et ce Gideon ? Je ne me souviens pas de l'avoir rencontré à la soirée d'Isabel, réfléchit Georgie en rangeant le crayon.

Elle commença à appliquer du blush sur les joues de Lily.

— Il est amusant.

— Et beau, on dirait, la taquina Georgie.

Elle rit.

— Et beau. Mais je le connais à peine.

— Eh bien, il semblerait que la saison soit l'occasion parfaite pour le connaître davantage.

Georgie se rassit et hocha la tête.

— Voilà. J'ai fait de mon mieux, et ce n'est pas trop mal, en toute modestie. Choisis un rouge à lèvres, ensuite tu devras sortir ton meilleur jeu d'actrice pour paraître sereine et innocente.

— Je n'ai jamais joué la comédie de ma vie.

— Tu n'étais pas dans la production de *La Tempête* à l'école ? demanda Georgie en rangeant le maquillage dans son sac.

— C'était *La Nuit des rois*, et je n'ai fait que les costumes.

Georgie leva les yeux au ciel en feignant l'horreur.

— Que le Ciel nous vienne en aide.

Lily réussit à prendre sur elle tandis que le photographe Jacques prenait de multiples clichés, s'arrêtant de temps à autre pour leur expliquer comment prendre la pause, d'abord ensemble puis séparément. Il leur dit qu'elles étaient belles, « les débutantes parfaites », et que leurs photos seraient « les meilleures que j'ai prises de toute l'année ».

— Je parie qu'il raconte ça à toutes les débutantes, murmura Georgie en se penchant vers Lily tandis que Jacques changeait de pellicule.

Le temps que la session se termine et que Lily, Maman, tante Angelica et Georgie prennent un taxi pour rentrer à Harley Gardens, Lily se sentait déjà un peu mieux, quoique fatiguée. Son estomac gronda lorsque Hannah les fit entrer dans le salon en annonçant que le déjeuner était presque prêt.

Cependant, si Lily et Georgie avaient espéré que ce repas leur apporterait une pause bienvenue dans les préparatifs de la saison, elles avaient eu bien tort. Dès qu'on eut débarrassé la salade niçoise servie en entrée, Maman et tante Angelica sortirent leurs carnets d'adresses, et Lily et Georgie durent faire de même.

— Tu n'as pas beaucoup d'invitations la semaine prochaine, Lily, remarqua Maman. Juste un thé le mardi et des cocktails le jeudi et le vendredi. Tu aurais dû passer plus de temps à rencontrer d'autres filles à la soirée d'Isabel.

— J'ai parlé à tellement de gens, objecta Lily.

— Mais étaient-ce les bonnes personnes ?

— Je vais au cocktail de Victoria Donaldson mercredi. Je pourrais lui téléphoner pour lui laisser entendre que tu es disponible ce soir-là, proposa Georgie.

— C'est gentil de ta part, Georgina, mais je ne crois pas que la situation soit catastrophique à ce point, répondit Maman en attrapant la cloche à côté de son assiette.

Elle l'agita, et Hannah apparut quelques instants plus tard.

— Oui, Mrs Nicholls ? demanda la gouvernante les mains derrière le dos.

— Pouvez-vous apporter le courrier de l'après-midi ?

— Bien, madame.

— Nous verrons si d'autres invitations convenables sont arrivées.

— Il semblerait que je ne doive pas me montrer trop difficile quand il s'agit de choisir ce qui est convenable ou non, marmonna Lily.

— Tu dois encore faire preuve de davantage de discernement, et c'est plus facile si Angelica est là. Elle peut te mettre en garde pour éviter de répéter l'histoire de Cecil Towey, dit Maman.

— Cecil Towey, des Towey du Gloucestershire ? demanda tante Angelica.

— C'est un jeune homme très gentil, répondit Lily en se remémorant un souvenir confus de Cecil qui dansait de façon incohérente avec elle dans le salon de Leana sur une chanson d'Elvis Presley.

— Et beau avec ça, si on aime les lunettes, ajouta Georgie.

La porte s'ouvrit à nouveau, et Hannah apporta deux piles de lettres sur un plateau d'argent, qu'elle disposa entre Maman et Lily.

— Elles viennent d'arriver dans la boîte aux lettres.

— Merci, Hannah, dit Lily en attrapant le premier mot.

— Attendez un moment, lança malicieusement Hannah en sortant une autre pile de lettres de sa poche droite de tablier, puis encore une autre de la gauche. On aurait dit une montagne de papier dans l'entrée.

— Elles sont toutes pour moi ? demanda Lily, incrédule, en parcourant les enveloppes.

Elles avaient presque toutes la même taille : des invitations. De l'autre côté de la table, Maman demanda :

— Tu es sûre ?

— Eh bien, se réjouit tante Angelica.

— On dirait que vous êtes devenue une vraie sensation, Miss Lily, la félicita Hannah avec un grand sourire.

— Je ne vois pas pourquoi, marmonna-t-elle, mais elle attrapa son coupe-papier, ouvrit la première enveloppe, et se rendit compte que Hannah avait raison.

À l'intérieur se trouvait bel et bien un carton du blanc typique des invitations.

— Ce sera tout, Hannah.

Sa mère attendit que la porte se referme pour demander :

— C'est de la part de qui ?

— Mrs Patrick Sanders, à son domicile, le mardi 8 avril à 18 heures, lut-elle en plissant le nez.

— C'est la mère de Beatrice Sanders, non ?

— Il y a une photo de toi avec elle à l'anniversaire des dix ans de Claudia Lessing. Je me souviens t'y avoir envoyée avec Georgie, se rappela tante Angelica.

— Beatrice est gentille. On se croise parfois à cheval, commenta Georgie.

— Que dit la suivante ? demanda Maman.

Lily posa l'invitation et en ouvrit une autre.

— Lady Anne Faulks, à son domicile, le lundi 14 avril à 18 h 30. Il ne me semble pas connaître de Faulks.

— Une autre amatrice de chevaux. Bon parti du Somerset. Son grand-père était amiral, réfléchit la tante de Lily avant de froncer les sourcils. Georgie n'a pas encore reçu d'invitation des Faulks.

— Ne t'en fais pas, maman, si elle fait de l'équitation je serai forcément invitée à un déjeuner avec elle, répondit Georgie en riant.

— En voilà une que je reconnais ! se réjouit Lily en attrapant l'invitation suivante. Geraldine Prichard m'a enfin invitée à son bal. Elle a passé l'automne à ne parler que de ça et nous a prévenues qu'elle allait devoir choisir qui elle inviterait de l'école.

— Tu devrais y aller, dit sa mère.

— Maman !

Elle rit.

— Tu n'es pas sérieuse ? Je sais que Mr Prichard fait partie de tes amis, mais Geraldine est horrible.

— Non seulement Richard et Agatha Prichard ont de bonnes relations, mais Geraldine a trois grands frères, tous célibataires, appuya tante Angelica.

Lily regarda sa tante, puis sa mère, en attendant que tante Angelica fasse une blague sur le fait qu'elles devraient se comporter en abeilles butineuses passant de fleur en fleur pendant la saison ou quelque chose dans ce genre-là, mais rien ne vint. Non seulement sa mère et sa tante étaient sérieuses, mais elles avaient la tête enfouie dans leurs carnets et prenaient des notes. De l'autre côté de la table, Georgie se contenta de hausser les épaules.

Elle travailla méthodiquement, ouvrant les invitations avant de les étaler sur les places vides de la table, où Papa et Joanna se seraient assis si leur famille avait encore été entière. En fin de compte, elle se retrouva avec devant elle dix-neuf cartons – presque tous identiques – ainsi que douze mots manuscrits l'invitant à des thés et des déjeuners moins formels pour apprendre à mieux connaître les filles avec qui elle débuterait dans la société.

— Bon Dieu, dit doucement Georgie.

— Il y en a tellement, murmura-t-elle.

— On dirait bien, Lily, que tu as vraiment fait sensation. Je crois que tu as de quoi être jalouse, Georgie, commenta tante Angelica.

— Je crois que je le suis, approuva Georgie.

— Oh, non, Georgie, je t'en prie, se désola Lily.

Sa cousine tendit les mains jusqu'à elle.

— Ne t'inquiète pas, ma chérie. C'est une saine jalousie. Je suis devenue trop complaisante avec mon petit groupe d'amies de l'école et les filles de l'équitation.

Malgré les paroles réconfortantes de sa cousine, Lily avait encore l'estomac retourné, et cela n'avait rien à voir avec son état du matin.

— Tu vas devoir déterminer celles que tu peux décliner, celles où tu peux simplement passer et celles où tu dois rester toute la soirée, précisa Maman qui étudiait attentivement les dates et les horaires.

— Et il va falloir vérifier ta garde-robe. Peut-être qu'on aurait dû aller chez Harrods pour t'acheter plus de vêtements. Quelqu'un te demandera d'où viennent tes robes.

— Maman, tu sais pourquoi toutes ces invitations sont arrivées ce matin, n'est-ce pas ? demanda-t-elle.

Maman leva les yeux de son carnet.

— Parce que tu t'es bien débrouillée au cocktail d'Isabel hier.

— C'est grâce à Leana. Elle est très populaire.

Georgie acquiesça.

— On t'a vue quitter la fête d'Isabel avec Leana. Je discutais avec Ivy Wark et elle l'a mentionné.

Un seul dîner, et tout le monde savait déjà que Lily était amie avec Leana. Et, comme Leana était invitée partout, il semblait bien que toute la bonne société londonienne avait décidé d'étendre les mêmes privilèges à Lily.

— Josephine, ça ne sert à rien de te montrer têtue. Tu sais que ta fille a raison, dit tante Angelica.

— Bien. Sois amie avec Leana Hartford, mais promets-moi que tu te tiendras aussi loin que possible d'Ethan et Ruth Hartford.

Lily hocha lentement la tête.

— Bon, approuva tante Angelica, essayant d'apaiser la tension dans la pièce. J'espère que le plat qu'a préparé Hannah est aussi bon que l'entrée !

Le lendemain, Lily fut invitée à rejoindre Grand-Maman une fois que celle-ci aurait quitté l'église de St Paul's Knightsbridge après le culte. Maman n'était visiblement pas conviée.

Grand-Maman avait décidé que le calendrier de Lily serait trop chargé durant la saison pour ses habituelles visites régulières, mais Lily aurait dû se douter qu'elle serait malgré tout bien vite convoquée. Elle prit soin de s'habiller d'un tailleur bleu avec un passepoil blanc au niveau du col et prit le bus à l'angle de Pont Street et Sloane Street.

Après avoir échangé les politesses habituelles, et une fois le thé servi, Grand-Maman alla droit au but :

— J'ai entendu dire que tu avais une soirée bien remplie vendredi ?

— Il semblerait.

— Je peux voir ? demanda Grand-Maman.

Lily tendit son agenda et regarda sa grand-mère parcourir les noms et les dates des invitations qu'elle avait l'intention d'accepter.

— C'est très bien, Lillian. Je suis très contente, annonça Grand-Maman en lui rendant l'agenda bleu clair.

Lily poussa un soupir de soulagement.

— Cela dit, il est important que tu ne perdes pas cet élan.

— Ce n'est que le premier week-end de soirées officiel, répondit Lily.

— La saison est un long marathon, et ce n'est pas pour les âmes sensibles. Tu ne te rends pas compte à quel point tu es désavantagée par le passé de ta sœur.

Lily se redressa. Personne ne parlait jamais de Joanna en sa présence, et elle brûlait d'envie de connaître la moindre information concernant cette sœur dont elle ne savait rien et qui semblait hanter Harley Gardens ; rien que de penser à elle suffisait à plonger l'endroit dans une grande tristesse.

— Que lui est-il arrivé ? Pas la maladie en Amérique, ça, je suis au courant. Je veux dire : pourquoi a-t-elle été envoyée là-bas ? Et pourquoi est-ce que Maman et elle ne se parlent plus ?

— Joanna était sauvage. Ta mère l'a eue très jeune, et elle ne savait pas comment la contrôler. Seule ta mère pourra te raconter ce qui s'est produit quand elle est allée s'occuper de Joanna, mais celle-ci n'a passé qu'une seule nuit sous le toit de ta mère à leur retour à Londres. Heureusement, Josephine semble avoir retenu la leçon avec toi. Tu es une bonne fille, Lillian, dit Grand-Maman avec une sorte de chaleur dans les yeux.

Lily s'agrippa à cette rare miette d'approbation.

— Merci.

— Maintenant, revenons à la question du jour. Comment s'est passée ta séance avec le photographe ?

— Plutôt bien, je crois, répondit-elle en envoyant une prière de remerciement à Georgie et son incroyable sac à main géant rempli de maquillage.

— Bien. Cette photo sera très importante pour l'article qui paraîtra sur toi dans le *Sketch*, dit Grand-Maman.

— Un article ? demanda-t-elle, surprise.

— Un court texte qui parlera de ton succès lors de différentes fêtes à venir. Ce serait bien que tu puisses te faire photographier à un endroit important au cours de la semaine prochaine.

— Mais, n'est-ce pas… ?

Grand-Maman la regarda d'un air amusé.

— Une chose à éviter ? Les gens *disent* qu'il est déplacé pour une jeune fille de chercher à séduire la presse, mais ce sont les mêmes qui s'agitent en coulisse pour obtenir l'attention de Jennifer, lui apprit Grand-Maman en évoquant le nom de la chroniqueuse mondaine du *Tatler*.

Celle-ci détenait tellement de pouvoir durant la saison que certaines mères allaient jusqu'à se rendre à son bureau, agenda à la main, pour comparer les dates prévues des cocktails et des bals de leur fille avec les disponibilités de Jennifer.

— Si tu vois un photographe, souris. Si quelqu'un te demande un commentaire sur une fête ou un bal, raconte quelque chose de gentil et de bienveillant qu'ils pourront citer, lui conseilla Grand-Maman.

— Tu crois que c'est vraiment nécessaire ? demanda-t-elle, surprise par les calculs assumés de sa grand-mère.

Celle-ci se pencha en avant dans son fauteuil.

— Je *sais* que ça l'est. Certaines débutantes réussissent parce qu'elles sont belles, et d'autres grâce à leur famille et à leur richesse. Mais d'autres encore triomphent parce qu'elles comprennent comment jouer le jeu qu'on appelle « saison ». Elles se montrent charmantes quand il faut, connaissent les bonnes personnes, dansent avec les hommes qu'il faut.

Ces filles ont l'instinct nécessaire pour avancer dans la société. Que tu en sois consciente ou non, tu as ce don, sinon pourquoi serais-tu devenue amie avec Leana Hartford alors que ta mère y était tellement opposée ?

Lily cligna des yeux, stupéfaite, tandis que sa grand-mère se rasseyait confortablement, un sourire satisfait sur les lèvres.

7

UN KLAXON RÉSONNA DANS LA RUE au moment où Lily enfilait ses chaussures à talons hauts bleu clair et rajustait la couture de son collant.

— Lily, est-ce un jeune homme qui klaxonne dans la rue ? demanda Maman en sortant du bureau de Papa, où elle s'était enfermée la majeure partie de l'après-midi.

— Ce n'est que Gideon qui fait l'idiot, répondit-elle en ouvrant sa pochette pour vérifier qu'elle avait bien son rouge à lèvres, son poudrier, son porte-monnaie et la clé de la porte d'entrée.

— Il devrait savoir qu'on ne klaxonne pas une jeune fille dans la rue, lui reprocha Maman en fronçant les sourcils. Je devrais t'accompagner ce soir.

Sa mère ne l'avait pas dit, mais les deux semaines qui avaient suivi la présentation de Lily à la cour lui avaient laissé des séquelles. Elle se levait plus tard et ne parlait presque plus, sauf pour demander à Lily si elle devait envoyer davantage d'invitations à son cocktail. Nuit après nuit, Maman avait revêtu une robe de soirée noire et des gants assortis avant de monter dans un taxi, mais il n'était pas difficile de deviner que le rythme effréné de la saison lui pesait.

Lily avait été soulagée lorsque sa mère lui avait annoncé ce matin-là qu'elle envisageait de s'excuser auprès de Vita Auster et de ne pas venir à sa soirée.

— Tu devrais te reposer, Maman. Je vais m'en sortir. De plus, tante Angelica sera là avec Georgie, rappela-t-elle en refermant sa pochette.

— De mon temps, une débutante n'arrivait jamais à une fête sans son chaperon, rétorqua Maman en posant avec lassitude un châle finement tricoté sur ses épaules.

— Le monde a changé depuis tes débuts en 1921. Qui plus est, Gideon me sert de cavalier, lui rappela Lily.

Malgré la proposition de Cecil de l'accompagner si elle en avait besoin, c'était Gideon qui avait joué ce rôle lors de quatre des nombreux cocktails où elle était allée depuis qu'elle l'avait rencontré. Il semblait doué pour la retrouver dès qu'elle entrait dans une pièce et se glisser vers elle avec un grand sourire et un trait d'esprit. Certes, ce n'était pas très difficile car, partout où elle allait, Leana la suivait, avec dans son sillage une ribambelle d'hommes et de débutantes.

— Tu penseras bien à transmettre mes regrets à Mrs Auster ? demanda Maman en tirant sur la manche de son cardigan noir.

— Bien sûr.

— Et pas de boîte de nuit, lui rappela sa mère.

— Je n'y songe même pas, Maman, dit-elle d'un ton léger, même si Gideon avait promis de les conduire à l'Astor Club pour aller danser après dîner – une promesse qui avait mis Cressie dans tous ses états, car la princesse Margaret fréquentait parfois cet endroit.

— Tu mettras tes chaussures à l'intérieur de ma chambre quand tu rentreras, exigea Maman.

— Oh, Maman ! répondit Lily avec un soupir exaspéré.

— Je veux savoir que tu es rentrée.

— Très bien.

Elle avait appris durant les deux dernières semaines où elle était rentrée tard que Maman dormait comme une souche, et cette précaution parentale ne risquait donc pas de l'empêcher de s'amuser. Le klaxon retentit à nouveau ; Maman fronça les sourcils.

— Tu diras au sous-lieutenant Moore que, s'il veut venir te chercher une prochaine fois, il doit cesser ce vacarme en pleine rue. Mrs Hall ne va pas arrêter de m'en parler.

— Au revoir, Maman ! cria Lily en sortant à toute vitesse avant que Gideon ne klaxonne une troisième fois.

Au moment où elle apparut sur le perron, Cecil sortit du côté passager de la Jaguar noire et racée de Gideon et ouvrit la portière arrière.

— Merci, dit-elle en se glissant sur la banquette.

Leana décala sa jupe en tulle bleu cobalt tandis que la robe de Lily venait s'étaler autour d'elle sur le siège.

— Regarde un peu où tu t'assieds, Lily !

— Oh, je suis désolée, dit-elle, même si elle était persuadée de n'avoir pas touché le délicat tissu de la robe de Leana.

— Qu'est-ce qui t'a pris tant de temps ?

Lily étudia son amie pour évaluer son humeur. Étant donné qu'elles se connaissaient depuis peu de temps, elle ne savait pas si elle lui faisait vraiment la tête ou non.

— Maman se demandait si elle venait ou pas ce soir, finit-elle par dire.

— La débutante lâchée sans chaperon dans la nature sauvage de la haute société, lança Gideon en riant. Bonjour, Lily.

— Merci de nous conduire.

— C'est moi qui ai la chance de pouvoir transporter deux belles filles dans les rues de Londres.

Il fit rugir le moteur et s'éloigna du trottoir en prenant à droite sur Priory Walk, puis sur Drayton Gardens.

— Si tu passais moins de temps à dire des bêtises, on aurait déjà fait la moitié du trajet jusqu'au Savoy, le tança Leana.

Lily croisa le regard de Gideon dans le rétroviseur central.

— Leana est fâchée parce que Juliet Milner a eu droit à une page entière sur elle dans le *Tatler* cette semaine, lui révéla-t-il.

— Je suis sûre qu'elle a payé le magazine, bouda Leana.

Lily, qui avait rencontré Juliet lors d'un déjeuner le lundi précédent, trouvait cette accusation fort peu probable. À dire vrai, la rivale de Leana au titre de débutante de l'année était d'une rare beauté et très intelligente, quoiqu'un peu timide. Lily avait été ravie d'apprendre que Juliet et elle partageaient une passion pour les livres, et elles avaient passé près d'une demi-heure à discuter de romans gothiques pendant que les autres filles s'échangeaient leurs adresses autour d'elles.

— Si tu aimes tant la littérature, tu devrais envisager d'aller à l'université, avait suggéré Juliet de sa voix douce.

— Oh, je ne sais pas trop, avait objecté Lily.

— Penses-y, vraiment. J'ai obtenu une place à Somerville à l'automne.

Lily avait écarquillé les yeux à l'idée qu'une débutante puisse accéder à l'un des collèges de l'université d'Oxford, même si elle savait qu'une telle chose arrivait de temps à autre.

— Vraiment ?

Juliet avait ri.

— J'ai dû travailler dur. J'ai convaincu mes parents de me laisser décaler ma présentation l'année dernière afin d'étudier pour l'examen d'entrée, et il y a eu de l'agitation parce que j'ai failli ne pas être invitée aux dernières présentations à la cour cette année. Tu devrais au moins essayer d'obtenir une place.

Lily s'était mordu la lèvre.

— Je ne sais pas.

— Penses-y, c'est tout.

— Qu'est-ce que ça fait de sortir sans chaperon ? demanda Gideon, ramenant Lily dans la conversation.

— À dire vrai, Maman est assez remontée contre toi, Gideon.

— Moi ? répéta-t-il en feignant l'horreur.

— Elle n'apprécie pas que l'on klaxonne dans la rue.

— C'est la faute de Leana. Elle était tellement impatiente de te voir arriver qu'elle s'est presque penchée pour klaxonner elle-même.

— C'est ridicule, pesta Leana dans son coin.

Lily sourit en sachant que c'était sûrement la vérité. Elle avait appris durant leurs deux semaines de fêtes et de soirées que sa nouvelle amie n'aimait pas attendre.

— La circulation devrait être meilleure aujourd'hui. Avec les manifestations pour le désarmement nucléaire autour de Hyde Park, c'était un cauchemar hier, reprit Gideon.

— Gideon…, grogna Cecil.

— On ne discute pas de politique dans cette voiture, ordonna Leana.

— Mais c'est ma voiture, fit remarquer Gideon.

— Lily, tu portes encore tes perles, lança Leana en jetant un regard malicieux sur la tenue de Lily.

Celle-ci porta la main droite aux perles chaudes à son cou. L'anniversaire de Lily au mois de novembre précédent avait été assez anodin : sa mère lui avait souhaité « bon anniversaire » à la table du petit déjeuner et Hannah l'avait brièvement serrée dans ses bras avant que Lily enfile son cartable et file en vitesse. Mais quand elle s'était rendue chez sa grand-mère cette semaine-là pour prendre le thé, Grand-Maman lui avait offert ce collier.

Elle l'avait adoré dès l'instant où elle avait posé les yeux sur les perles délicates et les deux boucles d'oreilles assorties posées sur une soierie crème dans leur boîte. Elle s'était enfin sentie femme et non plus écolière la première fois qu'elle les avait enfilées, et elle les avait portées à la cour pour sa présentation ainsi qu'à tous les cocktails auxquels elle avait assisté. C'était de toute façon son seul bijou présentable, même si le regard de Leana la poussait à se demander si d'autres personnes qu'elle les voyaient du même œil.

— Tes boucles d'oreilles sont ravissantes, répondit-elle en désignant les deux gouttes d'aigue-marine qui pendaient de part et d'autre du visage de Leana.

Son amie tourna la tête de gauche à droite, ses bijoux reflétant la lumière des réverbères de Piccadilly.

— Tu trouves ? Elles étaient à ma mère. Elle les a à peine portées après que mon père a hérité des rubis Hartford. Oh, j'ai une idée ! Pourquoi tu ne viendrais pas jeter un œil dans ma boîte à bijoux ? Il te faudra quelque chose de spécial pour le bal de la reine Charlotte. Ce sera notre premier bal officiel.

— Tu ne vas pas à celui de lady Ursula Rawling le 29 ? s'étonna Gideon.

— C'est le lendemain du Berkeley Dress Show, grogna Leana.

— Tu sais déjà si tu as été prise ? demanda Lily.

Le Berkeley Debutante Dress Show était l'un des événements incontournables de la saison. Le couturier Pierre Cardin avait déjà sélectionné une liste de quarante-huit candidates parmi les débutantes de Londres. Il annoncerait bientôt les noms des douze filles qui porteraient ses vêtements et défileraient au Berkeley afin de lever des fonds au profit de la Société nationale de protection de l'enfance. Seules les débutantes les plus jolies et les plus prometteuses étaient choisies. Juliet était certainement en lice, tout comme Leana.

— Oh, je ne sais pas. J'imagine que je le découvrirai bien assez tôt.

Leana posa une main sur celle de Lily et la serra, comme pour s'excuser du fait que le nom de Lily n'était pas sur la liste.

— Ce sera très ennuyant, je t'assure. Honoria Davis, la fille d'une amie de Maman, l'a fait il y a deux ans, et elle a dit qu'on passait la majeure partie du temps à se faire pousser et diriger dans tous les sens en recevant des ordres.

Tout le monde dans la voiture fut projeté vers un côté tandis que Gideon bifurquait violemment à l'angle de Duncannon Street pour rejoindre le Strand.

— Gideon ! cria Leana.

Lily repoussa son amie, mais elle eut le temps de sentir son haleine chargée de gin.

— Quelques plumes ébouriffées, ça n'a jamais fait de mal à personne, rétorqua Gideon avec un air taquin avant d'arrêter la voiture en douceur devant le Savoy.

Leana fit claquer sa langue et sortit un poudrier pour ajuster ses boucles tandis que les garçons sautaient hors du véhicule pour leur ouvrir la porte.

— Regarde mes cheveux. Tu devrais être plus prudente, Lily. Tu m'as encore écrasée.

— Je suis désolée, répondit Lily en faisant de son mieux pour faire gonfler les jupons de son amie, même s'ils lui semblaient très bien.

La porte s'ouvrit et Gideon passa la tête.

— Mesdames ?

Leana referma son poudrier d'un coup sec pour le glisser dans son sac. Elle repoussa la main de Lily.

— Oh, laisse ça.

Lily prit une inspiration, tâchant de ne pas laisser l'exaspération monter en elle. Elle ne savait pas ce qui clochait avec Leana, mais elle n'allait pas la laisser gâcher sa soirée.

Elle s'approcha de la portière, mais s'arrêta lorsque Gideon se pencha à l'intérieur.

— Ne fais pas attention à elle.

— Elle est d'une sale humeur, ce soir, murmura-t-elle.

Gideon sourit.

— On dit que la beauté est cruelle.

— Je suis sérieuse. Qu'est-ce qu'elle a ? Un simple article sur Juliet Milner et elle se comporte comme si c'était ma faute que quelqu'un d'autre soit populaire.

— Je pense que l'article n'est qu'une partie du problème. Elle ne veut pas l'admettre, mais quand Cecil et moi sommes allés la chercher elle venait clairement de pleurer.

Lily leva les yeux brusquement.

— De pleurer ? Je ne l'imagine pas pleurer.

Il garda les mâchoires serrées, mais il hocha brièvement la tête.

— Depuis que je la connais, je n'ai vu qu'une seule personne capable de lui arracher des larmes.

— Qui ?

— Sa mère. Je ne cherche pas d'excuses à Leana, mais je soupçonne Mrs Hartford d'être à l'origine de sa mauvaise humeur.

Leana n'avait pas à passer sa colère ou sa déception sur autrui, et encore moins sur ses amis, mais Lily savait qu'elle n'obtiendrait rien en essayant de la prendre à part. Mieux valait lui laisser un peu d'espace et en parler plus tard en privé.

Lily laissa Gideon l'aider à sortir de la voiture et passa la main dans le creux de son bras.

— Tu es prête ?

— Comme jamais.

Mais dès qu'il fit un pas en avant, elle s'agrippa à lui.

— Gideon, est-ce que Leana t'a invité à boire un verre avant que vous veniez me chercher ?

— Je suis sobre comme un chameau. Pourquoi cette question ?

Lily secoua la tête.

— Ce n'est rien.

Il lui tira légèrement le bras.

— Allons-y.

Ils étaient presque arrivés devant l'entrée du Savoy avec son enseigne argentée iconique lorsque Leana s'avança vers eux et entraîna Lily loin de Gideon. Alors que celle-ci s'attendait à entendre son amie se plaindre qu'elle passait plus de temps avec Gideon qu'avec elle, Lily s'aperçut que Leana souriait.

— Tu dois savoir deux choses importantes sur cette soirée, entonna Leana à voix basse.

— Lesquelles ?

— D'abord, le protégé de mon père, Ian, sera présent.

— Oh, je ne l'ai jamais rencontré.

Leana fit la grimace.

— Tu as bien de la chance. Il est d'un ennui mortel. On croirait qu'il a eu quarante ans toute sa vie, et il est du genre à te monopoliser toute la soirée pour te parler de livres ou d'autres choses assommantes.

— J'adore les livres, tu t'en souviens ?

Leana fit un geste de la main.

— Pas ce genre de livres, ma chérie. Des bouquins d'histoire, ou d'autres sujets tristes.

— Quelle était la deuxième chose importante ?

Leana resserra son étreinte autour de son bras, et Lily sentit soudain qu'on la faisait pivoter sur ses talons. Il y eut un flash ; des étoiles vinrent obstruer sa vision.

— Encore une autre, Miss Hartford ? cria un homme.

— S'il le faut vraiment.

Leana poussa Lily du coude.

— Pose, cette fois, d'accord ma chérie ?

Même si elle était encore aveuglée par le flash du photographe, Lily inclina instinctivement son pied gauche, tourna les hanches et baissa le menton en direction de la brillante lumière. Cette fois, quand le flash apparut, elle était prête.

Grand-Maman aurait été fière qu'elle se rappelle aussi bien ses leçons.

— Très bien, Mademoiselle, dit le photographe. Et si on en faisait une de vous seule ?

— Ça ne t'ennuie pas, Lily ? demanda Leana avec un sourire tendu.

Lily s'écarta.

Clic. Pose. Clac. Pose.

— Merci, Mademoiselle. Et une photo de Miss Nicholls seule ?

— Moi ? s'étonna Lily.

Comment connaissait-il son nom ?

Leana plissa le nez.

— Vous êtes sûr ?

— J'ai une liste à suivre, vous savez ? argua-t-il en montrant une feuille de papier. Je ne peux pas rentrer chez moi tant que je n'ai pas fini.

— Bon, très bien, accepta Lily.

Elle prit la pose.

Clic.

— Une autre, si ça ne vous ennuie pas, Mademoiselle.

Cette fois, elle fit un grand sourire, la tête légèrement penchée en arrière, acceptant toute l'absurdité de la scène.

— Merci, Mademoiselle !

— Comment vous appelez-vous ? demanda Lily en s'avançant vers lui pour lui tendre la main.

Il rajusta son chapeau brun à bord court et lui serra la main vigoureusement.

— Colin, Mademoiselle. Colin Higgins.

— Merci beaucoup de nous avoir prises en photo.

— Tout le plaisir est pour moi, Miss Nicholls.

Colin lui fit un clin d'œil, et elle entendit Leana soupirer derrière elle.

— Tu viens, Lily ?

Se retournant, elle vit que Leana était déjà trois pas devant elle, tandis que Gideon et Cecil étaient restés en retrait. Cette fois, les deux hommes lui offrirent leur bras ; elle avança à leur rythme.

— Je croyais que les débutantes étaient censées snober la presse ? fit valoir Gideon.

— Je viens d'apprendre que toutes les débutantes ne respectaient pas cette règle, révéla Lily.

— Une femme intelligente, dit-il passant le seuil du Savoy.

Lily ne pouvait qu'être d'accord avec lui.

8

« TU ES PRÊTE ? demanda Gideon alors qu'ils atteignaient la salle River, avec ses jolis tons blancs et ses lumières douces qui conféraient aux fêtards à l'intérieur une apparence éthérée.

— Aussi prête que jamais pour ce genre de soirée.

— Tu es la débutante parfaite, dit Cecil, qui la tenait toujours par l'autre bras au moment où ils arrivèrent dans la queue.

— Oh, ne dis pas ça.

Pendant longtemps, elle avait essayé d'être parfaite, de ne pas contrarier sa mère et de faire tout ce que sa grand-mère attendait d'elle. Mais cette perfection commençait à lui paraître ennuyeuse – voire restrictive.

— *Leana* est la débutante parfaite, affirma-t-elle.

Gideon secoua la tête.

— Non, elle est belle et populaire, mais elle peut parfois se montrer jalouse et mesquine. Je parie que la moitié des filles ici ont peur d'elle.

— C'est bien méchant de ta part de parler ainsi de ton amie.

— Ah, mais la méchanceté et la propension à l'absurde sont deux de mes plus grandes qualités, avec mon incroyable modestie et ma capacité à ne rien dire pendant toute une conversation, convint-il en plaisantant.

— Je persiste à te recommander de ne pas l'encourager, grogna Cecil. Il adore le son de sa propre voix.

— J'essaie de ne lui tendre aucune perche, mais il arrive toujours à faire l'impertinent. N'es-tu jamais sérieux ? demanda-t-elle à Gideon, mais il n'eut pas besoin de lui répondre car ils arrivaient au bout de la queue.

Elle serra la main du père de Vita, transmit les regrets de sa mère à Mrs Auster et attendit que Vita soit enfin disponible.

— Lily ! cria Vita en posant une main gantée sur le bras de Lily.

Elle se pencha en avant pour effleurer sa joue avec la sienne.

— Nous sommes ravis de vous recevoir.

Le regard de Vita passa sur Gideon.

— Tous autant que vous êtes.

— Vita, connais-tu les sous-lieutenants Gideon Moore et Cecil Towey ?

Gideon s'inclina, et Vita rit.

— Cecil, c'est un plaisir de te rencontrer. Gideon, quant à toi, ta réputation te précède. Tu étais à l'école avec mon frère, n'est-ce pas ?

— C'est vrai. Je regrette d'ailleurs qu'Auster ne soit pas là ce soir, répondit Gideon en regardant autour de lui.

— Moi aussi, mais il est parti tenter sa chance en Amérique, lui apprit Vita avec un rire qui laissait clairement comprendre que l'aîné de la famille Auster n'avait nullement besoin de faire fortune et qu'il était simplement parti s'amuser. Lily, Edith et June te cherchaient il y a quelques minutes, ajouta-t-elle.

Elle faisait allusion à deux débutantes que Lily avait rencontrées à un thé la semaine précédente.

— Je vais les chercher.

Elle s'éloigna pour laisser les personnes suivantes saluer Vita.

— Tu te fais des amies ? Ça ne va pas plaire à Leana, commenta Gideon à voix basse tandis que Cecil se retournait pour saluer un camarade en lui tapant dans le dos.

— Tais-toi, enfin, lui reprocha-t-elle d'un ton affectueux.

— Bon, tu préfères boire quelque chose de chaud ou quelque chose de poisseux ? Il y aura sûrement du jus d'orange dans les deux cas.

Elle soupira.

— J'imagine que nous sommes en droit d'espérer que les boissons au Savoy soient suffisamment glacées, n'est-ce pas ?

— Je vais m'en assurer. Va chercher tes amies.

Sans Leana à ses côtés, Lily était ravie d'avoir la liberté de choisir à qui elle parlait. Elle cherchait Edith et June lorsqu'elle tomba sur Philippa Groves, une ancienne élève de Mrs Wodely qui portait un imprimé abstrait rouge et blanc assez audacieux, et son amie Ivy Wark, ravissante dans sa robe bouffante blanc crème.

Elles se saluèrent, et Ivy lança :

— Nous étions en train de parler du déjeuner d'Elizabeth Yarley vendredi. Le frère d'Elizabeth, Henry, s'est présenté à l'improviste et est entré dans le salon où nous étions réunies. Ça a causé un sacré raffut.

— Ah oui ?

— Il nous a regardées, est devenu blanc comme un linge et s'est pratiquement enfui sans dire un mot, lui raconta Philippa, amusée.

— Je pense qu'on peut rayer son nom de nos carnets de bal. Évidemment, ce n'est pas un problème pour toi, Lily.

— Je crois que toutes les filles s'inquiètent de savoir si oui ou non on va les inviter à danser quand le bal commence…

— Oh ? releva Ivy, surprise. Je pensais que Gideon serait ton cavalier.

— Gideon ? Eh bien, peut-être, oui.

— Tu n'es pas arrivée avec lui ?

— Elle est arrivée avec deux hommes, rappela Philippa avec un léger sourire.

— Gideon et Cecil sont des amis, répondit Lily en riant, mais elle rougit.

— Si tu le dis, quoique, il semblerait que tu passes beaucoup de temps avec eux.

Philippa avala une gorgée de sa boisson.

— Il se montre très gentil avec moi, mais ce n'est qu'un ami.

— C'est dommage. Il est beau, convint Ivy.

— Et drôle aussi, ajouta Lily.

Ivy fronça les sourcils.

— Je ne suis pas sûre que ma grand-mère approuverait un homme « drôle ».

— Ta grand-mère n'approuve pas grand-chose, ma chère Ivy, plaisanta Philippa.

Ivy jeta un coup d'œil par-dessus l'épaule de Lily et son visage s'assombrit.

— Oh, non.

— Qu'y a-t-il ? demanda Lily.

Philippa porta son verre à ses lèvres et murmura contre le bord :

— *Elle* arrive.

Lily se retourna et vit Leana qui approchait, avec à sa suite trois prétendants dont les vestes voletaient derrière eux tant ils étaient pressés. Lily se rappela les avoir déjà vus à un autre cocktail.

— Te voilà ! s'exclama Leana comme si toute la tension dans la voiture et devant le photographe n'avait jamais existé. Je t'ai cherchée partout.

— Je discutais avec Ivy et Philippa. Vous vous connaissez ?

Leana jeta à peine un œil aux autres filles.

— Sûrement de quelque part. Enchantée.

Les deux femmes mirent aussi peu d'enthousiasme qu'elle à la saluer.

— Il faut que je te présente des gens, dit Leana en prenant le poignet de Lily.

— Leana ! protesta-t-elle.

— Je crois que je vais aller me chercher un autre verre, dit Philippa d'une voix forte.

Lily lui lança un regard désolé tandis que Leana la tirait ailleurs, mais Philippa sourit tout de même.

— Leana, je n'avais pas fini de discuter avec elles.

— Oh, de quoi est-ce que vous pouviez bien parler ? Toutes les débutantes se croisent sans arrêt, c'est toujours la même chose que la veille. Mais je veux te présenter des hommes, précisa Leana, ignorant visiblement le fait qu'elles étaient encore suivies par ceux qui avaient traversé la pièce avec elle.

Elle s'arrêta devant un groupe d'hommes.

— Voilà, je l'ai trouvée.

Lily se frotta le poignet et sourit faiblement tandis qu'on lui présentait Gregory et Benjamin.

— Les camarades d'école de mon frère, expliqua Leana.

Gregory était grand et séduisant, mais il semblait plus intéressé par Leana que par une intruse quelconque.

Benjamin était petit et trapu et portait d'épaisses lunettes qui lui grossissaient les yeux, ce qui lui donnait l'aspect d'un insecte vêtu d'un costume.

— Lily est l'intellectuelle de la bande, annonça Leana.

— Ne dis pas de bêtise.

— Tu es la seule qui lit. Benjamin est à l'université. Je suis sûre que vous avez plein de choses à vous dire, lança Leana avant de se retourner pour rire à une remarque de Gregory, laissant Lily plantée là.

Celle-ci fit un sourire crispé au nouveau venu et demanda :

— Qu'est-ce que tu lis, à l'université ?

Comme elle s'y attendait, Benjamin commença à lui raconter en détail ses cours de politique. Certaine que sa participation ne serait pas nécessaire à cette conversation, Lily jeta un œil autour d'elle pour voir s'il n'y avait pas quelqu'un d'autre dans la pièce avec qui discuter. Ses yeux se posèrent sur un inconnu près de la porte. Il l'observait clairement, et il ne détourna pas le regard. Son costume anthracite couvrait sa longue silhouette et ses cheveux châtains s'écartaient vers la droite à l'arrière de son crâne, à la manière de Cary Grant.

Elle avait dû le fixer plus longtemps qu'elle le croyait car il lui sourit, ses yeux se plissèrent, et il leva son verre pour la saluer. Elle détourna le regard à la hâte en rougissant.

— Je te demande pardon ? dit-elle en se forçant à reporter son attention sur Benjamin.

— Je voulais savoir quels sont tes centres d'intérêt, répéta son interlocuteur.

— Un peu de tout. Je crois que si j'allais à l'université, je choisirais la littérature.

Elle jeta un œil en direction de l'homme au costume anthracite, mais il avait disparu. Benjamin fit la moue.

— Oh, ça ne me plaît guère.

— Je te demande pardon ?

— Les femmes à l'université. C'est une erreur.

— Une erreur ?

— C'est une distraction pour les étudiants masculins que je ne peux pas tolérer. Il y a deux femmes dans mon cours sur le système politique de la Rome antique, et elles ne font que bavarder l'une avec l'autre.

Lily se mit à rire, incrédule.

— Tu ne penses pas vraiment ce que tu dis.

Il fronça les sourcils.

— Si. Ce n'est pas normal d'éduquer les hommes et les femmes ensemble.

— Si les hommes trouvent perturbant le fait d'assister à un cours ou à des travaux dirigés avec une femme, c'est leur problème. Pas celui des femmes, rétorqua Lily.

Benjamin fronça à nouveau les sourcils.

— Je ne vois pas pourquoi tu te sens offensée. Tu ne vas pas à l'université. Tu es une débutante.

Quelqu'un toussa de façon étouffée à sa droite. Elle tourna la tête et vit que l'homme au costume anthracite s'était joint à leur conversation. La bouche de Lily devint sèche, mais l'inconnu ne s'adressa pas à elle. Au lieu de ça, il porta son attention sur Benjamin.

— Je ne crois pas qu'on ait été présentés, dit-il sans tendre la main.

— Benjamin Makin, répondit son interlocuteur en lissant d'une main le devant de sa veste.

— Intéressant, commenta l'inconnu sans donner son nom en retour.

— Pourquoi me le demandez-vous ?

Leur nouveau compagnon pencha la tête sur le côté comme s'il réfléchissait à sa réponse.

— J'aime bien savoir qui sont les idiots dans la pièce pour être sûr de les éviter dans les conversations à venir.

Lily laissa échapper un rire sonore, et Benjamin resta bouche bée.

— Dites donc, ce n'est pas la peine d'être malpoli !

— Je suis d'accord. C'est la raison pour laquelle je ne comprends pas pourquoi vous étiez si malpoli avec cette jeune femme.

Il se pencha en avant.

— Désolé, je ne connais pas votre nom.

— Lily Nicholls, répondit-elle, quelque peu impressionnée.

— Enchanté, Miss Nicholls.

L'inconnu se tourna vers Benjamin.

— Je vous suggère d'aller trouver quelqu'un d'autre à embêter ailleurs.

Benjamin enfla comme un chat en colère, mais, avant d'ajouter quoi que ce soit, il se ravisa et s'éloigna vers un autre groupe.

— Quel horrible petit homme, soupira Lily en le regardant partir.

— J'espère que vous ne m'en voulez pas d'être intervenu. Je trouvais que vous vous débrouilliez très bien pour le remettre à sa place, mais j'ai fini par me dire : « Quel dommage que cette femme doive se priver d'une excellente soirée en subissant la compagnie de quelqu'un d'aussi bête », plaisanta l'inconnu avec un sourire.

Elle secoua la tête.

— Nullement. Je dois avouer que j'étais si énervée que j'aurais risqué de dire quelque chose de regrettable. Les débutantes sont censées faire attention.

— Alors il faut à tout prix l'éviter, Miss Nicholls. (Il se pencha en avant avec un doux sourire.) Je peux vous faire une confession ?

— Bien sûr, dit-elle, le cœur battant plus vite tandis qu'il s'approchait.

Il avait l'apparence classique du prétendant idéal pour les débutantes : un bon costume, les cheveux coiffés comme il fallait, une excellente posture et une bonne diction. Pourtant, il avait quelque chose de différent, comme s'il se tenait à l'écart de toute l'absurdité de cette soirée en tant qu'observateur extérieur.

— Je me suis également approché parce qu'en vous voyant je me suis dit : « Voilà une jeune femme que j'aimerais bien connaître. »

— Vous vous êtes dit beaucoup de choses ce soir, releva-t-elle.

— C'est une activité dangereuse lorsqu'on assiste à un cocktail, Miss Nicholls.

— Lily, le reprit-elle. J'ai bien peur que vous ayez un avantage sur moi : je ne connais pas votre nom.

— Ian Bingham, à votre service, révéla-t-il en inclinant légèrement la tête.

— Ian, je vois que tu as réussi à me trouver ! intervint Leana en se glissant derrière eux, un verre à la main, visiblement peu enthousiasmée par sa présence.

— Bonjour, Leana, dit-il en l'embrassant sur la joue qu'elle lui tendait.

— Tu as fait la connaissance de Lily.

— Nous étions en train, à vrai dire, répondit-il.

Lily lui rendit son sourire.

Leana regarda Ian, puis Lily.

— Oui, je vois. Bien… (Leana attrapa le bras de Ian et le tira vers elle.) Il faut que tu rencontres les autres aussi. Lily, pourquoi n'irais-tu pas voir où en est Cecil avec les boissons ? Il met un temps fou.

— Miss Nicholls ne devrait pas avoir à faire ça, rétorqua Ian.

— Je t'assure, Ian, Lily n'y voit pas d'inconvénient. N'est-ce pas, Lily ? demanda Leana avec une gaieté feinte.

Lily regarda son amie, puis le nouveau venu, et se demanda ce qui se cachait derrière le ton de Leana. C'était très subtil – elle s'était plainte que Lily avait écrasé sa robe, s'était montrée cinglante avec Gideon lorsque celui-ci l'avait taquinée, puis comme d'habitude elle avait coincé Lily avec la personne la moins intéressante du groupe. En mettant tout cela bout à bout, elle ne pouvait s'empêcher de penser qu'il y avait une certaine aigreur sous-jacente.

De l'espace. Elle avait besoin d'un peu d'espace le temps de laisser la mauvaise humeur se dissiper.

— Ça ne me dérange pas, convint Lily.

— Merci, chérie ! roucoula Leana en lui tournant le dos.

Ce ne fut qu'après avoir parcouru la moitié de la pièce à la recherche de Cecil qu'elle se rendit compte que Leana tenait un verre plein à la main pendant toute la conversation.

Au bout d'une heure et demie à la soirée de Vita, Lily commençait à fatiguer. Elle avait fait deux fois le tour de la pièce, avait pris soin de discuter avec les autres filles et les prétendants qu'il était difficile d'éloigner de l'orbite de Leana.

D'ordinaire, elle aimait faire partie de ce petit groupe un peu fou qui avait la chance de pouvoir dîner et danser avec Leana. Son amie avait un don indéniable pour déchaîner les gens jusqu'à ce qu'il ne semble plus y avoir d'autre option que de danser sur des disques de rock'n'roll et passer des heures à alterner les partenaires sur la piste de danse d'une boîte de nuit. Mais, ce soir-là, le caractère exigeant de Leana venait changer la donne. Elle était agaçante, et l'idée de devoir affronter cette facette pénible toute la soirée épuisait Lily d'avance.

Elle savait toutefois que, si elle partait sans dire au revoir, cela ferait des histoires pour rien. Armée d'une volonté d'acier, elle traversa la foule jusqu'à trouver Leana et se glissa entre deux hommes qu'elle n'avait jamais rencontrés au moment précis où celui auquel son amie semblait s'intéresser le plus laissait échapper un rire. Il fit sursauter Lily.

— Réprimandé ? Le colonel m'a tapé dans le dos et m'a dit : « Joli travail, lieutenant », lança l'homme d'une voix plus forte que les discussions environnantes.

Leana se pencha vers lui et posa une main sur son bras.

— Tu es vraiment incroyable.

— Et encore, tu ne sais pas tout, répondit-il avec un sourire qui semblait signifier qu'il était prêt à dévorer Leana – si elle le lui permettait.

C'était un soldat, Lily n'avait aucun doute là-dessus. C'était évident à sa façon de se tenir au garde-à-vous, les épaules écartées et le dos droit. Il arborait une fine moustache noire à la Clark Gable et ses cheveux noirs étaient gominés en arrière afin qu'ils ne retombent pas sur son front.

— Lily ! cria Leana quand elle l'aperçut. Tu es revenue.

— Je n'ai jamais eu l'intention de partir, dit-elle en se souvenant qu'on l'avait envoyée chercher des boissons dont personne n'avait jamais voulu.

— Je ne sais pas ce qui t'a pris aussi longtemps. Je voulais te présenter Raymond, reprit Leana, le regard brillant.

« Raymond » était le lieutenant Raymond Troy.

— Des Coldstream Guards, ajouta-t-il bien qu'elle n'ait rien demandé.

— On vient de se rencontrer, mais je pense que nous sommes destinés à devenir très bons amis, dit Leana d'un air espiègle en posant la main sur lui.

Lily fronça les sourcils face au badinage de son amie. C'était la première fois qu'elle voyait Leana aussi... intéressée. Normalement, celle-ci se contentait de laisser les hommes autour d'elle la vénérer et ne leur adressait presque pas la parole à moins qu'elle n'attende quelque chose d'eux, comme ce pauvre Cecil qui allait sans arrêt lui chercher des verres. Cette fois, Leana semblait vouloir attirer l'attention du lieutenant et la conserver.

— Enchantée, dit-elle à Raymond.

— Je le serais aussi si ces verres étaient un peu plus forts, rebondit-il en glissant une main dans la poche de sa veste pour en extraire une flasque argentée.

Sans le moindre scrupule, il dévissa le bouchon et versa une gorgée de son contenu dans son verre. Puis il se pencha et fit de même dans celui de Leana.

— Leana, siffla Lily en regardant autour d'elle.

Si elle s'attendait à ce que Mrs Hartford ou n'importe quelle autre mère présente vienne les sermonner, elle avait bien tort. Personne n'y prêta attention.

— C'est juste un petit verre, Lily.

— Une gorgée de courage, ajouta Raymond. Quand on assiste à trop de soirées comme celle-ci, ça finit par devenir nécessaire.

— Tu peux en avoir aussi, suggéra Leana.

Raymond ne réussit pas tout à fait à cacher sa réaction à l'idée de partager avec elle.

— Je vais m'en passer, mais merci quand même.

Rangeant sa flasque, Raymond tourna le dos à Lily pour faire face à Leana.

— Quel ennui.

— Je te demande pardon ? rétorqua Leana en riant.

— À part en ta compagnie, bien sûr, ajouta Raymond.

— Nous avons une réservation pour dîner à huit heures et demie. Tu devrais te joindre à nous.

— Qui sera présent ? Je ne supporte pas de manger en compagnie de gens ennuyants.

— Nous sommes nombreux. Rupert et Cressie seront là, plus Anthony Douglas, Henry Jaffe, Angela Garrick et Peter Wharton. Et Lily, bien entendu.

— Qui ça ? demanda Raymond.

Leana s'arrêta.

— Lily. Ma très bonne amie, à qui tu viens de proposer un verre.

Lily sentit sa poitrine se serrer. *Ma très bonne amie.* Personne ne l'avait jamais appelée comme ça. Bien sûr, elle avait des camarades et même quelques amies, mais elle n'avait jamais été aussi proche de quelqu'un. Même après leur dispute, entendre Leana parler d'elle ainsi lui donnait envie d'appuyer fort sur son cœur pour arrêter la douleur.

Raymond grogna, visiblement peu confus de sa gaffe.

— Ensuite, on va danser à l'Astor. Si on avait des carnets de bal, le tien serait déjà rempli, Lily, lui apprit Leana.

— Ah oui ?

— Oui, j'ai promis à Archie et William que tu danserais avec eux. Ils te réclamaient un peu plus tôt.

Elle secoua la tête.

— Oh, Leana, j'aurais préféré que tu n'en fasses rien.

— Pourquoi donc ? Ce sont deux hommes très gentils, et ils ont tous les deux mentionné le fait qu'ils te trouvaient jolie.

Elle mourait d'envie de se gratter les bras.

— C'est encore pire. Tu aurais dû m'en parler avant d'accorder des danses en mon nom.

— Je ne comprends pas pourquoi tu te montres aussi ingrate, la tança Leana d'un ton sec.

— Je ne suis même pas sûre de venir au dîner ce soir, rétorqua Lily.

Elle savait très bien qu'elle se montrait un peu irascible, mais elle s'en moquait. C'était la vérité. Personne ne lui avait demandé si elle voulait venir à ce dîner ; on était parti du principe que oui. En deux petites semaines, elle était devenue partie intégrante de l'architecture de ce groupe. Elle appréciait le fait d'être incluse, mais elle n'aimait pas qu'on la considère comme acquise.

— Ne sois pas ridicule. Bien sûr que tu viens.

Lily serra les poings contre ses jupons.

— Et si un autre groupe d'amis m'avait invitée à faire quelque chose après le dîner ?

Leana cligna des yeux, comme si elle était stupéfaite à cette idée.

— Ah bon ? Mais qui ?

Elle est belle et populaire, mais elle peut se montrer jalouse et mesquine parfois. Je parie que la moitié des filles ici ont peur d'elle.

Peu importait ce que Gideon lui avait dit : Lily ne serait pas l'une de ces filles.

— Je ne me sens juste pas très bien, là. Je crois que je vais rentrer chez moi. Peut-être que Raymond peut prendre ma place au dîner.

— Mais il n'y aura pas le bon nombre de convives.

Lily ne répondit pas, et Leana plissa les yeux.

— Très bien. Rentre. On va passer un bon moment sans toi.

Lily savait que c'était un moment très important – une ligne tracée dans le sable de leur amitié encore naissante. Ce serait facile de capituler, de l'accompagner à ce dîner et de se laisser ensuite aller au plaisir de la danse. En d'autres circonstances, elle aurait adoré. Cependant, l'autoritarisme de Leana l'énervait. Elle avait l'impression qu'on la considérait comme un pion plutôt que comme une amie.

Lily prit une grande inspiration et dit « Bonne soirée », avant de s'éloigner lentement de son amie.

Elle traversa la pièce bondée les épaules en arrière, contente de voir qu'il n'y avait plus de queue devant la porte. Dès qu'elle fut hors de portée de la fête, elle sentit son corps se détendre en une profonde expiration.

— Tout va bien ?

Lily se tourna et vit Ian Bingham qui traînait dans les parages.

— Vous êtes encore là, dit-elle sans réfléchir.

Un petit sourire monta aux lèvres du jeune homme, comme s'il était charmé à l'idée qu'elle soit ravie de le voir. Mais il étudia son visage et son expression s'assombrit.

— Tu as l'air un peu agitée.

— Je crois que je vais y aller.

— Tu crois que tu y vas, ou tu y vas ?

Elle leva le menton.

— J'y vais.

— Je vois.

Il se redressa en s'appuyant sur le mur contre lequel il était adossé.

— C'est dommage. J'espérais avoir la chance de discuter à nouveau avec toi.

Elle sourit.

— Nous n'avons pas même commencé tout à l'heure.

— Leana ne semble pas vouloir que nous ayons une conversation, dit-il.

— Vous croyez ?

Il pencha légèrement la tête, comme pour lui demander comment elle pouvait ne pas s'en rendre compte.

— Elle a mentionné le fait que vous étiez un ami de sa famille, releva-t-elle.

Il sourit.

— Je suis sûr qu'elle ne l'a pas dit comme ça. Mon père était le médecin du village d'Elkenhurst et il s'est toujours occupé des Hartford d'aussi loin que je m'en souvienne. On m'amenait à Asheville Hall pour prendre des leçons de latin avec le maître qui avait enseigné au frère de Leana. Mr Hartford s'est penché sur mon éducation, c'est la raison pour laquelle Leana ne m'apprécie pas.

— Comment pourrait-elle ne pas t'apprécier ? demanda-t-elle, avant de rougir devant son large sourire, prenant conscience d'à quel point elle avait dû paraître empressée. Tu vois ce que je veux dire.

— D'une certaine manière, je suis le parent pauvre des Hartford, sans même avoir la chance de faire partie de la famille. Mr Hartford paie mes frais de scolarité et me donne une allocation pour que je puisse étudier à Cambridge et vivre un peu mieux que la plupart des étudiants. Tout semble tellement victorien, n'est-ce pas ?

Il y avait une certaine amertume dans ses paroles, comme s'il lui en coûtait de révéler tout cela.

— Je suis désolée que tu te sentes ainsi, dit-elle.

Il rit.

— Ne t'inquiète pas trop quand même. Je m'en sors bien. Comment vous vous êtes rencontrées ?

— Nous sommes amies depuis peu. On était assises l'une à côté de l'autre pendant notre présentation.

— Eh bien, dans ce cas, je suis ravi que ce soit arrivé.

C'était ridicule – absurde, même – qu'un simple compliment comme celui-ci la fasse se sentir légère, d'une façon qu'aucun autre prétendant n'avait réussi à provoquer.

— Tu ne t'en allais pas vraiment, si ? demanda-t-il.

Elle le regarda, et une partie d'elle avait envie de lui répondre que non. Qu'elle pouvait rester plus longtemps et discuter avec lui. Qu'elle voulait apprendre à le connaître.

— Veux-tu que je demande au portier de t'appeler un taxi ? reprit-il.

Elle se mordit la lèvre, mais elle finit par hocher la tête.

— Si ça ne t'ennuie pas.

C'était la décision la plus raisonnable ce soir-là, troublée comme elle l'était par l'attitude de Leana. Il y aurait d'autres fêtes. D'autres soirées.

Il posa une main sur son cœur.

— Ce serait un honneur.

Elle eut un sourire.

— Je vais simplement chercher mon écharpe.

Il hocha la tête, et elle le regarda remonter le hall jusqu'à la réception avant de le suivre en partie jusqu'au vestiaire des dames, où elle avait laissé la douce étole de vison que sa mère lui avait prêtée. Il y avait une autre femme devant elle, vêtue d'une robe sans bretelles dotée d'un énorme jupon. Lily admirait la façon dont le tissu reflétait la lumière alors que la femme tendait le bras pour attraper sa veste en fourrure blanche et courte.

— Oh, bonjour, dit Katherine Norman en se retournant, avec un sourire décontracté. Je ne savais pas que tu étais là.

— J'étais sur le point de partir, répondit-elle en tendant son ticket à l'employé.

— Moi aussi.

Katherine marqua une pause et s'approcha en enfilant sa veste.

— Je dois avouer qu'après trois réceptions en une semaine, je commence à me lasser des cocktails.

— Je comprends, approuva Lily en riant. Je les confonds déjà. Quand je sors de chez moi, je dois vérifier dans mon agenda que je me rends au bon endroit.

— Pour savoir quelle débutante tu dois féliciter ! Ça m'arrive aussi. Tu ne comptais pas passer à la soirée d'Anne Horvath avant de rentrer, par hasard ? demanda Katherine.

Lily secoua la tête. Anne Horvath, une blonde glamour, apparaissait souvent dans les magazines. Même si elle n'était pas favorite pour le titre de débutante de l'année comme Juliet ou Leana, cette dernière avait mis un point d'honneur à refuser l'invitation, et Lily s'était sentie obligée de transmettre ses regrets par pure loyauté. À présent, elle se demandait bien pourquoi.

— C'est dommage, on aurait pu partager un taxi, regretta Katherine.

— Tu y vas seule ?

— Je suis avec Doris Irving. C'est une autre fille de chez Mrs Kingsley, répondit Katherine en faisant allusion à un chaperon professionnel, d'un air si détaché que Lily en fut presque choquée.

Être présentée par un chaperon plutôt que par sa mère, sa grand-mère ou sa tante était d'ordinaire le genre de choses que les débutantes n'abordaient qu'à voix basse derrière le dos des autres.

— On voyage ensemble en solitaire, parfois, reprit Katherine. Doris est hilarante, et très intelligente. Tu l'aimerais beaucoup.

— J'en suis sûre, approuva Lily.

Là-dessus, elle ne se trompait pas.

— Je vais te dire, annonça Katherine alors que l'employé de vestiaire tendait à Lily son étole. Pourquoi on ne déjeunerait pas ensemble cette semaine ? Jeudi, si tu es libre. Et si tu n'en as pas marre de moi après le repas, je te présenterai Doris loin de toute cette agitation. Ce sera plaisant d'avoir une conversation sans penser en permanence au temps qu'il nous reste avant que nos pieds ne nous fassent mal dans nos chaussures à talons.

Lily fut surprise par la proposition cavalière de ce déjeuner. Katherine et elle s'étaient saluées plusieurs fois cette saison, mais elles ne se connaissaient presque pas en dehors de quelques conversations à l'école. Cela dit, elle appréciait le côté spontané et insouciant de Katherine.

— Jeudi, ce serait parfait, accepta-t-elle alors qu'elles se dirigeaient ensemble vers la sortie.

— Oh, mais j'ai un essayage de robe ce matin-là ! se rappela Katherine. (Elle lui lança un coup d'œil.) Ça ne t'embête pas de m'accompagner ? Je pourrais avoir besoin d'un second avis, et je ne t'ai vue porter que des robes charmantes toute la saison.

— Merci, dit Lily, flattée que la jeune femme ait remarqué sa garde-robe.

— Je te demanderais bien le nom de ta couturière, mais Madame Benum ne m'adresserait plus la parole, plaisanta Katherine.

— Je serai ravie de t'aider.

— Parfait. On ira déjeuner après. C'est moi qui offre.

Une fois qu'elles furent sorties du hall, Lily aperçut Ian qui l'attendait près de la porte. Il sourit en la voyant.

— Tu as un soupirant. Comme c'est plaisant ! rit doucement Katherine.

— Je ne sais pas trop. On se connaît à peine.

— Eh bien, je suis sûre que ça finira par changer tôt ou tard.

— Katherine ! cria une fille dégingandée aux cheveux auburn vêtue d'une robe de moire vert foncé, qui avait déjà enlevé ses gants.

— Je suis moins bien accompagnée, lança Katherine avec un sourire. Je t'appellerai demain afin de convenir d'un horaire pour jeudi.

— J'ai hâte, répondit Lily.

Lorsque Ian l'aida à monter dans le taxi et ferma la portière, elle se rendit compte qu'elle attendait vraiment ce déjeuner avec impatience.

9

LILY BÂILLA PROFONDÉMENT et sortit de sa chambre avant de descendre les escaliers dans sa robe de chambre en rayonne bordeaux. Le soleil brillait à travers la fenêtre en haut des marches, lui rappelant que le reste du monde avait commencé sa journée quelques heures plus tôt. Elle était pratiquement devenue une créature nocturne et ne se réveillait désormais vraiment qu'à dix-huit heures, lorsque les cocktails de la saison commençaient.

Comme pour ajouter à la honte de l'ancienne écolière qui ne ratait jamais un jour de classe qu'elle était, la pendule près de la porte fermée du bureau de son père sonna onze heures. Son estomac gronda, pas certain de savoir s'il avait envie d'un petit déjeuner ou d'un déjeuner. Elle devrait descendre à la cuisine et voir si Hannah lui avait mis quelque chose de côté ce matin. Ensuite, elle pourrait se retirer dans sa chambre pour fouiller ses étagères bien remplies à la recherche d'un nouveau livre à lire. Peut-être *The Long View* d'Elizabeth Jane Howard ou *Une note de musique* de Rosamond Lehmann ? Cela dit, elle avait emprunté *School for Love* d'Olivia Manning à la bibliothèque plus tôt dans la semaine…

Elle déciderait plus tard. D'abord, elle s'approcha du buffet de l'entrée où Hannah lui avait laissé son courrier sur un plateau d'argent. Maman ouvrait toujours ses lettres au petit déjeuner avant de se retirer au bureau de sa chambre, pour y répondre dès qu'elle avait fini de manger.

Il y avait un petit tas d'enveloppes pour Lily, qui ressemblaient à des invitations ou à des mots personnels, ainsi que le numéro hebdomadaire du *Sketch*. Si certaines personnes lisaient le *Times*, rempli d'articles sur les manifestations pour le désarmement nucléaire de Hyde Park à Aldermarston dans le Berkshire, c'était dans le *Sketch* que les débutantes recevaient toutes leurs informations.

Elle glissa les lettres dans la poche de sa robe de chambre et attrapa le magazine pour le feuilleter. Au bout de quelques pages, elle s'arrêta.

« Les éblouissantes débutantes de la salle River : Miss Leana Hartford et Miss Lillian Nicholls affichent grâce et élégance en arrivant au bal de la débutante Miss Vita Auster au Savoy. »

La photo qui accompagnait cette légende avait été prise devant le Savoy quelques jours plus tôt. Le photographe avait réussi à capturer les deux filles ensemble alors qu'elles étaient tournées l'une vers l'autre et souriaient, la tête légèrement penchée comme si elles venaient de se raconter une plaisanterie ou un secret. On ne devinait pas la tension présente ce soir-là. Elles ressemblaient à des débutantes parfaites.

Si seulement ils savaient.

Lily parcourut quelques pages, mais il n'y avait rien d'autre sur elles. Elle plia le magazine en deux et décida qu'elle le lirait plus en détail pendant le repas. Elle s'apprêtait à s'éloigner lorsqu'une tache blanche en dessous du buffet attira son regard. Une lettre avait dû tomber du plateau et s'était logée sous le meuble.

Elle la ramassa et fronça les sourcils. L'enveloppe était adressée à « Mrs Michael Nicholls » d'une écriture cursive fine. L'adresse de l'expéditeur indiquait Dovecote Cottage dans un hameau du Cumberland appelé Hawkshead Hill, mais il n'y avait aucun nom.

Son cœur se souleva à l'idée que sa mère avait peut-être commencé à s'ouvrir au monde à nouveau. Maman ne semblait pas particulièrement à l'aise en société, elle n'assistait qu'aux cocktails les plus importants pour montrer son soutien à Lily, sachant très bien que, lorsque la soirée de Georgie et Lily viendrait, les mères qui avaient invité Maman à la réception de leurs filles seraient obligées de lui rendre la pareille.

— C'est important qu'il y ait suffisamment de monde à ton cocktail pour que l'ambiance ait l'air bonne, mais pas trop pour qu'on n'ait pas l'impression que tu as invité tout Londres, avait dit tante Angelica la dernière fois qu'elles s'étaient retrouvées toutes les quatre pour établir la liste des invités.

Il semblait peu probable que quelqu'un du nord de l'Angleterre écrive à Maman pour la remercier d'avoir assisté à une fête à Londres.

Curieuse, Lily décida de repousser sa quête de nourriture encore un peu. Elle s'apprêtait à remonter lorsqu'elle entendit quelqu'un tousser dans le bureau de son père. Elle toqua.

— Oui ? dit la voix de Maman, étouffée derrière la lourde porte.

— Je peux entrer ? demanda Lily.

Elle pouvait compter sur les doigts d'une main le nombre de fois où elle avait pénétré à l'intérieur du bureau sans la permission expresse de sa mère, et chacune de ces fois lui avait valu de sérieuses réprimandes. Elle comprenait désormais que ce n'était pas seulement l'endroit où Maman s'occupait des affaires de la maison et des factures. C'était une sorte de sanctuaire dédié au mari que Maman avait pleuré pendant des années.

Elle entendit des bruissements de papiers, puis la voix de sa mère qui lui dit :

— Tu peux entrer.

Elle tourna la poignée métallique finement sculptée, et prit une profonde inspiration en sentant la légère odeur de vernis à bois et de cuir à l'intérieur. Les lambris laissaient place à une grande bibliothèque qui prenait tout un pan de mur, et des rideaux verts étaient tirés pour protéger de la lumière les peintures à l'huile que son père avait dû choisir à l'époque où il avait emménagé dans cette maison. Maman était assise derrière un énorme bureau en chêne recouvert d'un sous-main en cuir vert, d'un livre de comptes et d'une pile de lettres. Une clé en laiton qui semblait conçue pour ouvrir le tiroir du bureau se trouvait à portée de main.

— Tu n'es pas habillée, fit remarquer Maman.

— Non, dit-elle en réprimant un bâillement.

L'expression sur le visage de sa mère s'adoucit.

— Je me souviens de ma saison. Parfois, j'avais l'impression que seuls l'espoir et le champagne me maintenaient debout.

— Je ne m'attendais pas à ce que ce soit aussi fatigant, admit Lily en s'enfonçant volontiers dans un des fauteuils en cuir couleur sang de bœuf en face du bureau. Ça paraît ridicule de penser qu'aller à des fêtes constitue une activité épuisante, mais c'est le cas d'une certaine manière.

— Tu ne sais rien de l'épuisement tant que tu n'as pas été à quatre bals en une semaine, plaisanta Maman avec un sourire sardonique.

— Tu as lu le *Sketch* ce matin ? demanda Lily en l'ouvrant à la page de sa photo.

Elle glissa le magazine sur le bureau en direction de sa mère, étudiant attentivement son expression. Celle-ci serra les lèvres en une fine ligne tandis qu'elle assimilait la photo de Lily et Leana ensemble, puis Lily vit ses yeux parcourir la légende.

Elle finit par lâcher :

— Le journaliste a raison. Tu es élégante. Cette robe te va bien.

— Merci, dit-elle, un sourire aux lèvres devant ce compliment. Je pensais m'en coudre une autre avec le tissu bleu clair à fleurs que j'ai acheté la semaine dernière. Avec le motif, elle sera suffisamment différente.

— Il aurait été préférable que tu apparaisses seule sur la photo, mais ta grand-mère ne manquerait sûrement pas de te rappeler qu'il y a des avantages évidents à poser avec une potentielle débutante de l'année.

Lily perçut le geste de paix qu'elle lui tendait et l'accepta.

— Tu sais ce qui est drôle avec cette photo ? J'étais énervée contre Leana quand elle a été prise, et ça ne s'est pas arrangé au fil de la soirée.

— Énervée ?

Lily essaya de trouver les mots pour raconter ce qui s'était passé quatre jours plus tôt.

— Je crois que Leana est une enfant gâtée.

Maman rit.

— De toute évidence. Je suis sûre qu'elle l'a été toute sa vie. C'était pareil pour son frère, Geoffrey. Je n'ai jamais vu un enfant aussi choyé par sa nourrice. Ruth aurait dû se montrer plus ferme avec lui, mais elle n'avait aucune envie d'élever ce garçon.

— Que veux-tu dire ? demanda Lily.

— Avant la guerre, Ruth Hartford ne s'occupait de rien d'autre que d'être une bonne maîtresse de maison. Elle était très douée pour ça – ce pour quoi Ethan devrait se montrer plus reconnaissant envers elle, car elle a considérablement aidé sa carrière –, mais elle a lâché du lest pendant la guerre. Comme tout le monde. Ce n'était pas évident d'organiser de grandes fêtes. Ruth a fait son devoir et eu des enfants, mais elle n'a jamais eu la fibre maternelle. Je me souviens que la nourrice faisait marcher Geoffrey devant nous avant le dîner et qu'il se jetait parfois au sol en hurlant si Ruth ne faisait pas attention à lui. Sans ça, elle le regardait à peine.

Lily recula dans son fauteuil. Faire des bêtises pour obtenir de l'attention ? Exiger d'être au centre de tout ? Leana avait visiblement appris des choses de son grand frère.

— Tu es impatiente d'organiser ton cocktail ? C'est dans à peine trois semaines, relança Maman pour dévier la conversation sur un sujet moins houleux.

— Oui. Ça me paraît un peu moins accablant maintenant que j'ai vu des dizaines d'autres débutantes le faire.

— Tu auras Georgie à tes côtés, et tante Angelica et moi serons là.

— Je tenais à te remercier pour ça.

— Pour quoi ?

— Pour ma présentation. Pour être allée à mes premières fêtes de la saison. Je sais que Grand-Maman se serait occupée de tout, mais je suis contente que tu aies été là.

Elle se rendait compte qu'il avait dû en coûter à sa mère de retourner dans la société. De savoir que les gens avaient parlé d'elle derrière son dos. Maman n'appréciait toujours pas d'être dans le grand monde – c'était évident –, mais elle faisait de son mieux, et c'était important.

Maman parut ravaler son émotion. Elle finit par dire :

— Il faut bien accomplir notre devoir.

Toute la tendresse que Lily ressentait pour sa mère disparut. Un « devoir ». Voilà ce qu'elle était. Un nouveau maillon d'une tradition qui faisait avancer leur famille depuis des années.

Elle regarda Maman assise derrière le grand bureau, cette petite femme submergée par le noir qu'elle mettait un point d'honneur à porter. Lily voulait vraiment aimer sa mère et sentir son amour en retour avec la même sincérité que partageaient tante Angelica et Georgie. Elle voulait qu'on lui donne de l'affection et obtenir une approbation sans avoir à se battre pour ça.

— Tu as un déjeuner demain ? demanda Maman. Angelica et moi pensions regarder les invitations une dernière fois.

— À vrai dire, je déjeune avec une des filles que j'ai vues à la fête de Vita Auster.

— Qui donc ?

Lily hésita.

— Katherine Norman.

Maman soupira.

— Pourquoi ne peux-tu pas te faire des amies dans le groupe de Georgie ? Ce ne sont peut-être pas les filles les plus intéressantes, mais au moins personne ne fait de commérages à leur sujet.

— Katherine a eu la gentillesse de m'inviter à déjeuner et…

— Ne fais pas semblant de ne pas comprendre pourquoi il est préférable que tu n'entretiennes pas une amitié avec Katherine Norman. Ta grand-mère serait d'accord avec moi.

— Mais Katherine est invitée partout.

— C'est parce que tout le monde veut une invitation au bal ridicule qu'elle organise, même si personne ne veut être suffisamment vulgaire pour l'admettre. Ils n'ont pas vraiment envie d'être associés à cette famille.

— Quel est le problème avec Mr Norman, à part le fait qu'il a fait fortune dans la presse ?

— Sa femme, Kitty. Angelica m'a dit que c'était l'une de ces Américaines qui essaient de gravir les échelons de la société en organisant des dîners ridicules et en imitant la façon dont on fait les choses ici sans vraiment les comprendre. Elle a entendu que Mrs Norman avait placé lady Annan à une place moins prestigieuse que lady Inwood à son dernier dîner.

— Quel est le problème ? demanda Lily.

Maman la regarda d'un air qui voulait dire qu'elle devrait déjà savoir ça.

— Lady Annan est la femme d'un baron. Le mari de lady Inwood n'est que chevalier. Et puis, il y a la fille. Tu sais comment ils l'appellent ? La « débutante millionnaire ». C'est d'un vulgaire.

— Je crois qu'il est assez injuste de juger une personne sur la base d'un surnom qu'elle n'a pas choisi.

Maman se raidit, et Lily se dépêcha d'ajouter :

— Katherine n'est pas vulgaire. Elle est même plutôt élégante. Je suis sûre que tu serais d'accord avec moi si tu la rencontrais.

Maman pressa deux doigts sur sa tempe.

— Lily, pourquoi es-tu devenue aussi têtue ? Tu as toujours été une bonne fille.

C'est parce que je n'avais pas le choix. Elle n'avait jamais connu que la maison, chez Mrs Wodely et chez

Grand-Maman. Les visites chez tante Angelica et oncle Eliott étaient des occasions spéciales. Une sortie ou une fête avec Georgie étaient des événements de premier ordre. Consciente qu'elle ne devait surtout pas mettre en péril ces moments spéciaux, elle avait appris à bien se comporter et à ne rien faire qui dérangerait Maman ou Grand-Maman au cas où elles décideraient qu'elle n'avait plus droit à ces récompenses.

Mais lorsque Grand-Maman et Maman lui avaient annoncé qu'elle serait débutante, elles avaient élargi son horizon. Paris, Londres. Elle savait, en prenant le bus et le métro, qu'elle ne connaissait qu'une petite partie du monde et des gens qui l'occupaient, mais cette petite partie était déjà plus intéressante que ce qu'elle avait connu auparavant.

— Je ne cherche pas à compliquer les choses, dit-elle lentement.

— Tu as déjà prouvé ton empressement à ignorer mes conseils pour te guider dans la saison. Cependant, même ta grand-mère te dirait qu'il ne t'arrivera rien de bon en t'associant avec Katherine Norman.

— J'*apprécie* Katherine. J'aurais aimé mieux la connaître à l'école, et je peux réparer cette erreur. Je vais sortir avec elle parce que j'en ai envie, pas parce que je crois qu'elle peut me présenter tel ou tel homme ou m'aider à obtenir une invitation à une fête qui ne me plaira de toute façon pas.

Maman croisa les bras et la dévisagea.

— Si tu gâches ta saison avec des gens comme Katherine Norman, tu es encore plus sotte que je ne l'avais cru.

Seul le tic-tac de l'horloge sur le bureau vint briser le silence gênant qui suivit. Elles se trouvaient dans une impasse. Autrefois, Lily aurait peut-être reculé pour satisfaire sa mère, mais elle ne voulait plus se comporter ainsi. Elle voulait sa propre vie, ses propres amies.

Maman finit par dire :

— Il faut que tu comprennes, Lily, à quelle vitesse la vie que tu mènes peut disparaître. Quand j'étais à Washington pour m'occuper de Joanna pendant la guerre, je ne m'attendais pas à ce que Michael disparaisse, et pourtant il est mort. Il est mort seul à Londres alors que j'aurais dû être à ses côtés.

Maman parlait si rarement de la mort de son père que Lily se leva de son fauteuil et fit le tour du bureau pour prendre sa mère dans ses bras. Ce geste leur était assez étranger pour que Maman mette un certain temps avant de se détendre ; la tension sembla alors quitter son corps en un soupir.

— J'avais tant de choses à vivre, murmura Maman en touchant le bras de Lily avant de laisser tomber sa main sur ses genoux. Et puis tout a changé. Il fallait que je m'occupe de toi. Chaque semaine, je m'assieds ici et je consulte les comptes. Je sais comment faire pour entretenir la vie confortable que tu mènes, mais rien ne dure. Les choses vont changer, et il faut que tu sois prête, Lily. La saison, ce n'est pas seulement les fêtes. C'est aussi le reste de ta vie.

Et si je ne voulais pas de la même vie que toi ? Les mots menacèrent de quitter ses lèvres, mais elle les ravala en voyant sa mère remettre en place le masque impassible qu'elle portait en permanence.

Maman essayait de la protéger de la seule façon qu'elle connaissait. C'était ce que les mères issues de leur classe sociale faisaient pour leurs filles depuis des siècles.

Lily secoua la tête. Le monde était en train de changer. Elle le voyait bien, des manifestations dans les rues de

Londres et la menace grandissante d'une grève des chauffeurs de bus londoniens jusqu'à l'existence d'une débutante comme Juliet Milner qui ne se marierait pas à l'automne pour aller à Oxford. Lily ne serait jamais la débutante que sa mère voulait qu'elle soit, parce que cette débutante n'avait pas sa place dans cette décennie.

C'était la dernière année des véritables débutantes. Il n'y aurait plus de présentations à la cour et, même si les chroniqueurs mondains et certaines mères parlaient déjà des bals et des événements majeurs qui continueraient l'année suivante, ils savaient tous que plus rien ne serait comme avant. C'était le chant du cygne de la haute société.

Lily se leva de son fauteuil et ramassa l'exemplaire du *Sketch* sur le bureau.

— Je vais me trouver à manger.

Elle se tourna, mais elle se souvint du mot dans sa poche. Elle le sortit et le glissa sur le bureau.

— C'était coincé sous le buffet. L'enveloppe a dû tomber quand Hannah faisait le ménage.

Maman prit la lettre et écarquilla les yeux en voyant l'adresse.

— Qu'est-ce qui ne va pas ? demanda Lily.

Maman continua de fixer l'enveloppe, paralysée.

— Maman. Qu'est-ce qui ne va pas ?

Sa mère secoua la tête comme pour quitter un état de confusion.

— Comment ?

— De qui vient cette lettre ? demanda Lily.

— Je ne sais pas.

Sa mère mentait, et très mal.

— Maman…

— Tu n'as pas besoin de te préoccuper des choses qui ne te concernent pas, répondit sa mère d'un ton sec.

Lily sentit se briser les liens fragiles qu'elles avaient tissés à l'instant. Elle hocha la tête avec raideur et sortit, mais, alors qu'elle se tournait pour fermer la porte, elle vit sa mère attraper la petite clé en laiton sur le bureau et ouvrir un tiroir, avant d'y jeter la lettre et de le refermer d'un coup sec en un claquement sonore.

10

LA SONNETTE DE HARLEY GARDENS résonna à onze heures précises le lendemain. Lily, son chapeau et ses gants déjà en place, n'attendit pas que Hannah sorte de la cuisine pour venir ouvrir. Elle mourait d'envie de quitter la maison, qui lui paraissait encore plus étouffante que d'ordinaire après la conversation gâchée avec sa mère dans le bureau la veille.

— Bonjour ! dit Katherine en embrassant Lily sur la joue pour la saluer. Tu es ravissante.

— Merci. Toi aussi, répondit-elle en admirant la veste vert irlandais de Katherine et sa jupe près du corps très raffinée.

— À vrai dire, j'aurais préféré mettre un pantalon, mais, là où on va, on ne m'aurait pas laissée entrer, plaisanta Katherine.

— Pour le déjeuner ?

Lily baissa les yeux sur sa propre robe bordeaux et sa veste en espérant que sa tenue serait suffisamment chic.

— Chez Madame, et ne t'en fais pas : tu es superbe. Mieux que superbe, même. Madame va adorer ton ensemble. On y va ?

Lily hocha la tête, et Katherine la conduisit vers sa petite Austin-Healey argentée, la capote rabattue pour accueillir le soleil de printemps. Lily attendit que Katherine enlève son sac à main et un journal du siège passager pour les jeter à l'arrière.

Lorsque Lily s'installa, Katherine sortit deux foulards de soie de la boîte à gants.

— Tu en auras besoin, dit-elle en posant le sien sur ses cheveux avant de nouer le tissu fin au niveau de son cou.

Lily l'imita, et Katherine démarra le moteur. Elle bifurqua sur King's Road si vite que même Gideon aurait blêmi.

— Merci d'avoir accepté de venir avec moi à l'essayage.

Lily enfonça ses doigts dans le siège en cuir.

— Oh, ce n'est rien.

— J'ai adoré tout ce que tu as porté chaque fois que je t'ai vue cette saison. Tes tenues sont toujours impeccablement bien conçues.

Tout en faisant la conversation, Katherine écrasa l'embrayage de la petite voiture et doubla un taxi qui se trouvait au milieu de la route, près de chez Peter Jones, sur Sloane Square.

— Merci. C'est ma gouvernante qui m'a appris à coudre. Sa mère était femme de chambre.

Elle avait décidé que, puisqu'elle était sur le point de mourir dans un accident de la route, il valait mieux que la vérité éclate.

— Vraiment ? Je n'aurais jamais cru que tes robes étaient faites maison.

— Où as-tu appris à conduire aussi vite ? demanda Lily dès qu'elle put reprendre son souffle, à la faveur d'une pause dans la circulation.

— Je suis désolée. Je vais rouler un peu moins vite. Maman me dit toujours que je devrais prévenir les gens, mais j'oublie. Notre chauffeur était pilote de course avant la guerre, et il a trouvé ça drôle de m'apprendre la conduite sur les routes de Balcombe Manor. Je crois que Papa et Maman ne le lui pardonneront jamais.

— J'aimerais bien savoir conduire. Ça a l'air amusant !

— Oh, ça l'est. C'est la meilleure sensation du monde. Si tu viens à Balcombe un week-end, je t'apprendrai.

La circulation reprit, et elles avancèrent à nouveau.

— C'est très gentil de ta part, dit Lily, sachant que c'était le genre de choses que les débutantes se disaient les unes aux autres.

Passe quand tu veux.

On devrait dîner ensemble bientôt.

— Je suis sérieuse, tu sais. Ce serait amusant, dit Katherine avec un sourire espiègle.

Malgré l'adrénaline qui pulsait dans ses veines, Lily réussit à lui rendre son sourire. Nul doute qu'elle passerait vraiment un bon moment.

— Tu lis les journaux ? demanda Katherine.

Lily fut surprise par le changement brutal de conversation.

— Oh, parfois. Maman reçoit le *Times*, mais je crois qu'elle ne consulte que la circulaire de la cour. J'ai vu que tu avais un journal avec toi.

— C'est un de ceux de Papa. Quand j'étais petite, je voulais sans arrêt entrer dans les salles de rédaction. J'adorais leur odeur : ça sentait la cigarette et l'encre des machines à écrire. Ce sont des endroits très bruyants, avec tous ces cliquetis, ces cris et ces téléphones qui sonnent.

Katherine bifurqua une nouvelle fois et dit :

— Nous y voilà.

La voiture ralentit tandis que Katherine tournait une dernière fois. Elle attendit patiemment derrière une autre voiture avant de se glisser sur une place de parking, devant une enseigne quelconque de Marylebone.

— Oh ! s'exclama Lily.

Katherine la regarda.

— Tu t'attendais plus à quelque chose comme Worth ou Hartnell, n'est-ce pas ?

Lily sourit.

— Eh bien, j'avais entendu dire que toute ta garde-robe venait de chez Dior.

Katherine pencha la tête en arrière et se mit à rire.

— C'est ce que ma mère aurait voulu. Papa a milité pour Dior, lui aussi, mais j'ai refusé. Si je devais faire la saison, j'allais porter les vêtements que j'aimais.

Et ce qu'elle aimait, c'était une couturière du nom de Madame Benum qui, dès qu'elles eurent passé la porte, se précipita vers elles, un mètre-ruban autour du cou et des aiguilles déjà plantées dans un petit coussin qu'elle portait au poignet.

— Vous êtes en retard, dit Madame en prenant Katherine par le bras pour l'attirer dans la cabine d'essayage.

— Au contraire, je suis parfaitement à l'heure, rétorqua Katherine.

— C'est-à-dire en retard. Enlevez vos affaires et allez vous laver les mains. Je ne veux pas voir de vilaines traces de doigts sur votre robe de bal avant même que vous l'ayez portée !

— Je me suis lavé les mains avant de venir, dit Katherine.

— L'avez-vous vue toucher un journal ? demanda Madame à Lily.

— Très bien !

Katherine leva les mains en l'air et alla les laver.

— Elle a laissé des empreintes partout sur l'un de mes motifs la dernière fois, révéla Madame à Lily avant de reculer d'un pas pour l'étudier.

Celle-ci fit de même. Madame portait une robe rouge vif qui allait parfaitement avec son teint brun clair, et dont la simple coupe illustrait ses talents de couturière. Ses épais cheveux ébène étaient coiffés en un grand chignon à l'arrière de sa tête, et Lily ne put discerner sur son visage aucun autre maquillage qu'un trait de rouge à lèvres pourpre.

— La coupe de votre veste est ravissante, dit Madame.

— Oh, merci !

Lily porta la main à l'ourlet de la veste en crêpe de laine qu'elle avait déchiré au moins deux fois avant d'obtenir le bon résultat.

— Et votre robe est trop bien faite pour venir d'un grand magasin. Qui est votre couturière ? demanda Madame, laissant traîner le dernier mot de sa douce voix marquée d'un accent français.

Elle rougit.

— C'est moi.

Son interlocutrice haussa les sourcils.

— Impressionnant. C'est une passion ?

— Un besoin, admit-elle. Ma mère n'a pas un grand sens de la mode, même si ma grand-mère s'y connaît.

La phrase « Et c'est tout ce que je peux m'offrir avec l'argent que me verse Grand-Maman » flotta en l'air entre les deux femmes.

Madame émit un bruit d'approbation.

— Vous êtes aussi une débutante ?

— Oui.

— Et vous avez fait votre robe pour le bal de la reine Charlotte ?

Elle secoua la tête.

— Maman et Grand-Maman insistent pour que je la fasse faire.

Madame Benum fit la moue.

— Dommage.

Lily réprima un sourire et Katherine demanda :

— J'ai besoin d'aide pour le dos.

Elle sortit de la cabine d'essayage dans une robe blanche retenue à la poitrine.

— Oui, avant que vous posiez la question : je me suis lavé les mains.

— Oh, Katherine, c'est magnifique ! s'exclama Lily.

L'autre débutante rit.

— Elle n'est même pas encore bien mise.

— C'est sa robe pour le bal de la reine Charlotte, lui apprit Madame en s'empressant d'aller fermer le dos du corsage baleiné.

— Qu'est-ce que tu en penses ? demanda Katherine en tendant les bras.

— Elle est superbe.

La robe, simple, laissait apparaître les épaules nues de Katherine au-dessus d'un corsage serré de crêpe blanc. Celui-ci descendait d'un clip de strass jusqu'à une jupe romantique qui dansait autour de Katherine lorsqu'elle marchait. C'était une longue robe blanche, consigne obligatoire pour le bal de la reine Charlotte, où toutes les débutantes serviraient de dames de compagnie à une femme plus âgée choisie pour jouer le rôle de la reine Charlotte, morte depuis longtemps, en l'honneur de son anniversaire. Cependant, cette robe différait de la tenue traditionnelle des débutantes : il n'y avait pas de satin, pas d'ornements à l'exception du clip, pas de fioritures. C'était une robe de femme.

— Quand vous ne serez plus une débutante, on la modifiera pour en faire une robe fendue, comme convenu, expliqua Madame en tenant le tissu à l'endroit où la fente remonterait sur la jambe de Katherine.

— Mais pas avant, soupira Katherine.

— Ce serait trop osé pour une débutante, la réprimanda Madame. Ne bougez pas, s'il vous plaît.

— Quel étrange rituel, songea Katherine pendant que Madame se penchait pour mettre des épingles au niveau de l'ourlet. On va faire une révérence devant un gâteau géant et le découper avec un couteau !

— Je ne comprends pas les Anglais, dit Madame.

— Ma tante Angelica dit que la fête n'a presque pas changé depuis l'époque où ma mère et elle étaient débutantes, leur apprit Lily.

— Quand était-ce ? demanda Katherine.

— Pour ma mère, en 1921. Elle a rencontré mon père durant la saison et ils se sont mariés au printemps suivant.

— Tu as de la chance d'avoir une mère qui a été présentée. Moi, je dois faire avec Mrs Kingsley, rit Katherine.

Madame la réprimanda et lui demanda de ne pas bouger.

Lily était désarmée devant la nonchalance avec laquelle Katherine parlait de la saison. Après des semaines passées avec des débutantes comme Leana et Cressie, qui prenaient la chose très au sérieux, elle était soulagée de voir quelqu'un qui y voyait aussi une certaine absurdité.

— Ça te gêne de devoir être présentée par un chaperon ? demanda Lily.

— Comment aurais-je pu faire autrement ? Maman n'est que la fille d'un simple commerçant, même si mon grand-père a fini par posséder trois grands magasins à Boston, et elle est américaine : deux éléments en sa défaveur. Et puis, tu sais qui est mon père.

Tout le monde à Londres connaissait Walter Norman, qui avait racheté et sauvé le journal de l'Est londonien en péril où il avait travaillé comme imprimeur, et l'avait transformé en empire de quatorze titres, dont deux publiés en Amérique.

— Si j'avais eu mon mot à dire, je n'aurais pas été présentée du tout, mais ils m'ont eue à l'usure, reprit Katherine. Papa me pousse à faire ma saison depuis mes dix-sept ans, mais je ne supportais pas l'idée d'être présentée. Tous ces gens qui te regardent… Et la reine ? Rien que d'y penser, je me sens mal.

— Mais tu as l'air si sûre de toi ! rétorqua Lily en pensant à la façon dont Katherine semblait glisser sans effort à travers les pièces bondées, faisant des signes de tête aux gens qu'elle connaissait.

— Ce n'est qu'un jeu de fumée, de miroirs, et le pouvoir des robes de Madame.

— Surtout les robes, approuva Madame, des épingles entre les dents.

— Je ne comprends pas. Si tu n'aimes pas ça, pourquoi avoir accepté ?

— Tu apprécies tous les aspects de la saison ? demanda Katherine d'un ton espiègle.

Lily marqua une pause.

— Eh bien, non.

L'idée de faire partie des quelques personnes invitées dans ce monde lui plaisait encore. Elle aimait enfiler une robe et passer de la vieille Lily à Lily la Débutante avec ses cheveux parfaitement coiffés et ses lèvres maquillées. Et il y avait aussi quelque chose dans la façon dont les gens la regardaient pour voir qui elle était quand elle entrait dans une pièce, et venaient la chercher pour lui parler au milieu de tout un groupe de débutantes, surtout quand elle était avec Leana.

Mais il y avait aussi des choses qui ne lui plaisaient pas. Les longues soirées passées toujours avec les mêmes personnes, ce qui n'allait pas s'arranger lorsque la saison des bals commencerait. La pression croissante des attentes de Grand-Maman et le fait de savoir que, si elle ne les satisfaisait pas, cela pourrait avoir des conséquences pour Maman et elle. Et puis il y avait les moments où elle se retrouvait éloignée de la foule et regardait autour d'elle en se demandant ce que tout cela pouvait bien vouloir dire, car les seules conversations qu'elle était autorisée à mener n'étaient que des bavardages futiles dans les mêmes endroits, nuit après nuit. Dans ces moments-là, la saison lui paraissait abrutissante.

— J'adore mes parents, et c'est important pour eux, reprit Katherine.

Le prestige d'une fille qui avait été présentée. Intégrée. C'était une notion étrange, intangible : la classification de celles qui étaient *en vogue* ou non. La vérité, c'était que les Norman des générations précédentes ne seraient jamais acceptés, même aujourd'hui. Les taches d'encre sur les mains de Walter Norman avaient peut-être disparu, mais son argent était bien trop neuf pour ne pas encore en être marqué. Katherine, elle, pouvait s'élever au-dessus de tout ça, comme de nombreux enfants de riches marchands l'avaient fait au cours du siècle dernier. Elle ferait toujours partie de la sororité des débutantes, présentées à la reine en 1958 comme Lily, Leana et toutes les autres filles de cette année-là.

— C'est fait, dit Madame en se redressant. Maintenant, allez essayer la robe pour votre bal.

Katherine souleva ses jupons.

— Même Maman ne sait pas à quoi elle ressemble, Lily. Elle m'a seulement fait promettre de ne pas la commander en rouge.

— Je ne vous aurais pas laissée faire, dit fièrement Madame avant d'ajouter : Même si le rouge irait bien avec vos cheveux.

Katherine sourit.

— Je reviens dans un instant.

Elle laissa Lily et Madame s'observer l'une l'autre dans le salon. Madame brisa le silence la première.

— Satin bleu nuit.

— Pardon ?

— Je vous habillerais en robe de satin bleu nuit, près du corps jusqu'au genou puis évasée, avec une légère tournure. Ce n'est pas à la mode, mais la mode n'a pas d'intérêt si on la suit toutes, dit Madame en attrapant un carnet de croquis et traçant quelques traits sur le papier. Lily vit une robe apparaître en quelques secondes.

— Une encolure bateau ?

— Pour laisser apparaître ceci, répondit Madame en touchant ses propres clavicules. C'est la partie du corps la plus séduisante chez une femme, à mon avis.

Lily rougit.

— Je ne suis pas sûre que les débutantes soient censées être séduisantes.

— Vous ne serez pas une débutante pour toujours, si ?

— Madame, c'est magnifique ! lança Katherine en ouvrant les rideaux de la cabine d'essayage.

Elle en sortit vêtue d'une longue robe ivoire. De lourdes perles de cuivre au niveau de la taille descendaient le long de la partie jupe jusqu'à disparaître sur le bord inférieur. On aurait dit que quelqu'un avait renversé une boîte de petites topazes sur sa jupe.

— C'est splendide, murmura Lily, à la fois émerveillée et ravie que le sujet s'éloigne des questions de Madame concernant son avenir.

— Ça peut, étant donné le nombre d'heures que nous avons passées à poser toutes les perles, mon assistante et moi, plaisanta Madame.

— Elle est aussi belle que je l'espérais, la rassura Katherine. (Avec un large sourire, elle laissa ses doigts courir sur les perles.) Je crois que même la plus mauvaise des mères ne trouverait rien à redire là-dessus.

Lily entendait l'optimisme dans la voix de Katherine, et elle eut un peu mal au cœur pour elle. Elle savait ce qu'on racontait au sujet de Katherine. Sa garde-robe était certes enviable, et son bal de débutante était sûrement l'un des plus attendus de la saison tant ce serait un vrai spectacle, mais rien n'arrêtait les rumeurs qui circulaient. Tout dans la saison de Katherine était trop pompeux, trop cher, trop tout court.

— Montez, s'il vous plaît, intima Madame en indiquant l'estrade. Je vais couper le tulle pour l'ourlet.

Katherine se mit en place sans discuter.

— Si tu n'étais pas une débutante, qu'est-ce que tu ferais ? demanda Lily.

— Je veux devenir reporter. Je veux que les gens se redressent en lisant mes articles. J'ai passé suffisamment de temps au milieu des journaux de Papa pour savoir que les rédacteurs n'apprécieront pas qu'une femme se joigne à la salle de rédaction, et encore moins la fille de Walter Norman, mais je veux travailler. Il le faut.

Katherine se tut. Elle avait les yeux brillants et les joues rouges. Lily croyait de tout son cœur que son amie verrait un jour sa signature dans un journal.

— As-tu demandé un poste à ton père ?

— Tous les jours depuis mes douze ans. Il ne veut pas que je mène cette vie, et c'est la raison pour laquelle, à la fin de la saison, je me lancerai seule. Je vais obtenir un peu d'argent à mes vingt et un ans en juin. Ce ne sera pas une fortune, mais suffisamment pour m'acheter un appartement et vivre pendant quelque temps.

Dans le miroir, Katherine jeta un regard vers Lily.

— Et toi, que ferais-tu ?

— Je ne sais pas. En fait…

Elle s'arrêta, et la réponse lui vint en un éclair.

— Si, je sais. J'aurais passé mes examens d'entrée à l'université.

— Laquelle ?

— Cambridge. C'est là que mon père a étudié.

— Eh bien, quand tout ça sera terminé, tu devrais aller à l'université, dit Katherine comme si c'était la chose la plus naturelle au monde.

Katherine ne lui avait pas ri au nez ni expliqué que c'était impossible. Elle avait répondu avec un certain espoir et un optimisme aveugle.

Curieusement, Lily sentait renaître en elle de vieux rêves qu'elle n'avait jamais vraiment osé admettre. Voilà de quoi elle avait besoin : d'une personne qui porterait ses espoirs dans son propre cœur, à côté des siens. Elle avait envie d'emprunter à Katherine un peu de son assurance, de sa détermination. Elle avait envie de se sentir à même de faire ce dont les gens la croyaient incapable, et, par-dessus tout, elle avait envie de surprendre tout le monde.

11

« C'ÉTAIT MERVEILLEUX, MERCI, dit Lily tandis que Katherine payait l'addition de leur repas, malgré les protestations de son invitée.

— Crois-moi, c'était un plaisir. Merci d'avoir encouragé mon égoïsme et d'avoir accepté l'invitation. Je crois que j'avais bien besoin d'un déjeuner loin de la saison.

Katherine pensait peut-être vraiment que tout le plaisir avait été pour elle, mais Lily avait passé un moment délicieux. Après avoir quitté Madame Benum, elles étaient remontées dans la voiture et avaient traversé la ville jusqu'à Soho pour trouver une table dans un petit restaurant de Chinatown. Elles y étaient restées assises pendant deux heures à manger tout ce que les gérants leur servaient et à boire des tasses et des tasses de thé au jasmin dans une théière en argile. Elles avaient parlé de théâtre, de cinéma, de souvenirs d'école et des projets d'avenir de Katherine. Pas une fois elles n'avaient abordé les bals et les cocktails.

— Je suis ravie que tu m'aies invitée, dit Lily.

— Tu n'as pas envie d'un expresso ? Mon amie Doris Irving me retrouve dans un café au coin de la rue dans quelques minutes, et je crois que tu l'apprécierais. Si c'est trop, je peux lui dire que tu as dû rentrer chez toi en vitesse, se hâta-t-elle d'ajouter.

— Non, répondit Lily en se remémorant avoir vu l'amie de Katherine de loin à la soirée de Vita. Je serai ravie de la rencontrer.

— Oh, très bien ! Elle sera très contente, se réjouit Katherine.

Elles quittèrent le restaurant situé sur Wardour Street et tournèrent sur Old Compton Street.

— Nous y voilà ! lança Katherine en indiquant une enseigne noir et rouge plus loin dans la rue qui annonçait : « 2i's Coffee Bar ».

— Ah oui, c'était vraiment à côté, s'amusa Lily.

Elle suivit Katherine dans le café. Le vrombissement d'une machine à expresso les accueillit, et la fumée de cigarette qui flottait dans l'air venait se mêler à la senteur des grains fraîchement moulus.

— Je ne suis jamais allée dans ce genre d'endroit, commenta Lily en regardant autour d'elle.

— Oh, tu vas adorer. Il n'y a que des écrivains, des gens de théâtre et des étudiants.

Katherine fit signe à une femme aux cheveux auburn que Lily reconnut de la soirée de Vita. Elle portait un pantalon noir et une veste verte élégante, ses longues jambes perchées sur des talons qui dépassaient de sous la table.

— La voilà. (Katherine se laissa tomber sur une chaise.) Doris, je te présente Lily, dont je t'ai parlé.

— Enchantée ! la salua Lily.

— Moi de même, répondit la fille avec un accent qui ressemblait beaucoup à celui de Katharine Hepburn.

Une serveuse arriva pour prendre leur commande – deux expressos pour Lily et Katherine –, puis Doris regarda Lily.

— Alors c'est toi, la copine de la snob ?

— Doris ! la réprimanda Katherine d'un ton sec.

— Je suis désolée, je ne sais pas qui est la snob, répondit Lily en regardant les deux femmes.

— Elle parle de Leana Hartford, lui apprit Katherine. Doris ne l'aime pas trop.

— Pourquoi est-ce que je l'aimerais ? On était dans la même classe chez Mme Vacani et elle ne m'a jamais adressé ne serait-ce qu'un regard.

Doris fouilla dans son sac pour en extraire un étui à cigarettes doré et un briquet assorti.

— Je suis désolée que Leana ne se soit pas montrée amicale. Elle est comme ça, parfois, dit Lily.

— Elle est pénible, mais ravissante, contra Doris.

— Je crois qu'il faut que tu oublies toute cette histoire, Doris, nuança Katherine. Si tu en viens à haïr toutes les personnes qui se montrent impolies avec toi, tu n'auras pas beaucoup d'amies parmi les débutantes.

Doris souffla de la fumée vers le plafond.

— C'est bien vrai.

— Qui s'est montrée impolie envers toi ? s'enquit Lily, très surprise. Et pourquoi ?

Doris rit.

— Il y a du monde ! Mon père descend d'une famille de marchands américains, ce qui veut dire que toutes les mères dont les filles n'ont pas obtenu d'invitation à telle ou telle soirée de présentation sont furieuses qu'une fille à moitié américaine ait pris la place d'une vraie Britannique.

— Je confirme, soupira Katherine.

— Et puis, il y a Maman, ajouta Doris.

— La mère de Doris a connu un divorce quelque peu scandaleux avant la guerre, expliqua Katherine.

— Et elle n'a jamais rencontré d'hommes qui ne lui plaisaient pas, précisa Doris avec un sourire qui laissa penser à Lily qu'elle appréciait de faire partie d'une famille célèbre.

— C'est ça qui rend Mrs Irving si amusante, rebondit Katherine en riant. Elle te plairait, Lily.

— Depuis le divorce, Maman est officiellement *persona non grata* à la cour, et j'ai dû être présentée par Mrs Kingsley, reprit Doris alors que la serveuse revenait avec leur commande.

— N'oublie pas que tu dis également tout ce qui te passe par la tête, se moqua Katherine. C'est très américain de ta part.

— Oui, c'est vrai aussi. Notre rencontre aujourd'hui l'illustre bien. (Doris prit un air contrit.) Je suis désolée, Lily.

— Ce n'est rien.

— Katherine aime à penser que je suis bien plus célèbre qu'elle, mais je n'ai pas de surnom comme la « débutante millionnaire », s'amusa Doris.

— Pas encore, lui rappela son amie en lui lançant sa serviette au visage.

Doris renvoya la serviette et tourna ses yeux verts en direction de Lily.

— C'est quoi, ton vilain défaut, Lily Nicholls ? Pour être assise à cette table, il t'en faut un.

— Oh, laisse-moi réfléchir... fit Lily en croisant les bras et en s'asseyant au fond de sa chaise comme pour se creuser la tête. Mon père est mort. Les gens n'aiment pas qu'on le leur rappelle.

— Très gênant, convint Doris.

— Maman est en deuil depuis si longtemps qu'elle vivait en recluse jusqu'au début de la saison. Les gens la surnommaient « Old Vic ».

— Comme le théâtre ?

— Comme la reine Victoria, à cause du deuil et des vêtements noirs. J'ai une sœur que je n'ai jamais rencontrée, qui était tellement scandaleuse à ses seize ans qu'elle a été envoyée en Amérique avant la guerre, mais personne ne veut me dire pourquoi. Ma saison est en train de ruiner ma mère malgré l'aide financière de ma grand-mère, donc je fabrique moi-même la plupart de mes robes. Oh, et je vis dans une maison qui se trouve *presque* à Fulham.

Il y eut un silence, puis Doris demanda en feignant l'horreur : « Tu vis à Fulham ? », ce qui les fit rire toutes les trois.

Quelqu'un tapa à la vitre et elles sursautèrent. De l'autre côté se trouvaient Philippa et Ivy, qui leur faisaient des signes, sacs de shopping à la main.

— Oh ! Ce sont des amies. Ça vous ennuie si elles se joignent à nous ? demanda Lily.

— Ce ne sont pas des débutantes parfaites, si ? s'inquiéta Doris.

— Philippa est catholique, et la grand-mère d'Ivy est un tyran qui insiste pour qu'elle s'habille comme un chou à la crème.

— Parfait ! Plus on est de folles…, acquiesça Doris en hochant la tête.

Lily fit signe aux autres filles d'entrer et Philippa passa la porte du café, suivie par une Ivy hésitante. Dès que les présentations furent faites et que les nouvelles arrivantes eurent passé commande, Lily se tourna vers Philippa :

— Je ne m'attendais pas à vous voir à Soho.

— J'ai emmené Ivy faire du shopping. Il y a un chapelier formidable près d'ici, où j'avais vu un chapeau qu'elle allait adorer, raconta Philippa.

— Oui, apprécia Ivy en touchant la boîte à chapeau qu'elle avait posée timidement sur le sol près d'elle. Je ne sais pas ce que Grand-Maman va en dire. Il est assez osé.

— Montre-le-nous donc, demanda Katherine.

— Oh, je ne crois pas…

— On *adorerait* le voir, roucoula Doris.

— Bon, eh bien d'accord, accepta Ivy, clairement ravie d'avoir quelqu'un à qui le montrer.

Elle sortit le chapeau et le posa sur le dessus de la boîte.

— Oh, il est ravissant ! soupira Katherine.

Il l'était. C'était un petit tambourin vert foncé avec une bande de tulle noir sur le devant et une longue plume noire le long du bord, de sorte qu'elle tombait à l'arrière du chapeau. Il était élégant et un peu audacieux, pas du tout le genre de chose que la grand-mère d'Ivy laisserait sa petite-fille débutante porter.

— Elle va le détester, convint Ivy comme si elle pouvait lire dans les pensées de Lily. Je vais peut-être le rapporter.

— Il est adorable. Mets-le ! lança Doris.

Ivy leva les mains pour enlever son chapeau cloche et le remplacer par le tambourin vert. Philippa l'inclina comme il fallait et se rassit avec un sourire satisfait.

— Oh, Ivy, il faut que tu le gardes. Il est parfait, dit Lily.

Son amie se mordit la lèvre.

— Je ne sais pas...

— Tu ne seras pas une débutante pour toujours, rappela Doris.

— Dieu merci, soupira Katherine.

— Tu n'aimes pas la saison ? s'étonna Ivy en enlevant délicatement le chapeau pour le remettre dans sa boîte.

Katherine lança un regard vers Lily.

— J'ai l'impression de perdre mon temps.

— Notre amie ici présente aspire à la grandeur – ou au moins à un travail. Quant à moi, je passe un excellent moment à observer tout le ridicule de la situation, plaisanta Doris.

— Tu trouves ça vraiment ridicule ?

— Le fait que, durant la majeure partie d'une année, on attende de nous qu'on assiste à une quantité absurde de fêtes dans l'espoir de trouver un mari correct ? C'est parfaitement victorien.

— Au moins tu peux choisir parmi de nombreux prétendants. Ma famille veut que j'épouse un catholique. Tu sais combien de prétendants sont catholiques et dont la famille n'est pas rongée par la faillite ou la maladie mentale ? demanda Philippa.

— Très peu, j'imagine, supposa Katherine.

— Tu as raison.

Une étincelle embrasa le regard de Philippa.

— Mais au moins, on va danser.

— Je veux juste épouser quelqu'un de gentil. Mais je ne suis pas sûre que ça arrivera un jour, soupira Ivy.

— Pourquoi pas ? s'étonna Lily.

Ivy baissa les yeux vers ses genoux.

— Les hommes ne me regardent pas.

— Eh bien, on va changer ça, annonça Doris.

— Qui connaît-on qui serait parfait pour Ivy ?

— Oh, non. N'essayez pas de me caser avec quelqu'un, les calma Ivy.

— Doris plaisante, la rassura Katherine en lançant un regard à son amie.

— C'est vrai, mais si tu voulais un peu d'aide je crois que tu devrais te tourner vers Lily, lança Doris.

— Moi ? répondit Lily en riant.

— Gideon Moore…

— Ah, elle aussi, elle est d'accord ! cria Ivy en interrompant Doris.

— Non, je crois que Lily s'intéresse à quelqu'un d'autre, leur apprit Katherine avec un sourire malin. Qui était l'homme qui t'a trouvé un taxi au Savoy ?

Lily ne put s'empêcher de rougir.

— Je ne le connais pas bien.

— Il a un nom ? demanda Doris.

— Ian Bingham, avoua Lily après avoir bu la dernière gorgée de son expresso.

Philippa pencha la tête d'un côté.

— Grand, beaux cheveux, étudie à Cambridge.

— C'est lui, approuva Katherine.

— Je ne l'ai vu qu'une seule fois, mais j'aime bien discuter avec lui.

— Je ne peux pas en dire autant des hommes que j'ai rencontrés ce printemps, se désola Katherine.

— Ma mère a une liste des meilleurs partis de la saison, dit Doris. Elle les a divisés en deux catégories : les FDLT et les PFDLT.

— Qu'est-ce que ça veut dire ? demanda Ivy.

— « Fiables Dans Les Taxis », et « Pas Fiables Dans Les Taxis ».

Elles éclatèrent toutes de rire.

— Vraiment ? souffla un homme barbu vêtu d'un chandail noir penché sur un manuscrit à la table voisine, ce qui les fit rire de plus belle.

Quand elles furent calmées, la serveuse s'approcha d'elles, leur addition à la main. Elles payèrent, un peu honteuses d'avoir fait du vacarme dans un café et encore étourdies lorsqu'elles sortirent sur le trottoir.

— Mon cocktail se tiendra mercredi prochain. Ma mère m'a à peine laissé voir la liste des invités, mais je vais m'assurer que vous receviez des invitations, dit Philippa.

Les autres filles promirent qu'elles viendraient, et Philippa hocha la tête avec satisfaction.

— Je peux ramener celles qui le veulent avec Lily, si vous ne voyez pas d'inconvénient à vous glisser à l'arrière, proposa Katherine.

— Ivy, tu voulais déposer ton chapeau chez moi ? demanda Philippa.

Ivy regarda la boîte et soupira.

— Oui. C'est probablement une bonne idée.

— On va marcher. J'habite à Fitzrovia, dit Philippa.

— Doris ? demanda Katherine.

— Je vais devoir monter à l'avant, Lily, s'excusa Doris en pointant ses grandes jambes.

— Pas de problème. Je me mettrai derrière.

— Avant que vous partiez, j'ai une proposition, lança Katherine. Tout le monde va à la fête de Christine Faulks ce lundi ? Ou à celle de Charlotte Damrosch ce soir ?

Toutes les filles hochèrent la tête.

— Très bien. Alors, je crois qu'à chaque fête où nous serons présentes nous pourrons trinquer aux débutantes imparfaitement parfaites.

Lily sourit.

— Les Imparfaites. Ça me plaît.

— Tant mieux, parce que c'est la meilleure idée que j'ai eue cette semaine. Maintenant, allons-y avant que je me transforme en citrouille, je dois me préparer pour la fête de Charlotte.

Elle déposa Doris à Kensington avant de prendre vers le sud en direction de chez Lily. À l'arrêt devant le numéro 17, Katherine se tourna vers Lily.

— Tu sais, je crois que c'était la meilleure journée de ma saison. J'ai le sentiment qu'avec vous, je pourrai survivre aux bals écossais en septembre.

— C'était formidable, convint Lily.

Elle sortit de la voiture et regarda Katherine s'éloigner avec un signe de la main et un rugissement de moteur, en repensant à la chance qu'elle avait eue de quitter la soirée de Vita plus tôt que prévu.

Deuxième Partie

Les cocktails

Les nouveaux bas-bleus

J'ai eu le plaisir de rencontrer récemment Lillian Nicholls, fille de feu le lieutenant Michael Nicholls et de Mrs Michael Nicholls de Harley Gardens. Le nom de Miss Nicholls s'est retrouvé sur beaucoup de lèvres cette saison, car on l'a aperçue à de nombreuses fêtes et dîners, vêtue de robes suffisamment ravissantes pour que les débutantes admiratives se demandent qui est sa couturière. C'est une jolie fille blonde, un peu bas-bleu, aussi à l'aise pour parler des romans de Gaskell, Burney et Thackeray que pour converser des dernières allées et venues à la cour. Miss Nicholls est la preuve que l'intellectuelle d'aujourd'hui n'est plus une fille réservée et silencieuse, mais une débutante joviale et enthousiaste que l'on a déjà aperçue à des fêtes, des déjeuners et au théâtre.

Le cocktail de Miss Nicholls sera organisé avec sa cousine Miss Georgina Laningham, la jolie et vive fille de Mr et Mrs Elliot Laningham. Elles accueilleront leurs invités au Hyde Park Hotel le 23 avril.

12

LILY SERRA SON VERRE PLUS FORT, furetant du regard dans la salle St James's du Royal Automobile Club pour voir les gens qui l'observaient discrètement.

— Redresse-toi et cesse d'avoir l'air d'un animal en cage, Lillian, la réprimanda sa grand-mère.

— Tout le monde me regarde.

— Tu es une débutante, et une fille charmante avec ça. Je pensais que tu serais habituée depuis le temps.

— C'est à cause de cet article dans le *Sketch*, murmura-t-elle.

— C'était un article très flatteur, et ton portrait est plaisant. J'aurais simplement préféré qu'ils choisissent un autre titre, dit Grand-Maman en souriant à une femme âgée qui s'approchait, un jeune homme dégingandé en costume bleu à ses côtés.

— Geraldine, quel plaisir de te voir ! dit-elle en lui faisant la bise. Tu connais ma petite-fille, Lillian ?

— Je n'ai pas ce plaisir, répondit la femme en souriant, ce qui accentua les rides de son visage.

— Lillian, je te présente Mrs Spence. Ton grand-père était un excellent ami de Mr Spence.

— Enchantée, Lillian, lança Mrs Spence.

Lily inclina la tête en signe de déférence envers son aînée, qui fit un geste en direction du jeune homme qui l'accompagnait.

— Mon petit-fils, Charles.

— Enchantée, dit Lily aux Spence.

— Charles étudie les classiques à Cambridge, lui apprit Mrs Spence en regardant son petit-fils, les yeux pleins d'espoir.

Charles ne répondit rien, et sa grand-mère le poussa du coude.

— Oui. Oui, c'est vrai. J'étudie les classiques, répéta-t-il tant bien que mal.

Oh, bon sang. Lily et Grand-Maman échangèrent un regard, et elles soupirèrent toutes deux en se préparant à vivre de longues minutes d'une conversation pénible.

— Comment trouves-tu Cambridge ? demanda Lily.

— Très bien. Très, très bien, marmonna Charles.

— J'ai cru comprendre que tu étais une avide lectrice, toi aussi, reprit Mrs Spence avec un sourire tendu, comme si elle avait conscience de les avoir plongées dans ce pétrin, mais qu'elle allait surnager quoi qu'il en coûte.

— C'est vrai, mais je préfère la littérature moderne. J'ai bien peur que mes connaissances sur Homère datent un peu, s'excusa Lily.

— Oui, certes, dit Charles.

Un long silence s'installa.

— Charles, viendras-tu à Londres pour la course cette année ? demanda Grand-Maman, en faisant allusion à la régate d'aviron traditionnelle qui voyait s'affronter les rameurs d'Oxford et de Cambridge le long de la Tamise. Avec ses grands chapiteaux le long du fleuve, la régate était l'un des nombreux événements autour desquels la saison gravitait.

— Oh, je ne sais pas, dit Charles.

— Je vous demande pardon, mais il fallait que je m'arrête pour vous saluer.

Tous se retournèrent, et Lily ne put s'empêcher de sourire en apercevant Ian Bingham, qui venait la sauver une fois de plus. Elle ne savait pas qu'il serait présent au cocktail de Philippa, mais elle envoya une petite pensée reconnaissante à son amie à l'autre bout de la pièce, entourée d'un groupe de proches, pendant que les autres Imparfaites ricanaient à l'écart.

Elle n'avait pas vu Ian depuis leur première rencontre, mais elle l'avait cherché dans toutes les fêtes qui avaient suivi, et elle avait même demandé à Leana s'il venait souvent à Londres.

— J'espère bien que non. Papa lui répète sans arrêt qu'il peut venir à Hartford House quand il veut, mais, heureusement, il ne le fait pas, avait-elle répondu.

Charles aussi sembla ravivé par la présence de Ian. Il lui serra la main vigoureusement.

— Bingham, si j'avais su que tu venais, je t'aurais proposé qu'on fasse le trajet ensemble ! Grand-Mère, voici Ian Bingham. Nous sommes tous les deux au Jesus College.

La grand-mère de Charles lui sourit légèrement.

— Grand-Maman, je te présente Ian Bingham. Ian, ma grand-mère, Mrs Nicholls, dit Lily.

Grand-Maman étudia Ian avec intérêt.

— Enchantée.

Une fois les présentations faites, Ian présenta ses excuses en souriant.

— Je ne voulais pas vous interrompre, mais j'ai aperçu Spence, et comme j'avais croisé Daniel Rutledge un peu plus tôt…

— Rutledge est là ? rebondit Charles. Il faut que j'aille le saluer.

Lily, Grand-Maman et Ian observèrent Charles battre en retraite, suivi par sa grand-mère qui soupira.

— C'était très astucieux de votre part, Mr Bingham, lança Grand-Maman.

Ian réprima un sourire.

— Je ne vois pas ce que vous voulez dire, Mrs Nicholls.

Grand-Maman eut un rictus imperceptible.

— J'en suis convaincue. À présent, il est temps pour moi aussi d'aller saluer quelques personnes. Lily. Mr Bingham.

Grand-Maman hocha la tête et s'éloigna.

— Ça fait deux fois que tu me sauves d'une situation gênante, dit Lily.

— J'ai bien peur que les hommes des universités de notre pays ne se présentent pas sous leur meilleur jour.

Elle rit.

— Cela étant, reprit-elle, ce n'était pas le moment le plus étrange de la soirée.

— Que s'est-il passé de spécial, ce soir ?

Elle soupira.

— Il y a eu un article sur moi dans un des magazines mondains. C'est assez gênant.

— Un article flatteur ? demanda-t-il.

— Oui. Mais c'est bizarre de voir son nom imprimé. C'est un peu comme si j'avais une publicité dans le journal : « Cette fille est une débutante ayant besoin d'un cavalier. »

— Eh bien, je suis sûr que ce qu'ils ont écrit ne rend pas assez hommage à la vraie Lily Nicholls.

Elle rougit.

— Tu te moques de moi.

Il sourit.

— Un peu. Mais l'intention derrière les mots est réelle. J'imagine que c'est très présomptueux de ma part et que tu as sûrement déjà quelque chose de prévu, mais voudrais-tu aller dîner avec moi après la fête ?

Son cœur fit un bond dans sa poitrine, mais elle revint très vite à la réalité.

— J'ai bien quelque chose de prévu.

— Oh. (Il parut réellement déçu.) J'aurais dû deviner que Leana t'avait déjà invitée, mais je ne l'ai pas vue ce soir et…

— Non, ce n'est pas Leana. Avec quelques amies, on emmène Philippa dîner chez Rules avant d'aller danser au Colony Club pour célébrer la réussite de sa soirée de débutante. (Elle hésita.) Tu voudrais venir avec nous ?

Il baissa les yeux, et pendant un moment elle ne put pas voir son expression. Elle craignit qu'il ait mal pris cette proposition – qu'elle se soit montrée trop entreprenante en l'invitant à dîner –, mais il finit par lever la tête et sourire.

— Rien ne me ferait plus plaisir.

Ian sortit du taxi pour payer le chauffeur et Katherine, qui était assise à côté de Lily sur la banquette arrière, se pencha vers elle et chuchota :

— Il est très beau.

Le cavalier de Katherine, William Sassoon, émit un rire.

— J'ai entendu.

— Va l'aider à payer, William, le tança Katherine avec un sourire.

William, le fils d'un ami de son père, soupira et sortit hardiment.

— Je l'aime bien, commenta Lily.

— Oui, j'espère bien, puisque tu l'as invité à dîner, s'amusa Katherine.

— Non ! rit Lily. William.

— Il est adorable, il a promis de m'escorter partout où j'en aurais besoin.

Katherine balaya le regard que lui lançait Lily.

— Il est comme un frère pour moi. Maintenant, raconte-moi ce qui s'est passé avec Ian.

— Je t'ai tout raconté. Il est venu nous sauver, ma grand-mère et moi, d'une conversation gênante. Ensuite, il m'a invitée à dîner, et je lui ai dit de venir ce soir.

— Tu aurais pu aller dîner seule avec lui. On aurait compris, dit Katherine.

Elle secoua la tête.

— Non. J'ai promis que je viendrais ce soir pour célébrer Philippa, et c'est ce que nous allons faire. En plus, on va danser après.

Katherine lui lança un sourire malicieux.

— Que tu es maligne.

William passa la tête dans le taxi.

— Vous avez fini de parler dans notre dos ?

— Pourquoi est-ce que je parlerais dans ton dos, William ? Tu ne m'offres jamais matière à discuter, se plaignit Katherine en lui tendant la main pour qu'il l'aide à sortir du taxi.

Ian tendit la sienne à Lily.

— Tout va bien ?

Elle lui sourit.

— Parfaitement bien.

Et c'était vrai. Toutes les Imparfaites étaient présentes, et Philippa avait réussi à trouver des cavaliers pour Ivy et Doris, deux apprentis avocats, Shrey Acharya et Max Thompson. Ils s'étaient tous deux avérés hilarants et intelligents, ce qui en faisait une agréable compagnie. Philippa était accompagnée du frère de Doris, David, qui semblait déjà sous le charme au premier regard qu'il avait posé sur elle.

Le maître d'hôtel les installa à une grande table sise dans une alcôve au fond du restaurant, et bientôt tout embarras et toute gêne disparurent. Une fois la première bouteille de vin terminée, William en commanda une seconde, et tous rirent comme de bons amis.

— Est-ce que certains d'entre vous sont déjà allés à Venise ? demanda William, qui racontait une anecdote.

— Moi, dit Doris en levant la main. Maman adore le carnaval.

— J'y suis allée un été, ajouta Shrey, assis entre Doris et Ivy, verre de vin à la main. Je pense ne jamais avoir eu aussi chaud. Et la ville sentait très mauvais.

— Donc vous savez tous les deux que la circulation sur les canaux peut s'avérer très dense, rebondit William. J'ai compris que j'avais donné au gondolier le mauvais itinéraire, et il m'emmenait bien loin de la fête où j'étais censé me rendre. Mon italien étant très limité, je ne pouvais pas lui dire que nous n'allions pas au bon endroit.

— Ce qui était entièrement ta faute, insista Katherine.

— Ce qui était entièrement ma faute. Comme nous étions presque à l'arrêt, j'ai décidé de sauter de la gondole dans une autre qui allait dans le bon sens.

— Et combien de prosecco avais-tu bu à ce stade ? plaisanta Lily.

— Je n'aime pas beaucoup ce qui se cache derrière cette question, jeune femme, rétorqua William en gonflant le torse, avant de sourire. Mais pour y répondre : une belle quantité.

— Oh, William, soupira Katherine en secouant la tête.

— Je me suis levé, j'ai hélé une autre gondole, et j'allais faire un pas en avant pour passer d'un bateau à l'autre lorsque mon premier gondolier, qui avait bien raison de me détester, a donné un grand coup de rame, et je suis tombé tout droit dans le Grand Canal.

La tablée rugit de rire, et William s'assit au fond de son siège avec un sourire satisfait.

— Je ne vous le recommande pas.

— Tu es vraiment une créature improbable, dit Katherine avec affection.

Il leva son verre dans sa direction.

— Toi aussi, ma chérie.

— Quelle scène charmante.

Les poils de la nuque de Lily se hérissèrent en entendant la voix de Leana. Elle se retourna et la vit, accompagnée de Gideon et Raymond Troy. Cressie, Rupert et Sophie se tenaient juste derrière eux.

— Bonjour, Leana.

— Lily, tu as manqué une sacrée soirée chez lady Fiona ce soir. Je pensais que tu serais chez toi, le nez dans un livre, vu que tu appartiens à une nouvelle espèce de bas-bleu, susurra Leana en plissant les yeux.

Lily serra les poings sous la table, mais elle répondit d'une voix égale :

— Je suis désolée d'avoir raté ça, mais j'ai hâte d'assister à son bal le mois prochain.

Elle avait pensé faire le bon choix : aller au cocktail de Philippa plutôt qu'à celui de lady Fiona, sachant qu'elle pourrait se rattraper à la fin du mois de mai.

— J'espère que tu ne seras pas trop fatiguée pour aller dîner et danser après la soirée de Rebecca demain, la prévint Leana.

— Je ne pense pas.

Leana plissa encore les yeux.

— Ian, je ne savais pas que tu étais en ville.

— Juste pour la soirée. Philippa a eu la gentillesse de m'inviter, et pour une fois j'ai pu m'arranger pour venir à Londres.

Les joues de Lily rougirent à l'idée qu'il ait fait l'effort de venir ce soir-là dans l'espoir de la voir.

— Je vois, lâcha Leana.

— Nous allons danser après le dîner si vous voulez vous joindre à nous, proposa Gideon en regardant tout autour de la table comme pour s'excuser de l'impolitesse de Leana à l'égard des autres.

— Nous aussi, dit Ivy d'un ton joyeux, sans prendre conscience ou en faisant fi de la tension palpable autour de la table.

— Où ça ? demanda Gideon.

— J'ai réservé une table au Colony Club, lui apprit William.

— On s'y croisera peut-être, Lily, répondit Cressie.

Leana sembla sur le point de dire quelque chose lorsque Raymond soupira :

— On va rester plantés là toute la soirée, ou on va manger ?

— Nous devrions aller nous installer, convint doucement Rupert, la main sur le coude de Cressie.

— C'était plaisant de te voir, Lily, la salua Gideon en lui lançant un petit sourire avant de suivre Raymond et Leana.

Tandis qu'ils observaient l'autre groupe s'éloigner, un silence forcé s'abattit sur la table de Lily. Tout le monde semblait avoir compris qu'il s'était passé quelque chose, mais elle était presque sûre que la plupart d'entre eux ne savaient pas quoi. De son côté, Lily avait les joues rouges de gêne face au mépris de Leana envers ses amis et à cause de sa plaisanterie au sujet de l'article sur les bas-bleus.

Ce maudit article…

Non, elle n'allait pas laisser la jalousie et le jugement de Leana lui gâcher la soirée.

— Que diriez-vous de commander une autre bouteille de vin ?

— C'est une très bonne idée, se réjouit Katherine.

— Je m'en occupe ? demanda William, la main déjà levée pour attirer l'attention du serveur.

— Encore du champagne ? demanda Lily.

— Je crois que nous devrions célébrer la soirée de Philippa comme il se doit.

— Oh, ce n'est pas la peine, réagit Philippa.

— Il le faut, insista David.

Il manqua de renverser son verre d'eau sur les genoux de sa sœur alors qu'il tentait à son tour d'appeler le serveur.

— David, tu ne la séduiras pas en m'aspergeant ! cria Doris, et la tablée rit à nouveau.

D'un coup, ses amis se détendirent et oublièrent l'incident avec Leana.

Tous sauf un.

Ian posa la main sur le dossier de sa chaise et se pencha vers elle pour lui murmurer :

— Tout va bien ?

— Ça va, dit-elle.

Lorsqu'il haussa un sourcil, elle reprit :

— Ça va, promis.

— On peut toujours aller danser ailleurs, proposa-t-il.

Elle secoua la tête.

— Nous devrions faire exactement ce que nous avons prévu. Leana n'a pas à décider avec qui je passe mon temps. Elle n'est pas ma seule amie.

— Très bien, alors, convint Ian en se redressant.

Elle remarqua qu'il ne retira pas sa main du dossier jusqu'à l'arrivée des plats.

Quelques heures plus tard, Lily se retrouva assise à une table au bord de la piste de danse du Colony Club. Shrey et Ivy, Philippa et David, et Max et Doris dansaient en couple. William et Ian avaient accepté de virevolter avec deux débutantes qui semblaient s'ennuyer à la table voisine, et Lily et Katherine étaient seules à la leur, devant leurs boissons servies dans de grands verres.

— Philippa semble heureuse, non ? cria Katherine par-dessus le groupe en regardant les jupons jaunes de leur amie s'agiter tandis que David la faisait tourner sur la piste en jive.

— J'espère qu'elle passe une bonne soirée.

— C'est certain, et je crois qu'elle n'a pas détourné le regard de David une seule fois. Doris a bien fait de l'amener.

Katherine la regarda.

— Et toi, tu as passé une bonne soirée ?

— Oui !

— Malgré le petit incident avec Leana ? Si un regard pouvait tuer, on serait tous morts en un instant, fit remarquer Katherine.

Lily se frotta la tempe.

— Je suis désolée. Je ne sais pas ce qui cloche avec elle. Elle se montrait si gentille avec moi au début, et maintenant elle…

— Se comporte comme une enfant gâtée ? demanda gentiment Katherine.

Lily éclata de rire.

— Je ne sais pas si j'irais jusque-là. Je crois qu'elle a l'habitude que les gens obéissent à ses ordres.

Katherine lui lança un regard.

— Ça ne te ressemble pas.

— Ah bon ?

Elle repensa au regret qu'elle avait ressenti en abandonnant l'école pour faire sa saison. Une fois qu'elle avait envisagé la possibilité que Grand-Maman arrête de verser l'allocation avec laquelle Maman et elle vivaient, elle s'était éloignée de tout ce qu'elle aimait avec une facilité déconcertante.

— Je sais qu'on ne se connaît pas depuis longtemps, mais je crois que tu serais surprise en voyant ce que tu es capable de faire si tu t'en laisses l'opportunité, dit Katherine.

Lily sourit.

— Je pourrais dire la même chose de toi, madame la future reporter.

Katherine leva son verre.

— Dans un an, avec un peu de chance.

Ian traversa la foule avec sa partenaire alors que le groupe attaquait la fin d'un morceau énergique et entamait le début de *The Way You Look Tonight*. Après avoir raccompagné l'autre fille à sa table, il se tourna vers Lily.

— Tu danses avec moi ?

— Tu n'as pas assez dansé ? demanda-t-elle alors qu'il se passait un mouchoir sur le front.

Il sourit.

— Pas avec toi.

Elle se laissa conduire au milieu de la piste de danse, et il la prit dans ses bras. Le cœur de Lily battait la chamade, alors même que la musique ralentissait en un morceau plus doux qu'elle ne reconnaissait pas.

— Tu as passé une bonne soirée ? murmura-t-il, sa voix résonnant dans la poitrine de Lily.

Elle leva les yeux vers lui.

— Oui.

Il sembla hésiter.

— Qu'y a-t-il ?

Il secoua la tête.

— Rien, tout va bien.

— Dis-moi.

— Je repensais à la première fois qu'on s'est rencontrés. Je t'ai vue entrer avec Gideon, dit-il l'air penaud.

— Avec Gideon ?

C'était bien avant que Ian ne vienne à son secours face à l'universitaire méprisant.

— Je le connais depuis presque aussi longtemps que les Hartford. Mon père est aussi le médecin de la famille Moore.

— Je ne savais pas.

Elle n'avait pas envisagé que Ian puisse connaître Gideon, étant donné l'endroit où il avait grandi, mais c'était logique.

— Gideon est l'un des rares membres de cette famille à ne m'avoir jamais fait sentir que je devais me montrer reconnaissant devant la charité de Mr Hartford. C'est un homme bien, à sa manière. Tu l'apprécies, n'est-ce pas ?

Cette fois, c'était à elle de bien choisir ses mots.

— Oui.

— Et s'il savait que je dansais avec toi ? demanda Ian.

— Eh bien, j'espère qu'il serait content que j'aie trouvé un partenaire de danse, tout comme tu l'aurais été à sa place.

Il soutint son regard un moment, puis hocha la tête avant de l'attirer plus près de lui.

13

LE LENDEMAIN DE LA SOIRÉE au Colony Club, Lily sortit du lit et enfila une robe chemise en coton crème et un cardigan rouge avec une fine ceinture : elle avait tout juste le temps de marcher jusque chez son coiffeur situé sur King's Road. Elle avait appris de sa première soirée de la saison que, si elle avait des choses à faire le jour suivant, il ne fallait pas abuser du champagne – ou de n'importe quel autre alcool, d'ailleurs. Cela lui permit de s'installer dans le fauteuil du salon de coiffure et de se faire laver les cheveux sans être trop éméchée. Cependant, Céleste, la femme qui la shampouinait chez Mr Gerard, rit en voyant ses poches sous les yeux.

— Vous sortez trop le soir. Je le constate chez toutes les débutantes qui viennent me voir, la réprimanda-t-elle.

Lily eut un sourire crispé, mais lorsqu'elle manqua de s'endormir sous le casque, elle dut reconnaître qu'elle méritait une bonne sieste cet après-midi avant les festivités du soir.

Quand elle quitta le salon de coiffure, ses cheveux blonds parfaitement bouclés tombant sur sa nuque, elle regarda la fine montre en or que Grand-Maman lui avait offerte pour son seizième anniversaire. Il n'était que quatorze heures. Elle avait encore largement le temps de se reposer et de se préparer pour les cocktails du soir. Largement le temps de s'arrêter dans son endroit préféré.

Lily gravit les marches de la bibliothèque en brique, submergée par un sentiment de calme. Elle sourit à Miss Kellerman, la bibliothécaire qui travaillait toujours derrière le bureau de prêt le jeudi, et se dirigea vers la section littérature. Elle respira l'odeur des vieux livres et décida qu'après avoir lu tous ces romans modernes, elle allait s'intéresser aujourd'hui à Anthony Trollope. Elle avança dans les rangées jusqu'à atteindre la lettre T, la tête penchée pour lire le dos des ouvrages, avant de trouver la série des Palliser. Elle avait commencé *Peut-on lui pardonner ?* deux ans plus tôt et progressé lentement dans la série. Avec un sourire, elle sortit *Les Diamants Eustace* de l'étagère, et le dos recouvert de tissu vert craqua légèrement tandis qu'elle ouvrait le livre au premier chapitre.

« Il était admis par tous ses amis, mais aussi ses ennemis – qui représentaient à dire vrai le groupe le plus nombreux et le plus actif des deux – que Lizzie Greystock avait très bien réussi dans la vie. »

Elle ricana face à ces mots – un son disgracieux pour une jeune fille au sujet duquel Maman et Grand-Maman l'auraient sans doute réprimandée. Les débutantes en connaissaient un rayon sur les amies et les ennemies.

— Bonjour, Miss Kellerman, souffla Lily en s'approchant du bureau.

— Bonjour, Miss Nicholls. Trollope, à nouveau ? demanda la bibliothécaire en attrapant le tampon et l'encre de ses longues mains élégantes dépourvues de tout bijou. Ça fait longtemps.

— Oui, je me suis dit qu'il était temps de revenir aux Palliser, dit-elle, un peu coupable d'avoir abandonné la série pendant tant de temps.

— On ne vous voit plus autant qu'avant, remarqua Miss Kellerman en tamponnant la carte de bibliothèque de Lily et en inscrivant son emprunt dans le registre.

— Non, dit-elle avec un réel sentiment de regret. Je ne vais plus à l'école.

Miss Kellerman leva la tête brusquement.

— Ah bon ? Miss Lewis et moi étions certaines que vous iriez à l'université.

— Moi aussi, dit une voix derrière elle, à un volume inapproprié pour une bibliothèque.

Lily déglutit et se retourna pour saluer son ancienne professeure, Miss Hester.

— Bonjour, Miss Nicholls, lança Miss Hester, les bras chargés d'une pile de livres comiquement haute par rapport à sa petite stature.

— Bonjour, Miss Hester. Je ne savais pas que vous fréquentiez cette bibliothèque.

— J'habite tout près d'ici. Je suis désolée d'apprendre que vous n'étudiez plus.

— Je suis une débutante, lui apprit-elle.

Miss Hester leva le menton d'une fraction de centimètre mais ne dit rien, aussi Lily se dépêcha-t-elle d'ajouter :

— Ma grand-mère et ma mère ont pensé que ce serait pour le mieux.

— Eh bien, tant que c'est pour le mieux, répondit Miss Hester d'un ton malicieux.

Miss Kellerman fit glisser les livres de Lily dans sa direction sur le bureau, et celle-ci la remercia avant de s'éloigner pour laisser passer son ancienne professeure.

— Je suis contente de voir que vous lisez toujours, reprit Miss Hester.

— Je n'imagine pas la vie sans lecture.

Elle se sentit pourtant coupable en pensant au nombre de soirs où elle n'avait pas saisi le moindre ouvrage, contrairement à son habitude quand elle était à l'école. Elle avait fait de son mieux pour lire le matin et durant ses après-midi libres – après tout, elle venait de terminer un roman de Rosamond Lehmann –, mais qu'en était-il des matins où elle avait fait la grasse matinée avant de se rendre à la hâte à un déjeuner ? Elle avait soudain l'impression, debout en plein milieu de la bibliothèque gorgée de lumière, qu'elle avait perdu une partie d'elle-même ces derniers mois.

— Une fois que vous aurez fini avec la série des Palliser, puis-je me permettre de vous suggérer quelque chose de notre siècle ? demanda Miss Hester pendant que Miss Kellerman tamponnait ses livres.

— Que me recommanderiez-vous ? demanda-t-elle poliment, même si elle n'avait lu dernièrement que des romans modernes.

— Vous pourriez essayer l'Américaine Willa Cather, ou peut-être Katherine Mansfield et Rebecca West, lui proposa Miss Hester.

— Voilà, Miss Hester, intervint Miss Kellerman. À la semaine prochaine.

— Merci, répondit l'institutrice en plaçant délicatement les livres dans un sac en toile qu'elle passa à son épaule. Miss Nicholls, dans quelle direction allez-vous ?

— Vers King's Road dans le sens de Beaufort Street.

— Je vais vous accompagner. J'habite près du cimetière de Brompton.

Lily hocha la tête, et elles saluèrent Miss Kellerman.

En quittant le bâtiment, Miss Hester ajouta :

— Je venais dans cette bibliothèque une fois par semaine après les cours. Je descendais du bus plus tôt et je passais l'après-midi à parcourir les étagères.

— Je faisais la même chose le mercredi.

C'était son petit plaisir, une façon de se récompenser de ces thés un peu terrifiants chez sa grand-mère le mardi.

— J'y allais le jeudi. C'est pour ça que nous ne nous sommes jamais croisées, dit Miss Hester d'un ton détaché. Dites-moi, qu'est-ce que vous faites, en tant que débutante ?

— Oh, eh bien, j'ai été présentée à la cour, et j'assiste à plusieurs cocktails par semaine pour rencontrer des gens. Le mien a lieu la semaine prochaine. Une fois que le bal de la reine Charlotte sera passé, au début du mois de mai, mes soirées seront prises par des bals. Et puis il y a Ascot, Henley et le Dublin Horse Show, si je devais aller en Irlande, et les bals écossais en septembre.

— Et vous aimez aller à toutes ces soirées ? demanda Miss Hester.

— Certaines sont amusantes si les bonnes personnes sont présentes, mais d'autres sont plutôt ennuyantes et je me demande parfois si j'ai bien fait de m'habiller pour ça.

Miss Hester ne répondit rien, et Lily ajouta :

— J'imagine que tout ça semble bien futile quand je le formule tout haut.

Miss Hester émit un rire, ce qui n'arrivait que rarement.

— Non, Miss Nicholls, je me disais simplement que tout cela paraît bien fatigant pour une vieille dame comme moi. Et que ferez-vous après la saison ?

— Oh.

Qu'allait-elle faire ? Personne ne lui en avait vraiment parlé. La saison avait été le centre de toutes les conversations de Maman et Grand-Maman à propos de l'avenir. Le but était de réussir, mais cette réussite restait très vague. À l'époque de sa grand-mère, elle se serait fiancée – cela aurait probablement été le cas aussi lors des débuts de sa mère. Maman et Papa s'étaient rencontrés et étaient tombés amoureux pendant la saison, après tout. Mais aujourd'hui… ?

— J'imagine que je trouverai un travail, dit-elle enfin.

Elle décrocherait sans doute quelque chose de convenable comme un poste de secrétaire dans un célèbre grand magasin, à l'image d'une autre débutante d'après un article du *Sketch*. J'ai une amie qui veut devenir reporter. Et l'une des meilleures débutantes de l'année va entrer à Oxford pour étudier la littérature à l'automne.

Miss Hester la fixa du regard.

— J'imaginais autrefois que vous connaîtriez un parcours similaire, Miss Nicholls.

L'université. Une notion qui lui paraissait bien étrange. Si peu de femmes y allaient en sortant de chez Mrs Wodely ! La plupart d'entre elles étaient ravies d'obtenir des postes modestes – si elles en obtenaient un – avant de se marier et d'avoir des enfants. Mais aller à l'université et étudier dans l'unique but de parfaire son éducation semblait un petit plaisir réservé à d'autres filles qu'elle.

— Je n'y avais pas songé sérieusement. Je dois passer les examens d'entrée d'abord, et je ne suis pas sûre d'avoir assez de temps pour me préparer cette année. Comme je vais rater les examens finaux à l'école, je doute d'être prête.

— Oui, on dirait bien que vous n'y avez pas vraiment réfléchi, dit Miss Hester avec un sourire.

Lily serra le livre contre son cœur, accablée par la perspective qui venait de s'ouvrir devant elle.

— Je ne sais même pas par où commencer.

— Vous pourriez lire les livres que j'ai mentionnés. (Miss Hester ouvrit la partie métallique usée de son sac à main en cuir brun et en sortit une carte.) Et si vous décidez de passer sérieusement les examens d'entrée, vous pouvez m'appeler pour qu'on en discute davantage.

Lily prit la carte qui portait le nom et le numéro de téléphone de Miss Hester dans une police large et impeccable.

— Vous me proposez de l'aide ?

Miss Hester acquiesça.

— Vous étiez une étudiante brillante, Miss Nicholls, et ce serait dommage de laisser gaspiller une telle intelligence avant même d'avoir eu la chance de la développer. Bon, je viens de décider que j'allais manger des côtelettes pour le dîner, donc je vais passer à la boucherie. Je vous dis au revoir ici.

— Merci, Miss Hester.

Lily rangea la carte derrière la deuxième de couverture des *Diamants Eustace*.

— Je suis ravie que nous nous soyons croisées aujourd'hui.

Miss Hester sourit.

— Moi aussi, Miss Nicholls. Moi aussi.

Seul le silence accueillit Lily quand elle déverrouilla la porte d'entrée de chez elle et se défit de son sac et de sa veste en un seul geste maîtrisé. Elle accrocha le manteau à une patère près de la porte et aperçut un morceau du papier à lettres bleu pâle de Maman sur le plateau argenté posé sur le buffet. Elle l'ouvrit et lut le message de sa mère :

La pauvre Angelica souffre d'une vilaine migraine, et sa domestique est allée rendre visite à sa mère aujourd'hui. Je suis allée jouer les gouvernantes.

J'ai laissé trois nouvelles invitations sur ton bureau. Privilégie le bal de Miss Gorman, car Angelica a entendu dire que son cousin Alfred y sera, et il cherche une fille d'un naturel doux qui lui sera de bonne compagnie.

Maman

Lily replia la note en riant et elle soupira. Elle n'appréciait pas vraiment Sarah Gorman depuis que celle-ci l'avait poussée dans un petit stand de pots de fleurs au huitième anniversaire de Rachel Marlow, parce que Lily avait refusé de partager un morceau de gâteau au chocolat avec elle. Même si le fait d'assister à deux bals dans la même soirée n'avait rien d'inédit, surtout durant les semaines les plus prisées de juin, elle espérait sincèrement avoir déjà accepté une autre invitation ce soir-là.

— Hannah ! cria Lily. Hannah !

Lily parcourut la maison en emportant le livre qu'elle avait emprunté, à la recherche de la gouvernante. Dans la cuisine, elle vit que l'emplacement où se trouvaient d'ordinaire le manteau et le chapeau de Hannah était vide. Leur absence signifiait que – pour la première fois depuis très longtemps – Lily avait la maison pour elle toute seule.

La maison pour elle toute seule ? Un sourire se dessina sur son visage. Elle pouvait faire ce qu'elle voulait. Elle pouvait descendre les escaliers en donnant de grands coups de pied en l'air, chanter à tue-tête, et faire des pirouettes sur le parquet ciré de l'entrée. Ou bien elle pouvait s'affaler sur le sofa du salon – d'une façon peu élégante pour une jeune femme – et lire son livre sans que personne ne vienne l'embêter pour lui dire de se redresser.

Elle traversa la maison jusqu'au salon, se jeta sur l'un des canapés en velours vert, enleva ses chaussures et ouvrit son livre.

La carte de Miss Hester tomba de la couverture jusque sur ses genoux.

Lily la ramassa. L'université. Elle sentit battre dans son cœur avec davantage d'insistance quelque chose qui dormait depuis sa conversation avec Juliet. Pouvait-elle vraiment aller à l'université ? Que penseraient Maman et Grand-Maman d'une jeune fille désireuse de se lancer dans les études une fois sa saison terminée ?

Ça ne leur plairait pas, Lily en était presque sûre. Du moins, ça ne plairait pas à Grand-Maman, et c'était tout ce qui comptait.

Grand-Maman avait des idées bien arrêtées sur ce qu'une débutante devait faire et comment elle devait se comporter, et Lily était certaine qu'elle avait aussi une opinion sur ce qu'une ancienne débutante devait faire après la saison. La probabilité qu'elle obtienne une place pour l'université était faible, et le risque d'énerver Grand-Maman pesait sur elle, notamment car sa grand-mère lui avait clairement expliqué les conséquences : si Lily et Maman ne suivaient pas ses règles, l'argent ne viendrait plus. Maman devrait vendre la maison. Elles perdraient la vie qu'elles menaient par la faute de Lily.

Elle ne pouvait pas faire ça à sa mère.

Lily ne se faisait pas d'illusions. Elle savait que Maman n'était pas la femme chaleureuse et aimante que certaines de ses camarades d'école avaient pour mère. Elle pouvait se montrer capricieuse, terrifiée et froide au cours d'un seul et même après-midi. Mais c'était le seul parent qu'elle avait, et elle adorait sa mère malgré ses défauts. Elle ne pouvait pas la laisser sans protection et à la merci des caprices de Grand-Maman.

Elle remit la carte derrière la couverture du livre et l'ouvrit à la première page.

« Il était admis par tous ses amis, mais aussi ses ennemis – qui représentaient à dire vrai le groupe le plus nombreux et le plus actif des deux – que Lizzie Greystock avait très bien réussi… »

Le bruit désagréable de la sonnette se fit entendre, et Lily se redressa d'un bond sur le sofa. Elle porta une main à son cœur pour l'empêcher de battre à tout rompre, posa son livre et remit en vitesse ses ballerines.

La sonnette résonna à nouveau.

— J'arrive, marmonna-t-elle.

Elle traversa l'entrée et alla ouvrir la porte.

Leana se trouvait sur le perron, vêtue d'une simple mais élégante jupe bleu clair et blanc et d'un haut blanc fraîchement repassé de sorte que le col ressortait légèrement à l'arrière. Elle portait des perles, des gants blancs, un grand panier et ressemblait en tous points à la débutante parfaite en visite de courtoisie.

— Leana ! l'accueillit Lily sans prendre la peine de cacher sa surprise.

Vu la façon dont la jeune femme s'était comportée avec ses amies et elle la veille, elle ne s'attendait pas à une visite.

— Je faisais du shopping à Chelsea et je me suis dit que j'allais passer te voir.

— Tu faisais du shopping à Chelsea ? répéta Lily, sceptique.

Les goûts de Leana allaient de Hartnell à Dior, pas du Bazaar de King's Road à la boutique de Kiki Byrne sur Sloane Street, qui plaisait aux étudiantes en art.

Leana soupira.

— Très bien. Je ne faisais pas de shopping, mais je voulais te voir. Je peux entrer ?

— Oh, lâcha Lily en reculant. Bien sûr.

Même si son éducation ne lui permettait pas de faire attendre Leana Hartford sur le perron ou de la congédier, Lily fut prise d'un étrange sentiment en la faisant entrer dans le salon. Ce n'était pas tant lié au fait que Leana s'était montrée parfaitement méprisante avec ses amis la veille au soir, ni même par crainte qu'elle la manipule pour obtenir ce qu'elle voulait : c'était surtout parce que les yeux de Leana s'étaient mis à fureter dans le salon, observant le papier peint damassé, démodé depuis deux décennies, et les rideaux en velours vert foncé qui montraient des signes de vétusté si on les regardait de près.

— Tu veux que je fasse du thé ? demanda Lily.

— Ce serait adorable, répondit Leana en s'asseyant en face du canapé sur lequel Lily avait abandonné son livre.

— J'en ai pour une minute.

Elle fonça dans la cuisine au sous-sol. Durant la journée, c'était le domaine de Hannah, mais comme la gouvernante ne semblait pas dans les parages, Lily pouvait se déplacer librement sans qu'on la chasse ou qu'on lui dise qu'elle dérangeait.

Elle posa la bouilloire sur la cuisinière et prépara le plateau sur lequel elle posa la belle porcelaine réservée aux invités, ainsi qu'une assiette où mettre une part du gâteau au citron que Hannah avait laissé dans un moule. Lily versa des feuilles de thé dans une théière, remplit un petit pot de lait et ajouta l'eau à la théière dès qu'elle eut bouilli. Ensuite, elle porta le lourd plateau et monta les escaliers avec précaution.

Quand elle ouvrit la porte du salon avec son dos, elle vit que Leana se trouvait devant la cheminée, tenant une photographie de son père dans un cadre d'argent.

— Je croyais t'avoir perdue à tout jamais, plaisanta Leana.

— Non, juste le temps de faire bouillir de l'eau, répondit Lily en posant le plateau.

— Tu es vraiment débrouillarde. Je ne saurais pas où trouver de quoi faire du thé à Hartford House.

Comme si tu avais déjà eu envie de préparer toi-même ton thé, pensa Lily, mais elle mit cette idée de côté. Leana était venue chez elle en toute bonne foi, semblait-il. Lily allait écouter ce qu'elle avait à dire.

Leana remit la photo en place et s'assit avec grâce sur le deuxième canapé ; sa jupe gonfla avant de retomber.

— Cet homme sur la photo, c'est ton père ?

Lily versa le thé.

— Oui, c'est lui.

— Je me demandais à quoi il ressemblait. Papa parle de lui parfois.

Le cœur de Lily se tordit dans sa poitrine alors qu'elle tendait la soucoupe et la tasse à Leana. Comme elle n'avait pas de souvenirs de lui, elle mourait d'envie de savoir ce que Mr Hartford se rappelait au sujet de Papa, mais elle se méfiait tout de même de la femme assise en face d'elle.

— Leana, puisqu'on sait désormais que tu ne faisais pas les boutiques à Chelsea, je peux te demander ce que tu fais ici ? demanda-t-elle.

Leana émit un rire chantant.

— Tu sembles bien méfiante. Ne puis-je pas simplement rendre visite à mon amie ?

Lily ne répondit rien, et Leana posa sa tasse avant de fouiller dans son panier. Elle en sortit une petite boîte en cuir bleu marine.

— Je venais t'apporter ceci.

Lily la regarda ouvrir la boîte et révéler un plateau de bijoux à l'intérieur. Sous le soleil de la fin de matinée, elle aperçut le reflet des diamants, des rubis et des saphirs montés en bagues ou en boucles d'oreilles.

— Tu voulais me montrer tes bijoux ?

Leana rit.

— Mais non, enfin. Je me disais que tu pourrais choisir quelque chose.

— Choisir quelque chose ?

— Pas pour toujours, bien sûr, mais tu m'as tellement complimentée sur mes bijoux et j'en ai quelques-uns qui pourraient t'aller.

Elle avait sûrement fait ce genre de compliments, certes, mais uniquement parce que c'était le genre de commentaires anodins que se faisaient les débutantes. « Ta robe est divine. » « J'adorerais avoir des boucles d'oreilles comme les tiennes. » « Il faut que tu me dises qui te coiffe. »

— Quelque chose de ce genre serait parfait avec une robe blanche pour le bal de la reine Charlotte, reprit Leana en sortant une boucle d'oreille avec une pierre jaune en son centre, entourée de petits diamants, le tout enveloppé d'élégantes traînées d'or. Ces topazes iraient très bien avec tes cheveux.

Lily la fixa.

— Je ne peux pas porter tes bijoux au bal de la reine Charlotte.

Leana haussa une épaule et sortit le plateau de bijoux pour révéler un deuxième étage en dessous – celui-ci rempli de bracelets et de colliers qui scintillaient sous la lumière du soleil.

— Pour un autre bal, alors. Je crois que j'ai un bracelet assorti aux topazes.

— J'ai mes propres bijoux, rétorqua-t-elle, même si sa collection n'arrivait pas à la cheville de celle que Leana lui présentait.

— Tes perles ? demanda Leana avec un sourire. Tu dois en avoir marre de les porter. Tu les as mises à presque tous les cocktails où on est allées.

En réalité, elle les avait portées partout parce que c'était le seul bijou présentable qu'elle possédait et qu'elle les adorait, mais elle n'allait pas dire la vérité face aux trésors de la collection de Leana.

— Je ne savais pas que tu faisais autant attention à mes bijoux.

Leana baissa les bras, et une moue commença à apparaître sur ses lèvres corail.

— Lily, tu commences à avoir l'air ingrate. La plupart des filles seraient ravies d'avoir la chance de porter certains de ces bijoux.

Lily posa ses mains sur ses genoux, oubliant le thé devant elle ; elle commençait à croire que Leana essayait d'acheter son affection. Pourtant, si elle en parlait, elle savait que Leana lui sortirait immédiatement une réponse visant à rejeter la faute sur le manque de confiance de Lily plutôt que sur son propre comportement.

Le silence s'éternisa jusqu'à en devenir gênant, et le doute finit par parcourir le beau visage de Leana.

— Tu as compris que j'essaie de te présenter mes excuses.

— Pour quoi, au juste ? demanda Lily.

Leana se tortilla sur son siège.

— Pour hier soir. C'était très malpoli de ma part de parler de l'article de la sorte, et de ne pas avoir invité tes amis à danser.

— Non, c'était malpoli de ta part de faire comme s'ils n'existaient pas, corrigea Lily. Pourquoi les avoir ignorés ?

— Je n'ai jamais été très douée pour le partage. C'est dans ma nature, ma chérie. Quand j'étais petite, je ne supportais pas de voir quelqu'un jouer avec mes poupées.

— Ça devait être difficile quand d'autres filles venaient jouer, dit Lily.

Les épaules de Leana s'affaissèrent de quelques millimètres.

— En réalité, je n'avais pas beaucoup d'amies. Bien sûr, Mamie s'arrangeait toujours avec la grand-mère de mes cousins pour que je puisse les voir, et j'avais le droit de fréquenter certaines autres familles. Mamie me faisait porter des robes de soirée avec de la dentelle sur le col et me rappelait sans arrêt de ne pas me tacher. Non pas que j'aie eu beaucoup d'occasions de salir mes vêtements. Je n'allais qu'à des thés guindés et des *garden-parties* où on jouait au croquet. Tu comprends pourquoi je suis jalouse de la facilité que tu as à parler aux autres débutantes ?

Leana eut un sourire triste.

— Les hommes m'aiment, mais je ne crois pas que les autres femmes m'apprécient tellement.

— Et les filles que j'ai rencontrées à ton déjeuner ?

Leana enleva une peluche de sa jupe.

— Certaines d'entre elles sont très gentilles, mais je crois que la plupart ont accepté l'invitation à cause de ce que Jennifer et les autres chroniqueurs mondains avaient écrit à mon sujet.

Lily pencha la tête d'un geste compréhensif, parce que c'était exactement la raison qu'elle avait avancée à sa mère pour justifier sa présence chez Leana au mois de mars. Cela dit, ça n'excusait en rien son comportement.

— On peut être amies, dit Lily.

— On *est* amies, répondit Leana d'un ton ferme.

— On peut être amies, répéta-t-elle. Mais venir chez moi avec une boîte à bijoux ne constitue en rien des excuses.

— Je n'essaie pas d'acheter ton affection, si c'est ce que tu veux dire par là.

Lily lui lança un regard et Leana soupira.

— Bon, peut-être un peu, j'imagine, mais je pensais quand même que c'était un geste gentil.

— La façon dont tu vas te comporter à partir de maintenant m'importe davantage, révéla Lily.

— Dis-moi ce que je peux faire.

— La jalousie doit cesser. Tu n'es pas ma seule amie, et inversement. Ce n'est pas à toi de décider qui je fréquente et à qui je parle.

— Je comprends, dit doucement Leana.

— Et je ne veux rien entendre sur les autres filles avant que tu les aies vraiment rencontrées. Ensuite, tu auras le droit de juger leur personnalité, mais pas avant.

Leana résista, mais elle finit par acquiescer.

— Enfin, il faut que tu arrêtes de te déchaîner contre moi.

— Quand est-ce que j'ai fait ça ? demanda Leana, sincèrement choquée.

— Tu te souviens de la soirée de Vita Auster ? Tu t'es montrée acerbe avec moi dès l'instant où je suis montée dans la voiture de Gideon.

— Je n'ai rien fait de tel, insista Leana.

— Tu m'as reproché de marcher sur ta robe, d'être en retard, et plus tard ce soir-là, quand je t'ai demandé de ne pas accepter de danses en mon nom, tu m'as crié dessus.

— Tu étais braquée, se défendit Leana.

— Tu as donné mon consentement sans m'en parler. Je ne voulais pas danser avec ces hommes – quels qu'ils soient – et je n'avais pas très envie d'aller dîner ce soir-là, donc je ne suis pas venue.

— Je ne veux pas que tu perdes ton temps, Lily.

Leana se pencha en avant pour poser la main sur celle de Lily, qui se trouvait sur la table.

— Tu devrais tout faire pour rencontrer des hommes comme il faut. Tu as l'air plus intéressée à l'idée de nouer des amitiés avec les autres filles ou à parler à des hommes qui ne te conviennent pas.

— Qui ne me convient pas ? demanda Lily.

— Ian, pour commencer, lâcha Leana avec une moue.

Lily rit.

— Comment pourrait-il ne pas convenir ? Ton père s'occupe de son éducation et de sa carrière. Il est le bienvenu chez toi.

— Mais enfin, ma chérie ! la reprit Leana comme si Lily devait savoir ce genre de chose. Son père est pauvre comme Job.

— C'est un médecin de campagne.

— Ce qui signifie qu'il n'est pas l'un des nôtres. Dr. Bingham n'a pratiquement pas d'argent, et son fils n'en aura pas non plus s'il ne suit pas à la lettre les projets de Papa.

— J'apprécie Ian. Il est intéressant, et il s'intéresse à moi.

— Et Gideon ? demanda Leana, requinquée à cette idée.

Lily aimait bien Gideon – vraiment –, mais il semblait rentrer trop facilement dans la case du prétendant parfait, alors que Ian s'en éloignait un peu ; imparfait, à sa manière.

— Gideon a proposé de nous conduire de fête en fête ce soir. Tu viens quand même, n'est-ce pas ? demanda Leana, incertaine. Je te promets de bien me comporter.

— Oui, je prévois toujours de me joindre à vous ce soir, admit Lily à contrecœur.

— Oh, parfait !

Leana lui offrit un grand et beau sourire.

C'est ainsi qu'elle envoûte les gens, se dit Lily. L'expression pleine d'espoir sur le visage de Leana quand elle était satisfaite avait quelque chose de très séduisant : les hommes faisaient tout pour la mériter.

— Dis-moi ce que tu comptes porter ce soir. Tes vêtements sont toujours très beaux et uniques. Comme ce pull. Les panneaux de dentelle sont vraiment adorables, dit Leana.

D'un coup, sa visite se transforma en une conversation décontractée autour d'un thé.

14

« MISS DORIS IRVING A DIT OUI, lut Maman sur la carte qu'elle tenait dans sa main droite.

Lily parcourut sa liste et cocha le nom de Doris.

C'était le samedi précédant sa fête avec Georgie, et elles étaient assises à la table ronde du petit salon, devant des papiers parfaitement empilés. À droite de Maman se trouvait un tas d'enveloppes ouvertes qui étaient arrivées au cours des deux semaines précédentes. Devant elle, une belle pile de « oui » dépassait celle des « au regret » posée à côté. Méthodiquement, Maman prenait les enveloppes de la pile une par une et lisait la réponse. Lily devait s'assurer que le nom correspondait bien à ceux inscrits sur leur partie de la liste des invités – tante Angelica et Georgie étant responsables de l'autre partie.

Lily se demandait si, de l'autre côté de la ville à Bloomsbury, Georgie se livrait au même rituel avec tante Angelica, et si cette dernière insistait aussi pour commenter chaque invitation.

— Je croyais qu'Angelica avait dit que Doris Irving avait été présentée par Mrs Kingsley, tiqua Maman en inspectant la réponse de Doris.

Lily leva la tête.

— C'est le cas.

La ride qui semblait éternellement gravée sur le front de Maman se creusa davantage.

— Vraiment, Lily…

— J'aime bien Doris. Elle est amusante, dit-elle en repensant à leur rendez-vous dans le café, au dîner et à la danse après la soirée de Philippa, et aux autres fêtes où elle avait rejoint les Imparfaites depuis.

La simple image de Doris dans ses chaussures à talons, surplombant tous les hommes de la haute société sans se soucier de ce que pensaient les autres, la fit sourire.

— Sa mère est divorcée et son père a dû embaucher un chaperon. De plus, sa mère n'est-elle pas américaine ? demanda Maman. Je ne crois pas que ta grand-mère appréciera.

— Que ça plaise à Grand-Maman ou non, le fait est que Doris est une personne charmante et une bonne amie.

Sa mère lui jeta un regard, et elle ajouta :

— Elle a trois frères, dont aucun n'est marié, et ils viendront avec elle si on le lui demande.

— Bien, acquiesça Maman en attrapant une nouvelle enveloppe. Elle a au moins ça pour elle. Peut-être qu'ils connaîtront des hommes convenables, mais j'en doute.

Lily essaya de réprimer un soupir tandis que Maman sortait une nouvelle réponse.

— Miss Katherine Norman viendra. Formidable. On sera envahis par les filles de Mrs Kingsley.

— Maman, tu n'es pas très aimable. Katherine aussi est une amie. Une très bonne amie, dit-elle en repensant à la veille où elle avait rejoint Katherine, Doris et Philippa pour dîner avec David et deux de ses amis.

Ils avaient passé un excellent moment, riant si fort qu'ils avaient attiré les regards des gens autour, ce qui ne les avait fait que rire davantage. La soirée avait été vraiment décontractée, et personne n'avait rien attendu d'elle.

Après coup, ils s'étaient faufilés sur les courts de tennis de Regent's Park et avaient fait une partie, les filles se débrouillant au mieux pour jouer avec leurs chaussures à talons et leurs jupons volumineux. À un moment donné en sortant du parc, Philippa avait trébuché sur l'ourlet de sa longue robe et David l'avait prise dans ses bras, refusant de la reposer avant d'avoir trouvé un taxi. Lily n'avait jamais vu son amie sourire aussi franchement et avec aussi peu de réserve.

— Eh bien, je suis sûre que ta grand-mère comprendra que je ne veux pas voir la fille Norman et trouvera une raison pour prendre ton parti. Vous faites toujours ce que vous voulez, toutes les deux, la tança Maman en prenant une nouvelle enveloppe.

Lily serra les mâchoires. Si elle faisait vraiment toujours ce qu'elle voulait, elle ne serait pas en train d'organiser cette soirée. Elle n'aurait jamais été envoyée apprendre les bonnes manières à Paris ni présentée à la cour. Elle ne voulait pas paraître ingrate pour toutes ces choses, simplement, plus elle repensait à sa rencontre avec Miss Hester, plus elle se rendait compte que sa vie aurait pu prendre un chemin très différent. Mais ce qui était fait était fait. Lily était une débutante, et elle avait plutôt réussi à s'amuser au fil de la saison.

— Ginny Douglas et sa mère viendront, ajouta Maman.

Lily prit son crayon pour cocher le nom de Ginny.

— Les Faulks viendront tous, lut Maman sur un autre carton. Je ne suis pas surprise. J'ai trouvé qu'il n'y avait pas beaucoup de monde à la soirée de Christine.

— Il y avait deux cocktails ce soir-là, rappela Lily à sa mère, qui était venue avec elle mais avait refusé d'admettre qu'elle l'avait fait à cause du titre de sir William Faulks. Aussi, je ne pense pas que Christine soit très populaire.

Maman pencha la tête, ce que Lily prit pour un signe d'approbation, et attrapa le carton suivant.

— Tu as envoyé une invitation aux Hartford ?

Lily jeta un œil à la carte, vit que la réponse était oui, et cocha les noms de Mr et Mrs Ethan Hartford et Leana Hartford sur sa liste.

— Grand-Maman a insisté, et tu sais très bien que je ne pouvais pas ne pas inscrire Leana sur la liste.

Après leur conversation dans le salon, Lily avait apprécié les efforts de Leana pour respecter ses décisions. Leana avait même salué Ivy et Philippa de son propre chef lorsqu'elles étaient arrivées à la fête qui avait suivi leur discussion ; Ivy avait écarquillé les yeux et Philippa l'avait regardée avec un air médusé.

— Leana, c'est une chose, mais je ne veux pas voir Ruth et Ethan à la soirée. Tu vas devoir les désinviter.

— Non.

Maman se pressa les tempes comme si elle combattait une migraine. Lily posa son crayon.

— Je sais que tu hais les Hartford, mais c'était il y a si longtemps.

— Les gens ne changent pas.

— Mais si. Ils sont bien obligés.

Si les gens ne changeaient pas, alors la vie de Lily était déjà toute tracée, et cette idée lui provoqua une étrange sensation dans la gorge, comme si elle s'étouffait. Essayer de maintenir la paix entre Maman et Grand-Maman et assister à des fêtes avec des gens qu'elle avait déjà vus la veille à une autre fête : tel ne pouvait pas être son destin. Il devait y avoir autre chose dans la vie.

N'était-ce pas ce que Katherine lui répétait sans cesse ? Était-ce la raison pour laquelle son amie était si déterminée à tout plaquer et à se lancer seule dès la fin de la saison ? Elle avait admiré Katherine pour son audace lorsque celle-ci lui avait parlé de ses projets, mais elle commençait à comprendre que cette décision était en fait une question de survie.

— Les Hartford ont bien dû changer – sinon, pourquoi aurais-tu été amie avec des gens si cruels envers toi ? demanda Lily.

Maman soupira.

— Cette amitié n'était pas de mon fait. Michael et Ethan étaient amis à Harrow, et ils jouaient tous les deux au rugby. Michael s'est engagé dans l'armée et Ethan a commencé à travailler dans la diplomatie. Il a épousé Ruth deux mois avant que je n'épouse Michael, et nous étions présents au mariage les uns des autres. Tu sais, Ruth et moi avons débuté dans la société en 1921, même si elle a un an de plus que moi, parce que c'est l'année à laquelle les présentations ont repris après la guerre.

— Mais Grand-Maman a dit que vous étiez devenues bonnes amies.

Elle s'attendait presque à voir sa mère craquer et lui dire que sa grand-mère ne savait rien du tout, mais, au lieu de ça, Maman baissa les yeux vers ses mains et commença à tordre la petite bague en saphir qu'elle portait toujours à la main gauche.

— On faisait tout ensemble. Ruth était déjà une maîtresse de maison hors pair et nous a présentés à tous les amis des Hartford, dont certaines personnes avec qui elle était allée à l'école d'étiquette en Suisse. Il faut que tu comprennes :

après tout ce qu'on avait perdu pendant la guerre, on avait tous envie de vivre pleinement. On faisait la fête tous les soirs de la semaine, même hors saison. On jouait le jeu parce que Ruth nous le demandait. Parfois, on restait debout jusqu'à l'aube à danser en boîte de nuit.

— Tu allais en boîte de nuit ? demanda Lily avec un rire incrédule.

Maman la regarda.

— Il y a bien une raison pour laquelle je me suis montrée très indulgente à chaque fois que tu rentrais discrètement à l'aube en revenant du Palais de la Danse de Hammersmith, ou quel que soit l'endroit où les jeunes vont danser de nos jours. Les choses ont continué ainsi pendant quelques années, puis je suis tombée enceinte de Joanna. J'ai arrêté de sortir tous les soirs, et je crois que Ruth a commencé à m'en vouloir. Je pense qu'elle avait du mal à avoir un enfant, et qu'elle ne comprenait pas pourquoi j'obtenais quelque chose dont elle-même était privée. Les Hartford s'étaient toujours vus comme un couple étincelant : plus beaux, mieux élevés et plus intéressants que quiconque. Je ne peux pas te dire à quel point ils étaient soulagés quand Geoffrey est arrivé. Ils avaient enfin un fils.

« Dans les années avant la guerre, on se voyait encore, bien sûr. Ruth faisait tout pour ça. Mais nous avions d'autres problèmes. Michael et moi nous faisions du souci pour Joanna. Elle était à un âge difficile, et on pensait que ce serait une bonne idée de l'éloigner de Londres. On l'a envoyée chez la sœur de Michael en Amérique, ta tante Patricia, à Washington, juste avant la déclaration de guerre. C'était providentiel, en fin de compte, car de nombreux parents ont dû évacuer leurs enfants à la campagne. Au moins Joanna était en sécurité dans un autre pays.

« Mais elle a contracté un virus au printemps 1940. Patricia nous a envoyé un télégramme pour nous informer que les médecins ne savaient pas ce qu'elle avait, et qu'ils n'étaient pas sûrs qu'elle survive. Je me suis rendue auprès d'elle.

Maman eut un sourire fébrile.

— Le temps que j'arrive à Washington, j'ai découvert que j'étais enceinte. J'ai emmené Joanna dans une ville thermale en Caroline du Nord où elle pourrait guérir et où je pourrais me préparer à ta venue.

« Après ta naissance au mois de novembre, il était pratiquement impossible de traverser l'Atlantique sans une raison valable. Le périple était plus dangereux que jamais à cause des sous-marins qui envoyaient des torpilles sur tous les navires britanniques, même ceux qui transportaient des réfugiés. En septembre, juste avant que tu naisses, nous avons appris que le SS *City of Benares* avait été torpillé avec à son bord quatre-vingt-sept enfants.

« Nous sommes restées et avons essayé de tirer le meilleur parti de la situation, jusqu'à ce que nous recevions un jour un télégramme nous apprenant la mort de Michael.

Maman reprit son souffle en frémissant.

— On lui avait confié une mission de renseignements à Londres, et je ne m'étais pas inquiétée du fait qu'il envoyait moins de lettres que d'habitude. Il était occupé. Je n'avais pas compris qu'il était tombé malade – d'un cancer de l'estomac – et que son état s'était rapidement détérioré. C'est Angelica qui m'a envoyé le télégramme.

Maman sortit un mouchoir soigneusement plié de la manche de sa chemise et le tamponna sous ses yeux en faisant attention à son mascara.

— J'ai supplié les Hartford de trouver un moyen de nous permettre de rentrer en Angleterre. J'étais terrifiée à l'idée de retraverser l'Atlantique, mais ils auraient pu se débrouiller pour garantir notre sécurité. Ethan a refusé. Il a dit que son poste était trop important pour risquer un scandale si quelqu'un découvrait qu'il se servait des voies officielles pour aider une veuve et deux enfants.

« On a fini par rentrer deux ans après, une fois que tu as été en âge de voyager, et que Joanna avait guéri. À l'époque, presque tout ce que nous possédions a servi à payer les frais de succession et les dettes de Michael. C'est grâce à l'aide d'Angelica et Eliott, d'ailleurs. N'écoute pas ta grand-mère si elle prétend quoi que ce soit d'autre. Elle n'a pas levé le petit doigt.

« Quand je suis rentrée à Londres, je n'avais plus rien d'autre que cette maison et quelques investissements obtenus grâce à mon père, mais j'ai fait de mon mieux pour retrouver ma vie d'avant, pour ton bien. J'ai envoyé des cartes à de vieilles connaissances pour leur dire que j'étais rentrée, et j'ai attendu que le téléphone sonne. Les Hartford, qui avaient prétendu être de si bons amis, n'ont rien fait. Ils n'ont pas appelé. Ils ne sont pas venus me voir. Ils ne m'ont pas écrit. Une fois que Michael a disparu, ils m'ont abandonnée.

— Et qu'est-il arrivé à Joanna après ton retour ? demanda doucement Lily, posant enfin la lourde question qui flottait en suspens dans la maison depuis des années.

Sa mère renifla.

— C'est Michael qui arrivait à la gérer quand elle était jeune, mais même lui a commencé à avoir du mal quand elle a grandi. À notre retour, ce n'était plus une enfant, et elle a choisi de partir vers le nord un mois après. D'après elle, c'était l'endroit le plus lointain où elle pouvait aller sans quitter la civilisation. On ne s'est pas vues depuis. C'est préférable ainsi.

— Je ne me souviens pas d'elle, murmura Lily d'une voix douce.

— Tu étais trop jeune, et tant mieux, conclut Maman avec fermeté. Même dans ses meilleures dispositions, Joanna pouvait se montrer difficile et amère.

Mais c'était la sœur de Lily. Un membre de la famille qu'elle n'avait jamais rencontré.

Comme si elle lisait dans ses pensées, Maman dit :

— J'ai commis des erreurs, Lily, mais t'éloigner de Joanna n'en était pas une.

Lily baissa les yeux sur ses genoux. Tout le monde semblait prendre des décisions à sa place : et si elle désirait autre chose ?

Quand elle leva la tête, elle vit que Maman la regardait avec une expression presque tendre.

— Je veux que tu sois heureuse, Lily. Je veux que tu aies ce qu'il y a de mieux pour toi. Ta présentation ? La saison ? Tout ça, c'est parce que je veux que tu trouves ce que j'avais avec Michael, et bien plus encore.

« Trouve un homme qui s'occupera de toi et te donnera la chance d'être une épouse et une mère. Qui subviendra à tes besoins et s'assurera que tu n'aies jamais à t'inquiéter d'avoir à demander la charité à un proche. Tu ne devrais pas avoir à te soucier du prix du charbon ou de si tu peux acheter de nouvelles chaussures à tes enfants quand ils en ont besoin. Tu ne devrais pas avoir à regarder ta fille coudre ses propres vêtements par nécessité et non par plaisir. Je veux que tu aies une belle vie.

Trouverait-elle un tel homme ? Et si oui, voudrait-elle vivre toutes ces choses avec lui ? Elle le savait : tout le monde autour d'elle attendait que sa réponse lui vienne aussi naturellement que le fait de respirer, mais elle n'en était pas si sûre.

Maman se racla la gorge et se redressa.

— Bon, et si on revenait à notre tâche ? demanda-t-elle avec une gaieté feinte. Ian Bingham est au regret de devoir décliner l'invitation.

— Oh.

— Oh ? demanda sa mère.

— J'espérais qu'il viendrait, dit Lily.

La déception s'installa au plus profond de son estomac.

— Je le connais ?

Elle grimaça.

— C'est un ami des Hartford.

Maman soupira.

— D'où vient sa famille ?

— Son père est médecin à Elkenhurst.

— C'est le fils du médecin de famille des Hartford ?

— Oui.

— Et ton ami Gideon ? demanda Maman en jouant avec le coin de la réponse de Ian. Il est venu te chercher plusieurs fois à la maison et tu es allée dîner avec lui. Angelica dit qu'il est toujours très attentionné.

— Est-ce que tante Angelica me surveille pour toi ? demanda Lily, un peu horrifiée à cette idée.

— À t'entendre, on croirait que c'est très inquiétant. Il est bien naturel qu'Angelica s'intéresse à toi, surtout quand je ne suis pas présente à telle ou telle fête.

— Gideon est un ami, répondit Lily.

— Alors il te plaît ?

— Bien sûr qu'il me plaît. Je ne serais pas amie avec lui, sinon.

— Mais est-ce qu'il te plaît beaucoup ? demanda Maman en attrapant son petit carnet d'adresses qui se trouvait sur la table. Dois-je inviter Mrs Moore à prendre le thé ? Je suis certaine que ta grand-mère ou Angelica pourraient trouver l'adresse pour moi si je ne l'ai pas déjà.

— Non ! cria Lily. Non, ne fais pas ça. C'est bien trop tôt.

Sa mère referma le carnet.

— Les hommes comme Gideon ne vont pas attendre éternellement que tu te décides. Je crois que tu ferais mieux de l'encourager. (Maman se leva de table.) Je crois aussi que je vais demander à Hannah de faire du thé.

Lily regarda sa mère s'éloigner puis tendit la main à l'autre bout de la table et se saisit de la première carte sur la pile des « au regret ».

Chère Lily,

C'est avec un grand regret que je me vois dans l'obligation de décliner ton aimable invitation au cocktail. J'avais déjà un engagement à Cambridge que je ne peux annuler, même si j'ai fait tout ce que je pouvais pour le repousser.

J'espère que tu me pardonneras et que tu me réserveras une danse la prochaine fois que je serai à Londres.

Toutes mes amitiés,

Ian Bingham

Lily relut le mot, puis le plia en deux et le glissa dans sa poche.

15

LILY NE SAVAIT PAS si c'était à cause de sa conversation avec sa mère ou de la réponse de Ian, mais elle sentit un nuage peser sur elle tout le reste de la journée et de la soirée alors qu'elle se rendait d'un cocktail à un autre – un samedi soir typique durant la saison. Elle avait accepté de monter dans un taxi avec Leana, Gideon et Raymond pour aller à la deuxième soirée ; il devait sembler évident qu'elle n'avait pas le cœur à la fête.

En plein milieu du trajet, Leana cessa brusquement sa conversation avec Raymond et annonça d'un air enjoué :

— Lily, si tu ne sors pas de cette torpeur, je me verrai dans l'obligation de prendre des mesures drastiques.

Raymond rit et passa nonchalamment le bras derrière le siège de Leana pour lui caresser l'épaule.

— Des mesures drastiques ? C'est une menace ?

— Pas contre toi.

Leana, qui portait la veste de Raymond sur les épaules, lui donna une gentille tape sur le torse, sous les yeux de Lily qui se dit que c'était le genre de chose qu'aurait fait une actrice dans un film hollywoodien. Elle regrettait de n'avoir pas demandé à Gideon de se joindre au couple à l'arrière afin de s'installer elle-même à l'avant à côté du chauffeur, aussi peu conventionnel que cela aurait pu paraître.

— Tout va bien, dit Lily.

— Tu me caches quelque chose, et je découvrirai ce que c'est, déclara Leana.

Lily s'approcha un peu plus de la portière pour laisser davantage d'espace entre elles.

— Il n'y a rien à découvrir.

— Tu me le diras d'ici la fin de la soirée, la taquina Leana.

— N'insiste pas, Leana, dit-elle à voix basse.

— Leana, laisse-la tranquille, lui intima Gideon sur le siège passager.

— Oh Gideon, tu n'es pas drôle. (Leana fit la moue.) Raymond, où est ta flasque ?

Raymond glissa une main dans la veste que portait Leana, mais Gideon intervint :

— Ne la laisse pas boire davantage.

— Je boirai si je veux.

— On est bientôt arrivés au Carlton Club. Il y aura à boire là-bas, tempéra Lily.

— Oh, ne joue pas les prudes ! lui lança Raymond en tendant la flasque à Leana, qui l'ouvrit et but une gorgée de quelque chose qui sentait le whisky.

— Pardon ? s'estomaqua Lily.

— C'est très déplacé, Troy, gronda Gideon en se retournant sur son siège.

— Je ne fais que dire la vérité. Je ne sais pas pourquoi tu la gardes avec toi, Leana. Sophie et Rebecca sont plus amusantes. Bon sang, même cette sotte de Cressie l'est davantage, marmonna Raymond en récupérant la flasque.

Lily regarda Leana, qui fouillait dans son sac.

— Tu comptes le laisser parler comme ça ?

Leana sortit un rouge à lèvres et un miroir, sans croiser son regard.

— C'est vrai que tu es un peu barbante ce soir. Tu serais peut-être plus heureuse avec tes *autres* amies.

— Quelles autres amies ? se moqua Raymond.

— Oh, tu les connais, commenta Leana en finissant de mettre son rouge sur la courbure de sa bouche, avant de tordre celle-ci dans tous les sens pour vérifier son ouvrage.

— Tu parles de la tape-à-l'œil, la timide, la laide…

— Tais-toi, Raymond, ordonna Gideon d'un ton sec.

Le sang de Lily lui battait dans les tempes, et elle lâcha lentement :

— Je refuse d'entendre quiconque se montrer malpoli envers mes amies.

Raymond haussa les épaules.

— Eh bien n'écoute pas, alors.

Elle attendit que Leana intervienne et dise à Raymond d'arrêter. Au lieu de ça, lorsque Leana la regarda enfin, elle demanda simplement :

— Quoi ?

— Tu comptes intervenir ?

Leana se contenta de hausser les épaules.

— C'est son avis. Il a le droit de l'exprimer.

— Chauffeur, appela Lily en se penchant dans le trou entre les deux sièges à l'avant.

— Mademoiselle ? lui demanda celui-ci par-dessus son épaule.

— Veuillez vous arrêter dès que ce ne sera pas dangereux.

— Oh, je t'en prie Lily, tu vas nous mettre en retard, la réprimanda Leana tandis que Gideon s'exclamait « Quoi ?! » d'un ton sec.

— Veuillez arrêter le taxi, répéta Lily en luttant pour ne pas élever la voix.

Le chauffeur quitta Piccadilly et tourna sur Haymarket, où il se gara au bord du trottoir.

Lorsque Lily fit mine d'ouvrir la porte, Leana lança « Elle ne peut pas partir », et Raymond se pencha pour l'en empêcher en lui posant une paume sur l'avant-bras.

Elle baissa les yeux vers la main, et sa chair frémit à l'idée que cette brute était en train de la toucher.

— Lâche-moi.

— Laisse-la tranquille, Troy, insista Gideon.

— Pas la peine d'agir ainsi, monsieur, intervint le chauffeur, inquiet.

Raymond ignora tout le monde et serra le bras de Lily plus fort.

— Tu joues les rabat-joie depuis le début de la soirée, et tu gâches le plaisir de tout le monde, grogna-t-il, l'haleine puant l'alcool.

— Si tu essaies de me convaincre de rester dans ce taxi, tu t'y prends très mal, rétorqua-t-elle en se dégageant.

Lorsque Raymond essaya de la saisir à nouveau, elle se jeta contre la portière du taxi et les baleines de sa robe vinrent heurter la poignée avec tant de violence qu'elle fut certaine de s'être fait un bleu.

— Ne la touche pas ! hurla Gideon.

Il se tourna davantage sur son siège, et Lily réussit à ouvrir la portière. Elle trébucha sur le trottoir en se rattrapant sur les paumes. Le chauffeur sortit à toute vitesse pour l'aider à se relever.

— Et voilà, Mademoiselle. Il ne faudrait pas abîmer votre jolie robe.

Gideon se trouvait à ses côtés et lui tenait le coude.

— Merci, dit-il au chauffeur avant de demander à Lily : Tout va bien ?

Furieuse, Lily s'éloigna de lui.

— Qu'il ne me touche plus jamais.

Gideon leva les mains en l'air comme s'il essayait de calmer un animal blessé.

— Il ne te touchera plus. Je ne le laisserai pas faire.

— C'est *moi* qui ne le laisserai pas faire.

Elle lança un regard furieux à Gideon.

— Je ne suis pas Troy, Lily, dit-il doucement.

C'était bien vrai. Elle le savait. Elle reprit lentement sa respiration, mais l'adrénaline continuait de couler dans ses veines.

— Je peux voir ? demanda Gideon après avoir jeté un coup d'œil en direction du taxi.

Il baissa le gant de Lily pour examiner sa blessure à la lumière d'un réverbère. Elle s'aperçut que ses gants immaculés étaient désormais marqués par les aspérités de la chaussée.

— Ça va aller, murmura Gideon.

— Plus jamais. Dis-le-lui, Gideon, ou je m'en charge.

Elle s'était mise à trembler si fort qu'elle était au bord des larmes, non pas à cause de la peur, mais de la colère.

— Leana, passe-moi son étole, intima Gideon par-dessus son épaule.

Il tendit la main sans regarder pour ne pas quitter Lily des yeux, et passa délicatement le vison de Maman sur les épaules de Lily. Elle serra fort les deux extrémités de l'étole autour d'elle, réconfortée par la douce fourrure et le satin lisse.

— Combien de verres ont bus Raymond et Leana à la fête précédente ?

— Je ne m'intéresse pas suffisamment à eux pour avoir compté, en toute honnêteté. Quant à Leana, la vraie question serait plutôt de savoir combien de verres elle a bus avant de venir.

— Elle a bu avant ?

— Leana boit toujours avant. Quand elle est ivre, elle se montre imprudente au mieux, et au pire méchante.

Lily leva la tête en signe de reconnaissance. Elle n'allait pas laisser à Leana l'opportunité d'être méchante.

— Excuse-moi un instant, dit Gideon.

Elle se retourna, tandis que Gideon allait passer la tête à l'arrière du taxi. Elle entendit des voix étouffées, mais ne fit pas l'effort d'essayer de comprendre les mots. Elle craignait que ce qu'elle entendrait ne la fasse enrager davantage.

Elle n'en revenait pas que Leana, une femme, soit restée assise sans rien faire et sans rien dire pendant qu'un homme la tançait. Pire encore, Leana avait paru *d'accord* avec ce lourdaud.

Elle repensa au moment, plus tôt dans la semaine, où Leana avait essayé d'arranger les choses entre elles à sa façon cavalière d'enfant gâtée, dans le salon de sa mère. Elle croyait qu'elles avaient trouvé un accord, mais les problèmes entre Leana et elle allaient clairement au-delà de son caractère possessif. Leana ne voulait pas uniquement que Lily n'ait pas d'autres amies. Elle se rendait désormais compte que Leana était le genre de femme à choisir un homme plutôt qu'une amie. Dans la vie de Leana, tant qu'il y avait un homme susceptible de constituer un bon parti, le reste importait peu : il passerait avant.

Leana rirait sans doute de sa naïveté si Lily venait à s'en plaindre parce que, après tout, n'était-ce pas là le but de la saison ? Rencontrer un homme comme Raymond qui, sur le papier, semblait cocher toutes les cases : fils aîné d'un baron qui allait hériter du titre, riche, respectueux du commandement, beau, élégant. Mais en dessous de tout ça, Raymond était une crapule, et Leana avait prouvé qu'elle était prête à passer outre – voire à accepter – ce défaut chez lui.

— Lily, l'appela doucement Gideon.

Elle se retourna, et il s'approcha d'elle avant de l'emmener un peu plus loin.

— Ils sont tous les deux désolés.

Lily lui lança un regard.

— Si tu penses que je vais te croire…

— Très bien, je ne sais pas s'ils sont vraiment désolés, mais au moins ils ont compris qu'ils t'avaient blessée. (Il hésita.) Ils veulent savoir si tu veux toujours venir avec eux à la fête suivante.

Lily le fixa des yeux.

— Je peux appeler un autre taxi et venir avec toi, ou on peut remonter dans celui-ci. C'est toi qui décides, mais je doute que Troy t'adresse à nouveau la parole.

Le cliquetis de talons sur le trottoir annonça l'arrivée de Leana.

— Lily.

Leana la prit par la main et montra bien toute sa contrition, les yeux brillants sous la lumière des réverbères.

— Lily, Raymond est vraiment désolé, mais il est trop têtu pour l'admettre. Et moi aussi, je suis désolée. Tu sais que je suis une minable, et que je ne pense pas la moitié de ce que je dis. Reviens dans le taxi, et allons à la fête ensemble.

Lily retira sa main de celle de Leana.

— Tu comprends pourquoi je suis en colère contre toi ?

— Ne dis pas que tu es en colère, la supplia Leana.

— Tu sais pourquoi ?

Le comportement de Leana changea subitement, et elle se remit à faire la moue et à souffler.

— Allons-y.

— Je ne remonterai pas dans un taxi avec cet homme, rétorqua Lily.

— Il ne pensait pas ce qu'il a dit. C'est Raymond, il est comme ça.

C'en était assez. Elle contourna Leana et se dirigea vers le taxi. Sans un regard vers Raymond, elle attrapa son sac. Du coin de l'œil, elle vit un autre taxi qui tournait sur Haymarket et elle tendit le bras pour l'appeler.

— Lily ! cria Leana.

Le chauffeur baissa la vitre.

— Bonsoir, Mademoiselle. Tout va bien ?

— Parfaitement. Pourriez-vous m'emmener au Carlton Club ? demanda-t-elle.

Le chauffeur regarda Leana et Gideon.

— Vous serez combien ?

— Juste moi.

— Montez, acquiesça le chauffeur.

— Merci, répondit-elle en ouvrant elle-même la portière.

— Laisse-moi t'accompagner, insista Gideon.

— J'ai besoin d'un moment seule. On se retrouve à la fête.

Elle se glissa à l'arrière du taxi et ferma la portière derrière elle.

— À combien de temps sommes-nous du Carlton Club ?

— Moins de cinq minutes jusqu'à James Street, Mademoiselle.

— Si ça ne vous ennuie pas, faites un détour. J'aimerais mieux ne pas arriver en même temps que l'autre taxi.

— Que pensez-vous d'un trajet agréable par le Mall et Buckingham Palace ? C'est tout ce que les beaux-parents de ma sœur ont voulu voir en arrivant d'Amérique. C'était une épouse de guerre, vous comprenez. Elle s'est mariée avec un G.I.

— Ça me semble être la distraction parfaite. Merci, dit-elle en s'installant confortablement contre la banquette en cuir afin de réfléchir.

Lily entra dans le Carlton Club, abandonna sa fourrure et avança jusqu'à la queue pour féliciter Deborah O'Malley et Grace Boyne pour leur entrée dans le grand monde. Dès qu'elle fut libre, elle jeta un œil dans la pièce – d'un rouge foncé avec des lambris vernis, tellement similaire à d'autres clubs privés qu'elle avait fréquentés durant la saison qu'elle arrivait à peine à les différencier. Les gens étaient les mêmes. Les mêmes débutantes vêtues de l'une de leurs cinq ou six robes de cocktail qu'elles alternaient. Les mêmes prétendants en costume – personne ne se posait la question de savoir combien ils en possédaient – qui allaient chercher des verres, discutaient avec les filles et saluaient de vieux camarades de classe. Des mères et des pères, des tantes et des oncles, qui traînaient aux alentours pour soutenir Deborah comme les familles le faisaient à toutes les autres soirées de débutantes.

Est-ce que certaines personnes allaient arriver au cocktail organisé par elle et Georgie au Hyde Park Hotel et se dire : *La même soirée, encore* ?

Probablement.

Tout à droite de la pièce, près d'une grande cheminée, Lily vit Gideon qui la regardait. À ses côtés se tenait Leana, qui riait avec la tête en arrière, l'éclat de ses cheveux noirs reflétant la douce lumière de la pièce.

Elle se retourna et soupira de soulagement en apercevant Katherine près de la fenêtre. Elle se hâta de s'approcher de son amie, qui discutait avec Max, l'un des avocats présents au dîner de Philippa.

— Bonjour Lily, la salua Katherine. J'étais en train de dire à Max que je me demandais où tu étais.

Lily sourit à Max et répondit :

— Je suis vraiment désolée, mais ça t'ennuie si je t'emprunte Katherine un moment ?

— Pas du tout. Je vais aller vous chercher à boire.

Katherine le regarda s'en aller et demanda immédiatement à voix basse :

— Que se passe-t-il ?

— Rien, répondit Lily en secouant la tête.

— Je croyais que tu venais avec Leana, mais je ne t'ai pas vue entrer avec elle.

— J'ai pris un taxi de mon côté.

— Tu es sûre que tout va bien ? demanda Katherine en étudiant son expression.

Lily lui offrit un sourire fébrile.

— Non, mais ça va aller.

Katherine l'observa un moment et lui demanda :

— Es-tu très attachée à Deborah ou à Grace ?

— Je les connais à peine. J'ai rencontré Grace à un déjeuner au début de la saison.

— Est-ce que tu as faim, par hasard ? demanda Katherine, une expression malicieuse dans les yeux.

Lily rit.

— J'ai toujours faim à ces soirées.

— Une femme ne peut pas se nourrir uniquement de hors-d'œuvre, affirma Katherine. Viens, je t'emmène dîner.

— Dîner ? Mais on n'a réservé nulle part.

— Je t'emmène dans un endroit à la pointe du glamour, mais où l'on n'a pas besoin de réservation.

Ainsi, Lily fit demi-tour en passant discrètement près de la queue, récupéra sa fourrure et s'installa à l'arrière d'un autre taxi, que Katherine aiguilla sur Coventry Street. Katherine continua à bavarder de sujets légers, comme les préparatifs de son bal, et interrogea Lily sur sa propre fête, qui aurait lieu quatre jours plus tard.

Lorsque le taxi s'arrêta à destination et que Lily en sortit, elle leva la tête et se mit à rire. Elles se trouvaient devant une grande enseigne sur laquelle on pouvait lire Lyons Corner House, et The Wimpy de part et d'autre.

— Alors, tu dois sûrement te demander pourquoi je t'ai emmenée ici, dit Katherine. J'ai appris de source sûre – mon Américaine de mère – que Wimpy est l'un des rares endroits où l'on trouve des hamburgers corrects à Londres. Quand elle ne va pas bien, un bon hamburger suffit à lui remonter le moral.

Lily sourit devant l'enseigne et serra son étole autour de ses épaules dans la fraîcheur de la soirée printanière.

— Je crois qu'il faut que je goûte l'un de ces hamburgers miracles pour en avoir le cœur net, n'est-ce pas ?

— Attends. (Katherine l'arrêta.) Tu n'as jamais mangé de hamburger ?

— Ce sera mon premier.

Katherine sourit.

— Eh bien, c'est un honneur.

Lily suivit son amie dans le restaurant bondé, peint de vives couleurs primaires, avec du rouge et du jaune partout. L'odeur de la friture flottait dans l'air, et l'endroit semblait bourdonner d'énergie alors que les clients vêtus d'habits bien plus décontractés que les leurs riaient en mangeant leur repas.

Malgré la foule, elles trouvèrent une table et commandèrent deux hamburgers pur bœuf, deux Coca-Cola et une part de pâtisserie au cassis de chez Lyons, qui d'après Katherine n'arrivait pas à la cheville d'une véritable tarte américaine, mais devrait faire l'affaire. Quand leur commande arriva, Lily observa Katherine enlever ses gants et mordre dans son hamburger, puis elle l'imita.

Elle en mit partout, c'était salé et juteux, l'exact opposé de ce qu'elle s'attendait à manger ce soir-là. Mais, en s'installant confortablement au fond de son siège, contente pour la première fois depuis des heures, elle décida que c'était parfait.

— Merci, dit-elle.

Katherine haussa les épaules.

— On n'est pas obligées d'en parler, mais tu semblais vraiment avoir besoin de partir de la soirée.

— C'est le cas. J'en avais besoin. Simplement… merci.

Katherine porta un toast avec son Coca-Cola et elles dégustèrent leur repas dans un silence agréable.

16

« ALLEZ, MARMONNA LILY en réessayant de fermer la boucle de sa chaussure droite.

Ses mains tremblaient tellement qu'elle n'arrêtait pas de rater le petit trou dans le cuir censé retenir ces talons hauts blancs à ses pieds.

— Lily ! appela Hannah dans le couloir.

— Je suis là !

Un instant plus tard, la gouvernante entra dans la pièce.

— Que faites-vous avec vos chaussures ?

— J'essaie de les mettre !

Malgré la panique qui montait, elle tenta de répondre calmement. On attendait d'elle qu'elle soit la grâce incarnée le soir de son cocktail de débutante – pas une épave tremblante.

Hannah s'accroupit et repoussa la main de Lily. Celle-ci l'observa attacher d'abord la lanière droite, puis la gauche, avant de reculer.

— Et voilà.

— Merci d'être restée aussi tard, dit Lily.

— Je n'aurais certainement pas manqué l'occasion de vous voir en robe pour votre grande soirée !

— Hannah ! appela Maman.

— Je crois que votre mère a besoin d'une paire de bras supplémentaire, émit Hannah avec diplomatie.

Lily eut un petit rire. Maman avait eu les nerfs en boule toute la semaine à cause d'une conversation téléphonique avec Grand-Maman suivie d'une visite le dimanche après l'église. La seule chose qui l'avait aidée à se calmer avait été la venue de tante Angelica la veille ; Hannah les avait installées dans le salon avec une théière, et elles avaient passé en revue les derniers détails du cocktail.

Lily, de son côté, s'était cachée dans sa chambre pour lire. Elle était retournée à la bibliothèque emprunter les titres que Miss Hester lui avait recommandés, et elle avait déjà terminé *La Garden-Party* de Katherine Mansfield et *Mary Olivier* de May Sinclair.

Katherine avait raison : elle avait besoin de faire une pause loin de tout ça. La réaction de Leana – ou plutôt son manque de réaction – face à Raymond dans le taxi pesait encore sur elle. Elle en avait assez que son amie souffle le chaud et le froid. Elle ne savait pas sur quel pied danser avec elle, ce qui ne faisait qu'ajouter de la fatigue à une saison déjà éprouvante.

— Hannah ! appela Maman, une pointe de désespoir dans la voix.

Lily se leva, lissa la jupe en satin lilas de sa robe Worth ornée de broderies violet foncé au niveau du corset – si différente de la robe que Madame Benum avait imaginée pour elle –, et suivit Hannah hors de la pièce pour retrouver tante Angelica et Georgie qui montaient l'escalier.

— Vous êtes en avance, les accueillit Lily.

— Je me suis dit que vous auriez besoin d'un peu d'aide, répondit tante Angelica avec un sourire presque aussi étincelant que sa robe lamée d'argent.

— Je n'ai même pas entendu la sonnette.

— Personne ne nous a ouvert, alors on est entrées, expliqua Georgie. Papa est en bas et s'est servi un whisky dans le salon.

— Tu es stressée ? demanda Lily.

Le regard de sa cousine s'illumina.

— Pas du tout. On va bien s'amuser, tu ne crois pas ?

— Angelica, c'est toi ? demanda Maman.

— Oui, ma chérie. Je suis là.

— Tout va de travers, se désola Maman tandis qu'elles entraient dans sa chambre. Je ne trouve pas mes boucles d'oreilles et Mrs Nicholls va arriver d'un moment à l'autre avec la Bentley.

La tante de Lily leva les yeux au ciel.

— Toute cette agitation pour ça ? Bon sang, il faut que tu te ressaisisses, Josephine. Ce n'est qu'une boucle d'oreille.

— Ce sont les saphirs que Michael m'a offerts à notre premier anniversaire. Il en manque un. Hannah, vous ne l'avez pas vu ? demanda Maman, désespérée, en cherchant dans les boîtes de son tiroir à bijoux.

— Non, Madame.

— Eh bien, aidez-moi à le retrouver ! cria Maman.

— Josephine ! tonna tante Angelica, et Maman se figea. Prends une grande inspiration et réfléchis. Quand est-ce que tu as vu la paire pour la dernière fois ?

— Je l'ai sortie du coffre dans le bureau de Michael cet après-midi et j'ai monté les deux boucles dans ma chambre.

— Tu es sûre de les avoir montées ici ?

— Je... Je ne sais pas.

— Lily, intima tante Angelica à sa nièce. Descends fouiller dans le bureau de ton père.

Celle-ci jeta un œil vers Maman.

— Je ne sais pas où est la clé.

— Ce n'est pas la peine que Lily y aille, rétorqua Maman en retrouvant un peu de sa contenance.

— Tu préfères qu'elle cherche dans ta chambre ? Ou alors on attend sans rien faire que Mrs Nicholls arrive, et on lui expliquera pourquoi son unique petite-fille est en retard à son propre cocktail de débutante, proposa tante Angelica en fronçant les sourcils.

Maman serra les lèvres, mais finit par hocher la tête.

— Hannah, veuillez ouvrir le bureau à Lily.

— Et moi, je vais t'aider à chercher dans ta chambre, dit Angelica d'un ton joyeux. Georgie, assure-toi que ton père ne boive qu'un seul whisky. Il pourra boire autant qu'il voudra après la réception, mais je ne veux pas qu'il arrive au Hyde Park Hotel complètement ivre.

Lily suivit Hannah et Georgie en bas de l'escalier, mais tante Angelica passa la tête hors de la chambre.

— Lily, je peux te parler ?

— Oui ?

— Tu sais qu'il n'est pas uniquement question d'une boucle d'oreille, n'est-ce pas ? C'est une soirée importante pour Josephine. On doit faire en sorte qu'elle garde son calme.

Lily se mordit la lèvre et acquiesça. Cette soirée représentait après tout le retour de la famille Nicholls dans la société après une longue période d'absence.

Lily arriva en bas des marches au moment où Hannah fermait le petit placard décoratif en chêne qui se trouvait au-dessus de la table du téléphone, une clé à la main.

— Suivez-moi. Pendant que vous cherchez dans le bureau, je vais regarder dans le salon et dans les couloirs.

Lily récupéra la clé des mains de la gouvernante, mais elle s'arrêta devant la porte du bureau. Ce n'était pas comme si elle n'était jamais entrée. Maman y faisait les comptes et écrivait à son notaire, car les vieux livres de comptes de Papa se trouvaient dans la pièce. De temps à autre, quand Lily était petite, Hannah la laissait apporter le plateau de thé à sa mère. Cependant, elle avait quand même l'impression de pénétrer dans un lieu interdit, une pièce intense et masculine figée dans le temps depuis la mort de son père.

Lily tourna la clé dans la serrure et se glissa dans le bureau, puis ferma la porte derrière elle. Tout était calme ici, comme s'il s'agissait d'un monde différent du reste de la maison. Même si aucun homme n'y était entré depuis des années, à part oncle Eliott quand il aidait Maman avec tel ou tel document, il y régnait encore une odeur masculine distincte, comme le bois verni et le vieux tabac. Lily ferma les yeux très fort et prit une grande inspiration, en essayant d'imaginer son père à ses côtés devant la file de gens venus la saluer pour sa fête ce soir-là. Quel luxe cela aurait été de ne pas avoir à penser que tout reposait sur elle pour que Grand-Maman soit heureuse et que Maman touche des fonds.

Elle expira. Inutile de songer à des choses qui n'arriveraient jamais.

Lily commença à chercher la boucle d'oreille sur le tapis persan qui recouvrait le plancher verni, avançant méthodiquement en direction du bureau et de la fenêtre. Sous le bureau, un objet doré attira son attention. Elle se pencha pour le ramasser. C'était une vis, qui avait dû tomber du meuble ou du gros fauteuil en bois et cuir.

Elle posa la vis sur le bureau et hésita, la main en suspens au-dessus des piles d'enveloppes. La première était adressée à Mrs Michael Nicholls – elle n'avait rien de particulier, mais la calligraphie retint son attention. Une fine écriture cursive, qu'elle avait déjà vue auparavant. Elle retourna l'enveloppe et lut l'adresse : « Dovecote Cottage, Hawkshead Hill, Cumberland. »

Elle avait déjà vu une lettre identique, qui était tombée sous le meuble de l'entrée et qu'elle avait apportée à sa mère. Elle se souvint de la façon dont Maman avait réagi : elle l'avait rangée en vitesse et avait refusé d'en parler quand Lily lui avait demandé de qui elle provenait.

Lily vérifia que la porte était bien fermée et sortit doucement la lettre de l'enveloppe avant de la déplier et de s'asseoir pour la lire. Elle ne comportait ni salutation ni signature, simplement la date du 14 avril 1958, et s'achevait de manière abrupte.

Je ne commencerai pas cette lettre par les salutations et les civilités habituelles, car je ne vais pas prétendre que tu ignores la motivation qui me pousse à l'écrire.

Tu m'as dit autrefois que je m'en sortirais très bien ici, où la vie n'est pas aussi chère qu'à Londres. Cependant, je peux t'assurer que certains de mes besoins ne peuvent être assouvis sans revenus. C'est une simple question de mathématiques.

Je suis tombée sur l'un de ces affreux torchons mondains cette semaine et j'y ai découvert une photo d'une certaine Miss Lillian Nicholls devant le Savoy. J'en déduis donc que tu as décidé de présenter Lily. Je suis sûre que tu es ravie d'avoir pu présenter au moins l'une de tes filles, mais je me demande combien cela t'a coûté puisque tu affirmes être à court d'argent. Je te demande donc de réfléchir à la question de savoir s'il ne serait pas plus prudent de détourner une partie de ces fonds vers une cause plus noble qui permettrait de ne pas gâcher la saison à laquelle tu as sans doute consacré beaucoup de temps et d'efforts.

J'attends ta réponse.

Lily fixa la lettre, la bouche entrouverte, pendant une bonne minute. Ensuite, elle la replaça délicatement sur le bureau.

Quelqu'un attendait de l'argent de la part de Maman. De l'argent qu'elles n'avaient pas, si l'on en croyait les demandes de sa mère de faire des économies sur sa garde-robe.

Lily fronça les sourcils. Il était impossible que Grand-Maman n'ait pas versé suffisamment de fonds pour la saison étant donné qu'elle était déterminée à faire entrer Lily dans la haute société. Elle n'avait assisté à aucune discussion sur les questions financières, mais elle ne pouvait pas imaginer que Grand-Maman les ait laissées en plan.

À moins que Maman n'ait déjà fait parvenir l'argent à la personne qui avait envoyé cette lettre. Cela voudrait dire qu'il y en avait eu d'autres. Des lettres qui portaient peut-être une signature.

Lily tendit la main vers le premier tiroir du bureau et passa les doigts autour de la poignée. Il était fermé à clé.

La sonnette résonna. Lily sursauta et se cogna le genou contre le coin du bureau. Elle grimaça de douleur.

— Lily ! appela Hannah.

Lily se leva d'un bond et essaya de se souvenir de l'endroit exact où elle avait trouvé la lettre pour l'y reposer. Puis elle se jeta par terre en faisant attention à ne pas filer son collant et fit semblant de chercher la boucle d'oreille.

— Vous êtes encore là ? demanda Hannah de l'autre côté de la porte. Votre grand-mère est arrivée.

Lily se redressa ; elle arrangeait sa robe en essayant de cacher le fait que ses genoux tremblaient encore quand Hannah ouvrit la porte.

— Je ne l'ai pas trouvée.

Les yeux de la gouvernante se mirent à briller ; elle lui tendit une boîte en papier blanche contenant des fleurs.

— Qu'est-ce que c'est ? demanda Lily.

— Je pourrais te poser la même question, répondit la voix de Grand-Maman dans l'entrée.

Lily se hâta de sortir de derrière le bureau et passa devant Hannah pour saluer sa grand-mère, qui portait une grande robe bleu marine avec un col magnifiquement sculpté qui dépassait de ses épaules de quelques centimètres. Une broche de diamants étincelait au milieu de son décolleté. Elle était splendide, et Lily le lui fit savoir.

— Ne sois pas ridicule, j'ai l'air d'une vieille dame, la tança Grand-Maman, mais avec une immanquable note de plaisir dans la voix. Laisse-moi te regarder comme il faut.

Lily recula d'un pas et tourna sur elle-même, sa longue robe flottant autour d'elle.

— Très bien. Worth a toujours su ce qui allait le mieux aux débutantes, approuva Grand-Maman avec un sourire satisfait.

— D'où viennent ces fleurs ? demanda Lily

— Il y a un mot, lui apprit Hannah en les lui tendant.

Lily ouvrit la boîte, au milieu de laquelle se trouvaient un petit bouquet de lys et une gerbe d'orchidées blanches virant au violet qui allaient parfaitement avec sa robe. Elle les porta à son nez.

— Elles sont magnifiques.

— Problème résolu ! cria la voix de tante Angelica.

Alors qu'Angelica et Maman descendaient, oncle Eliott et Georgie les rejoignirent dans l'entrée, et tout le monde se figea en apercevant Grand-Maman.

— Quel problème ? demanda Grand-Maman en les regardant les uns après les autres.

— Une boucle d'oreille perdue. Mais on l'a retrouvée, ajouta tante Angelica. Bonsoir, Mrs Nicholls.

— Mrs Nicholls, salua oncle Eliott.

Il se racla la gorge et alla embrasser Grand-Maman sur les joues comme il se devait.

— Bonsoir, dit Maman en arrivant en bas de l'escalier.

— La boucle d'oreille était prise dans une écharpe en soie dans le tiroir de ta mère, dit tante Angelica en regardant la boîte dans les mains de Lily. Qui t'a envoyé des fleurs ?

— Des fleurs ? demanda Maman.

— Oh, comme c'est romantique ! soupira Georgie.

— Cela dépend du jeune homme qui les envoie, prévint Grand-Maman.

— Je ne sais pas qui les a envoyées, dit Lily en se saisissant du mot qui allait avec.

— Eh bien, tu ne vas pas l'ouvrir ? demanda Georgie.

Lily sortit la carte de la petite enveloppe.

À mon grand regret, je ne pourrai pas être avec toi ce soir. Je sais que tu vas briller, et j'espère que nos chemins se croiseront à nouveau sous peu.

J.B.

— De qui sont-elles ? demanda Maman.

Lily hésita.

— D'un ami.

— Un homme ? demanda Maman.

— On le connaît, Lily ? la pressa Grand-Maman.

— Oui.

— Qui est-ce ? insista Maman.

— Laisse-la donc avoir des secrets, Josephine, la houspilla tante Angelica. Lily est une bonne fille. Elle ne ferait jamais rien d'inconvenant.

Grand-Maman sembla considérer la situation, et finit par hocher la tête en signe d'approbation.

— Si nous ne nous mettons pas en route bientôt, Georgie et Lily vont être en retard à leur propre fête.

Cette réflexion fit sortir Maman de sa torpeur.

— Hannah, veuillez nous apporter nos étoles et fermer la porte du bureau une fois que nous serons parties. Lily, tu as ton rouge à lèvres dans ton sac ?

— Je l'ai.

— Allons-nous tous tenir dans la Bentley ? demanda oncle Eliott.

— La question serait plutôt de savoir si la Bentley sera toujours là pour tous vous emmener. Je pars dans deux minutes. Ceux qui ne sont pas prêts prendront un taxi, affirma Grand-Maman.

À cette annonce, tante Angelica et Maman s'agitèrent dans tous les sens tandis qu'oncle Elliot restait debout dans un coin à regarder autour de lui avec l'air de songer qu'il aurait préféré avoir une bouteille entière à la main.

Près de Lily, Georgie chuchota :

— Je crois qu'ils sont plus nerveux que nous.

Quand ils réussirent tous à sortir sur le perron et à s'entasser dans la grosse voiture grise conduite par le chauffeur habituel de Grand-Maman, Lily se retourna vers la maison et vit Hannah devant la porte qui les saluait de la main.

Un frisson nerveux parcourut sa peau tandis que la Bentley s'éloignait du trottoir. Quand Maman retournerait dans le bureau, elle serait incapable de dire que Lily avait fait autre chose que ramper au sol pour chercher une boucle d'oreille. Le bureau n'aurait pas bougé. La lettre n'aurait pas été touchée. Tout paraîtrait comme avant. Comme d'habitude.

Mais Lily savait désormais où Hannah cachait la clé.

Un jour, quand elle avait environ seize ans, Lily s'était retrouvée dans une tempête. Celle-ci lui était tombée dessus alors qu'elle marchait le long de Chelsea Embankment. La grise journée d'automne s'était soudain assombrie, et la bruine qui accompagnait d'ordinaire les jours d'octobre s'était changée en une lourde pluie battante qui semblait dotée de mauvaises intentions. Le long du chemin cimenté qui bordait la Tamise, il n'y avait que peu d'endroits où trouver refuge, et le vent soufflait autour d'elle. Au lieu de courir, elle s'était recroquevillée, serrant ses livres dans ses bras pour les protéger de la pluie. Elle était restée là, debout, dos au vent en tentant de se prémunir du chaos, jusqu'à ce que la tempête se calme et que revienne la douce pluie rassurante de l'automne britannique.

Debout devant la file de gens venus la saluer, entre Grand-Maman et Maman, avec Georgie, tante Angelica et oncle Eliott, elle avait à nouveau envie de se protéger avec les bras, mais pas contre la pluie. Contre l'attention.

Ils arrivaient par vagues, sans jamais s'arrêter, comme une marée : chaque débutante, mère, père, frère et cavalier faisait la queue pour la remercier et lui transmettre ses vœux. Chaque fois que quelqu'un s'arrêtait devant elle pour lui serrer la main ou lui faire la bise, elle sentait son sourire s'étirer davantage. Elle donnait les mêmes réponses aux questions, riait aux mêmes tournures de phrases et répétait « Merci », « Merci », « Merci », jusqu'à ce que le mot n'ait plus de sens.

Quand enfin la file commença à diminuer et que la dernière personne fut remerciée, elle laissa retomber ses épaules crispées. Elle jeta un œil en direction de Georgie, qui arborait la même expression épuisée et étourdie sur le visage.

— Une bonne chose de faite. Je te jure, je pourrais dormir pendant des jours, chuchota Georgie.

— Pas encore. On est censées circuler, maintenant, dit Lily.

— Au moins, on est enfin entrées dans le grand monde, se réjouit Georgie.

Oui. Au moins, c'est fait, se dit Lily.

Troisième partie

La danse

« Mrs Kitty Norman
À son domicile
Pour sa fille Katherine
Balcombe Manor, Surrey
Jeudi 29 mai 1958

Danse à 22 heures
Calèches à 3 heures
R.S.V.P. »

17

« LILY ? APPELA MAMAN alors que sa fille passait devant la porte ouverte de sa chambre, sa longue robe du soir blanche drapée sur le bras.

Si Georgie et elle avaient pensé que la pression de la saison allait disparaître après leur cocktail, elles comprirent rapidement qu'elles s'étaient fourvoyées. Maintenant que leur fête était passée, elles pouvaient se concentrer sur le bal de la reine Charlotte et les autres bals à venir à Londres. C'était le moment où la saison prenait tout son sens, n'avait pas manqué de rappeler Grand-Maman sur le chemin du retour de leur cocktail.

Elle s'arrêta devant le seuil de la porte.

— Oui ?

— Entre, s'il te plaît, demanda Maman, assise devant sa coiffeuse.

Il était rare que sa mère l'invite dans sa chambre. C'était un endroit très privé et, comme le bureau de Papa, très mystérieux. Lily se souvenait de longues périodes quand elle était petite fille durant lesquelles sa mère ne semblait rien faire d'autre que rester assise dans sa chambre, une photo de Papa dans les mains. Elle ne descendait que quand Hannah la persuadait de prendre un repas dans le petit salon ou quand tante Angelica débarquait pour la forcer à bouger.

— Pourquoi as-tu sorti la robe que tu portes ce soir ? demanda Maman.

— Elle était froissée à l'arrière et Hannah voulait voir si elle pouvait faire quelque chose.

— Elle a réussi ?

Lily retourna la robe pour montrer l'aspect lisse du pur crêpe de Chine blanc.

— Eh bien, tant mieux si tu l'as avec toi. Pose-la sur le lit et viens t'asseoir, lui intima Maman en indiquant une petite chaise tournée vers la cheminée.

Lily obéit, puis elle croisa les bras et attendit.

— Je repensais à ma propre saison, et à quel point j'étais excitée avant le bal de la reine Charlotte. Les cocktails étaient agréables, mais je savais que les bals auraient quelque chose en plus. C'est à un bal que j'ai rencontré Michael. Les filles de maintenant sont bien plus avancées que je ne l'ai jamais été, donc je t'épargne le discours que ma mère m'a donné sur ce qu'on risque en séduisant un garçon.

Maman lui lança un regard.

— J'imagine que si ça devait être un problème à ce stade, ce serait déjà trop tard.

Lily rougit face à cette insinuation.

— Maman…

À dire vrai, personne n'avait même essayé de lui voler un baiser.

Maman traversa la pièce et lui posa une main sur les genoux.

— Tu es une bonne fille, Lily. Bien meilleure que je ne le mérite, sans doute, étant donné les circonstances de ton enfance.

Elle posa sa main sur celle de sa mère.

— Je n'imagine pas à quel point ça a dû être difficile de perdre Papa en étant si loin de lui.

— Nous avons tous fait des sacrifices pendant la guerre. Certains plus que d'autres.

Maman retira sa main.

— Je t'ai appelée parce que je me suis dit que tu voudrais porter quelque chose de spécial ce soir.

Lily regarda sa mère se lever, boîte à bijoux en cuir à la main, et s'avancer vers sa robe. Maman ouvrit la boîte et en posa les plateaux parfaitement empilés sur le lit. Puis elle s'arrêta pour jeter un œil par-dessus son épaule en direction de sa fille.

— Tu viens voir ?

Lily la rejoignit. Elle n'avait vu qu'une seule fois le contenu de la boîte à bijoux de sa mère, quand celle-ci avait tout étalé sur des morceaux de tissu recouvrant la table du petit salon pour que Hannah et elle puissent les nettoyer. À ses yeux de petite fille, chaque pierre paraissait énorme et scintillait comme une étoile. Désormais, après avoir passé des mois à observer des parures magnifiques au cou, aux oreilles et aux poignets des mères de certaines débutantes, Lily ne pouvait s'empêcher de penser qu'elles étaient plus modestes que dans ses souvenirs. Leana n'aurait pas été impressionnée.

Cependant, Lily vit comment sa mère se saisissait avec amour de chaque bijou et les tenait près de sa robe pour voir l'effet qu'ils auraient sur le tissu blanc.

— Que penses-tu de ça ? demanda Maman en lui montrant un fin bracelet en filigrane doré.

— C'est charmant.

— Mais peut-être pas assez majestueux pour le bal de la reine Charlotte.

Maman le rangea, et Lily regarda par-dessus son épaule tandis qu'elle soulevait un plateau afin d'admirer les babioles qui se trouvaient dessous. C'était un étrange parallèle avec la visite de Leana deux semaines plus tôt. Comme cela ne ressemblait pas à sa mère d'agir ainsi, elle ne savait pas à quoi s'attendre.

Maman mélangea de l'index les bijoux, petits mais très beaux, qui se trouvaient au fond de la boîte.

— Je crois que des saphirs iraient mieux avec tes cheveux. Michael m'a offert une broche en diamant et saphir pour notre dixième anniversaire de mariage. (Maman sortit une broche rayonnante.) Ah, la voici.

Mais Lily ne la regardait pas : toute son attention était tournée vers une longue clé en laiton posée sur la doublure en velours de la boîte. Une clé qui semblait faite pour entrer dans un tiroir de bureau.

— Voilà, dit Maman en posant la broche sur le lit, près de la robe de Lily. Qu'en penses-tu ?

La jeune fille secoua la tête et reporta son attention sur le bijou.

— Elle est magnifique, mais est-ce qu'une broche irait vraiment avec cette robe ?

Maman rit, retourna l'objet et défit l'attache de la monture qui retenait l'aiguille. Elle le glissa ensuite sur la robe de Lily, à l'endroit où les bretelles rejoignaient le corsage.

— Oh, c'est si beau, soupira Lily en admirant la façon dont le miroitement du platine semblait se fondre dans le blanc de sa robe.

— Si elle te plaît, elle est à toi pour la soirée, proposa Maman.

Elle passa les doigts sur les attaches.

— Elle me plaît beaucoup. Je suis ravie de ne pas avoir accepté les bijoux de Leana.

— De Leana ? demanda sa mère d'un ton sec.

Lily leva la tête, la bouche entrouverte pour protester, mais elle vit l'expression sur le visage de sa mère et s'arrêta.

— Leana est venue quand tu n'étais pas là la semaine avant ma fête. Elle a apporté sa boîte à bijoux.

— Ah bon ?

— Elle a dit que je pouvais en choisir un à porter ce soir-là. J'ai refusé.

L'expression de Maman était difficile à déchiffrer.

— Pourquoi n'as-tu pas accepté ?

Elle réfléchit un moment.

— Elle s'était mal comportée avec moi lors d'une fête, et je n'ai pas apprécié, donc je me suis tournée vers d'autres amies. Je crois qu'elle a compris ce que je faisais et s'est sentie obligée d'acheter mon pardon.

— Acheter le pardon, ça ressemble bien aux Hartford, marmonna Maman avant de lever la tête. Mais tu n'as pas pris ses bijoux ?

Elle secoua la tête.

— J'ai cru bon de refuser.

— Et comment est la situation entre vous maintenant ?

Lily repensa à la dispute dans le taxi.

— Je ne l'ai pas vue depuis, sinon à l'autre bout d'une pièce à l'occasion d'une soirée.

Maman laissa échapper un soupir de soulagement.

— Je dois admettre que ça me rassure. Cette famille peut se montrer rancunière quand elle veut, et je crois qu'il vaut mieux que tu fréquentes Leana le moins possible.

— Je ne crois pas que ce soit la rancœur qui l'anime. Je pense que Leana a l'habitude d'obtenir tout ce qu'elle veut, et elle ne sait pas se comporter autrement, même avec les gens qu'elle considère comme ses amis. (Lily marqua une pause.) Elles seront là ce soir au bal. Leana et Mrs Hartford.

Tu ne pourras pas les éviter, voulait-elle signaler à sa mère.

— C'est ainsi. Cette soirée est trop importante pour avoir peur des Hartford, répondit sa mère.

Elle commença à ranger sa boîte à bijoux, et Lily connaissait assez bien les humeurs de sa mère pour savoir qu'elle devait prendre congé.

Il fallut trois quarts d'heure au chauffeur de Grand-Maman pour emmener les trois dames Nicholls de Harley Gardens à Mayfair, à cause de l'embouteillage de taxis et autres voitures pleines de débutantes et de leurs familles qui luttaient pour rejoindre Grosvenor House pour le début officiel de la saison des bals. Ce laps de temps suffit à Lily pour sentir la nervosité s'installer. Cependant, quand la Bentley s'arrêta et qu'elle prit la main que lui tendait un portier de Grosvenor House pour sortir devant une file de badauds, tous venus observer la dernière génération de débutantes présentées à la reine, elle se sentit étrangement calme. Elle aimait la façon dont sa robe de crêpe blanc tombait sur ses jambes, sa taille parfaite pour cette coupe, et la broche que Maman lui avait prêtée lui donnait davantage l'impression d'être une débutante que son passage à la cour.

Elle se retourna vers sa mère et attrapa sa main gantée.

— Tu es prête ?

Cette question entraîna un léger sourire sur les lèvres nerveuses de sa mère.

— C'est moi qui suis censée te poser la question, non ? C'est ton premier bal.

— Bien sûr qu'elle est prête, Josephine, rétorqua Grand-Maman. (La lumière des réverbères se refléta dans les diamants de sa tiare tandis qu'elle ajustait sa fourrure de renard polaire autour de ses épaules.) Elle est faite pour ça.

— Merci, Grand-Maman.

La vieille femme sourit.

— Tu t'en sortiras très bien, Lily. Rappelle-toi bien de tout ce que tu as accompli.

À l'intérieur de la grande salle du Grosvenor House, l'atmosphère bourdonnait de l'excitation d'une centaine de débutantes et leurs familles. L'espace gigantesque, qui servait autrefois de patinoire, s'étendait devant Lily. Des dizaines de tables couvertes de nappes blanches, scintillantes sous l'argent et le cristal, et ornées de gros bouquets de fleurs, étaient disposées autour de la pièce. Une piste de danse avec une estrade pour un groupe se trouvait à une extrémité, et elle savait que toutes les débutantes qui n'avaient pas de cavalier pour le dîner et la première danse étaient en train de transpirer dans leurs longs gants.

— Josephine, quel est notre numéro de table ? demanda Grand-Maman en observant la foule, ses yeux gris acier analysant tout.

Maman ouvrit maladroitement son sac.

— J'ai les tickets avec moi.

— On pourrait simplement chercher la famille de Philippa, suggéra Lily.

Le bal de la reine Charlotte était, pour ainsi dire, une histoire de famille. Les proches de chaque débutante achetaient des tickets pour remplir une table de huit ou dix. La débutante, sa mère et son père étaient présents, ainsi que les frères, sœurs et cousins d'un âge approprié. Les sièges supplémentaires servaient aux prétendants, approuvés par les mères afin de s'assurer que leur fille fréquentait un partenaire convenable.

Même si tante Angelica et oncle Eliott avaient d'ordinaire la générosité d'inclure Lily dans leurs plans, ils avaient estimé qu'il valait mieux que Georgie s'asseye avec sa camarade de classe dont le cousin semblait s'être amouraché d'elle. Lily, Maman et Grand-Maman s'étaient donc retrouvées sans table jusqu'à ce que Lily le mentionne en passant lors d'une conversation avec Philippa. Le lendemain, la mère de celle-ci avait téléphoné et proposé qu'elles prennent les trois places restantes à la table des Groves.

Lily avait entendu la voix de Mrs Groves dans le combiné :

— Les filles passeront un meilleur moment ensemble, ne croyez-vous pas ?

Maman avait accepté et, une fois que Grand-Maman eut consenti à cette idée, elle avait envoyé un panier de cadeaux de chez Fortnum & Mason au domicile des Groves le lendemain.

— Je crois que j'aperçois Philippa, dit Lily en levant la main pour lui faire signe.

— Lily, ne te donne pas en spectacle.

Maman enfila ses lunettes de lecture et lut rapidement le numéro écrit à la main sur leur ticket.

— Table vingt-six.

— Avez-vous besoin d'aide pour trouver votre table ?

Ian.

Lily ne put s'empêcher de sourire en soupirant avant de se tourner pour le saluer. Elle l'avait trouvé beau, les quelques fois où elle l'avait vu dans une pièce vêtu d'un costume bleu marine, mais elle ne pouvait pas savoir que le noir des habits de soirée ferait autant ressortir la profondeur de ses yeux marron.

— J'ignorais que tu viendrais, dit-elle.

Ses yeux se plissèrent.

— Je n'aurais pas manqué ça. Pas encore.

Une petite toux derrière elle la ramena à la réalité. Elle se retourna et fit un geste de la main allant de Grand-Maman à Ian.

— Grand-Maman, Maman, je vous présente Ian Bingham. Ian, tu connais ma grand-mère, Mrs Gerald Nicholls, et voici ma mère, Mrs Michael Nicholls.

Si elle n'avait pas eu l'habitude d'observer le visage parfois insondable de sa grand-mère pendant des années lors de leur thé du mardi, elle aurait manqué le léger plissement de ses yeux et la façon dont ses lèvres se serrèrent avant d'offrir à Ian un sourire respectueux – quoique réservé.

— Mr Bingham. Comment allez-vous ?

— Je vais très bien car je suis ravi de vous revoir, Mrs Nicholls, la salua-t-il en se saisissant de la main délicate de Grand-Maman avant de s'incliner devant elle et de répéter l'opération avec Maman.

Grand-Maman sembla se radoucir devant ses bonnes manières, mais Maman demeura un peu froide.

Grand-Maman remarqua :

— Nous n'avons pas eu le plaisir de vous voir à la réception de Lily, n'est-ce pas, Mr Bingham ?

— J'ai eu le regret de ne pas pouvoir venir. J'avais un engagement à Cambridge que je ne pouvais pas annuler.

— Vous êtes étudiant ?

— Sous mon parrainage, intervint une voix à la droite de Lily.

Elle se retourna et vit Mr et Mrs Hartford s'approcher, suivis de Leana. Elle regarda Maman, droite comme un i à côté d'elle, irradiante de tension, tout comme elle l'avait été en serrant la main de Mrs Hartford au cocktail de Lily.

— Ian est en train de se faire un nom, du moins il y parviendra s'il arrive à rester loin des débutantes, reprit Mr Hartford en laissant tomber une main sur l'épaule de son protégé.

Il affichait un sourire suffisant qui, avec sa large stature et ses cheveux châtains virant au gris sur les tempes, lui donnait l'air d'un homme distingué qui connaissait sa place dans le monde.

Les pointes de rubis sur la tiare de Mrs Hartford – dont Leana avait parlé de façon nonchalante – scintillèrent alors qu'elle penchait légèrement la tête et réprimandait son mari d'un doux :

— Chéri…

— Mr Hartford a la gentillesse de me soutenir financièrement tant que j'étudie la politique, expliqua Ian avec un petit rire aimable qui ne suffit pas à dissiper le rose qui lui teintait les joues.

— Il est doué pour la diplomatie, précisa Mr Hartford.

— Connaissez-vous les Nicholls ? demanda Ian, désireux de changer de sujet.

Maman, qui était devenue livide à la vue de son ancienne amie, se contenta de la fixer, tandis que Mrs Hartford paraissait étrangement tiraillée. Seuls Grand-Maman et

Mr Hartford semblaient tout aussi calmes que lorsque la famille Hartford s'était approchée.

— Nous nous connaissons depuis longtemps. Ethan était un bon ami de mon fils quand ils étaient à l'école, répondit Grand-Maman.

— Mais je n'ai pas encore eu la chance de rencontrer Miss Nicholls, précisa Mr Hartford en adressant à Lily un sourire qui fit remonter le coin de ses moustaches soigneusement peignées.

Maman agrippa fermement le bras de Lily. En face d'elle, Mrs Hartford posa la main sur l'avant-bras de son mari, qu'elle serra si fort que la laine fine de sa veste de soirée se plissa entre ses doigts.

— Chéri, il faut que nous trouvions notre table, intervint Mrs Hartford d'un ton joyeux.

— Je crois que je l'ai vue près de la piste, ajouta Leana, restée étonnamment discrète jusque-là. Je peux aller vérifier les tickets.

Mrs Hartford lança à sa fille un regard glacial.

— Ne fais pas d'histoires, Leana. Ton père va s'en charger. Ethan ?

Celui-ci regarda sa femme, puis baissa les yeux sur sa main toujours posée sur son bras. Elle la retira comme si elle venait de se brûler, et afficha un sourire froid et détaché.

— Tout à fait, ma chérie, répondit-il. (Il glissa la paume de sa femme dans le creux de son bras avant de faire un signe de tête à Ian.) Tu viens avec nous, Ian.

Ce n'était pas une question.

Ian sourit d'un air désolé, mais finit par acquiescer.

— J'espère que tu me garderas une danse.

— J'en serais ravie.

Il sourit.

— Très bien. J'ai hâte.

En le regardant s'éloigner, Lily prit conscience que Maman et Grand-Maman avaient les yeux rivés sur elle. Elle ferma les siens afin de gagner du temps pour reprendre ses esprits et se retourna.

— C'était très malpoli de la part de Mrs Hartford de ne pas nous saluer convenablement, n'est-ce pas ? dit-elle sur le ton le plus détaché possible.

— Oui, en effet. Tu savais que Ian Bingham serait là ce soir ? demanda Maman.

— Non, mais je l'espérais.

— Et… (Maman baissa la voix.) Es-tu au courant que les Bingham n'ont jamais eu, et n'auront jamais d'argent ?

— Tu me l'as déjà dit, répondit-elle en regardant autour d'elle pour s'assurer que personne ne les entendait.

— Ta mère a raison, Lillian. Il n'est pas judicieux de s'attacher à un jeune homme qui doit compter sur la charité pour financer ses études. Du moins, pas tant qu'il ne s'est pas établi. Même s'il a excellent goût en matière de fleurs.

Maman écarquilla les yeux.

— Le bouquet de ton cocktail ?

— Grand-Maman ! (Elle lui lança un regard furieux.) Tu vas trop vite en besogne. Je ne m'attache à personne. À dire vrai, je connais à peine Ian, mais j'aimerais passer plus de temps avec lui pour apprendre à le connaître. Il est attentionné.

— J'avais espéré que les fleurs venaient de Gideon Moore, murmura Maman.

— Elles auraient pu, convint Lily en envoyant sa chevelure derrière ses épaules. Maintenant, allons trouver notre table et rejoindre les Groves.

18

LILY MANGEA UN MINIMUM PAR POLITESSE, tandis que les serveurs débarrassaient le consommé, la sole, le poulet, puis un dessert à base de glace à l'orange et à l'ananas. Elle ne pouvait s'empêcher de compter les plats qui restaient sur le menu en attendant le moment où on lui ferait signe de se lever.

À vingt-deux heures trente vint le signal. Lily et Philippa échangèrent un regard et, après un léger signe de tête, remirent leurs gants. Tout autour d'elles, cent quarante-huit filles les imitèrent, et tout le monde fit comme s'il n'y avait rien d'extraordinaire à voir une foule de jeunes femmes vêtues de blanc se lever soudain et s'éloigner par un escalier jusqu'à un balcon supérieur comme une traînée de fantômes.

Toutes les débutantes présentes n'avaient pas été choisies pour jouer les servantes lors de ce bal – ce dont Lily était parfaitement consciente étant donné les centaines d'yeux envieux qui la regardaient tandis que ses camarades et elle soulevaient leur jupon juste ce qu'il fallait pour gravir en toute sécurité les marches tapissées.

— C'est étrange, toutes ces débutantes qui nous regardent, non ? chuchota Philippa.

— J'ai l'impression que la moitié d'entre elles espèrent que je trébuche sur mon ourlet et que je vous fasse toutes tomber.

Philippa rit doucement.

— Non, ma chérie, elles espèrent *toutes* ça.

Lily serra les lèvres pour réprimer un sourire. C'était tellement ridicule. L'influence de Grand-Maman aurait peut-être suffi à ce qu'elle soit sélectionnée, mais cela avait sans doute également un lien avec le fait qu'elle avait très tôt fréquenté Leana. Il était étrange de songer qu'on était début mai et qu'elle avait rencontré Leana le 19 mars. Leur amitié avait fleuri et fané en si peu de temps. La vie était passée en un tourbillon, une étrange combinaison de choses qui changeaient tout le temps et d'autres qui restaient toujours pareilles.

En haut des escaliers, les filles commencèrent à se mettre deux par deux et se laissèrent guider en une longue file. Elles allaient descendre en paires dans la salle de bal, comme si elles apparaissaient pour la première fois.

— Voilà Ivy. Je lui ai promis que j'allais entrer avec elle. (Philippa regarda Lily alors qu'elles approchaient d'une Ivy à couper le souffle, à côté de Katherine.) Tu sais avec qui tu vas descendre ?

— Moi, répondit Katherine en passant le bras sous celui de Lily pour la serrer près d'elle. Si tu te sens assez courageuse.

— Courageuse ?

— Pour être vue en compagnie de la « débutante millionnaire », précisa Katherine en riant.

— Je crois que c'est un peu trop tard pour s'en inquiéter. On a mangé des hamburgers chez Wimpy ensemble. (Lily serra Katherine dans ses bras.) Rien ne pourrait me faire plus plaisir que de descendre avec toi.

— Je suis si excitée que je pourrais exploser ! dit Ivy.

— Tout le monde porte ta couleur ce soir, Ivy, lança Philippa.

— Oh, je sais. Ma grand-mère ne pourrait pas être plus ravie.

— Marie-toi, et tu pourras porter ce que tu veux, mais assure-toi de prendre un bon époux, plaisanta Philippa en souriant à son amie.

Katherine se pencha et chuchota à Lily :

— Trouve un travail, et tu pourras porter ce que tu veux.

— Ne la provoque pas, répondit Lily en donnant une petite tape sur la main de Katherine.

— Oh, non, couina Ivy derrière elles.

— Qu'est-ce qu'il y a ?

Au lieu de répondre, Ivy se contenta de faire un signe de tête derrière l'épaule de Lily.

Elle jeta un œil et vit Leana qui s'approchait avec Cressie.

Lily avait décidé de se montrer généreuse ce soir et de mettre de côté ce qui s'était passé entre elles, du moins le temps de ce bal.

— Leana, dit-elle en se redressant. Tu es ravissante ce soir.

C'était vrai. La jeune femme portait une robe en mousseline de soie qui sinuait sur un décolleté en cœur. Elle descendait de sa taille jusqu'au sol en une cascade blanche se balançant à chacun de ses mouvements. S'y ajoutaient des rubis – moins impressionnants que ceux de sa mère, mais néanmoins magnifiques – au cou et aux oreilles, et une barrette en diamants maintenait la partie droite de sa chevelure en arrière. La partie gauche tombait en boucles qui faisaient penser à Veronica Lake dans un vieux film que Lily avait vu au cinéma de répertoire.

Leana balaya des yeux les autres filles du groupe.

— Toi aussi, Lily.

Une règle tacite voulait que les débutantes échangent des compliments comme s'il s'agissait d'une monnaie, et elle se sentit insultée que Leana omette volontairement de parler de ses amies. Avant qu'elle puisse dire quoi que ce soit, Leana inclina la tête sur le côté.

— Je croyais que tu porterais tes perles ce soir.

Lily porta la main à l'un des clips que sa mère lui avait prêtés et sentit la pointe de la monture contre son gant.

— J'ai changé d'avis.

Leana fit la moue, mais hocha la tête comme si elle avait reçu un message que Lily n'avait pas compris.

— Cressie et moi devrions y aller. Nous sommes en tête de la procession. Les meilleures débutantes le sont toujours.

Et tu n'en fais pas partie. L'implication était très claire, mais Lily n'en avait rien à faire.

— Qui voudrait faire partie des meilleures débutantes alors qu'elles ont tout le temps l'air malheureuses ? marmonna Katherine tandis que Leana s'éloignait.

— Tu crois ? demanda Lily.

— Pas toi ? Juliet semble s'ennuyer à mourir, ce qui n'a rien d'étonnant, étant donné qu'elle préférerait être en train de lire ou du moins de parler de romans américains du XIXe siècle. Leana prétend qu'elle a l'assurance d'une reine, mais on voit bien qu'elle marche en permanence sur des charbons ardents. C'est comme si elle faisait de son mieux pour impressionner les autres.

— J'imagine que nous subissons toutes une certaine pression. Toutes nos familles ont des attentes.

Katherine laissa échapper un long soupir.

— J'en sais quelque chose. Je ne crois pas que Papa et Maman aient jamais eu l'air aussi fiers que ce soir quand je suis descendue de ma chambre.

— Tu les aimes très fort, n'est-ce pas ?

— Ils sont tout pour moi, et si je peux leur offrir ce cadeau, c'est déjà ça.

Lily était bien d'accord. À ses yeux, la question était la suivante : cela serait-il jamais suffisant ?

— Mesdemoiselles, mesdemoiselles, chuchota la femme chargée de la tâche ingrate de gérer les débutantes.

Les filles se mirent toutes à pépier en chœur.

— Silence, s'il vous plaît, mesdames, implora la femme, le visage peiné. Nous allons commencer.

Les débutantes sur le balcon se calmèrent, et, sur la scène en contrebas, Bill Savill et son orchestre commencèrent à jouer. Elles prirent toutes une grande inspiration tandis que celles qui menaient le cortège – les meilleures débutantes – commençaient à descendre l'escalier.

Elles avancèrent doucement le long du balcon ; au moment où elles arrivèrent au bord des marches, Katherine se tourna vers Lily.

— Merci.

— De quoi ?

Une pointe de panique apparut au coin des yeux de Katherine.

— D'être mon amie. D'être courageuse.

Lily serra la main de Katherine dans la sienne.

— Pas besoin de courage pour être ton amie.

Katherine inspira et acquiesça. La femme leur fit signe.

— Tu es prête ? demanda Lily.

— Oui.

— Ne trébuche pas.

Katherine réprima un rire, ce qui lui valut un regard noir de la part de la préposée débordée, et ensemble elles firent le premier pas en direction de la salle de bal. Si des centaines de débutantes les avaient observées auparavant, c'était désormais sous les yeux d'encore plus de centaines de parents et de conjoints qu'elles avançaient. Lily essaya d'apercevoir le visage de Grand-Maman et de Maman dans la foule, mais, avec cet éclairage et les dimensions immenses de la pièce, elle ne put que lancer un coup d'œil en direction de la table vingt-six.

Quand Katherine et elle atteignirent le bas des marches, elles soupirèrent toutes les deux et prirent place dans les rangs sur la piste de danse. Là, alors que la piste se remplissait, les débutantes s'écartèrent pour former une allée. Les portes de la salle de bal s'ouvrirent et le personnel de Grosvenor House fit entrer un gâteau blanc géant couvert de bougies vers le fond de la pièce. Une marche de Haendel accompagna l'avancée du gâteau. La lente progression de l'énorme pâtisserie s'arrêta aux pieds de la duchesse douairière de Northumberland, invitée d'honneur qui jouerait le rôle de la reine Charlotte en cet étrange hommage.

Le chef qui avait créé l'énorme gâteau s'avança muni d'une épée d'argent. Ensemble, la douairière et lui coupèrent la première part entre les longues bougies qui luisaient dans la pièce sombre. Les bracelets ornés de la duchesse se balançaient à chacun de ses mouvements. Elle finit par rendre l'épée au chef, son devoir accompli.

Toutes ensemble, comme des plumes lancées dans les airs et retombant délicatement jusqu'au sol, les servantes s'affaissèrent en une grande révérence devant le gâteau. Ce geste était effectué avec tant de sérieux que Lily dut contenir un rire. Jamais elle n'aurait imaginé s'incliner devant une pâtisserie.

Près d'elle, Katherine sembla chanceler un peu, et elle se demanda si son amie aussi avait du mal avec ce curieux mélange de ridicule et de solennité dans lequel elles s'étaient retrouvées.

Lorsque Lily releva la tête, elle vit que la duchesse avait fait un pas en arrière. Bien vite, le personnel se mit à couper le gâteau et les filles se précipitèrent pour apporter les parts à leur table.

La saison des bals de Londres avait officiellement commencé.

19

LILY ÉTAIT ASSISE À L'ARRIÈRE DE L'ÉNORME Rolls-Royce des Norman, qui bifurqua à toute vitesse sur Sloane Square avant de tourner à droite sur Cliveden Place. Près d'elle, sur la banquette, se trouvait une longue housse contenant la robe qu'elle porterait ce soir-là. Ses perles, ses chaussures, ses bas et ses gants étaient rangés dans une valise posée sur ses genoux, avec son sac pour la soirée contenant son rouge à lèvres et son poudrier.

Elle avait dit à Katherine que ce n'était pas la peine d'envoyer la voiture pour venir la chercher, et tant pis si elle devait marcher de Harley Gardens jusqu'à Eaton Square à cause de la grève des chauffeurs de bus qui avait commencé quelques jours plus tôt, entraînant une pénurie de taxis. Avec de bonnes chaussures, ça n'aurait pas été infaisable, mais Katherine avait insisté.

— Faisons de cette soirée un véritable événement. Et puis, à quoi ça sert que mon père ait une voiture avec chauffeur si je ne peux pas en faire profiter mes amies ? avait demandé Katherine en riant à l'autre bout du fil.

Lily avait donc attendu que l'énorme voiture se présente devant la maison, tentant de ne pas se laisser atteindre par le fait que sa mère avait regagné sa chambre dans tous ses états parce que les voisins de toute la rue l'épiaient de derrière leurs rideaux. Grand-Maman aurait sûrement haussé les sourcils, comme elle l'avait fait lorsque Lily était arrivée à leur table lors du bal de la reine Charlotte avec les assiettes de gâteau.

— Je vois que tu as choisi une compagne intéressante pour descendre l'escalier, avait-elle dit.

— J'ai choisi une femme d'une grande intégrité, que je suis fière d'avoir comme amie, avait-elle répondu.

Le coin des lèvres de Grand-Maman s'était soulevé, et Maman avait dit à voix basse :

— Katherine Norman, Lily ?

— Parfois, Josephine, la chance sourit aux audacieux, avait répondu Grand-Maman.

Après cet épisode, Maman avait semblé cesser de lutter contre Katherine – ou n'importe qui d'autre, en réalité – maintenant que la saison des bals avait commencé. Même si certaines personnes comméraient dans le dos de Katherine et Doris lors des soirées, il était indéniable que les filles de Mrs Kingsley apportaient un certain éclat à ces événements. Ce n'était pas qu'une question d'argent : Katherine avait une aisance naturelle et attirait tout le monde dans son cercle sans se poser la question de savoir qui étaient leurs parents. Doris s'était avérée une excellente danseuse, se servant de sa taille à son avantage, ce qui l'avait rendue populaire auprès des hommes puis – à leur tour – des femmes qui voulaient fréquenter ces hommes. Mais c'était surtout la présence de Philippa et d'Ivy dans leur petit groupe de cinq qui leur apportait une touche de raffinement et d'innocence.

Lily leva la tête au moment où la voiture s'arrêtait devant l'une des immenses maisons blanches d'Easton Square.

L'élégante façade était éclairée comme un théâtre du West End, les colonnades plongées dans une chaude lumière jaune. La société n'approuvait pas spécialement la fortune des Norman, mais il était indéniable que ces derniers avaient choisi de vivre à l'une des adresses les plus enviables de Londres. Lily se demanda combien de personnes souhaitaient empêcher Walter et Kitty Norman de faire partie de la haute société parce qu'ils occupaient une maison d'Easton Square entière alors que de nombreuses vieilles familles avaient été obligées de vendre la leur pour la diviser en appartements après la guerre.

Le chauffeur des Norman sortit et ouvrit la portière de Lily. Tandis qu'elle se glissait hors de la voiture, une fenêtre du deuxième étage s'ouvrit et Doris sortit la tête.

— Lily ! cria-t-elle en lui faisant signe.

Ivy se joignit à elle, et Lily dut réprimer un rire en pensant combien la grand-mère d'Ivy serait horrifiée si elle voyait sa petite-fille se donner en spectacle de la sorte.

— Tu es enfin arrivée ! cria Ivy.

— Je monte dans un instant ! répondit-elle, en se demandant avec un sourire ce que les voisins penseraient en voyant des débutantes traîner à la fenêtre du deuxième étage de la maison des Norman.

La porte d'entrée s'ouvrit et une gouvernante excédée se hâta de la faire entrer.

— Bonsoir, Miss Nicholls. Je suis Mrs Kent. Miss Katherine m'a demandé de vous faire monter dès que vous arriveriez.

Il y eut un bruit sourd au-dessus de leurs têtes, et Mrs Kent prit une grande inspiration pour se calmer.

— Voudriez-vous que je confie votre robe à une femme de chambre pour qu'elle la repasse ?

— Si ça ne vous ennuie pas.

— J'en serais ravie. Si vous voulez bien me suivre.

Lily et Mrs Kent gravirent les marches jusqu'au deuxième étage. Dès qu'elles furent arrivées sur le palier, Lily entendit les hurlements de Little Richard qui chantait *Tutti Frutti* sur le tourne-disque. Des rires s'échappèrent d'une porte entrouverte.

Mrs Kent parut hésiter, regardant la porte d'un air soupçonneux comme si elle s'approchait de la cage d'un tigre.

— Je suis sûre que je vais trouver mon chemin à partir d'ici, dit Lily.

La gouvernante la regarda d'un air reconnaissant.

— Je vais envoyer une femme de chambre pour votre robe, Miss Nicholls.

Lily la remercia. Dès que Mrs Kent eut battu en retraite dans le couloir, elle poussa la porte. La pièce était une explosion de tulle, de mousseline et de satin dans un arc-en-ciel de couleurs. Une immense armoire y trônait, les portes grandes ouvertes et la moitié des cintres vides. Son contenu semblait étalé sur toutes les surfaces ; Doris tenait une robe bleu sarcelle contre sa poitrine et virevoltait sur place. Lorsque ses yeux se posèrent sur Lily, elle sourit.

— Elle est là ! cria-t-elle.

Les autres filles se réunirent autour d'elle, et Lily fut accueillie par des acclamations.

— Tu en as mis du temps, lui reprocha Katherine, qui s'était levée de la coiffeuse où elle se parfumait à l'aide d'un pulvérisateur.

— Je t'ai dit que je pouvais venir à pied, protesta-t-elle en riant.

Katherine embrassa Lily sur la joue.

— Non, c'est inacceptable. Ce soir, on sort avec panache. Mrs Kent a-t-elle pris ta robe pour la faire repasser ?

— Oui, elle semblait heureuse d'avoir une excuse pour s'éloigner d'ici, plaisanta Lily.

— Je crois que je l'effraie plus encore que je n'horrifie les matrones dans les cocktails.

— Regardez-vous, vous êtes déjà magnifiques ! s'exclama Lily avec un sourire en admirant ses amies.

— J'ai hâte de dîner, dit Doris. Mrs Groves a promis de nous trouver des cavaliers pour ce soir.

— Philippa a téléphoné pour nous dire que ce sont tous d'excellents danseurs, mais elle refuse d'avouer qui ils sont, lui apprit Katherine.

— Alors j'imagine que nous allons devoir nous hâter d'arriver chez elle pour le découvrir.

Ivy se leva d'un bond, à bout de souffle, en portant contre elle une robe jaune vif avec un motif en soleil qui tombait en plis creux sur la jupe jusqu'à la poitrine.

— Lily, Katherine veut me prêter cette robe pour ce soir.

— Elle n'a pas de chaperon, donc elle peut porter ce qu'elle veut, ajouta Doris en attrapant Ivy par les épaules pour lui embrasser la joue. Nous ne tolérerons pas les vêtements blancs de ta grand-mère ce soir, ma chérie.

— Elle est très belle. Je crois que tu devrais la mettre, approuva Lily avec assurance.

— Est-ce qu'elle m'ira ?

— Avec une aiguille et du fil, on va la faire aller à merveille.

Ivy regarda la robe avec envie en passant la main sur les plis.

— Grand-Maman va être tellement fâchée.

— Comment pourrait-elle le savoir ? demanda Doris en se laissant tomber sur le tabouret tufté devant le miroir pour fouiller dans une collection de rouges à lèvres sur la coiffeuse.

— Oh, elle le saura, fit Ivy avec un grand sourire. Mais je m'en fiche.

— À la bonne heure ! se réjouit Katherine. Essaie-la.

Ivy détala derrière un paravent, et Lily et Katherine échangèrent un regard.

— Tu as une très mauvaise influence, lança Lily à voix basse.

— Je crois que j'ai une très bonne influence. Elle sera plus heureuse dans cette robe que dans n'importe laquelle de ses tenues blanches à nœuds et volants. Tu devrais voir celle dans laquelle elle est arrivée, murmura Katherine.

Lily eut un rire, et Doris se tourna vers elle.

— Lily Nicholls, on se demandait quelque chose…, entama Doris.

— Oui ! cria Ivy derrière le paravent.

Katherine sourit malicieusement.

— Raconte.

— Raconter quoi ? demanda-t-elle en s'asseyant au bord du lit de Katherine.

— Eh bien, je n'ai pas pu m'empêcher de remarquer au bal de la reine Charlotte qu'un certain gentleman est venu te voir avant même que nous ne nous soyons assises et a dansé trois fois avec toi après la découpe du gâteau, dit Doris.

— J'ai dansé avec beaucoup d'hommes ce soir-là, murmura Lily en baissant les yeux sur la couette en satin crème de Katherine.

Elle passa un doigt sur ses motifs matelassés.

— Ne joue pas les innocentes, la reprit Katherine.

— Oui, c'est le rôle de Philippa, d'habitude. Elle refuse de me raconter quoi que ce soit sur David, même si c'est mon frère, se plaignit Doris.

— C'est probablement pour ça qu'elle ne veut rien te dire.

— Oh, abrège leurs souffrances ! soupira Katherine. Elles veulent en savoir plus sur Ian Bingham. Elles ne parlent que de ça.

— Ce n'est pas vrai, protesta Ivy derrière le paravent.

Elle avait répondu si vite que c'en était suspect.

— Tu étais aussi curieuse que Philippa, marmonna Doris.

— Je suis indignée au nom de Philippa, mais je suis d'accord avec le fond, dit Ivy en sortant de derrière le rideau.

— Oh, Ivy ! soupira Lily. Tu es superbe.

— C'est une belle robe, n'est-ce pas ? demanda Ivy en passant les mains sur le tissu de la jupe. La couleur est si chaude.

Lily se plaça derrière son amie et étudia la taille d'un œil expérimenté.

— Il faut l'ajuster un peu ici au niveau de la poitrine. Quelques points devraient suffire pour ce soir, puisque c'est censé être temporaire. Katherine, as-tu une boîte à couture dans ce bazar ?

Katherine ouvrit un tiroir et commença à fouiller à l'intérieur. Elle tendit une aiguille et du fil à Lily, qui se mit au travail.

— Ne bouge pas, Ivy, sinon je vais t'embrocher.

— Je me sens comme une dame georgienne pour qui on coudrait une robe sur mesure, plaisanta Ivy avec un rire frivole.

En se mettant à l'œuvre, Lily finit par raconter :

— J'ai dansé plusieurs fois avec Ian l'autre soir, en effet. Je l'aime bien, mais vous le savez déjà.

— Mais tu l'aimes, ou tu l'*aimes* ? demanda Doris, allant droit au but.

Elle rit.

— Je ne sais pas encore. Je ne le connais pas assez pour le dire.

— Qu'est-ce que tu sais, au juste ? demanda Katherine.

Elle posa ses instruments de couture et repensa à toutes leurs rencontres.

— Il est intelligent, et il me parle comme si j'avais vraiment quelque chose dans le crâne. Il est assez sérieux, mais amusant quand même. Il doit être observateur, car il semble toujours sentir quand je suis mal à l'aise ou en plein doute. Parfois, je me dis : « Je ne sais pas quoi dire ou à qui parler », et si je le vois à une soirée, il est là pour moi.

— Et en plus il est beau, ce qui ne gâche rien, ajouta Ivy.

— Et grand, conclut Doris d'un air songeur.

Lily rit.

— Il est grand et beau. Mais, surtout, j'aime le fait que, lorsqu'il discute avec moi, je n'ai pas l'impression d'être en compétition avec toutes les autres femmes de la pièce pour obtenir son attention. Il m'écoute et il semble vraiment vouloir savoir ce que j'ai à dire.

— Je n'imagine même pas ce que ça fait. Vendredi dernier au cocktail de Madeline Cargrew, Robert Bellingham m'a appelée Debbie deux fois en l'espace d'un seul gin orange, dit Doris.

— Pourquoi ne l'as-tu pas corrigé la première fois ? demanda Katherine.

— Je l'ai fait.

— Tu crois que Ian t'aime bien ? demanda Ivy tandis que Lily faisait un nœud et coupait le fil avant de commencer les retouches de l'autre côté.

— Il l'aime suffisamment pour lui avoir envoyé des fleurs à son cocktail, leur apprit Katherine malicieusement.

— Lily ! s'exclamèrent les autres.

— Il m'a envoyé des fleurs pour être poli. Il ne pouvait pas venir.

— Les hommes de vingt ans qui étudient à l'université ne font jamais rien par pure politesse. Il t'aime bien, insista Katherine.

Peut-être qu'une petite partie de Lily espérait que ce soit vrai. Mais elle n'avait pas voulu trop se pencher sur la question de peur que tout parte en fumée.

— Je me demande ce que Gideon en pense, fit Doris avec un sourire avant de se glisser derrière le paravent.

— Qui est Gideon ? demanda Katherine en feignant de s'évanouir. Il n'y a plus que Ian à présent.

— Tu es ridicule, la réprimanda Lily.

— N'est-ce pas pour ça que tu m'aimes bien ?

— Dieu seul sait pourquoi, mais c'est vrai.

La porte s'ouvrit et une femme de chambre entra avec la robe de Lily fraîchement repassée. L'apparition de ce nouveau vêtement détourna l'attention des autres filles qui se mirent à roucouler en l'apercevant, même Doris passa la tête de derrière le paravent pour signifier son approbation.

— Merci, dit Lily avant que la femme de chambre ne se retire avec un signe de tête.

— Elle est ravissante, apprécia Ivy en passant la main sur le bord de la jupe fendue couleur menthe qui laissait apparaître un jupon ivoire.

— C'est toi qui l'as faite ? demanda Katherine.

Elle examinait le détail dentelé au centre de la bande blanche qui composait le décolleté sans bretelles.

— Oui. Audrey Hepburn en porte une comme ça dans *Sabrina* et j'ai voulu la recréer.

Katherine pencha la tête en arrière.

— Il n'y a que toi pour voir une robe Givenchy et se dire : « Je peux la refaire. »

— C'est toi qui l'as cousue ? demanda Doris, incrédule.

Lily hocha la tête. Katherine reprit :

— Madame Benum, ma couturière, m'a dit que c'était dommage que Lily soit une débutante. Elle l'aurait embauchée comme assistante en une fraction de seconde.

— Madame me flatte.

— Madame ne flatte personne, j'en sais quelque chose.

— Tu imagines si j'annonçais à Maman que je voulais abandonner ma saison pour devenir couturière ? Elle s'enfermerait sûrement dans sa chambre et refuserait d'en sortir pendant une décennie.

Et Grand-Maman nous déshériterait.

— De nombreuses débutantes ont ouvert leur magasin de robes au fil des années, rétorqua Katherine.

— Après leur saison, précisa Lily.

— Ou après leur divorce, ajouta Doris en sortant de derrière le paravent.

Elle se tourna vers Ivy pour qu'elle l'aide avec sa fermeture Éclair.

— Eh bien, nous n'avons pas à nous inquiéter de ça ce soir. Lily, nous devrions nous préparer, rappela Katherine.

Lily se hâta de passer derrière le paravent et enfila sa robe par-dessus son corset. Elle n'avait pas besoin de jupon supplémentaire, ce qu'elle apprécierait certainement après avoir passé plusieurs heures à danser.

Lorsqu'elle sortit pour montrer sa tenue à ses amies, Katherine sourit chaleureusement.

— Parfait.

Celle-ci alla se changer, et Lily retoucha son rouge à lèvres rouge carmin. Elle sortit ses gants de soirée de sa valise.

— Attends, laisse-moi t'aider, proposa Doris en tendant la main.

Lily lui passa les gants, et son amie l'aida à enfiler le droit sur son bras et à fermer la rangée de petits boutons au niveau du poignet.

— Ils sont très beaux, dit Doris.

— Ils appartenaient à ma mère avant la guerre.

— C'est incroyable qu'ils soient encore en si bon état. Toutes ces années et pas une tache.

Doris leva les yeux, l'air horrifié.

— Oh, Lily. J'ai le don de mettre les pieds dans le plat. Je suis désolée.

— Ce n'est rien, répondit Lily, mais elle sentit son moral baisser un peu.

Doris avait raison. Ces gants étaient en parfait état parce qu'ils n'avaient pas servi. C'étaient des artéfacts de la vie antérieure de Maman. Avant la guerre. Avant la mort de Papa. Avant que tout ne change.

Maman avait aimé Papa si fort que, lorsqu'il était mort, elle avait failli se briser. Autrefois, Lily ne le supportait pas – et peut-être était-ce encore le cas ; sa mère était une femme brisée depuis si longtemps que Lily avait dû devenir adulte bien avant qu'une enfant normale n'ait à se préoccuper de ce genre de choses. Mais à présent, elle était surtout troublée à l'idée d'un tel amour, puissant au point de dévaster une femme si attachée à la tradition, au point de la pousser à refuser de fréquenter un monde dépourvu de l'être aimé.

Elle craignait l'intensité de cet amour, sa capacité de destruction, mais elle savait qu'il existait une autre facette. Une joie qu'elle n'était pas sûre de connaître un jour.

Tu pourrais, si tu t'y autorisais.

Doris recula en lui lâchant la main gauche.

— Et voilà, c'est bon.

Lily regarda sa main gantée. Elle n'avait même pas vu que Doris avait fini de boutonner l'autre.

— Attends, laisse-moi t'aider, dit-elle pour rendre la pareille à Doris au moment où Katherine réapparut, resplendissante dans sa robe argentée couverte de paillettes.

Toute la pièce se retrouva à nouveau plongée dans la cacophonie des débutantes qui se préparaient.

20

LE DÎNER FUT UN FRANC SUCCÈS, et même le père taciturne de Philippa se joignit aux rires qui avaient commencé avec l'arrivée de Katherine, Doris, Ivy et Lily. Comme promis, Mrs Groves avait trouvé des cavaliers pour les filles. Lily s'était assise près d'un des amis du frère de Philippa, un éleveur de chevaux irlandais appelé Brian Walsh, pourvu d'un sourire espiègle et d'une touffe de cheveux blonds qui restaient tant bien que mal en place sous la brillantine. Il passa le dîner à la taquiner, ainsi que le reste des convives.

Ce fut au bras de Brian qu'elle entra dans la salle de bal du Savoy.

— Regarde tout ce monde, dit Lily en observant les filles vêtues de tout un éventail de couleurs et leurs cavaliers en noir et blanc.

— Et il n'est que dix heures et demie. Ce sera encore plus bondé avant la fin de la soirée.

— Ce n'est clairement pas ton premier bal de débutante.

Brian lui sourit de travers.

— Je l'avoue. Ma sœur jumelle a fait sa saison l'an dernier, mais elle est tellement passionnée d'équitation qu'elle a décidé de n'assister qu'aux bals autour du Dublin Horse Show. Tu montes à cheval ?

— Très mal. J'ai fait quelques tours de piste sur un poney plusieurs fois à l'école, mais c'était il y a des années.

L'équitation – et à plus forte raison l'entretien d'un cheval – était une dépense que Maman ne se serait jamais permise.

— Ma cousine Georgie en fait.

— Eh bien, il faudra que je te fasse monter quand tu viendras à Dublin. Je dirai à ma cousine Margaret que nous nous sommes rencontrés. Elle débute aussi cette année.

Elle le dévisagea, sachant très bien que, s'il parlait d'elle à Margaret, celle-ci devrait l'inviter à son bal. Si elle acceptait, il reviendrait à la famille Walsh de lui trouver un endroit où séjourner – souvent la demeure d'un ami de la famille qui demanderait sûrement la même faveur en retour lorsque sa fille ou sa nièce organiserait son propre bal. Cependant, la façon dont Brian la regardait la laissait penser qu'elle aurait peut-être l'honneur de rester auprès de la famille, dans l'espoir de leur donner plus de temps pour faire connaissance.

Elle essaya un moment d'imaginer un futur en tant que Mrs Brian Walsh. C'était un homme robuste, au teint légèrement hâlé et rougi par le temps passé à s'occuper des chevaux, mais de la plus positive des façons. De ce qu'elle avait compris au dîner, les Walsh vivaient toujours à Glen Dara, la demeure de la famille datant du XVIIIe siècle, juste en dehors de Dublin. La noble tâche d'élever et entraîner des chevaux rythmait toute leur vie, ce qui impliquait des concours hippiques, des chasses et des bals de chasse. D'une citadine londonienne, elle deviendrait une dame de la campagne, vêtue de tweed et de bottes de cheval. Elle apprendrait sans doute à monter correctement, car cela ferait plaisir à Brian, et elle pourrait même y trouver du plaisir. Elle ne pensait pas se flatter en se disant qu'ils formeraient un joli couple, tous deux grands et blonds aux joues rouges. Grand-Maman et Maman ne se plaindraient sûrement pas du fait qu'il était irlandais, et elle s'éloignerait de l'Angleterre qu'elle connaissait si bien pour découvrir l'Irlande. Elles seraient sans doute ravies de voir Lily si bien installée.

Le seul problème était qu'elle se sentait parfaitement indifférente à l'idée d'emprunter un tel chemin de vie.

— Et si nous dansions ? demanda Brian.

— La chanson n'est pas terminée, remarqua-t-elle alors que Joe Loss et son orchestre arrivaient au deuxième couplet de *It Had To Be You.*

— Pourquoi attendre ?

Il passa son bras droit derrière le dos de Lily et se saisit de sa main libre. En riant, ils rejoignirent la piste et Brian la fit adroitement esquiver un couple venant de leur droite, le cavalier comptant soigneusement ses pas pendant que sa partenaire poussait des cris de joie chaque fois qu'ils tournaient.

— C'était moins une, dit Brian en attirant Lily vers lui.

Elle essaya de se détendre dans son étreinte, ferma les yeux et se laissa envelopper par le léger parfum citronné et boisé de son eau de Cologne Floris n° 89. Il était gentil. La plupart des prétendants des débutantes l'étaient, du moins en compagnie des femmes.

Elle repensa au moment où, plus tôt dans la soirée, ses amies l'avaient questionnée sur Gideon et Ian. Gideon représentait sans doute le lot derrière lequel Maman souhaitait la voir courir – et certainement le choix de Grand-Maman aussi. Si sa vie avec Brian serait remplie de chevaux et de passe-temps de campagne, une existence en tant que Mrs Gideon Moore la placerait au cœur de la société. Cela correspondait parfaitement à Gideon : un homme qui avait le rire facile, toujours partant pour aller dîner ou danser, une bouteille de champagne à portée de main. Mais il avait plus de profondeur que ça. Elle l'avait bien vu dans les moments où il avait pris la peine de l'aider.

Ian, d'un autre côté, paraissait très respectable, et fiable. Il maintenait une certaine distance, même s'il étudiait la situation et essayait de comprendre tout ce qui se passait. Il n'avait peut-être pas le panache d'un soldat au volant d'une voiture de sport, mais il avait une certaine présence, et elle ne pouvait pas s'empêcher de penser que tous les moments qu'il avait passés avec elle lui appartenaient pleinement. C'était un homme droit, qui la prenait au sérieux, et elle appréciait cette sensation nouvelle et confortable.

Comme si ses pensées l'avaient invoqué, Gideon entra dans son champ de vision. Elle sursauta quand il tapota l'épaule de Brian. Ils arrêtèrent de danser, et Brian la prit sous son bras d'un geste protecteur.

Gideon sourit d'un air contrit.

— Je suis navré, mon vieux, mais pourrais-je t'emprunter un instant ta partenaire ? J'ai un léger problème, et j'ai bien peur que Lily soit la seule personne raisonnable de toute l'assistance.

Encore ce mot. *Raisonnable.*

— Un problème ? releva-t-elle.

Il prit un air sombre.

— Leana.

— Elle m'a à peine adressé la parole depuis le bal de la reine Charlotte. Pourquoi aurait-elle besoin de moi ?

Gideon baissa la voix.

— Leana est très joyeuse, ce soir.

Cela ne pouvait vouloir dire qu'une seule chose, la concernant. Elle était ivre à vingt-deux heures trente durant l'un des premiers bals de la saison.

Une rancœur dont elle n'était pas particulièrement fière s'empara d'elle. Elle se demanda si Leana avait intentionnellement trop bu pour que les gens se précipitent à son secours. Puis, elle se souvint de l'empressement avec lequel Leana l'avait adoptée, son urgence de faire de Lily *son* amie. Peut-être y avait-il de la manipulation dans le comportement de son ancienne amie, mais celui-ci trahissait surtout de la tristesse.

Elle se tourna vers Brian.

— Il faut que j'aille la voir.

Brian recula et s'inclina galamment.

— Bien sûr. Nous pourrons peut-être danser à nouveau plus tard.

— Une danse entière, cette fois, promit-elle.

Gideon la prit délicatement par le coude pour l'éloigner. Elle se retourna et vit que Brian avait déjà quitté la piste, les yeux rivés sur un groupe de débutantes qui gloussèrent à son approche.

— Je suis désolé, mais tu es la seule qu'elle écoute vraiment quand elle est dans cet état.

— Dans quel état, au juste ? demanda Lily, sans même chercher à répondre que Leana n'écoutait personne si cela ne lui convenait pas.

— Celui que tu crois, puisqu'elle a bu trois martinis avant le dîner, dit-il à voix basse.

— Trois ? répéta-t-elle, sidérée.

— Et puis un bon vin blanc, suivi d'un bordeaux et d'un peu de porto.

— Tout le monde a bu autant ?

— Tout le monde n'est pas comme Leana. Crois-moi, elle s'en assure.

Lily soupira.

— Charmant, lança Gideon.

— Quoi donc ?

Il fit un signe de tête en direction de Brian.

— Je trouve aussi.

Elle regarda par-dessus son épaule et vit Brian en train de discuter avec une petite brunette au bord de la piste.

— Mais peut-être pas assez.

— Ce n'est rien de personnel. Je sais de source sûre que Walsh père est très malade. Cancer des poumons, paraît-il. Le jeune Brian pourrait bien hériter plus tôt qu'il ne l'espérait.

— C'est terrible.

Gideon lui lança un regard en biais.

— Nous sommes tous motivés par quelque chose. Walsh a besoin d'une femme pour l'aider à gérer Glen Dara et, j'imagine, payer le coût d'entretien. Mon père me supplie de me caser, même si Dieu sait que je n'ai que vingt-six ans. Et puis il y a Leana.

Il s'arrêta net devant un panneau lambrissé sur le mur de la salle de bal et le poussa pour révéler une porte dérobée menant à une sorte d'antichambre. Un rire aigu s'éleva par-dessus le son de l'orchestre au moment où Lily pénétrait à l'intérieur.

— Regarde qui j'ai trouvé ! annonça Gideon à Leana, qui gisait affalée sur un canapé en velours rose, sa jupe bleu clair traînant par terre.

Elle reposait lourdement sur Raymond, un verre à la main. Dans un coin, Cressie et Rupert se disputaient, et Cecil, assis avec une fille au teint pâle que Lily n'avait jamais vue, sourit poliment en la voyant entrer, mais son visage s'assombrit à nouveau.

Les yeux humides de Leana s'arrêtèrent momentanément sur Lily, et la débutante de l'année pencha la tête en arrière de façon exagérée.

— Tu as fini par trouver tes amies un peu trop ordinaires à ton goût, donc tu reviens en rampant ?

Lily se raidit.

— Si tu me parles encore une fois comme ça, je m'en vais.

— Leana, sois gentille, la tança Gideon.

— Tu passes tout ton temps avec *ces filles-là*, maintenant, reprit Leana. (Elle fit un geste vague en direction de la porte désormais fermée et renversa un peu de son verre sur ses longs gants ivoire.) Ce n'est pas juste.

— Personne n'est mieux que toi, ma chérie. N'importe qui doté d'un minimum de goût le sait ! cria Raymond.

Son visage rougeaud ne laissait aucun doute sur le fait qu'il était dans le même état que Leana.

— Troy, laissons une chance à ces dames de discuter. Pour régler leur querelle, ce genre de choses, proposa Gideon avec une jovialité forcée.

Cecil bondit sur ses pieds et entraîna sa cavalière avec lui, mais Raymond ronchonna un peu. Il se remit péniblement debout, puis quitta la pièce par la porte que Gideon maintenait ouverte. Cressie voulut bouger dès que Rupert se releva, mais Lily fit un geste dans sa direction.

— Non, reste.

Elle n'allait pas passer l'intégralité de son premier bal à s'occuper de Leana. Pas quand elle savait qu'elle n'obtiendrait rien d'autre en retour que des mauvais traitements.

Cressie fit la moue, mais elle se rassit et commença à jouer avec les plis de sa jupe rose et blanc.

« Merci », articula silencieusement Gideon en fermant la porte.

« Tu m'en dois une », lui répondit-elle avec les yeux.

Une fois la porte close, Lily s'accroupit pour se mettre au niveau de Leana. Posant ses bras sur ses genoux, elle dit :

— Tu es ivre.

Leana ramena ses cheveux noirs en arrière et laissa échapper un hurlement de rire.

— Finement déduit de la part du bas-bleu.

— Lily, ne…, commença Cressie, mais Lily l'interrompit en secouant la tête.

— Non. Leana a besoin de l'entendre. Tu es ivre, et tu risques de te ridiculiser si tu bois davantage.

Leana rit.

— Me ridiculiser ? Qui oserait se moquer de moi ? Je suis la débutante de l'année. Les journaux en ont décidé ainsi.

Elle décida de jouer sur sa vanité.

— Et en tant que débutante de l'année, on en attend davantage de toi.

Le regard de celle-ci tomba au fond de son verre, mais ses doigts demeuraient fermement agrippés autour.

— Maintenant, tu vas me confier ton verre. Ensuite, tu vas boire une grande quantité de café et rester assise ici jusqu'à ce que tu sois assez sobre pour sortir et monter dans un taxi sans te couvrir de honte.

Le visage de Leana se plissa comme si elle venait de manger quelque chose de dégoûtant.

— Pas étonnant que Maman m'ait prévenue de ne pas m'approcher de toi. Je pensais que c'était parce que tu es pauvre et issue d'une famille moyenne, mais en fait tu es aussi amusante que ta mère, Old Vic, gloussa Leana, avant de porter son verre à ses lèvres.

Elle réussit à en verser la majeure partie dans sa bouche. Lily prit une grande inspiration pour se calmer. La logique lui disait que Leana s'en prenait à elle pour les mêmes raisons que n'importe qui : elle était vulnérable, elle avait mal, elle avait peur. Mais cela n'enlevait rien à sa douleur.

— Peut-être que ta mère avait raison, mais *moi aussi* j'ai raison et tu le sais, sinon tu ne te comporterais pas comme ça.

— Et comment est-ce que je me comporte ? ricana Leana.

— Comme une enfant qui saute dans tous les sens pour attirer l'attention de sa mère.

Elle en savait quelque chose. Pendant des années, elle avait été cette enfant, mais sa façon à elle d'obtenir l'affection de sa mère et de sa grand-mère avait consisté à devenir une petite fille modèle au point de ne plus penser à rien d'autre. Plus elle passait du temps avec des gens comme Leana, plus elle se rendait compte que la société – le monde dans lequel les femmes les plus importantes de sa vie voulaient tant la voir évoluer – n'était pas faite pour elle.

Leana ne répondit pas, et Lily se leva pour épousseter sa jupe.

— Je vais faire apporter du café et de l'eau.

Pendant un moment, elle crut que Leana allait protester, mais, au lieu de ça, celle-ci tendit son verre presque vide à Lily.

— J'ai fini, annonça-t-elle en essayant de se lever.

Ses pieds glissèrent lentement sous son poids et elle retomba sur le sofa.

— Tu as fini, mais tu ne vas pas quitter cette pièce.

— Et moi, qu'est-ce que je suis censée faire ? couina Cressie depuis son coin.

— Tu restes assise ici et tu t'assures qu'elle fasse bien tout ce que j'ai dit. C'est ce que font les meilleures débutantes les unes pour les autres.

Elle prit la porte, puis jeta un dernier coup d'œil derrière elle : Cressie était encore bouche bée.

21

LILY QUITTA L'ANTICHAMBRE en se sentant plus légère qu'elle ne l'avait été depuis un certain temps. Avant ce jour, elle n'avait jamais réussi à se défaire de la culpabilité qui pesait sur elle, même quand les choses avaient tourné au vinaigre avec Leana. Désormais, elle avait tracé une ligne au sol et elle savait de quel côté elle se trouvait, même si une part d'elle-même ne pouvait s'empêcher de faire le deuil de ce qui aurait pu être.

Lily avait vu des bribes de la véritable Leana, derrière le vernis sous lequel elle passait la saison. Seule et en colère, Leana s'accrochait au peu de pouvoir qui lui restait dans un monde où les femmes étaient tellement dépréciées qu'elles ne disposaient que rarement de ce privilège. Mais ces moments étaient trop souvent recouverts sous des couches de jugement et d'amertume que Leana portait sur les épaules comme une étole de vison, profitant de la vue des gens qui se pliaient en quatre pour lui plaire. Pour la soutenir. Cela résidait dans les compliments ambigus que Leana distribuait tout en mettant au pas son groupe d'acolytes, et dans la façon dont elle devait absolument briller plus que les autres. Lily avait vu les traces de méchanceté qui vivaient sous le masque de la débutante parfaite, la fille anxieuse, la femme en colère, et elle avait décidé qu'elle ne voulait plus la côtoyer.

Cependant, elle savait ce qui se passerait pour une débutante comme Leana si sa tendance à l'ébriété s'ébruitait. Une telle rumeur traverserait tous les salons de la haute société londonienne avant la prochaine soirée. L'un des joyaux de la saison perdrait un peu de son éclat, et bon nombre de filles s'en réjouiraient car, s'il y avait bien une chose que la société aimait encore plus qu'une débutante parfaite, c'était que l'une des chéries des journaux mondains se révèle désespérément humaine.

Lily secoua la tête et longea le mur de la salle de bal, souriant aux débutantes discrètes assises sur des chaises dorées qui regardaient la piste d'un air anxieux. Quand elle sortit enfin, le bruit du bal se dissipa autour d'elle. Elle prit une si grande inspiration que les baleines de sa robe vinrent appuyer douloureusement sur son corset, et elle expira longuement et lentement. Elle n'avait qu'une seule tâche à accomplir avant de pouvoir à nouveau profiter de la soirée.

Lily avait parcouru la moitié du couloir richement moquetté lorsque Ian apparut de l'autre côté.

— Bonsoir, dit-elle en s'arrêtant net. (La large fente de sa surjupe laissa apparaître ses talons argentés.) Je ne savais pas que tu serais là.

— Je suis très occupé à cause de l'université, mais j'ai demandé une invitation et un trajet jusqu'à Londres quand j'ai appris que mon ami Ralph était un cousin de Miss Simmonds, dit-il avec un grand sourire en prononçant le nom de l'hôtesse du jour.

— Oh, je vois.

Ses yeux s'adoucirent tandis qu'il s'approchait d'elle lentement, comme s'il lui laissait le temps de s'éloigner. Il posa une main sur sa peau nue, entre son épaule et le haut de ses longs gants. Elle frissonna. Il se pencha pour lui déposer un baiser sur la joue, et elle sentit sa respiration se coincer dans sa gorge. Il hésita un moment, comme arrêté par une réflexion.

— Je suis content de te voir, Lily, dit-il d'un ton doux et intime.

Les lèvres de Lily s'écartèrent, mais, le temps qu'elle prenne la parole, il avait reculé, et la tension entre eux s'estompa.

— Tu vas prendre un peu l'air ? demanda-t-il.

— Non. Je… (Elle hésita.) Je cherchais un membre du personnel.

Il fronça les sourcils.

— Tout va bien ?

— C'est pour une amie. Il semblerait qu'elle ait bu trop de champagne pendant le dîner. Je voulais lui trouver du café.

— Ton amie ne serait pas la fille de mon bienfaiteur, par hasard ?

Lily ne répondit rien, et il se balança en arrière sur ses talons, les mains dans le dos.

— Oui, tu as raison de ne pas me le dire. Ce serait indiscret.

— Je suis désolée.

— Ce n'est rien. C'est tout à ton honneur de ne pas commérer dans le dos des gens.

— Je n'ai pas tant de mérite. La saison semble alimentée par les ragots. Je suis juste fatiguée de cette débutante-là.

— Eh bien, allons trouver quelqu'un qui pourra t'aider pour le café, dit-il en tendant le creux de son bras.

Elle le prit, et ils arrêtèrent le premier employé du Savoy qu'ils croisèrent. Ils n'eurent aucun mal à commander du café et à le faire porter à Leana en s'assurant de la discrétion du personnel. Leana n'était pas la première invitée ivre dont les gens du Savoy avaient à s'occuper.

— Eh bien, c'est fait, conclut Ian en observant l'employé s'éloigner à la hâte pour accomplir sa mission.

— Merci. J'ai apprécié ta compagnie.

— As-tu eu l'occasion de danser ce soir ? demanda-t-il en faisant un signe de tête en direction de la salle de bal.

— J'ai dansé une fois, avec mon cavalier du soir.

Elle remarqua le tressautement de ses mâchoires, comme s'il analysait le fait qu'elle était venue accompagnée et n'aimait pas cette idée, mais se retenait de dire quoi que ce soit parce qu'il n'en avait aucun droit. Il finit par se racler la gorge.

— Un cavalier ?

— Tu as entendu parler du concept de cavalier, n'est-ce pas ? le taquina-t-elle tandis qu'ils approchaient des portes dorées de la salle de bal. (Le son étouffé de la musique et des convives qui riaient leur parvint à nouveau.) C'est le meilleur accessoire qu'une débutante peut porter à cette période de l'année. De plus, ils sont très utiles pour de nombreuses choses, comme appeler un taxi, chercher des verres et récupérer les manteaux.

— Et remplir les carnets de bal.

— Certains s'acquittent mieux de cette tâche que d'autres.

— Et pourquoi ton cavalier n'est-il pas à tes côtés pour t'aider à trouver du café ?

Elle haussa les épaules.

— La dernière fois que je l'ai vu, il invitait une jolie fille de dix centimètres de moins que moi à danser.

— Ce n'est pas très galant.

— On m'a dit qu'il était déterminé à faire quelque chose de la saison, lui aussi – à en croire les rumeurs.

Ils s'arrêtèrent devant la porte, mais aucun des deux ne fit mine de l'ouvrir. Au lieu de ça, Ian lui prit la main et dit :

— Viens avec moi.

Il l'entraîna doucement dans le couloir, la moquette étouffant le son de leurs pas. Tout était silencieux, mais Ian entrouvrit une porte et le son de l'orchestre qui jouait dans la salle River en sortit. Il lui tendit la main.

Une délicieuse ardeur la prit au ventre lorsqu'elle s'en saisit. Même si elle portait des gants, la chaleur de sa peau passait à travers le tissu, et elle prit une grande inspiration quand elle sentit son autre main se poser sur son épaule nue.

— Je ne suis pas très bon danseur. Je connais les bases, mais je n'ai pas eu beaucoup d'opportunités de m'entraîner ces dernières années, admit-il tandis que *The Way You Look Tonight* jouait jusqu'à eux.

Elle sourit. C'était la chanson sur laquelle ils avaient dansé au Colony Club.

— Ce n'est pas grave, promit-elle, et ils commencèrent à se balancer.

— Tant mieux. Je ne veux pas te décevoir.

Elle déglutit et lui lança un regard.

— Comment pourrais-tu me décevoir ?

Il eut un petit rire.

— De tant de façons. Tu es adorable, Lily.

Elle baissa le menton.

— Mais non.

— Tu es belle, mais tu es bien plus que ça. Tu es intelligente, tu as des principes, et je crois que tu es bien plus audacieuse que tu ne veux bien l'admettre.

— Je ne suis pas sûre que l'audace soit une qualité très appréciée chez une débutante.

— Et que doit être une débutante ?

— Une dame avant tout, puis une épouse et une mère, j'imagine. Elle doit savoir affronter chaque situation sociale et soutenir la carrière de son mari de toutes les façons qu'elle peut.

C'était ce que Grand-Maman et Maman avaient fait. C'était ce qu'on attendait d'elle. Pourquoi cette idée lui paraissait-elle incroyablement étouffante ?

Les choses n'avaient pas toujours été ainsi. Elle avait suivi les projets de Grand-Maman parce qu'elle n'avait pas eu d'autre choix, mais, une fois vaincue la déception d'avoir dû quitter l'école plus tôt que prévu, elle s'était faite à l'idée de devenir débutante. Mais qu'en était-il de l'année suivante ? Et de l'année d'après ? Et vingt ans plus tard ? Verrait-elle toujours les mêmes personnes ? Si la saison continuait malgré l'abolition des présentations à la cour, ferait-elle partie des jeunes matrones assises au bord de la piste de danse qui surveillaient leur propre fille au bal ?

Ian la fit tourner et l'attira près de lui de sorte que la joue de Lily repose presque contre la douce laine de sa veste. L'idée était tentante, mais elle se refréna.

— Tu es bien silencieuse, dit-il.

— Je pense à ce que serait ma vie si personne n'avait attendu de moi que je devienne une débutante.

— Qu'aurais-tu fait ?

— J'étudierais pour les examens d'entrée de l'université. J'ai eu une enseignante qui m'a encouragée, et je l'ai croisée à la bibliothèque le mois dernier, par pur hasard. Quand je lui ai dit que je faisais ma saison, j'ai bien vu qu'elle était déçue. J'imagine que je le suis aussi un peu.

— Alors pourquoi avoir accepté de faire la saison ?

— Je n'avais pas vraiment le choix. Maman et moi vivons comme nous le faisons uniquement grâce aux bonnes volontés de ma grand-mère. Ni l'une ni l'autre ne m'en a parlé, mais j'ai cru comprendre que mon père, quoique bon soldat, n'était pas très doué avec l'argent. La maison est le seul bien qui est resté à Maman après le règlement des droits de succession. Maman avait quelques investissements, mais tout a disparu avant mes douze ans. Nous n'avions pas assez d'argent pour m'envoyer à l'école, alors Grand-Maman est intervenue. (Elle eut un petit rire.) Je ne devrais pas te raconter tout ça.

— Pourquoi pas ?

— Parce qu'il n'est pas élégant de parler d'argent.

— Que se passerait-il si tu arrêtais la saison maintenant pour te consacrer à tes études ?

Le désir la tiraillait, mais elle secoua la tête.

— Je ne ferais jamais ça.

Il n'était pas simplement question de la honte qu'elle causerait à Grand-Maman et Maman ; sa grand-mère risquait réellement de couper les vivres à sa mère. Elles étaient déjà peu à l'aise financièrement avec la saison de Lily ; sans l'argent de Grand-Maman, Maman serait anéantie.

Et puis, il y avait la lettre de Dovecote Cottage. Les menaces voilées, les sous-entendus sur l'argent… Tout ça n'avait aucun sens. Quiconque connaissait leur famille savait que seule Grand-Maman était riche. Pas Maman.

— Je sais ce que ça fait de se sentir redevable, dit doucement Ian, attirant à nouveau l'attention de Lily sur lui, sur la danse. Pendant longtemps, je n'ai pas compris pourquoi mon père avait ravalé sa fierté et accepté l'offre de Mr Hartford. Papa est un très bon médecin, mais il venait d'arriver à

Elkenhurst quand il a commencé. Il lui a fallu attendre bien vingt-cinq ans avant que l'autre médecin prenne sa retraite. Ce n'est que maintenant qu'il a suffisamment de patients pour vivre. Quand Mr Hartford a proposé de payer ma scolarité à l'école privée du coin, il ne pouvait pas refuser. Mr Hartford a financé mon éducation jusqu'à l'université, mais cela vient avec son lot de contraintes.

— Quel genre de contraintes ?

— Je dois obtenir mon diplôme et devenir fonctionnaire.

— Comme lui.

— Je deviendrai son assistant et j'apprendrai avec lui jusqu'à ce qu'un poste approprié se libère. Je n'ai aucun espoir de devenir universitaire, j'en ai peur, dit-il avec un sourire triste.

— C'est ce que tu voulais faire ?

— Oui. Devenir ce professeur d'économie vieux jeu vêtu de tweed avec des patchs aux coudes. Je me serais même mis à fumer la pipe pour compléter le tableau, dit-il en riant.

— Et Geoffrey, le frère de Leana ? Mr Hartford n'a pas ce genre d'ambitions pour lui ?

— Il s'est très vite avéré évident que Geoffrey n'avait pas les dispositions pour le travail diplomatique. Il a un tempérament trop imprévisible. J'imagine que c'est l'une des raisons qui l'ont poussé à refuser.

— Et que se passerait-il si tu disais non à Mr Hartford ?

Sa mâchoire tressauta.

— Il a investi en moi, et je crois qu'il attend un retour sur investissement.

Elle comprit soudain.

— Tu crois que si tu ne fais pas ce qu'il veut il te demandera de le rembourser.

— Pas à moi. À mon père. Je ne peux pas prendre ce risque. Cette dette risquerait de mettre à mal toute ma famille.

— Je suis désolée.

— Je me demande parfois ce que serait ma vie si j'étais plus courageux.

— C'est pour ça que tu ne séjournes pas chez les Hartford quand tu viens à Londres ?

— Comment le sais-tu ?

Elle rougit.

— Leana l'a mentionné.

Un sourire naquit sur son visage.

— Tu lui as posé des questions sur moi ?

— Non ! Enfin, pas vraiment.

Il rit.

— Oui, c'est l'une des raisons pour lesquelles je ne dors pas à Hartford House. L'autre, c'est que je me sens toujours comme le fils du médecin, invité dans la grande maison tant qu'il ne touche à rien et qu'il se tient bien.

— Je ne crois pas être la bienvenue à Hartford House en ce moment. Non pas que ça change grand-chose.

Elle se rendait de plus en plus compte que les mises en garde de Maman étaient justifiées.

— Voudrais-tu danser encore ? demanda-t-il sans la lâcher alors même que les applaudissements résonnaient dans la salle de bal près d'eux et que les voix supplantaient la musique pour un instant.

— Oui, je veux bien.

Il hésita.

— Quand pourrai-je te revoir ?

Le cœur de Lily se mit à battre un peu plus vite.

— Quand reviens-tu à Londres ?

Il grimaça.

— Pas avant la fin du mois.

Une idée vint à Lily, qui la fit reculer dans un premier temps, mais elle se souvint qu'il l'avait qualifiée d'audacieuse.

— Dans ce cas, peut-être que tu accepterais d'être mon cavalier au bal de Katherine Norman dans sa maison de famille dans le Surrey le 29 mai ? Je suis sûre que Katherine et Mrs Norman n'y verront pas d'inconvénient.

— Tes amies seront là ?

— Les Imparfaites ?

Il rit.

— C'est comme ça que vous vous appelez ?

— Ça nous correspond bien, non ?

— Pourquoi ?

— Parce qu'aucune d'entre nous n'est la débutante parfaite.

— Les Imparfaites. (Il réfléchit.) J'aime bien.

— Moi aussi. Mais pourquoi veux-tu savoir si elles seront là ?

— Parce que ce sont tes amies, et que rien ne me ferait plus plaisir au monde que vous connaître mieux, elles et toi, Lily Nicholls.

Cette fois, quand il la fit tourner et l'attira près de lui, elle posa sa joue contre sa poitrine et ferma les yeux tandis qu'ils se mouvaient ensemble.

Une fois le morceau terminé, Lily et Ian retournèrent à contrecœur dans la salle de bal ; au lieu de s'éclipser, Ian resta à ses côtés, ce qui lui valut un regard appuyé de Katherine alors même qu'il invitait cette dernière à danser.

— J'en serais ravie, si Lily veut bien te laisser un moment, accepta-t-elle.

Ian et Lily rougirent de concert.

Le groupe se mit à jouer *Lovely to Look At*, et William Sassoon se glissa près de Lily.

— Ton ami m'a piqué ma cavalière.

— Ce n'est pas juste, n'est-ce pas ? convint-elle en inclinant la tête.

Il croisa les bras et fit mine d'étudier Ian et Katherine.

— Je crois qu'on peut faire mieux que ça, non ?

Elle rit.

— J'espère bien !

— Alors, montrons-leur, proposa-t-il en la faisant glisser avec soin sur la piste.

Dès qu'elle eut fini de danser avec William, elle recommença avec le petit ami de Beatrice Sanders, Simon, puis avec Shrey, Max, Ian à nouveau, un homme qu'elle n'avait jamais rencontré et qui – comme de nombreux prétendants – s'appelait Charles, et ainsi de suite jusqu'à ce qu'elle n'ait plus de souffle et que la tête lui tourne. Mais, dès que la musique s'arrêtait, elle retrouvait Ian à ses côtés.

Quand enfin le groupe s'arrêta pour le petit déjeuner, à deux heures du matin, Ian posa la main dans le creux de son dos, mais Katherine lui saisit le bras.

— Nous vous rejoignons dans un instant, messieurs, annonça-t-elle.

Les Imparfaites se hâtèrent en gloussant jusqu'aux toilettes et encerclèrent Lily.

— Que se passe-t-il avec Ian ? demanda Katherine dès que la porte fut fermée.

— Il t'a embrassée ? la pressa Doris.

— Quoi ? Non ! On a simplement dansé, dit Lily en rougissant.

— Il a l'air de vouloir t'embrasser, soupira Ivy d'un air rêveur.

— On dirait bien qu'elle serait ravie de le laisser faire, nota Philippa en levant un sourcil.

— On a dansé et on a parlé. C'est tout.

— Mais tu veux l'embrasser ? insista Doris en levant les yeux du miroir devant lequel elle se remettait du rouge à lèvres.

— Oh, laisse-la tranquille, la tança Katherine avec une tape amicale.

Doris fit la moue face au miroir pour examiner son rouge.

— C'est toi qui as commencé.

— Maman est en train d'organiser le dîner d'anniversaire pour mon bal de débutante. Viens avec Ian, suggéra Katherine.

— On est invitées à dîner ? demanda Lily en riant.

— Bien sûr ! Vous l'êtes toutes. Comment pourrais-je avoir envie de voir qui que ce soit d'autre ? Et, si ta grand-mère arrive à supporter l'idée que tu fréquentes quelqu'un d'aussi scandaleux que moi, ajouta Katherine en regardant Ivy, j'aimerais beaucoup que vous restiez dormir. Comme ça vous n'aurez pas besoin de rentrer à Londres au petit matin.

— Je ferai en sorte que ma grand-mère accepte, lui assura Ivy avec un regard déterminé que Lily n'aurait pu imaginer voir sur son visage encore deux mois plus tôt.

— Nous avons suffisamment fait attendre les hommes, non ? demanda Philippa.

— Je crois bien, convint Katherine.

Les amies rassemblèrent leurs affaires, et Lily suivit Katherine hors des toilettes.

— J'ai une confession à faire, entama Lily.

— Ah oui ?

— J'ai peut-être déjà invité Ian à ton bal.

— Tu es bien culottée, rit Katherine avec un sourire admiratif. Il a accepté ?

Lily sourit à son tour.

— Il a accepté.

Katherine passa un bras autour de sa taille.

— Eh bien, tu es drôlement rusée.

— Merci. (Elle croisa le regard de Ian en entrant dans la pièce où ils allaient prendre le petit déjeuner.) Je me sens effectivement plutôt rusée en ce moment.

22

LILY POUSSA LA LOURDE PORTE DE Harley Gardens à cinq heures du matin après le bal de Cora Simmonds, plissant les yeux sous la faible lueur qui commençait déjà à poindre. Ses chaussures à talons argentées pendaient à son doigt, car elle les avait déjà retirées dans le taxi pour soulager ses pieds, las d'avoir dansé toute la nuit. Le bal avait duré des heures et n'avait pris fin que lorsque le groupe s'était arrêté de jouer. Doris, Max et quelques autres avaient essayé de la convaincre d'aller avec eux à l'aéroport de Londres pour prendre un second petit déjeuner au beau milieu du glamour et de la nouveauté que représentait le monde du transport aérien. Ian l'avait interrogée du regard, mais Lily avait secoué la tête et s'était laissé installer dans un taxi. Elle devrait encore se coucher tard de nombreuses fois durant les mois à venir.

— C'est un marathon, pas un sprint, se murmura-t-elle en laissant glisser le vison de Maman le long de ses épaules.

Elle irait récupérer ses affaires chez Katherine plus tard dans la journée, mais, pour le moment, elle voulait simplement se jeter dans son lit et dormir pendant des heures.

Mais elle allait revoir Ian. Elle en était sûre, à présent.

Lily avait gravi la moitié des marches lorsqu'elle s'en rendit compte : la porte du bureau de Papa était entrouverte, et une faible lumière filtrait dans le couloir. D'un coup, sa fatigue disparut. Cette porte n'avait aucune raison d'être ouverte.

Lily posa délicatement ses chaussures et son sac sur le tapis et s'approcha. Le plus doucement possible, elle poussa la porte et jeta un œil à l'intérieur. Par-dessus un tas de documents étalés sur le bureau de Papa, sa mère était effondrée, à côté d'une carafe de scotch à moitié vide et d'un verre en cristal dans lequel il ne restait qu'un doigt d'alcool.

Lily resta immobile à l'observer. Maman, qui ne touchait jamais à une goutte d'alcool, pas même aux soirées, avait bu – et pas qu'un peu, visiblement. Elle regarda plus attentivement le visage de sa mère et vit les traces du mascara qui avait coulé sous ses yeux. Elle décida alors qu'elle ne pouvait pas la laisser là. Elle porterait sa mère jusqu'à son lit.

Lily poussa la porte complètement pour avancer jusqu'au bureau. Il était recouvert de papiers, d'un registre, et du carnet de chèques en cuir noir. Son cœur se brisa un peu en pensant que, pendant qu'elle faisait la fête, sa mère était à la maison et s'occupait des comptes, inquiète de savoir comment s'en sortir avec l'argent de Grand-Maman, à se demander comment continuer à payer la saison de Lily et les faire vivre toutes les deux.

Lily levait une main pour réveiller sa mère en douceur lorsque quelque chose attira son attention sous le registre ouvert.

Elle déplaça le livre de comptes avec prudence. C'était une lettre de la même écriture cursive que celle qui provenait de Dovecote Cottage, mais elle datait de l'avant-veille.

Je ne commencerai pas cette lettre par les salutations et les civilités habituelles, car je ne vais pas prétendre que tu ignores la motivation qui me pousse à l'écrire.

Je crains bien que tu n'aies pas pris mes dernières lettres au sérieux. Tu ne me crois pas capable de faire ce que j'ai promis. Je pensais que tu savais depuis longtemps à quel point il est dangereux de ne pas me croire sur parole.

Les 75 £ que tu m'as envoyées ne suffisent pas. Tu vas me faire parvenir ce que tu me dois, c'est-à-dire 150 £ chaque mois, pour que je garde ce secret, sinon je raconterai tout à Lily, de la liaison jusqu'aux circonstances de sa naissance. Elle saura la vérité sur son père et sur ce que tu as fait.

Lily laissa tomber la lettre et lança un regard sur sa mère, si faible et vulnérable, la tête posée sur le bureau. Sa mère, qui avait si peur de Grand-Maman qu'elle ne pouvait pas entrer à Cadogan Place sans trembler des mains. Depuis que Grand-Maman leur avait accordé une somme d'argent régulière et les avait sauvées de la ruine, Lily avait toujours cru que c'était la peur de briser l'équilibre qui rendait sa mère docile. Désormais, elle savait qu'une autre peur rôdait à l'arrière de son esprit : la peur que Grand-Maman apprenne la vérité.

Lily n'était pas la fille de Michael Nicholls.

Elle tendit la main pour s'appuyer contre le bureau de celui qu'elle appelait autrefois « Papa ».

L'homme qu'elle n'avait jamais rencontré, mort bien avant qu'elle puisse s'en souvenir, mais dont on lui avait appris à chérir la mémoire, n'était pas son père.

Des larmes lui montèrent aux yeux, mais pas des larmes de tristesse. Une colère s'empara d'elle, rouge et bouillonnante. Elle n'était pas une enfant légitime. Sa mère lui avait menti sur toute la ligne et avait construit sa vie autour du mythe de la perte de son mari alors qu'ils étaient séparés par un océan. Sa mère s'était repliée sur elle-même et avait laissé les gens se moquer d'elle et parler dans son dos parce qu'ils pensaient qu'elle aimait tellement son mari qu'elle avait abandonné la société jusqu'au moment où elle avait dû présenter sa fille.

Soudain, Lily comprit pourquoi sa mère avait fui la société. Il était plus facile de garder un secret quand on ne parlait à personne. Elle avait forcé Lily à vivre une existence étriquée et l'avait découragée de se faire de vraies amies susceptibles de rester dans sa vie parce que cela impliquait d'inviter les parents de ces filles dans leur cercle.

Lily comprenait pourquoi sa mère l'avait présentée à la cour et assistait aux fêtes les plus importantes. Elle faisait bonne figure tout en vivant dans la peur, car chaque conversation avec sa mère, chaque regard que lui lançait Lily, représentait un risque que quelqu'un comprenne ce qui s'était passé autrefois. Chaque fête et chaque bal pouvaient défaire tout ce que sa mère avait essayé de préserver dans l'ambre de cette maison.

Et qu'en était-il du père de Lily – son véritable père ? Était-il en vie, fier papa d'une débutante ? Avait-il fait partie de la vie de sa mère ou n'avait-il été qu'un flirt passager ? Était-il son premier amour ? Le seul ? Sa mère l'avait-elle aimé ?

Une fille éloignée. Une fille illégitime. Une veuve éplorée. Un mari mort.

Une irrésistible envie de rire s'empara de Lily face à l'absurdité familiale – tout ce chaos –, et elle dut poser la main sur sa bouche pour s'empêcher de faire le moindre son susceptible de réveiller sa mère. Elle respira profondément par le nez, les larmes aux yeux, en essayant de se contrôler. Elle avait besoin de remettre de l'ordre dans son monde, mais, tel un vase tombé d'une étagère, elle n'arrivait pas à en recoller les morceaux.

C'en était trop. Aussi vite que possible, elle remit la lettre à sa place. Elle commença à reculer en faisant attention à ne pas toucher sa mère lorsque ses yeux se posèrent sur le scotch à moitié bu. Elle leva le verre et avala les dernières gorgées avant de plaquer une main sur sa bouche pour ne pas tousser. Mais elle apprécia la sensation de brûlure du scotch, et, l'espace d'un court instant, elle comprit pourquoi certaines personnes succombaient à la tentation de ruiner leur vie en buvant.

Lily fit de son mieux pour éviter sa mère le lendemain. Ce ne fut pas difficile car, durant la matinée, sa mère s'était retirée dans sa chambre et avait demandé à Hannah qu'on ne la dérange pas. Tout le samedi, Lily fixa les pages d'un roman recommandé par Miss Hester sans réussir à les lire. Sa mère avait-elle compris ? Lily avait-elle remis la lettre au bon endroit ? Le verre de scotch qu'elle avait terminé avait-il trahi sa présence dans le bureau interdit au petit matin ?

Mais, le soir, sa mère et elle s'habillèrent pour assister au bal de Lucia Clare, car Maman avait été présentée la même année que la tante de Lucia et se sentait donc obligée de s'y rendre. Cette fois, au lieu de se défouler sur la piste et de danser en privé dans les couloirs, Lily resta en retrait.

— Qu'est-ce qui ne va pas ? demanda Katherine après que Lily lui eut agrippé le bras pour faire semblant d'avoir une conversation sérieuse avec elle, alors qu'un prétendant s'approchait avec l'air de vouloir l'inviter à danser.

— Je ne me sens pas bien.

— Est-ce à cause de l'absence d'un certain gentleman ce soir ? plaisanta Katherine.

Mais Lily ne répondit pas à sa taquinerie. Son amie fronça les sourcils.

— Tu n'es pas vraiment toi-même ce soir. Tu es sûre que tu ne veux pas rentrer tôt ?

— Au risque que ma mère me demande pourquoi ? Non merci. Ça va aller. Je te le promets, dit-elle en se forçant à sourire.

Elle jura en silence qu'elle accepterait la prochaine danse, juste pour prouver à son amie que tout allait bien.

Mais tout ne va pas bien, et affirmer le contraire fait de toi une menteuse, comme ta mère.

Non, se dit-elle avec fermeté. Mentir à sa fille au sujet de son père durant près de deux décennies n'avait rien de comparable.

Le dimanche, quand elle reçut un coup de téléphone de Grand-Maman la convoquant à Cadogan Place, elle enfila à contrecœur une robe de soie rose pâle qu'elle venait de finir de coudre et monta dans un taxi avec sa mère.

— C'est une jolie robe, la félicita sa mère au milieu du trajet silencieux jusqu'à Belgravia.

— Merci.

— C'est toi qui l'as faite ?

— J'ai repris une ancienne robe de Georgie. (Elle retira une peluche sur le tissu.) J'ai pensé que tu apprécierais le fait que j'évite d'en acheter une nouvelle. Tu m'as dit que tu avais besoin d'économiser de l'argent.

— Oui, dit brièvement sa mère.

— Pourquoi ?

Sa mère sembla un peu surprise.

— Je te l'ai dit : la saison coûte très cher.

— Mais Grand-Maman prend en charge toutes les dépenses.

— Il y a des choses que ta grand-mère ignore.

Mais Lily, elle, les connaissait. Elle savait que sa mère détournait des fonds pour payer un maître-chanteur. Elle savait que sa mère lui avait menti toute sa vie.

Le taxi s'arrêta au bord du trottoir, et Maman ouvrit maladroitement son sac à main pour payer le chauffeur. Lily l'observa qui comptait les pièces avant de prendre sa respiration.

— Voyons voir ce qu'elle veut, marmonna-t-elle.

Dans la grande maison, elles furent accueillies par Mrs Parker, qui les fit entrer dans le salon habituel. Comme toujours, Grand-Maman était impeccable dans sa robe de soie couleur champagne, mais cette fois elle ne leur proposa pas de thé. Elle était assise derrière une petite table, son agenda ouvert devant elle.

— Josephine, Lillian, asseyez-vous. Nous avons beaucoup de choses à voir ensemble, entama Grand-Maman en présentant sa joue ronde à Lily, qui lui fit la bise.

— Ah oui ?

Grand-Maman lui lança un regard.

— La saison des bals a commencé, et tu vas devoir faire des choix. Les bals de Londres ne devraient pas poser de problème. Même s'il y en a plusieurs le même soir, tu peux choisir d'assister à deux différents en une soirée. Cependant, en ce qui concerne les bals à la campagne, la distance entre les demeures rend la chose plus complexe.

Lily se sentait déjà épuisée en pensant aux longs mois durant lesquels elle allait faire la fête et se coucher tard.

— Les choses se compliqueront davantage autour du Dublin Horse Show, la prévint Grand-Maman.

— J'attends une invitation de la cousine de Brian Walsh, Margaret, d'un jour à l'autre. Brian était mon cavalier au dîner de Philippa vendredi.

Grand-Maman enfila une petite paire de lunettes et en prit note dans son agenda.

— Très bien.

— Mais faut-il vraiment que j'aille à Dublin ? C'est une sacrée dépense et…

— Ne te préoccupe pas des dépenses. Une débutante n'a qu'une seule saison pour faire ses preuves : il faudra que tu passes au moins une semaine à Dublin.

— Et les bals à la campagne au mois de juin ? demanda Maman.

— Qui vous a invitées ?

— Nous avons accepté le bal de l'honorable Sarah Bragg, et celui de Beryl Marcombe. Les deux auront lieu dans l'est du Sussex le même week-end.

— Et il y a le bal de Katherine Norman dans quinze jours. Elle m'a invitée avec nos autres amies à venir plus tôt et à passer la nuit sur place, leur apprit Lily.

— Passer la nuit chez les Norman ? demanda Grand-Maman en plissant le nez pour regarder Lily par-dessus ses lunettes.

— Est-ce vraiment une bonne idée ? interrogea Maman.

— Je lui ai déjà dit que je venais.

— Assister au bal de la fille Norman, c'est une chose, mais séjourner avec sa famille, c'en est une autre, releva Grand-Maman.

— Pourquoi ?

— Ils ne sont pas de notre monde.

— Ça m'est égal. Katherine est une bonne amie. C'est son bal – et son anniversaire, qui plus est –, et je vais passer la nuit chez elle.

— Lily ! Qu'est-ce qui te prend de parler à ta grand-mère de la sorte ? demanda Maman.

Grand-Maman leva une main en l'air.

— As-tu déjà prévenu que tu séjournerais à Balcombe Manor ?

— Oui, mentit Lily.

Seuls les Imparfaites et Ian étaient au courant.

— Il serait donc gênant que Lily se rétracte. La mère de Katherine t'a-t-elle trouvé un cavalier ?

— Oui, elle a déjà demandé à Ian Bingham.

Sa mère soupira.

— J'avais espéré que tu te rendrais compte que fréquenter les Hartford ne t'apporterait rien de bon quand ta relation avec Leana s'est étiolée.

— Ian n'est pas un Hartford.

— Il vit de leur argent, la contredit Grand-Maman.

— Qu'y a-t-il de mal à accepter l'argent de quelqu'un qui vous le donne de son plein gré ? demanda Lily d'une voix sèche.

Sa mère écarquilla les yeux, mais le visage de Grand-Maman demeura impassible.

— Tu sembles avoir un avis bien tranché sur cette question, Lillian.

Lily soutint le regard de sa grand-mère.

— Je faisais simplement une remarque. Y a-t-il d'autres bals à prendre en considération ?

Dès qu'elles furent dans le taxi pour rentrer à la maison, sa mère se tourna vers elle.

— Je ne te comprends pas, Lily. Pourquoi as-tu parlé à ta grand-mère de cette manière ?

— De quelle manière ? fit-elle, impassible.

— Tu sais que c'est uniquement grâce à elle que nous vivons comme nous le faisons. Sans elle, nous n'aurions rien.

— Alors en quoi le fait que Ian accepte l'argent des Hartford est-il pire que le fait que nous acceptons celui de Grand-Maman ?

— L'argent vient toujours avec des conditions.

Lily se tourna vers la vitre et regarda les voitures passer sur Sloane Street. Au bout d'un moment, sa mère ajouta :

— J'ai vu plus de choses que toi. Je sais à quel point la vie peut être difficile.

— Difficile ? répondit brusquement Lily. Tu crois que je ne sais pas à quel point tu trouves la situation pénible ? Toute ma vie j'ai marché sur la pointe des pieds dans la maison pour ne pas empirer les choses pour toi. J'ai travaillé dur à l'école parce que je ne voulais pas que tu t'inquiètes. Je n'ai jamais eu de vraies amies auparavant parce que j'avais peur qu'elles viennent et qu'elles voient comment je vivais, ce qui t'aurait embarrassée.

— Tu n'avais pas besoin de faire tout ça, dit sa mère d'un ton sec en jetant un regard au chauffeur, lequel faisait très bien semblant de ne pas écouter.

Lily n'en avait rien à faire. Elles vidaient enfin leur sac, et elle n'allait pas laisser passer cette occasion.

— J'ai fait tout ça parce que je voulais que tu sois heureuse. C'est tout ce qui m'intéressait.

— Lily.

Sa mère avait pris un ton grave et menaçant, mais Lily n'en avait pas terminé.

— Je fais la saison uniquement parce que Grand-Maman m'a demandé de le faire.

— C'est notre cas à toutes les deux.

— N'aurais-tu pas voulu que je sois débutante si elle ne t'y avait pas poussée ?

Sa mère plissa les lèvres, comme si elle essayait de retenir ses mots, mais ils finirent par sortir tout de même.

— Je ne sais pas. La société peut se montrer très cruelle, et le fait de te présenter t'expose à cette cruauté.

— Tu aurais pu dire non à Grand-Maman.

— Non, je n'aurais pas pu, et tu le sais très bien.

Mais ce n'était pas vrai. Elle aurait pu faire comme bon nombre de femmes et vendre sa maison, trouver un travail, vivre une vie moins confortable. Sa mère présentait les choses comme s'il n'y avait aucune autre option, mais il y en avait toujours ; elles n'étaient juste pas plaisantes.

— Ta grand-mère ne veut que ce qu'il y a de mieux pour toi. Nous sommes en désaccord sur beaucoup de choses, elle et moi, mais pas là-dessus. Ian Bingham, un étudiant dont la fortune dépend de la charité d'autrui, n'est pas le meilleur parti.

— Tu m'as présentée et tu m'as dit que j'étais une femme désormais, mais tu as peur de perdre le contrôle sur moi parce que je rencontre de nouvelles personnes et que je fais mes propres choix, lâcha Lily, sentant renaître la colère qu'elle avait ressentie le matin précédent en lisant la lettre.

— Tu es bien naïve si tu penses que le choix de tes fréquentations n'a aucune importance. Je peux t'éviter de commettre une erreur.

— Comme l'erreur que tu as commise avec les Hartford ? Ou l'erreur que tu as faite en allant en Amérique pour t'occuper de Joanna – une enfant à qui tu en veux d'avoir gâché ta vie ?

Tout comme tu m'en veux à moi.

— Elle n'était pas assez jeune pour… (Mais sa mère s'arrêta.) Je ne parlerai pas de Joanna.

Lily croisa les bras.

— Parce que tu as peur.

— Parce que c'est trop douloureux ! cria sa mère en frappant de la paume sur la banquette du taxi.

Ce choc fit monter l'adrénaline dans le corps de Lily. Sa mère ne lui avait jamais crié dessus. Pas une fois. Elle ne s'en était jamais donné la peine.

— Joanna a changé. Ce n'est pas quelqu'un de bien, dit sa mère, en essayant tant bien que mal de se maîtriser. Il faut que tu le comprennes.

— Alors explique-moi, contra Lily. Parle-moi d'elle, raconte-moi quelque chose, quoi que ce soit, à son sujet.

Les lèvres de sa mère tremblèrent et ses yeux s'emplirent de tristesse.

— Tu ne me parles jamais d'elle, ajouta Lily tout bas.

Sa mère garda le silence.

Lily soupira.

— Je vais au bal de Katherine. Ian sera mon cavalier. Mon monde ne se cantonne plus à notre maison, désormais, Mère, et je ne vais pas rester assise seule à ne rien faire en attendant que tu sois heureuse.

— Tu n'as jamais été seule. J'ai toujours été là, murmura sa mère.

Lily leva le menton, et elle maintint le regard de sa mère. Elles savaient toutes les deux que vivre sous le même toit ne voulait pas dire qu'on se faisait confiance. Qu'on était une famille.

En fin de compte, ce fut Maman qui détourna les yeux pour regarder par la vitre jusqu'à Harley Gardens.

23

LES RIRES RÉSONNÈRENT AUTOUR DE LA TABLE du dîner lorsque William pencha la tête, récupéra dans sa main droite l'ananas qu'il maintenait en équilibre au sommet de son crâne, et se rassit en feignant la fatigue avec un grand sourire. Ce n'étaient pas les simples ricanements polis de la haute société, mais les rires francs et ravis d'un groupe de gens qui passaient vraiment un bon moment.

C'était un groupe assez disparate, se dit Lily en regardant autour d'elle durant le dîner d'anniversaire qui précédait le bal. Elle était entourée de ses amies et de leurs cavaliers pour la soirée. Ivy, Philippa, Doris et Katherine avaient toutes les joues rosies par l'alcool et l'amusement, et les hommes assis à leur droite étaient beaux dans leurs vestes élégantes. Parmi eux se trouvaient quelques adultes – des amis et des associés de Mr Norman, affichant tous une expression indulgente qui semblait indiquer qu'ils se rappelaient avoir été jeunes eux-mêmes.

Ce dîner était loin d'être aussi intimiste que certains de ceux auxquels Lily avait assisté depuis sa présentation, mais dès l'instant où elle avait mis un pied dans l'entrée d'inspiration Louis XIV de Balcombe Manor, elle avait compris que les parents de Katherine n'étaient pas du genre à organiser des fêtes confidentielles. Il était évident que les Norman aimaient voir les choses en grand, notamment les dîners, et les gens qui arrivaient à passer outre – voire à apprécier – le fait que les Norman étaient nouveaux riches et avaient beaucoup d'ambition semblaient ravis de passer une soirée avec de l'excellente nourriture, du vin exquis et en plaisante compagnie.

Par-dessus tout, Ian était assis à droite de Lily. Elle l'avait surpris à lui lancer des regards discrets durant la soirée, provoquant chaque fois chez elle un petit sourire, comme s'ils s'amusaient d'une blague qui n'appartenait qu'à eux. Il était arrivé à temps pour les cocktails dans le salon doré. Il avait d'abord salué son hôte et son hôtesse, puis il s'était dirigé tout droit vers Lily et ne l'avait plus quittée de la soirée.

— Je crois que je n'avais jamais vu un homme danser comme Carmen Miranda auparavant, lança Mr Norman en saisissant son verre de vin dans son immense main pour porter un toast à William.

— C'est un véritable talent, Papa, renchérit Katherine en souriant à son père.

— Comment as-tu réussi à faire tout ça avec un ananas sur la tête… ? l'interrogea Ivy, stupéfaite.

— Je n'ai aucune idée d'où le majordome a pu trouver un ananas dans cette maison, ajouta Mrs Norman en s'essuyant les yeux avec un mouchoir aux bords en dentelle. (Quand elle riait, les perles gris sombre qui recouvraient l'intégralité de sa robe moulante frémissaient.) C'était très ingénieux de votre part, Bertram.

— Merci, Madame, répondit Bertram, discrètement posté à côté du vin, position de laquelle il pouvait observer les convives et anticiper leurs besoins.

— Je crois pouvoir affirmer que c'est le dîner de débutante le plus amusant auquel j'ai assisté cette saison, reprit Mrs Norman.

Ses années passées en Angleterre avaient adouci son accent américain.

— Parce que c'est toi qui l'organises, chérie, rétorqua son mari à l'autre bout de la table.

L'affection qu'il portait à sa femme était évidente. Celle-ci offrit aux autres dames un sourire entendu.

— Je crois que nous ferions mieux de sortir de table.

Les hommes se levèrent ; certains des plus âgés, qui n'étaient là que par devoir envers leur fille et les membres de la famille Norman, avaient hâte de pouvoir passer au porto. Lorsque Lily se leva et attrapa son sac, Ian la retint en lui posant délicatement une main sur le poignet, à l'endroit où elle avait retroussé ses gants pour le dîner.

— Me feras-tu l'honneur de m'accorder la première danse ? demanda-t-il d'une voix grave.

Elle sourit.

— Si tu arrives à me retrouver.

Il ricana.

— Et peut-être la suivante, et celle d'encore après.

— Ne sois pas ridicule, plaisanta-t-elle.

— Oui, tu as raison. J'imagine que je ferais mieux de laisser les autres danser avec toi. Mais sache que ça ne me plaît pas du tout.

Il retira ses doigts de son poignet, et la peau de Lily frémit à l'endroit qu'il venait de toucher. Elle leva les yeux. Il avait une certaine tendresse dans le regard, mais celle-ci paraissait différente des autres fois où elle l'avait surpris en train de la regarder. Quelque chose gonfla dans sa poitrine ; une chose au moins aussi puissante que la crainte du secret qu'elle portait désormais et qui lui nouait l'estomac.

Elle aurait dû dire quelque chose – elle ne savait pas quoi –, mais au lieu de ça, elle se contenta de suivre les autres filles hors de la pièce.

— Tu comptes me remercier pour la grande faveur que je t'ai rendue ce soir ? demanda Katherine.

— Quelle faveur ? s'enquit-elle tandis qu'elles traversaient les doubles portes du salon peint en bleu marine avec des liserés blancs.

— Avoir placé Ian à côté de toi. J'ai dit à Maman que c'était ma seule condition pour ce dîner : « Mon amie Lily doit être assise près de celui qui fait briller ses yeux. »

Malgré son hésitation dans la salle à manger, Lily se pencha contre son amie, se laissant envelopper de son parfum de jasmin et de vanille.

— Tu deviens très poétique. C'est à cause du vin ?

— Probablement, avoua Katherine en souriant.

— Eh bien, merci.

Katherine la poussa du coude.

— Et ?

— Et quoi ?

— L'aimes-tu toujours, ou bien a-t-il fait quelque chose d'horrible pour se discréditer à tes yeux depuis son arrivée ?

Elle l'aimait toujours. Plus qu'elle ne l'aurait dû.

Elle n'était qu'une imposture. Elle n'avait rien à faire ici parmi ces gens en pleine saison. Bâtarde d'une famille modeste, elle n'aurait jamais dû être présentée à la cour. Les Nicholls n'appartenaient pas à la noblesse. Ils ne pouvaient pas cacher leurs scandales derrière le vernis de la respectabilité en portant les bons habits, en allant aux bonnes écoles, en adoptant les bonnes manières apprises à la naissance. Elle ne disposait pas des ressources nécessaires pour se protéger si la rumeur de sa naissance venait à sortir. Si encore elle arrivait à découvrir qui était son père.

Elle se demanda qui avait écrit la lettre, et pourquoi son auteur connaissait le secret de sa mère. L'adresse dans le Cumberland aurait dû la rassurer, mais il était très facile pour une personne vindicative et déterminée de se glisser dans un train pour Londres et de prendre les choses en main. Comme elle ne savait pas qui était l'expéditeur, chaque nouvelle personne qu'elle rencontrait pouvait être celui ou celle qui menaçait de révéler le secret de sa famille.

Lily soupira.

— J'aime toujours Ian. Immensément.

Katherine haussa les sourcils.

— « Immensément » ? Eh bien, ce n'est pas rien. Mais pourquoi es-tu si maussade ? Tu as peur qu'il ne ressente pas la même chose ? N'importe lequel des convives de ce soir pourrait te rassurer sur le sujet.

— Non. Non, ce n'est pas ça, dit-elle doucement. N'en parlons pas maintenant. C'est ton anniversaire et ton bal de débutante. Cette soirée, c'est la tienne.

Katherine tira sur le haut de l'un de ses longs gants en regardant autour d'elle.

— Cette soirée, c'est celle de Maman et Papa. Ce sont eux qui veulent être au centre de tout ce cirque.

Lily se rendit compte que c'était la première fois qu'elle voyait Katherine nerveuse. C'était étrange. Katherine débordait toujours d'assurance, et la voir si secouée renvoyait une sensation perturbante.

— Cette fête compte beaucoup pour tes parents, dit-elle.

— En effet. Ils croient qu'elle va leur ouvrir des portes qui ne l'ont jamais été pour eux auparavant. Je crois qu'ils essaient de toucher quelque chose qui restera toujours hors de leur portée, mais je vais sourire, danser et m'amuser, car c'est important que je fasse de mon mieux.

— Et quand la saison sera terminée, tu seras enfin une femme libre, la réconforta Lily alors qu'elles approchaient de la porte.

Elles acceptèrent les coupes de champagne que leur tendaient de patients valets munis de plateaux, et Katherine murmura :

— Ça vaut bien un toast.

Lily leva son verre et le fit délicatement tinter contre celui de son amie.

— À la débutante la plus déterminée que je connaisse.

— Merci, répondit Katherine en buvant une grande lampée de sa coupe avant d'ajouter : Dieu que je suis contente que tu sois là.

Les invités qui n'avaient pas été conviés au dîner commencèrent à arriver pour le bal à vingt-deux heures trente précises ; certains sortirent deux par deux ou quatre par quatre de voitures en provenance de Londres. D'autres arrivèrent de dîners organisés par les Norman chez d'autres familles du Surrey, qui s'étaient laissé convaincre d'accueillir des invités en échange de la promesse que les Norman leur rendraient la faveur pour un bal de débutante ou de chasse à l'avenir.

Tandis que Lily et le groupe du dîner – à nouveau mixte avec le retour des hommes, qui sentaient légèrement le porto et le cigare – traversaient la maison jusqu'à la véranda, elle entendait les rires emplir l'entrée de Balcombe Manor, où les invités laissaient leurs manteaux. Il y avait des étincelles dans l'air, une atmosphère de fête et une excitation un peu folle que seule la promesse d'une soirée vraiment extravagante pouvait apporter.

Il n'y aurait aucun membre de la famille royale à cette fête, et certaines des familles les plus anciennes avaient préféré rester à la maison plutôt que d'être vues en train de s'extasier devant l'opulence de la soirée que les Norman avaient organisée pour leur fille unique. Cependant, la majeure partie de la haute société restait avant tout rongée par la curiosité, et tous sortirent de leurs voitures dans leurs habits de satin et de soie, les joyaux de famille luisant sur la tête et au cou de leurs propriétaires.

Quand le groupe du dîner atteignit les doubles portes de la véranda, même Lily, qui avait aperçu les préparatifs quand elle était arrivée à la maison plus tôt cet après-midi-là, eut le souffle coupé. Le bal de Katherine se tenait en extérieur, près d'un immense chapiteau blanc installé au cas où il pleuvrait. Il ne serait pas nécessaire, car la chaude soirée de mai les accueillit à bras ouverts sans la moindre trace d'intempérie. En bas des marches, des dizaines de bougies allumées dans des lanternes vacillaient, formant une allée qui menait à une grande piste de danse en parquet. Le groupe jouait déjà un morceau doux et lent sur une scène couverte de fleurs jaunes et blanches. Mais les arrangements floraux ne se limitaient pas à la scène. D'énormes bouquets étaient posés aux quatre coins de la piste, et d'autres débordaient sur les nappes blanches qui recouvraient les dizaines de tables sur la pelouse. Des lampadaires à gaz posés entre elles venaient appuyer la lueur de la lune presque pleine et basse dans le ciel. Le rendu était magnifique, comme si l'on marchait à travers une jungle de pétales au clair de lune.

Au-delà de la partie centrale se trouvait une autre allée de lanternes qui menait au bord d'un lac, sur une plage de sable installée un siècle plus tôt par tel ou tel comte, d'après Mr Norman, qui avait insisté pour faire visiter le lieu aux Imparfaites. Sur la plage, des torches crépitaient, illuminant une flotte de barques surveillées par un homme vêtu en gondolier qui se tenait sur l'embarcadère, attendant sans doute de réprimander les débutantes éméchées et leurs cavaliers venus faire un tour en bateau. Au milieu du lac, une île également éclairée permettait aux invités de fuir l'excitation du bal qui faisait rage sur le rivage.

— Katherine ! couina Ivy en bas des marches.

Elle battit des mains de joie et remua le tulle de sa jupe ivoire.

— C'est magnifique, termina Philippa en jetant un œil admiratif autour d'elle.

— Et si élégant. Je pourrais presque te haïr de jalousie, avoua Doris, impressionnée.

Lily se mit à rire.

— Mais on t'aime trop pour ça.

Katherine prit une inspiration et hocha la tête.

— Je veux juste survivre à cette soirée.

Quelques minutes plus tard, alors que la pelouse autour de la piste de danse avait commencé à se remplir de gens munis de coupes de champagne, le groupe demanda que l'on dégage la piste. Tout le monde s'avança sur l'herbe. Mr Norman s'avança sur le parquet avec sa fille et, rayonnant de fierté, il entama avec elle la première danse sur l'air de *They Can't Take That Away from Me*. Lorsqu'il la faisait tourner, les paillettes cuivrées que Madame Benum avait éparpillées sur sa robe en tulle de même couleur brillaient comme le feu sous la lumière.

Lily regarda son amie danser dans les bras de son père, et elle se sentit envahie par un sentiment de tristesse. Elle avait depuis longtemps accepté l'idée qu'elle serait toujours cette fille orpheline de père, mais au moins elle disposait d'une certaine figure paternelle grâce à l'homme dont les photos étaient disséminées partout dans la maison. Maintenant qu'elle savait que Michael Nicholls n'était pas son père, le vide qu'elle avait toujours eu en elle semblait grandir. Son père était un homme sans nom, sans visage. Liaison amoureuse tragique ou aventure regrettable, elle l'ignorait.

Quand la chanson s'arrêta, tout le monde applaudit, et Katherine embrassa son père sur la joue avant qu'il n'éclate de rire et la serre fort dans ses bras. Les chaussures dorées de Katherine décollèrent du sol tandis que son père la faisait tournoyer. Toute cette organisation – le dîner, le bal, les robes, la saison – prouvait à quel point ils aimaient leur fille et étaient déterminés à lui offrir la meilleure vie possible. Pour les Norman, cela voulait dire évoluer dans certains cercles et rencontrer certains hommes dans l'espoir d'un futur mariage. Cette vie offrait une sécurité qui demeurait hors de portée de tous sauf d'une petite poignée de privilégiés, et, une fois acceptés, ils intégreraient leurs rangs.

Lily savait que Katherine portait un regard différent sur l'existence. Elle tenait à ses parents – et elle respectait leurs ambitions sociales –, mais elle ne partageait pas leur besoin d'obtenir cette vie-là. C'était pour elle un obstacle à surmonter avec autant de grâce et de dignité que possible. Ensuite, elle commencerait sa propre vie selon ses propres choix.

Et moi, que vais-je faire ?

Tandis que le groupe se mit à jouer *All of You*, Lily vit Ian s'approcher du coin de l'œil. Elle se tourna en souriant, mais remarqua qu'il fronçait les sourcils.

— Tout va bien ? demanda-t-il.

— Bien sûr, dit-elle en s'efforçant de sourire davantage.

Il hésita, étudia son visage, et elle manqua de tressaillir sous son regard, le croyant capable plus que tout autre de se rendre compte que quelque chose n'allait pas. Mais il finit par hocher la tête.

— Tu veux danser ?

Cette danse ne pourrait jamais renfermer la même intimité que dans le couloir du Savoy lorsqu'ils n'étaient que tous les deux, mais il la mena sur la piste et elle vint se lover dans ses bras.

— Tu es magnifique ce soir. Je ne te l'avais pas encore dit, et j'aurais dû, murmura-t-il.

— Ce n'est pas nécessaire, protesta-t-elle doucement, même si elle avait apprécié le son de cette phrase quand il l'avait prononcée.

— Mais j'y tiens. Le problème, c'est que chaque fois que je commence à parler, je me laisse emporter. (Il l'attira près de lui, si près que Grand-Maman aurait émis une objection si elle avait été présente.) J'adore discuter avec toi, Lily Nicholls.

— Moi aussi, j'adore discuter avec toi, Ian Bingham.

— Alors tu veux bien me dire pourquoi tu avais l'air triste à l'instant ?

Elle en avait envie – cruellement envie –, mais se confier à lui représentait un risque. Elle se doutait bien qu'un homme aussi gentil que lui n'allait pas s'éloigner avec dégoût, mais il pouvait la laisser tomber de bien d'autres manières. Il pourrait ne plus dîner avec elle, ne plus l'inviter à danser à moins d'y être obligé quand la situation était trop gênante pour être esquivée. Même s'il l'aimait autant que Katherine et ses amies semblaient le penser, cela ne suffirait pas pour qu'elle puisse le suivre sur la route que l'on avait tracée devant lui. Il était destiné à devenir diplomate. La femme qu'il allait épouser deviendrait donc épouse de diplomate et serait en conséquence étudiée et approuvée afin de ne pas causer d'impair lors des réceptions officielles. Elle devrait être un véritable exemple de respectabilité – et non fondamentalement compromise par la nature même de sa naissance.

— Je pensais aux pères et à leurs filles, dit-elle enfin.

— Je vois. Une pensée en particulier ?

— Ce sont des pensées tristes pour un autre jour.

— J'espère qu'un jour tu m'en feras part. Ça me plairait beaucoup.

Elle ferma les yeux très fort et essaya de ne pas penser au fait que, si la vie avait été différente, elle aurait pu tout lui raconter.

Le morceau s'acheva bien trop vite, et les couples commencèrent à se séparer autour d'eux. Ian semblait sur le point de l'inviter à danser à nouveau, mais un homme qu'elle reconnaissait vaguement d'un autre bal ou d'un cocktail s'avança vers elle et tendit la main.

— Veux-tu danser ? demanda le nouveau venu.

Lily offrit à Ian un sourire plein de regrets et prit la main de l'autre homme pour une valse.

Après celle-ci, elle dansa avec Brian et parla de chevaux irlandais. William dansa un jive avec elle et la taquina en lui disant de suivre le rythme, et Peter Wharton l'invita sur un cha-cha. Elle était sur le point de reprendre son souffle en sortant de la piste lorsque Cecil s'avança vers elle en tenue d'officier.

— Cecil ! s'exclama-t-elle en l'embrassant sur la joue, avant de reculer pour admirer sa veste rouge à boutons dorés.

Tu es très beau dans ton uniforme. J'ai l'impression qu'on ne s'est pas vus depuis des lustres.

— Mais c'est le cas. Tu nous évites, dit-il en plaisantant.

— Je ne vous évite pas.

Il émit un petit rire.

— Où que tu aies passé la soirée, tu as raté les moments les plus amusants.

— Pourquoi ai-je l'impression que ta soirée n'avait rien d'amusant ?

— Gideon et Leana ont passé le trajet entier à se chamailler. Mais c'est toujours comme ça avec eux, n'est-ce pas ?

Elle secoua la tête.

— Je n'ai jamais compris pourquoi ils se prenaient le bec aussi souvent.

Cecil lui lança un regard étrange.

— Mais tu t'en es bien rendu compte aussi, non ?

— Rendu compte de quoi ?

— Gideon est amoureux de Leana depuis des années, mais elle ne le voit pas autrement que comme un cavalier au mieux, et un simple portemanteau au pire.

Elle recula avec un petit rire étouffé.

— Amoureux ?

Cecil fronça les sourcils.

— Tu ne savais pas ?

— Non.

Elle ne le savait pas, mais ça avait du sens. Elle appréciait Gideon depuis le début, mais elle ne s'était jamais sentie vraiment attirée comme avec Ian. Peut-être avait-elle compris sans le savoir que le cœur de Gideon était déjà pris.

— Tu n'es pas… ?

Elle leva les yeux vers Cecil, qui la regardait avec tant de préoccupation qu'elle lui tapota la main pour le rassurer.

— Non. Je ne suis pas follement amoureuse de Gideon et jalouse de Leana.

— Je me posais la question, surtout au début. J'ai bien cru qu'il s'était entiché de toi.

— Ce n'était que de l'amitié. Rien de plus, dit-elle en se rendant compte à quel point ces mots lui semblaient évidents à présent. Tu ne penses pas que Leana est au courant pour Gideon, si ?

— Je crois que Leana cherche absolument à faire étalage de Raymond sous son nez, répondit Cecil d'un ton dédaigneux.

— Tu n'aimes pas Raymond.

— Pourquoi l'aimerais-je ? Regarde-le.

Cecil fit un signe de tête en direction de l'endroit où se tenaient Leana et Raymond qui riaient, les joues rougies, un verre de champagne à la main. Ils étaient très beaux ensemble – lui dans ses habits de soirée noir d'encre et elle dans sa robe en satin sans bretelles d'un ton émeraude à bord blanc. Aux yeux de quelqu'un qui ne les connaissait pas, ils auraient pu passer pour le couple idéal.

— Tu veux aller leur dire bonjour ? demanda Cecil avec une pointe de doute dans la voix.

— Je ne crois pas.

Mais, au moment où elle prononça ces mots, Leana tourna la tête dans sa direction et leurs regards se croisèrent. Le moment s'étira et sembla durer une éternité. Puis Leana pencha la tête en arrière et se mit à rire, coupant la connexion entre elles.

— Lily ! cria Leana. Viens te joindre à nous.

— Je ne crois pas qu'on puisse l'éviter maintenant, commenta Cecil.

— Je ne crois pas non plus, répondit Lily à travers ses dents serrées.

Cecil eut la bonne grâce de prendre un air penaud.

— Je suis désolé.

Elle soupira et secoua la tête.

— Ce n'est pas ta faute.

Comme par devoir, Cecil la conduisit jusqu'à Leana accompagnée de son inévitable groupe d'admirateurs, Raymond à leur tête.

— Je suis venue à la fête de ton amie. C'est gentil de ma part, n'est-ce pas ? demanda Leana, renversant quelques gouttes de champagne de son verre sur ses jolis gants.

Lily eut envie d'attraper un chiffon et d'essuyer la tache afin de sauver le cuir onéreux. Au lieu de ça, elle croisa les mains devant elle.

— Je suis sûre que Katherine est ravie que tu sois là.

— Elle peut. C'était un sacré trajet depuis Londres, grommela Raymond, même si Lily savait très bien qu'il n'avait pas pu durer plus d'une heure et demie.

— Tu mérites un gage, annonça Leana tandis que Raymond maugréait.

— Un gage ?

— Nous avons décidé de jouer à un jeu ce soir. Nous avons chacun des règles à suivre, et si on ne les respecte pas, on perd et l'autre doit décider d'un gage. Raymond n'a pas le droit de se plaindre du trajet, précisa Leana.

— D'autant plus que c'est moi qui ai conduit, rappela Gideon en se joignant au groupe, accompagné d'une brune minuscule vêtue d'une robe à volants en tulle jaune pâle, qui le regardait avec adoration.

Sans lâcher le bras de sa cavalière, il se pencha pour faire la bise à Lily.

— Bonsoir, ma chère Lily. Ça fait longtemps.

— C'est vrai, dit-elle sincèrement.

— On dansera plus tard et tu me raconteras ce que ça fait d'avoir des amies qui ne te font pas tourner en bourrique, lui chuchota-t-il à l'oreille avant de se redresser.

— Je sais quel sera ton gage, annonça Leana, attirant à nouveau l'attention de tout le monde.

— Quel est-il ? demanda Raymond avec un sourire en coin.

— Tu dois faire la chose la plus scandaleuse possible dans les dix prochaines secondes. Un… deux…

— Aussi fascinant que ce soit, je vais chercher un verre pour Lucy ici présente, rétorqua Gideon. Quelqu'un d'autre en veut un ?

— Moi, je veux bien, dit Leana avant de reprendre : Cinq… six…

Raymond se jeta soudain au sol. Les femmes autour de lui poussèrent un cri de surprise et reculèrent instinctivement. Il fallut un moment à Lily pour comprendre que Raymond n'était pas tombé. Il avait mis un genou à terre.

— Épouse-moi, dit-il d'une voix tonitruante qui résonna par-dessus la foule.

— Quoi ? rétorqua Leana, bouche bée.

Il lui prit la main.

— Épouse-moi.

Tout autour d'eux, les danseurs sur la piste s'étaient immobilisés. Le groupe continuait de jouer, mais de plus en plus de gens s'arrêtaient pour voir ce qui attirait tant l'attention, et certains s'approchaient sur la pointe des pieds pour mieux observer la scène.

— Troy, reste sérieux, le tança Cecil, le visage un peu pâle.

— Épouse-moi, répéta Raymond une troisième fois en secouant légèrement la main de Leana.

C'était vraiment la chose la plus scandaleuse qu'il aurait pu faire en l'espace de dix secondes. Une demande en mariage, déjà ? À Leana Hartford, la débutante de l'année ? Si Leana acceptait, elle serait la première débutante à se fiancer cette saison. C'était un triomphe en soi, mais se fiancer avec le lieutenant Raymond Troy ? Sur le papier, il était parfait : il venait d'une bonne famille, il avait une commission dans un régiment prestigieux ; à en croire les rumeurs, il disposait de sa propre fortune, et un jour il deviendrait baron. Mais c'était aussi un homme impétueux, désagréable, et bien parti pour devenir un véritable ivrogne. Lily n'était certainement pas la seule à s'en être rendu compte.

Enfin, après ce qui parut une éternité de souffles coupés et de cœurs battants, Leana le regarda de haut en bas et lâcha :

— Très bien. C'est oui.

Des cris de joie retentirent et se répandirent dans l'assistance, rapidement suivis par les bavardages de presque toutes les commères de la haute société. Au centre de l'attention, ce n'étaient plus les débuts de Katherine, mais les fiançailles de Miss Leana Hartford et du lieutenant Raymond Troy ; des années plus tard, les gens se souviendraient encore de cette demande en mariage en plein milieu du bal.

Raymond se releva et souleva Leana pour l'embrasser, mais Lily avait déjà tourné les talons. Elle devait trouver Katherine.

24

LILY TRAVERSA LA FOULE jusqu'à apercevoir Katherine. Même si son amie était entourée de gens, elle semblait quelque peu à l'écart, comme si ces derniers avaient oublié qu'elle était la raison de leur présence.

— Katherine, dit-elle en reprenant son souffle.

— Tu as entendu ? Quelqu'un a fait sa demande en mariage à mon bal, lança Katherine avec un petit rire étouffé. De qui s'agit-il ?

Lily déglutit.

— Leana et Raymond Troy.

Katherine hocha la tête d'un air absent, ses boucles blond foncé rebondissant sur ses épaules.

— J'aurais dû m'en douter.

— Tu veux t'éclipser un moment pour discuter ?

Katherine regarda autour d'elle comme si elle venait de remarquer que plusieurs personnes avaient commencé à les observer avec intérêt.

— Je crois que c'est une bonne idée.

Lily suivit son amie en haut des marches de la véranda et traversa la maison jusqu'à un salon peint en rose pâle qui servait d'espace aux jeunes femmes ayant besoin de se reposer un moment après avoir trop dansé dehors. Comme il était encore tôt, personne n'était assis dans les canapés bas couleur ivoire.

Dès qu'elles furent seules, Lily commença :

— Je suis désolée.

— De quoi ? demanda Katherine en se laissant tomber dans un fauteuil capitonné or et ivoire, enfoncée contre le dossier, sa jupe de tulle étalée autour d'elle.

Lily prit le fauteuil en face d'elle.

— Que Leana t'ait volé la vedette ce soir.

Katherine prit une grande inspiration.

— Je ne crois pas qu'elle m'ait volé la vedette. Elle l'a peut-être empruntée jusqu'aux feux d'artifice à minuit.

— Personne ne devrait détourner l'attention de toi à ton propre bal de débutante. Et puis, c'est ton anniversaire.

— Je pense que Papa et Maman ne sont pas ravis qu'une autre fille que moi se soit glissée au centre d'un événement qu'ils planifient depuis plus d'un an, mais j'imagine qu'on ne peut rien faire contre ça. (Katherine émit un petit rire.) Tu sais, j'ai presque de la peine pour Leana.

— Pourquoi ?

— Je crois que certaines femmes sont vouées à collectionner les demandes en mariage comme elles collectionnent les robes. Elles les acquièrent et s'en débarrassent aussi facilement.

— Tu ne crois pas que leurs fiançailles vont durer ?

— Je me trompe peut-être, mais, même s'ils tiennent jusqu'au jour de la noce, ce ne sera pas un mariage très heureux, répondit Katherine en lui lançant un regard qui en disait long. On dirait qu'ils n'ont pas grand-chose en commun.

À part peut-être le goût de l'alcool et de la danse, et la certitude qu'ils incarnaient ce que la société pouvait offrir de meilleur. Leana et Raymond avançaient dans le monde avec l'assurance de deux personnes qui croyaient que tout autour d'eux devait se plier à leur volonté. Jusque-là, ils avaient progressé de concert, mais combien de temps cela pouvait-il durer une fois la saison et tous ses bals terminés ?

— Je crois que tu as raison. Au rythme où vont les choses, ils risquent de mourir jeunes à cause de la boisson s'ils se marient vraiment… Mais tu es sûre que tu n'es pas contrariée ?

Katherine tendit la main pour lui tapoter le bras.

— Ne t'inquiète pas tant, ma chérie. Sors, danse, bois et flirte avec Ian. J'étais sérieuse tout à l'heure. Il t'adore.

Lily hésita et pesa soigneusement ses mots.

— As-tu parfois l'impression que deux chemins s'offrent à toi sans que tu saches lequel prendre ?

Katherine laissa tomber sa tête à l'arrière du sofa.

— Si je suis déchirée en deux ? Tous les jours de la saison. Oh, ne sois pas si surprise. C'est très bien de planifier de grands projets comme le mien, mais les mettre en œuvre, c'est une autre histoire. J'ai couché sur le papier tout ce que je veux faire, de toutes les façons possibles. Je me suis fait des budgets, j'ai regardé les annonces pour des appartements, j'ai même essayé de faire quelques demandes discrètes concernant des postes dans des journaux. Mais je n'ai pas du tout fait mes bagages et annoncé à mes parents que j'étais déterminée à tout plaquer.

— Grand-Maman et Maman veulent que j'aille au Dublin Horse Show, puis en Écosse après les bals à la campagne. Mais ensuite, que se passera-t-il ?

Et si tout ce qu'on lui avait fait croire qu'elle voudrait commençait à ressembler à une robe dont elle se serait déjà lassée ?

Katherine sourit.

— J'imagine que tu as déjà la réponse, mais que tu as peur de la formuler. Quand tu seras prête, je suis sûre que tu feras un excellent choix.

Un rire strident retentit dans le couloir, et une voix de femme dit :

— Tu as vu comme tout est lourdaud ! La maison entière est dorée. Enfin, regarde cette pièce.

La porte s'ouvrit soudain et lady Fiona Summerton, Sophie Cartwright et Cressie entrèrent en gloussant. Sophie continua :

— Et la robe de sa mère ? On dirait une choriste d'il y a trente ans…

Les trois débutantes s'arrêtèrent et poussèrent un cri de surprise en apercevant Katherine.

— Oh ! On pensait qu'il n'y aurait personne ici, lâcha Sophie.

Elle porta la main à sa bouche et ses yeux passèrent de Lily à Katherine. Son regard fut soudain empli de regrets, mais Lily ne savait pas si c'était parce qu'elle s'était montrée méchante ou parce qu'elle s'était fait attraper.

Lily leva le menton.

— Je t'en prie, continue, Sophie. Que penses-tu de la robe de notre hôtesse ?

Katherine se racla la gorge, mais Lily reprit :

— Tant que tu y es, tu pourras peut-être nous dire ce que tu trouves si lourdaud au sujet de cette fête à laquelle tu as été gracieusement invitée.

— Lily, l'interrompit Katherine d'un ton doux mais insistant.

Cressie intervint :

— On ne voulait pas…

— Je suis sûre que si vous ressentiez le besoin de nous quitter, les Norman seraient ravis de vous trouver un moyen de transport pour rentrer là d'où vous venez, Cressie.

— C'était juste une blague, plaida lady Fiona.

— Eh bien, je ne trouve pas ça drôle, répondit Lily, les mains serrées contre ses cuisses pour essayer de calmer la colère qui montait en elle.

Au diable ces filles, et au diable ces gens venus pour observer Katherine et ses parents comme des bêtes de foire, eux qui s'étaient montrés très bons envers elle et les autres Imparfaites.

— Je suis désolée, dit Sophie. (Lily ouvrit la bouche pour répondre, mais Sophie se redressa.) Mais je ne faisais que dire les choses comme elles sont.

Lily passa en revue les robes du trio ; des variantes d'un seul et même style que portaient presque toutes les débutantes. Sans bretelles, en satin, de couleur pâle, à jupe ample. Sans risque, ennuyantes, banales, tièdes.

— Vous avez sans doute tout ce qu'il faut pour jouer les critiques de mode.

— On va trouver une autre pièce, dit doucement Cressie.

— Non. Prenez celle-ci, si vous supportez d'y être. Allez, viens, Katherine.

Les trois débutantes firent un pas de côté, le visage rouge comme une tomate, tandis que Lily sortait, suivie de Katherine. Une fois la porte fermée, Lily commença à se dégonfler.

— Je n'en reviens pas d'avoir sonné les cloches de lady Fiona. Grand-Maman aurait été horrifiée, murmura-t-elle.

Katherine se mit à rire ; une sorte de rire frénétique, désespéré, qui s'éternisa jusqu'à ce que des larmes commencent à couler sur ses joues. Elle se couvrit le visage avec les mains et ses épaules se mirent à trembler ; Lily l'entraîna à l'angle du couloir, puis elle serra son amie dans ses bras jusqu'à ce que la crise s'arrête.

Katherine finit par reculer, les gants tachés de mascara.

— J'essaie de ne pas me laisser atteindre, mais parfois ces misérables sorcières sont trop cruelles, marmonna-t-elle en tapotant sous ses yeux pour réparer les dégâts causés par ses larmes.

— Elles ne connaissent rien à rien. Elles ont tort, et…

— Elles sont mal habillées ? ajouta Katherine avec un petit rire.

— Elles mériteraient d'entendre tout ça, pour savoir au moins une fois ce que ça fait de recevoir le mépris des autres. Je suis désolée, Katherine. Je sais très bien que les gens peuvent se montrer cruels envers notre famille quand ils croient qu'on a le dos tourné. C'est supportable jusqu'à un certain point, mais ce n'est pas pareil de l'entendre de ses propres oreilles.

Katherine secoua la tête.

— Ce qui fait mal, c'est de voir Papa et Maman si heureux, qui préfèrent rester dans l'ignorance pendant que tout le monde parle dans leur dos. C'était ce qu'ils voulaient. Balcombe Manor. Que tout le monde soit ravi. Ils ont l'impression d'enfin faire partie de ce monde dont on les a longtemps maintenus à l'écart.

Mais ils n'en feraient jamais partie. Les Norman y seraient toujours étrangers, tout comme Lily désormais. Si la moindre rumeur selon laquelle elle était une fille illégitime se répandait, le monde fragile que Maman avait essayé de bâtir autour d'elle s'effondrerait. Elle avait désormais un pied en dehors de ce monde privilégié, et elle se demandait combien de temps elle pourrait tenir maintenant qu'elle connaissait la vérité.

— Viens, dit-elle en prenant la main de son amie sous son bras. On va arranger ton maquillage.

— C'est affreux ? demanda Katherine en examinant ses gants tachés.

Elle sourit.

— Rien qu'un peu de temps et d'attention ne sauraient arranger.

Lily s'assit près de Katherine tandis que celle-ci enlevait son maquillage avant de se remaquiller dans sa superbe chambre. Cette dernière ressemblait à celle d'une starlette dans une comédie loufoque des années 1930, avec sa tête de lit en satin tufté et ses rideaux de gaze partout. Lily observa Katherine se calmer et entamer un processus que toutes les filles présentes à ce bal connaissaient bien : étaler plusieurs fines couches de maquillage jusqu'à ce que son visage nu disparaisse et laisse place à celui de la débutante.

Elles trouvèrent d'autres gants pour Katherine et descendirent l'escalier pour retourner se mêler à la foule. Il avait suffi d'une seule phrase – « Elle a besoin de nous ce soir » – et les Imparfaites s'étaient réunies autour de Katherine pour la protéger derrière une barrière d'amour et de loyauté.

Quand la danse laissa place aux feux d'artifice puis à un dîner à minuit, Lily chercha Ian, mais ne le trouva pas, et elle fut conduite dans un chapiteau par un homme parfaitement charmant du nom de Victor Penn qui lui raconta des histoires très peu amusantes sur les chevaux qu'il dressait dans son domaine familial du comté voisin. Le groupe se remit à jouer après le dîner, et Victor l'invita poliment à danser, mais, après la danse, elle refusa sa proposition d'aller boire un verre.

À nouveau seule, elle descendit les marches de la véranda dans le but de se rendre sur la plage artificielle éclairée à la torche. La danse battait son plein, et il n'y avait que peu de personnes sur les chaises et les canapés installés sur le sable pour le confort des invités.

Elle était presque arrivée au bout de la piste lorsque Gideon se présenta sur son chemin.

— Lily, ma chère ! Te voilà.

— Gideon.

Elle plissa les yeux dans la pénombre et remarqua que son col remontait d'un côté. N'avait-il pas aussi perdu un bouton de chemise en nacre ?

— Tout va bien ?

Il secoua la tête de façon dramatique et sourit maladroitement.

— Je n'ai jamais été mieux.

— Tu es sûr ? Tu sembles…

— Éméché ? Saoul ? Pompette ? Beurré ?

Il rit, et une mèche de ses cheveux d'ordinaire bien coiffés lui tomba sur le front.

— Eh bien, oui, dit-elle.

— C'est parce que je le suis, ma chère Lily. Je suis ivre.

— Et si on allait s'asseoir un moment ? proposa-t-elle en lui posant une main sur le bras.

Il regarda sa main puis leva la tête vers elle, les yeux écarquillés.

— Non. Non, il faut que nous dansions. Nous sommes à un bal !

Sans prévenir, il la saisit à la taille et la fit tourner, ce qui fit gonfler sa jupe de soie pastel. Elle laissa échapper un cri perçant et un couple s'écarta juste à temps pour ne pas se prendre un coup de talon tandis qu'elle décollait du sol.

— Gideon ! Gideon, arrête !

Il la fit descendre suffisamment pour que ses pieds touchent l'herbe, mais il ne la lâcha pas. Au lieu de ça, il colla son visage contre sa tempe et se dandina en faisant semblant de danser la valse.

— Tu savais que j'étais un imbécile ? murmura-t-il.

— Tu n'es pas un imbécile, mais tu es saoul.

— Si, si, je le suis. Si j'étais plus intelligent, je serais tombé amoureux de quelqu'un comme toi, mais ça a toujours été elle. Maudite enfant gâtée.

Elle s'écarta de lui autant que possible et le fixa du regard.

— Tu es contrarié par les fiançailles de Leana.

— Elle n'est même pas amoureuse de lui. Je ne sais pas si elle aime qui que ce soit d'autre qu'elle-même, dit-il amèrement.

— Je comprends que tu sois contrarié, mais tu ne peux pas te comporter comme ça, lui intima-t-elle aussi calmement que possible.

— Elle va épouser ce salaud de Troy. Ce maudit salaud, éructa-t-il.

— Parle moins fort, répondit-elle d'un ton sec.

— Je me fiche que les gens sachent ce que j'en pense.

— Pour l'heure, peut-être, mais demain tu le regretteras, le tança-t-elle en remarquant les gens qui s'approchaient pour entendre leur conversation.

Il se tut, ses lèvres formant une moue de petit garçon.

— Tu as dit à Leana ce que tu ressentais ?

— Je lui ai dit que je l'aimais il y a deux semaines. Tu sais ce qu'elle a fait ? Elle m'a ri au nez. Elle m'a dit que j'étais bon pour servir de cavalier, mais qu'elle cherchait quelqu'un avec un titre. Troy en a un. Du moins, il en aura un à la mort de son père le baron. Maudit salaud.

— Oh, Gideon.

— Qu'elle aille au diable, marmonna-t-il, avant de répéter à haute voix : Qu'elle aille au diable ! Je vais me chercher un verre.

— Je ne suis pas sûre que ce soit une bonne…

— Tu viens ?

Il était dans un sale état, qui n'allait faire qu'empirer s'il continuait à boire, mais elle ne pouvait pas le lui reprocher. Pas ce soir.

Cependant, elle tenta de l'en empêcher une dernière fois.

— Je crois qu'il serait bon que tu te reposes un moment. Viens sur la plage avec moi.

Gideon passa une main dans ses cheveux noirs et agrippa les pointes comme s'il allait en arracher une poignée, puis il s'éloigna d'un pas raide.

Lily regarda autour d'elle et remarqua que les gens de son côté de la piste se hâtaient de filer dans l'autre direction ; elle soupira avant de reprendre le chemin de la plage.

Quand elle l'atteignit, Lily fit un signe de tête à un groupe de débutantes qu'elle reconnaissait de l'un des nombreux cocktails du printemps, puis se laissa tomber dans un canapé chesterfield aux pieds à moitié enfoncés dans le sable.

Elle resta assise là, les yeux rivés sur les eaux noires du lac, pensant à l'absurdité de la situation dans laquelle elle se trouvait. Elle faisait partie des dernières femmes choisies pour être présentées à la cour – un privilège auquel bon nombre ne pouvaient même pas prétendre –, et pourtant elle ne s'était jamais sentie aussi en dehors de la société. Ce n'était pas uniquement parce qu'elle avait découvert la vérité sur sa naissance. Elle avait l'impression de ne pas être *à sa place*, dans tous les sens du terme.

Elle avait toujours vécu en marge de ce monde. On l'avait invitée aux anniversaires et aux thés par pure courtoisie – elle s'en rendait bien compte, désormais. Elle n'avait jamais eu de vraies amies avant de rencontrer Katherine et les Imparfaites. Elles avaient commencé à se fréquenter tout naturellement parce qu'elles étaient toutes marginales à leur manière. Lily voyait bien cette amitié durer des années, aux mariages et aux baptêmes, pendant les vacances et aux *garden-parties*, à travers les succès et les tragédies. Mais elle n'arrivait pas à imaginer le même avenir pour elle auprès des autres invités de cette fête.

Elle leva la tête et, à travers les lueurs vacillantes des torches, aperçut une grande silhouette qui se dirigeait vers elle.

Son cœur se réchauffa en voyant Ian, même si elle sentait un vide dans son estomac. Il semblait toujours savoir quand elle avait besoin de lui, et elle s'en voulait que ce soit aussi récurrent.

Il s'arrêta devant elle, un verre de champagne pétillant joyeusement dans chaque main.

— Ce serait vraiment cliché si je te demandais à quoi tu penses ?

Elle rit doucement.

— Peut-être, mais ce cliché ne me dérange pas.

Il lui tendit un verre.

— Je me suis dit que tu en aurais besoin. À dire vrai, je me suis dit ça il y a deux heures, mais à chaque fois que je te cherchais, tu dansais avec quelqu'un d'autre ou bien tu étais entourée de tes amies. Katherine n'avait pas l'air dans son assiette tout à l'heure.

— C'est vrai, mais je crois qu'elle va mieux. Tu aurais pu me retrouver pour le dîner de minuit, dit-elle avant de boire une gorgée et laisser les bulles pétiller sur sa langue.

— J'ai été trop lent. J'ai raté ma chance au profit de…

— Victor Penn, dit-elle.

— Victor Penn, répéta-t-il comme s'il méditait sur ce nom. Il devait savoir que j'arrivais toujours second à la course à pied à l'école. Je peux m'asseoir ? demanda-t-il en indiquant le siège à côté d'elle.

Elle hocha la tête et le regarda s'installer à l'autre bout du chesterfield, les jambes tournées vers elle et croisées au niveau des chevilles. Elle avait retiré ses talons argentés dès qu'elle avait pu, ravie de soulager ses pieds de la douleur causée par la danse. Elle s'était assise sur ses jambes, ses pieds en collant enfouis dans les plis de sa jupe.

Ils restèrent assis un moment en silence à regarder le lac. Le rire des autres couples sur la plage leur parvenait, mêlé au doux bruit des vagues causées par les invités qui commençaient à emprunter les bateaux jusqu'à l'île en face de la plage.

— Tu as l'air bien sombre, dit Ian au bout d'un moment.

Elle but une nouvelle gorgée de champagne.

— Je crois bien que je le suis.

— Il y a un problème ?

Elle fit rouler le pied du verre entre ses doigts.

— Tu as parfois l'impression d'avoir commis une erreur, alors même que tu as fait tout ce que les autres attendaient de toi ?

Il poussa un long soupir.

— Honnêtement ? Plus souvent que j'aime à le reconnaître.

Elle frissonna dans l'air frais et il se leva immédiatement, enfonçant son verre dans le sable pour retirer sa veste de soirée, avant de la passer autour des épaules de Lily. Elle le remercia d'un sourire et serra le col autour d'elle.

— Il y a aussi les bons moments, reprit Ian une fois rassis. Les moments où j'ai l'impression d'avoir fait exactement ce qu'il fallait quand il le fallait.

— Comme quoi ?

— T'inviter à danser au Savoy, par exemple.

— Ah oui ? demanda-t-elle doucement.

Il la regarda un instant et s'avança de quelques centimètres sur le canapé, le cuir grinçant sous son poids.

— Bien avant ça, il y a eu le soir où je t'ai rencontrée. Je t'ai vue au milieu de la foule, et je me suis dit : « J'aimerais savoir à quoi pense cette femme. »

— J'essayais sans succès de me défaire de cet homme abject qui croyait que les femmes n'avaient pas leur place à l'université. Merci encore de m'avoir sauvée.

Il s'avança encore, jusqu'à ce que son genou touche celui de Lily à travers le pli de sa jupe.

— Si mes souvenirs sont bons, tu arrivais très bien à le remettre à sa place toute seule. Je n'ai fait qu'accélérer les choses pour te rencontrer.

— Oh, soupira-t-elle.

— Lily… (Sa voix se mit à trembler comme s'il essayait de retenir une partie vitale de lui-même.) J'ai très envie de t'embrasser maintenant.

Le temps sembla ralentir et s'éterniser comme un film dont la bobine aurait été jouée de trop nombreuses fois. Pourtant, ce moment avec Ian était inédit.

Elle tendit la main vers celle de Ian, et leurs doigts s'entrelacèrent. Il porta le dos de la main de Lily à ses lèvres pour déposer un baiser en haut de son gant. Elle frissonna, mais elle ne se retira pas, alors Ian retourna sa main pour lui embrasser le poignet, juste à côté des petits boutons qui couraient le long de son accessoire. Il fit glisser ses doigts jusqu'à ce qu'ils jouent sur la peau nue, sous la veste qu'il avait posée sur les épaules de Lily. Il sentit sa clavicule et caressa cette ligne délicate avant de remonter sur sa nuque.

— Ian ? dit-elle, la voix tremblante.

— Hmmm ?

— Embrasse-moi, s'il te plaît.

Il l'entraîna vers lui jusqu'à ce que leurs visages se rejoignent à mi-chemin, et ses lèvres touchèrent celles de Lily comme pour tâter le terrain. Pour la provoquer. Puis il pencha la tête légèrement vers la droite et l'embrassa plus fort. Ses lèvres s'écartèrent, et il prit la lèvre inférieure de Lily entre les siennes en la tirant juste ce qu'il fallait pour envoyer une vague de chaleur dans le corps de la jeune femme.

Lily porta la main à la chevelure de Ian et agrippa les petites mèches à la base de sa nuque. Elle avait envie d'arracher ses gants, de sentir la douceur sur sa peau nue, mais ça aurait impliqué de lâcher prise, et arrêter de l'embrasser n'était pas une option.

Quelque part dans sa tête, une voix lui disait de ne pas agir ainsi, lui rappelant toutes les objections qu'elle avait ressassées depuis qu'elle avait appris le secret de sa famille. Mais elle avait envie de vivre ce moment plus que tout, alors elle posa sa main libre contre le tissu de sa chemise et essaya d'absorber chaque instant de ce baiser.

Un vacarme les força à se séparer. Deux hommes se criaient dessus. Une femme se mit à hurler.

Lily rompit le baiser en reculant d'un millimètre pour murmurer « Qu'est-ce qui se passe ? » contre les lèvres de Ian. Dans un grognement de frustration, celui-ci regarda par-dessus son épaule.

— On dirait que des gens se disputent sur le quai.

Elle se tourna, consciente que la main de Ian était encore autour de sa taille sous sa veste, caressant le satin de son corsage.

— Oh non, c'est Gideon.

— Le batelier ne semble pas vouloir le laisser ramer, lui apprit Ian.

Elle se retourna vers lui.

— Je crois que je sais pourquoi. J'ai croisé Gideon en venant ici. Il est passablement ivre.

— Il ne devrait pas monter dans une barque, comprit Ian, mais en se retournant, il vit Gideon s'installer dans un des bateaux à rames, suivi de la fille qu'il avait rencontrée plus tôt, Lucy, ainsi que d'un autre couple.

— C'est curieux, je ne pensais pas qu'il était du genre à se saouler durant un bal.

— En effet. D'habitude, il ne commence à boire sérieusement qu'après, en boîte de nuit. (Elle hésita.) Il est amoureux de Leana.

Ian écarquilla les yeux en comprenant la situation.

— Ce soir, ce n'est pas vraiment sa soirée…

Elle secoua la tête.

— Il n'a pas bien pris la nouvelle. Apparemment, Leana s'est montrée cruelle avec lui quand il lui a dit qu'il l'aimait il y a quelques semaines, et j'imagine qu'il a vécu la demande en mariage publique comme un soufflet.

— Je ne suis pas surpris, dit Ian en soupirant.

— J'aimerais que quelqu'un le ramène chez lui.

— Tu es très attachée à Gideon, n'est-ce pas ?

— Oui. À sa manière, il s'est comporté en bon ami. À dire vrai, ma mère m'a encouragée à lui courir après.

Le pouce qui caressait le corsage de Lily s'arrêta un instant.

— Et qu'est-ce que tu lui répondrais désormais ?

Elle sourit.

— Que toute mon attention se porte sur un autre homme.

Il étendit la main sur sa taille, et il se pencha pour l'embrasser à nouveau. Mais juste avant que leurs bouches ne se rencontrent, il y eut un grand bruit de plongeon, et des cris vinrent percer l'air nocturne.

25

LILY ET IAN SE LEVÈRENT D'UN BOND du chesterfield et essayèrent de trouver l'équilibre sur le sable mou.

— Qu'est-ce que c'était ? demanda-t-elle en scrutant le lac.

— Là, dit Ian en pointant une masse grise sur l'eau.

C'était la barque qui transportait Gideon et son groupe, mais elle était retournée. Elle agrippa le bras de Ian.

— Oh, mon Dieu ! Ils ont chaviré.

Presque au même moment, trois têtes sortirent de l'eau à une extrémité de l'embarcation ; c'était l'autre homme, un bras autour de chacune des deux débutantes qui pataugeaient.

— Arrêtez de vous débattre ! entendit-on crier aux filles de l'autre côté de l'eau.

— Ian, je ne vois pas Gideon, s'inquiéta Lily en tendant le cou pour chercher à la surface.

Plusieurs personnes s'étaient rassemblées au bord du quai.

— Pourquoi ne l'aident-ils pas ? demanda-t-elle, de plus en plus anxieuse.

— Bon, lâcha Ian.

Et il se mit à courir en direction du quai, soulevant du sable sous ses pas. Elle le suivit, oubliant ses chaussures à talons près du chesterfield.

Ian fendit la foule jusqu'au batelier. Lily l'entendit demander « Vous l'avez vu ? », puis il desserra sa cravate et tira sur les lacets de ses chaussures.

— Il s'est mis debout. Je lui ai dit de ne pas monter dans la barque, mais il l'a prise quand même, et il s'est mis debout, dit le batelier en se tordant les mains.

— Quelle est la profondeur de l'eau au niveau du quai ? demanda Ian à la foule. Quelqu'un sait ?

— Au moins un mètre quatre-vingts à cette période de l'année, répondit un homme d'une petite trentaine d'années qui portait une cravate bleu clair. Je suis un ami de la famille qui possédait Balcombe autrefois. Je venais nager ici quand j'étais petit.

Ian enleva ses chaussures et plongea avant de s'éloigner à grands mouvements de bras en direction de la barque retournée.

— Vous n'allez pas l'aider ? demanda Lily en tirant le bras du batelier.

L'homme haussa les épaules, les mains ouvertes devant lui.

— Je ne sais pas nager.

— Bon sang.

L'homme à la cravate bleue retira cette dernière et lança sa veste à Lily. Elle le regarda plonger comme Ian et nager à la même allure. Elle retint son souffle, n'osant plus bouger en les voyant arriver au bateau. Ian plongea en dessous et refit surface au moment où l'autre homme arrivait à son niveau. Ils échangèrent quelques mots en urgence, qui se perdirent dans le vent, et replongèrent tous les deux.

Un murmure commença à s'élever sur le quai tandis que passaient les secondes. Lily ne pouvait rien faire d'autre que rester debout, les doigts enfoncés dans la veste de l'inconnu alors que celle de Ian l'enveloppait encore de son parfum frais et boisé, lui apportant une once de réconfort pendant qu'elle attendait.

Après ce qui parut une éternité, les deux hommes remontèrent à la surface pour reprendre de l'air. Entre eux deux flottait Gideon, la tête pendue en avant.

Un cri de surprise se fit entendre sur le quai, mais Lily ne put que murmurer :

— Non…

Gideon ne lutta pas et ne leva même pas les yeux tandis que Ian et l'autre homme nageaient jusqu'au rivage en le portant.

— Tu crois qu'il va bien ? demanda une fille derrière Lily d'une voix aiguë.

— Regarde-le, marmonna un homme.

Lily voulait se retourner et leur crier de se taire jusqu'à ce qu'on en sache davantage, mais elle ne pouvait détourner les yeux, comme si c'était son regard qui maintenait les trois hommes à la surface.

Quand elle comprit qu'ils se dirigeaient vers la plage plutôt que d'essayer de hisser Gideon sur le quai, Lily cria :

— Laissez-moi passer ! Poussez-vous !

Les gens se poussèrent et elle fonça en direction de la plage à leur rencontre. Ian et l'autre homme atteignirent le rivage, essoufflés. Sans un mot, elle jeta leurs deux vestes de côté et entra les pieds dans l'eau pour attraper Gideon sous le bras droit. Avec Ian à gauche et l'inconnu à ses pieds, ils le hissèrent sur le sable.

Lily se jeta aux côtés de son ami, sans prêter attention à sa jupe trempée et froide qui lui collait aux jambes. Elle saisit la main de Gideon. Celle-ci était glacée et ses ongles viraient déjà au bleu.

— Va chercher un médecin, ordonna Ian à l'autre sauveteur.

L'homme acquiesça et les éclaboussa en s'éloignant à toute vitesse. Ian commença à appuyer sur le torse de Gideon à une cadence marquée, puis il lui pinça le nez et lui souffla dans la bouche plusieurs fois.

Il leva la tête vers Lily avant de revenir sur le torse de Gideon.

— J'ai un ami qui étudie la cardiologie. Il m'a expliqué que les Américains utilisaient cette méthode pour réanimer les gens inconscients.

— Fais tout ce que tu peux. Je t'en supplie, dit-elle en laissant échapper quelques larmes.

Elle ne se souvenait pas de la dernière fois qu'elle avait prié en dehors des visites familiales obligatoires à l'église de Grand-Maman pour les offices de Pâques et de Noël, mais elle joignit les mains devant sa poitrine et pria pour la vie de Gideon.

— Il était coincé sous la barque, dit Ian d'un ton grave. Je crois que sa veste s'est prise dans l'une des dames de nage, c'est pour ça qu'il est resté sous l'eau.

— Oh, Gideon, murmura-t-elle.

Effrayée, elle observa Ian qui continuait d'essayer de ramener Gideon à la vie. Il ne se rassit que lorsque l'autre sauveteur revint, suivi d'un homme aux cheveux grisonnants et à la démarche légèrement arquée.

— Vous avez très bien fait, dit l'homme plus âgé en posant une main sur l'épaule de Ian. (Il s'accroupit sur le sable à côté de Gideon.) Je vais prendre le relais.

Épuisé, Ian se leva avec raideur et s'approcha de Lily avant de lui passer un bras autour des épaules. Sa chemise humide vint tremper la partie de sa robe qu'elle n'avait pas encore mouillée en entrant dans l'eau, mais elle n'en avait que faire. Tout ce qui comptait, c'était sa présence, pour attendre et s'inquiéter avec elle.

Le docteur posa les doigts sur le cou de Gideon à la recherche d'un pouls. Il fit de même au niveau des poignets, et il leva la tête vers Lily, puis vers Ian.

— Il vaudrait peut-être mieux éloigner la jeune femme.

— Je ne l'abandonnerai pas, murmura-t-elle.

Le docteur soupira et secoua la tête.

— Je crains qu'il ne soit plus des nôtres. Je suis vraiment navré.

Lily s'effondra sur le sable. Ian s'enfonça avec elle, la serra dans ses bras et l'attira contre lui afin qu'elle puisse enfouir son visage contre son torse et laisser couler ses larmes. Mais aucun réconfort ne ramènerait Gideon.

— Viens, lui murmura Ian à l'oreille au bout d'un moment. Allons à la maison pour te trouver des habits secs.

Elle tourna vers lui son visage mouillé de larmes.

— Merci. Merci d'avoir essayé de le sauver.

— Par ici, Lily. Viens.

Elle se laissa diriger calmement. Quelqu'un dans la triste foule qui s'était amassée sur la plage tendit sa veste à Ian. Il la déposa sur les épaules de Lily, comme pour la revêtir d'une armure et la protéger de ce qui venait de se passer. Les convives s'écartèrent pour les laisser s'éloigner.

Tout le long du chemin jusqu'à la maison, les gens les fixèrent du regard. Il n'y avait plus de musique à présent. Plus personne ne dansait. Au lieu de ça, l'air était empli des murmures étouffés et du son des criquets.

Katherine sortit de la foule. Lily leva les yeux vers son amie, en quête de… réconfort ? D'une explication ? Elle ne savait pas.

— Je suis désolée, ma chérie, dit Katherine, les yeux embués.

— Je vais la faire monter pour qu'elle n'attrape pas froid, expliqua Ian.

Katherine hocha la tête et se redressa pour reprendre son rôle d'hôtesse.

— N'importe quel membre du personnel pourra vous aider à trouver des habits secs, pour tous les deux. Demande-leur de la conduire à ma chambre. Personne ne vous dérangera là-bas.

— Merci, dit Ian.

Katherine l'arrêta d'une main tendue.

— Merci de ton aide.

Lily le vit s'arrêter, comme s'il se demandait s'il méritait vraiment cet éloge. Elle s'approcha de lui et glissa ses doigts dans les siens. Il baissa les yeux vers elle, le regard creux.

— Je vous laisse, murmura Katherine en reculant discrètement.

Lily réussit à garder la tête haute en entrant dans la maison. En haut des marches de la véranda, Bertram, le majordome, les intercepta et les conduisit en vitesse à l'étage. D'une façon ou d'une autre, le personnel avait eu vent de l'incident, et deux chambres avaient été préparées à la hâte.

— Miss Nicholls, la bonne personnelle de Miss Katherine vous attend pour vous assister, dit doucement Bertram en indiquant une porte en bois verni. Mr Bingham, vous prendrez la porte suivante dans le couloir. Je peux faire appeler le valet de Mr Norman, si vous le désirez.

— Merci. Ce ne sera pas nécessaire.

Le majordome s'inclina légèrement et se retira au bout du couloir par lequel ils étaient arrivés.

Dès qu'il fut hors de portée, les épaules de Lily s'avachirent. Elle porta une main à son front, et de chaudes larmes se remirent à couler sur ses joues. Ian n'essaya pas de la consoler ni de l'empêcher de pleurer : il se contenta de rester avec elle en attendant que passe la tempête du chagrin.

26

« TU ES SÛRE QUE ÇA VA ALLER, toute seule ? demanda Ian en tournant dans Harley Gardens au volant de la voiture qu'il avait empruntée à un ami de Cambridge.

Lily leva les yeux de la vitre par laquelle elle regardait depuis un moment. Elle portait encore les habits de Katherine – non pas une robe comme le lui avait suggéré la femme de chambre, mais un cardigan bleu marine, un chemisier blanc amidonné et un pantalon beige avec des mocassins bruns en cuir souple.

Dès qu'elle avait quitté l'étreinte de Ian, elle avait compris qu'elle ne pouvait pas rester au bal. Elle ne supportait pas l'idée d'être en compagnie de tous ces gens, de les voir la regarder avec curiosité en pointant du doigt la fille qui avait essayé de sauver le sous-lieutenant Gideon Moore – ou, pire, de voir ceux qui étaient capables d'assister à une tragédie et, quelques secondes plus tard, de se remettre à rire et retourner à leur joyeuse soirée comme s'il ne s'était rien passé.

Elle n'avait pas eu besoin de s'en inquiéter. Le temps qu'elle enfile les habits de Katherine et retrouve Ian qui l'attendait, le bal avait été annulé. Les débutantes et leurs cavaliers s'entassaient dans des voitures, se criant les uns sur les autres en débattant des maisons de campagne et des boîtes de nuit londoniennes où ils iraient finir la soirée puisqu'on avait coupé court à celle-ci. La plupart des convives plus âgés eurent la décence de paraître attristés par ce qui s'était produit ce soir-là, mais même eux ne purent cacher leur soulagement à l'idée de partir plus tôt que prévu.

Ian avait jeté un coup d'œil à Lily et lui avait annoncé qu'il la ramenait chez elle. Elle était restée silencieuse tandis qu'ils saluaient Katherine et les autres Imparfaites, qui prononcèrent à peine un mot. Le trajet du retour dans la voiture s'était déroulé dans un silence quasi total. En arrivant à Harley Gardens, Ian l'avait ramenée à elle.

— Tu veux que je t'accompagne à l'intérieur ? demanda-t-il.

— Ça va aller, finit-elle par dire.

Il coupa le moteur et se retourna sur son siège pour lui faire face. L'inquiétude se lisait dans les plis de son front ; il se pencha davantage pour mieux l'observer sous la lumière des réverbères.

— Tu es sûre ?

Non. Elle n'était plus sûre de rien. Elle savait seulement qu'elle était triste, énervée et fatiguée. Tellement fatiguée.

— Merci de m'avoir ramenée, dit-elle en récupérant son sac à main et la petite valise qu'elle avait emportée chez Katherine, puisqu'elle était censée y passer la nuit.

Il l'arrêta en lui posant une main sur le bras au moment où elle attrapait la poignée de la portière.

— Je sais que ce n'est pas le bon moment pour dire ça, mais j'ai besoin que tu saches que le meilleur aspect de la soirée, c'était ta présence. Le meilleur aspect de tout ce que j'ai vécu ces derniers mois.

Le cœur de Lily se serra, mais elle savait qu'elle ne pouvait faire confiance à aucune de ses émotions à cet instant précis. Pas quand celles-ci étaient peintes avec, pour toile de fond, la mort de Gideon. Au lieu de répondre, elle eut un sourire crispé et poussa la portière vers la légère brume qui emplissait l'air nocturne.

Lily entra dans la maison comme elle l'avait fait de nombreuses fois au cours de la saison. Elle remit les clés dans son sac à main, et son sac à main sur le buffet. Elle allait enlever ses chaussures, comme d'habitude, quand elle vit son reflet dans le miroir de l'entrée. Elle se redressa lentement. Ses cheveux, qui lui arrivaient aux épaules, étaient décoiffés et légèrement ondulés parce qu'elle les avait touchés avec ses mains mouillées. Son rouge à lèvres brillant s'était estompé plusieurs heures auparavant, et la majeure partie de son fond de teint avait dû subir le même sort, car les cernes sous ses yeux étaient devenus profonds et violets comme des ecchymoses.

Elle passa les mains dans ses cheveux blond clair pour dégager son front. Elle était dans un sale état, et ce n'était pas à cause de l'heure tardive ni du fait qu'elle s'était levée tôt pour finir sa robe avant de se rendre à la gare de Paddington ce matin-là. En face d'elle se tenait une femme – endurcie et un peu trop aguerrie – qu'elle reconnaissait à peine. Où était la fille fraîchement sortie de l'école qui avait ressenti une petite excitation en devenant l'une des dernières débutantes à faire la révérence devant la reine ? Comment était-elle devenue cette étrangère qui allait de bal en bal et qui faisait semblant de prêter attention à l'admiration des hommes et à l'amitié de femmes qui – à part une poignée – ne lui auraient même pas adressé la parole si elles étaient allées à l'école ensemble ? Comment cette vie avait-elle pu devenir la sienne en seulement deux mois ?

La pendule sonna deux heures du matin, et Lily détourna le regard de son reflet. C'était sa faute. Elle avait laissé faire. Elle s'était tellement pliée en quatre pour faire plaisir à Grand-Maman et Maman qu'elle s'était brisée. De quel droit avaient-elles pu lui demander ça, surtout sa mère qui n'avait même pas eu la décence de lui révéler la véritable identité de son père ?

— Qui est-il ? murmura-t-elle.

Avec un soupir, elle ramassa son sac, bien résolue à aller se coucher comme elle l'aurait fait d'ordinaire, mais, en passant devant la porte fermée du bureau, ce bureau qui appartenait à l'homme qu'elle avait considéré comme son père pendant si longtemps, elle hésita.

Qui est-il ?

Elle gravit les marches jusqu'au palier où se trouvait une petite table, sur laquelle était posé un vase Moorcroft à motifs de coquelicots.

Qui est-il ?

Elle monta jusqu'en haut de l'escalier, mais, au lieu de tourner à droite vers sa chambre, elle prit à gauche.

Qui est-il ? La question la poussait en avant, l'attirait de plus en plus vers la chambre de sa mère, jusqu'à la mener devant la porte. Un mince rayon de lumière filtrait en dessous. Avant de pouvoir s'en empêcher, elle leva la main et toqua.

— Lily ? fit la voix étouffée de sa mère.

Elle tourna la poignée et entra dans le petit salon attenant à la chambre. Maman était assise dans son lit, un livre sur les genoux. Elle portait une robe de nuit blanche avec un liseré de dentelle sur le col. Ses cheveux étaient relevés à l'aide d'épingles et attachés par une fine écharpe en soie rose, même si Lily était certaine que personne ne verrait sa mère avant lundi, lorsque tante Angelica se joindrait à elles pour boire le thé et discuter des événements du week-end. Comme c'était étrange de ne voir sa mère porter de la couleur que dans l'intimité de sa chambre à coucher.

— Tu rentres tôt, remarqua Maman en fermant son livre. Et qu'est-ce que tu fais dans ces vêtements ? Qu'est-il arrivé à tes cheveux ? Tu viens de les faire coiffer.

— Il s'est passé quelque chose à la fête.

— Que veux-tu dire ?

— Il y a eu un accident. Gideon s'est noyé.

— Noyé ? Comment ça ?

— J'étais là quand ils l'ont sorti de l'eau. J'étais à ses côtés sur la plage.

— Oh, Lily !

Sa mère voulut se lever, mais Lily l'arrêta d'une main tendue.

— Pourquoi Grand-Maman et toi avez-vous tant insisté pour que je devienne une débutante ?

— Quelle étrange question ! J'étais une débutante, tout comme ta tante et tes deux grands-mères. Tu sais bien que c'est la tradition.

— Mais qu'est-ce que ça change ? demanda-t-elle, élevant un peu la voix.

— Dans la tradition repose la stabilité. La constance. L'honneur, dit sa mère.

— Tu es une débutante parce que tu es une Nicholls. Mais je n'en suis pas une, n'est-ce pas ?

La question resta suspendue en l'air, lourde et étouffante, jusqu'à ce que sa mère finisse par dire :

— Pardon ?

— Je ne suis pas une Nicholls. Pas de sang.

— Je ne comprends pas ce que tu dis, répondit Maman.

Son visage devint livide.

— Si, tu comprends très bien ! cria Lily pour faire céder le barrage.

Elle avança d'un pas décidé vers la boîte à bijoux de sa mère et l'ouvrit. Maman hurla en repoussant les couvertures, mais Lily fut plus rapide. Elle sortit de la boîte la clé en laiton du bureau.

— Lily ! Qu'est-ce que tu fais ? cria sa mère derrière elle alors qu'elle quittait la pièce.

Elle descendit l'escalier d'un pas lourd sans lui prêter attention. Au lieu de ça, elle récupéra la clé dans la cachette de Hannah et déverrouilla la porte du bureau au moment où sa mère arrivait en bas des marches. Elle ouvrit grand la porte, s'avança vers le bureau, fourra la clé dans le tiroir et la tourna.

— Lily, non ! cria sa mère à l'entrée de la pièce, les mains de part et d'autre de l'encadrement comme pour soutenir son poids.

Lily sortit entièrement le tiroir et vida son contenu sur le bureau. Le registre glissa et tomba au sol dans un bruit étouffé, et une pile d'enveloppes se répandit à ses pieds. Elle s'attendait presque à ce que sa mère se jette dessus alors qu'elle fouillait parmi les papiers pour trouver ce qu'elle était venue chercher.

— Qu'est-ce que c'est que ça ? demanda-t-elle en sortant une lettre de son enveloppe.

— Je ne sais pas de quoi tu parles.

— « Tu vas me faire parvenir les 150 £ que tu me dois chaque mois pour que je garde ce secret, sinon je raconterai tout à Lily, de la liaison jusqu'aux circonstances de sa naissance. Elle saura la vérité sur son père et sur ce que tu as fait. »

Elle leva les yeux de la lettre.

— Qui est mon père ?

Il n'y eut tout à coup plus la moindre trace de peur ou d'horreur chez sa mère, ne laissant plus apparaître que son épuisement. Lily regarda Maman tituber dans la pièce et s'asseoir sur l'un des fauteuils club.

— Tu n'étais pas censée l'apprendre, murmura-t-elle.

— Apprendre que l'homme que tu m'as laissée appeler Papa, dont on a plus ou moins porté le deuil pendant toute ma vie, n'était pas mon père ? J'ai le droit de le savoir !

Elle criait désormais, mais elle s'en fichait. Toute la colère qu'elle avait accumulée en elle bouillonnait, et rien ne pouvait plus la retenir.

— Tu ne comprends pas, commença sa mère.

— Alors explique-moi !

— Si je te raconte cette histoire, tout va changer, protesta-t-elle faiblement.

Lily se saisit d'une poignée de lettres et les secoua sous son nez.

— Ces lettres ont déjà tout changé. Rien de ce que tu pourras me dire ne sera plus douloureux que d'apprendre la vérité par accident. Qui est mon père ?

Maman se prit le front dans la main, comme pour se protéger les yeux.

— Ethan Hartford.

Lily se figea.

— Ethan Hartford ? Le père de Leana ?

— Tu comprends maintenant pourquoi je ne voulais pas que tu les fréquentes ?

— Ils le savaient, murmura-t-elle en s'enfonçant sur le fauteuil derrière le bureau. Ils le savaient depuis tout ce temps, et ils m'ont invitée chez eux.

Mais ce n'était pas vrai. C'était Leana qui avait cherché à se lier d'amitié avec elle, et qui l'avait invitée à son déjeuner de débutante. Ce qui semblait d'autant plus excitant que la mère de Lily lui avait interdit d'y aller.

Sa mère secoua lentement la tête.

— J'ai essayé de t'avertir. J'ai essayé de te dire que tu devais rester à l'écart de cette famille.

Lily sentit une aigreur dans son estomac.

— Tu crois que Leana savait ? demanda-t-elle à voix basse.

— Je l'ignore. Ruth et Ethan comptaient autrefois parmi mes amis les plus chers, mais quand tout a changé j'ai compris que je ne les connaissais pas vraiment. Ils ne me montraient que ce qu'ils voulaient bien que je voie – un couple parfait qui menait la vie parfaite.

Elles restèrent un moment en silence, le tic-tac de la pendule du couloir résonnant dans la pièce tandis que le temps s'étirait entre la mère et la fille.

— Pourquoi as-tu fait ça ? demanda Lily.

Sa mère leva la tête.

— Quoi ?

— Pourquoi as-tu fait ça ? Pourquoi as-tu eu une liaison avec Mr Hartford ?

Un rire amer s'échappa des lèvres de sa mère.

— Tu crois que c'est *ça* qui s'est passé ? Oh, que tu es naïve.

— Pourquoi quelqu'un te ferait chanter, sinon ? demanda-t-elle en levant la lettre. C'est pour ça que tu m'as demandé de faire des économies malgré l'argent de Grand-Maman, n'est-ce pas ? C'est pour ça que tu m'as autant poussée à devenir débutante. La saison n'était qu'un moyen pour toi de payer cette personne.

— Non. Devenir une débutante, c'était obtenir de la légitimité, Lily. C'était censé t'aider. Te protéger.

— Ce qui m'aurait aidée, c'est que tu n'aies jamais de liaison avec cet homme horrible, rétorqua-t-elle.

Sa mère bondit de son siège, s'avança vers elle et cogna des deux mains sur le bureau.

— Je t'interdis de m'accuser d'une telle chose ! Tu devrais savoir mieux que quiconque que je n'aurais jamais trahi Michael. Je l'aimais.

— Tu ne peux pas dire tout et son contraire, Maman, dit Lily avec dégoût. Tu as eu une liaison. Tu es tombée enceinte de moi. Tu as trahi ton mari. C'est aussi simple que ça.

— Que tu es naïve.

— Alors explique-moi ! Aide-moi à comprendre pourquoi tu m'as menti, supplia-t-elle.

Lentement, sa mère se redressa, et parut grandir jusqu'à emplir toute la pièce, enhardie par son indignation.

— Je n'ai jamais eu de liaison avec Ethan Hartford. C'est Joanna.

— Joanna ? Ma sœur ? murmura-t-elle.

— Joanna, ta mère.

— Impossible ! s'exclama Lily.

Ça ne pouvait pas être vrai. Si c'était le cas, cela voulait dire…

— Et pourquoi pas ? Elle avait seize ans et elle était déterminée à gâcher sa vie, dit sa mère.

— Mais tu l'as envoyée en Amérique. C'était une enfant, rétorqua-t-elle.

Elle essayait de s'accrocher à ce qu'elle croyait réel, car, si sa mère lui disait la vérité – si sa sœur était bien sa mère, et sa mère, sa grand-mère –, il ne pouvait y avoir de plus gros mensonge.

— Quand Joanna avait treize ans, elle sortait par la fenêtre de sa chambre pour aller retrouver le fils du marchand de fruits et légumes, reprit sa mère. On pensait pouvoir la contrôler en l'envoyant en pension, mais ça ne l'a pas empêchée de continuer durant les vacances. Elle mourait d'envie de se faire une réputation, alors nous l'avons envoyée chez ta tante Patricia et ton oncle Howard à Washington. Quand la guerre a éclaté, Ethan Hartford m'a dit qu'il garderait un œil sur elle si on l'envoyait là-bas pour le travail. En tant qu'ami. Je n'avais pas imaginé qu'il puisse avoir des vues sur ma fille.

« Ta tante m'a envoyé un télégramme au printemps 1940 pour me dire qu'elle avait appris la liaison. Une fois découverte, Joanna a avoué qu'elle souffrait de nausées matinales depuis plusieurs semaines. J'ai téléphoné à Ethan pour exiger qu'il me fasse venir par le premier bateau, et j'ai dit à tout le monde que j'emmenais Joanna dans une station thermale pour sa santé. J'ai aussi glissé à Angelica que j'étais enceinte contre toute attente, mais que mon médecin m'avait conseillé de n'en parler à personne à ce stade, car je n'avais pas eu d'enfant depuis longtemps. Ce n'était pas si difficile à croire. J'avais été enceinte plusieurs fois après Joanna, mais aucune grossesse n'avait duré plus de quelques mois.

Sa mère déglutit comme si elle essayait de passer outre l'émotion qui lui montait dans la gorge.

— Je savais que je pouvais compter sur Angelica pour répandre la nouvelle. Elle ne peut pas s'en empêcher. À la fin de ma première semaine à Washington, je recevais déjà des lettres de mes amies de Londres, qui me félicitaient pour mon courage d'avoir risqué la traversée dans mon état. J'ai répondu à tout le monde que Joanna avait attrapé un virus que même les meilleurs médecins n'arrivaient pas à identifier et que sa convalescence serait longue. Nous avons passé des mois dans une horrible maison dans les environs de Hot Springs, en Caroline du Nord, en attendant que tu naisses.

« Quand tu es arrivée en novembre cette année-là, il n'y avait aucune raison pour que quiconque en Angleterre croie autre chose que ce qu'Angelica et moi leur avions raconté. Mais nous ne pouvions pas encore rentrer. Pas avant que Joanna ait récupéré. Quand j'ai été enfin prête à commencer les préparatifs, au mois de janvier, j'ai reçu un télégramme de ta grand-mère. Mon mari était mort.

Lily avait enfoncé ses doigts dans les accoudoirs en cuir du fauteuil. « Mon mari. » Pas « ton père ». Elle se rendit compte qu'elle ne se souvenait pas d'avoir un jour entendu sa mère – Josephine – faire allusion à lui comme le père de Lily. Celle-ci avait appelé « Papa » un homme qu'elle n'avait jamais rencontré. Josephine ne l'avait simplement jamais reprise.

— Pourquoi n'es-tu pas rentrée à ce moment-là ? demanda Lily.

Josephine balaya l'air de la main.

— Ce n'était pas comme aujourd'hui, où on peut simplement réserver une place sur un bateau. Il fallait entreprendre des préparatifs spéciaux. Tu crois peut-être que ça m'était égal, mais, avec les sous-marins qui patrouillaient dans l'Atlantique, je ne pouvais pas me permettre de risquer la traversée avec un nouveau-né et une fille qui venait d'accoucher.

« J'ai écrit à Ethan avant ta naissance et je lui ai dit que Joanna aurait besoin d'argent pour subvenir à tes besoins. Nous avons utilisé cet argent pour notre séjour à Hot Springs.

— Est-ce qu'il… ?

Lily ne put se résoudre à finir cette question.

— Est-ce qu'il a jamais eu l'intention de s'occuper de toi ? Ne le prends pas personnellement, Lily. Il ne s'est jamais vraiment occupé de ses propres enfants. Pas plus que Ruth, d'ailleurs. Une fois qu'Ethan avait obtenu ce qu'il voulait de Joanna, il en a eu fini avec nous. La mort de Michael n'a été qu'un prétexte pour couper les ponts.

La douleur sourde qui lui avait transpercé le cœur quand elle avait découvert la lettre sur le bureau quelques semaines plus tôt la reprit, mais ce fut la honte – des vagues de honte déferlantes – qui la força à se cacher le visage.

— Toutes les communications provenaient des avocats d'Ethan, reprit Josephine.

Soit elle n'avait pas remarqué la détresse de Lily, soit elle n'en avait rien à faire.

— On avait été amis pendant des décennies, mais il s'est servi de notre fille et puis a continué ses affaires comme si elle était une vulgaire gourgandine ; ce qu'elle était sans doute, en un sens.

« Elle a reçu cent cinquante livres par mois de ses avocats jusqu'à tes dix-huit ans. Nous n'étions pas censées le contacter. Si je croisais Ethan en public, je devais partir sans la moindre explication. Si Joanna ou moi ne respections pas cet arrangement, l'argent aurait cessé d'arriver.

— C'est Joanna qui a envoyé ces lettres, comprit Lily.

— Évidemment. Elle a passé une nuit ici après notre retour à Southampton, puis elle est partie s'installer dans un endroit appelé Hawkshead Hill. Je n'ai plus entendu parler d'elle jusqu'au mois de novembre dernier.

— Quand j'ai eu dix-huit ans, murmura Lily.

— Elle a écrit pour exiger que je lui verse l'argent qu'Ethan ne lui envoyait plus. Elle m'a dit que si je ne le faisais pas, elle révélerait toute l'affaire. Tu vois ce que représente notre famille à ses yeux…

— Pourquoi est-ce qu'elle ne m'a pas emmenée ? Pourquoi c'est toi qui m'as élevée ?

Josephine leva la tête.

— Si tu étais avec moi, au moins je pouvais être sûre que ta grand-mère ne laisserait pas la fille de son fils dans le besoin. Tu as gâché ma vie, Lily. Le moins que tu pouvais faire, c'était de te rendre utile.

Lily sentit son estomac se nouer, et elle se précipita sur la corbeille à papier sous le bureau. Elle eut un haut-le-cœur, puis vomit jusqu'à ce qu'il ne lui reste plus rien.

En reposant la corbeille, le front couvert de sueur, elle vit que Josephine s'était levée. Elle lui tendait un mouchoir à bout de bras.

— Merci, murmura lamentablement Lily.

Elle s'essuya la bouche et tenta de retrouver l'équilibre. Elle finit par dire :

— Pourquoi ne m'as-tu jamais dit que tu étais ma grand-mère et non ma mère ?

Josephine haussa les épaules.

— Un mot de travers et les gens auraient commencé à se poser des questions. C'était plus simple de te mentir plutôt que de vivre dans la peur que tu dises quelque chose qu'il ne fallait pas parce que tu étais trop jeune pour comprendre.

— C'est pour ça que tu m'as découragée d'avoir des amies ?

— Créer de l'intimité soulève toujours des questions. Et pas seulement de la part des enfants, mais de leurs parents aussi.

Dans une tentative désespérée de conserver l'argent que lui versait Mr Hartford, Josephine avait condamné Lily à une enfance plongée dans l'isolement et la solitude. Lily avait grandi dans une maison froide, dénuée de tendresse, et elle avait toujours cru être la seule responsable du désintérêt de sa mère. En réalité, Josephine avait nourri une telle rancœur envers Lily qu'elle l'avait privée d'affection et d'une relation avec sa mère biologique.

Lily se leva. Elle en avait assez entendu. Elle attrapa l'enveloppe et la brandit en direction de Josephine.

— Qu'est-ce que tu fais ? demanda celle-ci.

— J'emporte ceci avec moi.

Elle avait fait la moitié du chemin jusqu'à la porte lorsqu'elle entendit Josephine crier :

— Lily, tu ne peux pas lui écrire.

Non, lui écrire ne suffirait pas. C'était trop facile d'ignorer une lettre, et elle avait besoin de réponses.

— Lily ?

Josephine la suivit dans le couloir.

— Que fais-tu ? Tu devrais monter te coucher. On discutera davantage demain matin.

Mais Lily avança tout droit vers la porte de la maison et ne s'arrêta que pour saisir la valise qu'elle avait apportée chez Katherine, et son imperméable accroché à une patère dans l'entrée. Puis elle sortit sous une pluie battante.

Lily plissa les yeux sous la pluie, en quête du moindre signe de vie dans cette aube réticente. Enfin, elle la vit. À la fenêtre, une lumière solitaire.

Elle se hâta de rejoindre la porte d'entrée de l'immense maison blanche, les pieds endoloris dans les mocassins trempés qu'elle avait empruntés à Katherine à la soirée. Il lui semblait que cela faisait une éternité. Elle n'avait pas voulu prendre un taxi jusqu'à Eaton Square. Cela aurait été un gâchis d'argent, et elle mourait d'envie de marcher sous la pluie. Toute cette eau qui coulait entre sa nuque et le col de son imper avait quelque chose de réparateur. Mais, à présent, elle avait froid et voulait se mettre à l'abri, dans un endroit chauffé.

Ça ne changera rien aux mensonges de Josephine.

Ça ne ramènera pas Gideon.

Non, ça ne changerait rien. Mais il fallait qu'elle essaie.

Elle appuya sur la sonnette et repoussa ses cheveux mouillés de son visage du mieux qu'elle put. Au bout d'un certain temps, la porte s'ouvrit.

— Miss Nicholls, l'accueillit Mrs Kent.

— Bonjour. Je suis désolée de vous déranger, mais pourrais-je utiliser votre téléphone ?

La gouvernante londonienne des Norman n'hésita pas une seconde. Elle laissa entrer Lily et se hâta de prendre son imperméable trempé.

— Je vais vous trouver des habits secs. Par ici.

Elle la conduisit dans un salon équipé d'un poste téléphonique. Lily la remercia et lui demanda :

— Connaissez-vous le numéro de Balcombe Manor ?

Mrs Kent lui donna l'indicatif de la maison de campagne des Norman et ajouta :

— C'est affreux, ce qui s'est passé ce soir.

Lily hocha la tête et sentit les larmes monter.

— Je vais vous trouver des habits, proposa Mrs Kent d'une voix douce.

— Merci.

Quand la porte se referma, Lily attrapa le combiné et donna à l'opératrice le code pour Balcombe Manor. Bertram décrocha au bout de deux sonneries.

— Bertram, je suis navrée d'appeler si tôt, mais pourriez-vous me passer Miss Norman, s'il vous plaît ?

— Bien, Miss Nicholls.

Katherine finit par arriver au bout du fil, hors d'haleine.

— Lily, tout va bien ?

— Non. Non, ça ne va pas. Je dois aller dans le Cumberland dès que possible.

— Pourquoi ?

— Parce que c'est là-bas qu'habite ma mère.

Il y eut un long silence au bout du fil, et Katherine finit par dire :

— Quoi ?

— Je viens d'apprendre que ma mère n'était pas ma mère et que mon père n'était pas mon père, répondit-elle en laissant échapper un rire creux face à toute l'absurdité de la situation.

— Mais comment… ?

— Ma sœur est tombée enceinte lors d'une liaison avec un homme marié. Ma mère – Josephine – m'a fait passer pour sa fille.

— Bon Dieu, murmura Katherine.

— Je crois que je t'ai plus entendue jurer ce soir que jamais auparavant, remarqua Lily, qui commençait à grelotter dans ses habits trempés.

— Tu m'as donné beaucoup de raisons de jurer. Donc tu veux aller retrouver ta sœur ? Enfin, ta mère ?

— Joanna, dit-elle d'un ton sec. Oui.

— Tu as un plan ? demanda Katherine.

Lily se tut. Elle n'avait pas réfléchi aussi loin.

— Je ne sais pas comment je vais me rendre là-bas, finit-elle par avouer.

— Tu sais ce que tu lui diras quand tu y seras ?

— Non.

— Où es-tu ?

— Chez toi, à Londres.

— Parfait. Demande à Mrs Kent de t'apporter tout ce dont tu as besoin. Ne bouge pas. Je serai là dans une heure, promit Katherine.

— Le trajet dure une heure et demie, dit Lily distraitement.

— Pas quand c'est moi qui conduis. Promets-moi que tu ne quittes pas la maison.

— Je te le promets.

— Bien. Lily, tu n'as pas besoin de faire quoi que ce soit toute seule si tu n'en as pas envie.

— Merci, murmura-t-elle, la voix cassée.

Puis elle raccrocha et se mit à pleurer.

QUATRIÈME PARTIE

Les calèches

UN MORT AU BAL DE LA DÉBUTANTE
Un Grenadier Guard s'est noyé dans un accident de barque.

LE BAL DE DÉBUTANTE TOURNE AU CAUCHEMAR
La débauche entraîne la mort par noyade dans un lac au domicile d'un magnat de la presse.

LA DÉBAUCHE DE LA JEUNESSE D'AUJOURD'HUI EST-ELLE ALLÉE TROP LOIN ?

27

« TU ES SÛRE QUE TU AS BIEN TON BILLET ? demanda Katherine à Lily au milieu du vacarme de la gare de King's Cross.

— Je l'ai juste là, répondit-elle en tapotant le sac qu'elle avait emprunté.

Katherine le lui avait sorti, ainsi que d'autres affaires, après avoir conduit jusqu'à Londres la veille. Bien sûr, Lily lui avait précisé qu'elle n'avait besoin que du strict minimum, mais Katherine lui avait préparé une valise pleine de vêtements en écoutant le plan de son amie.

— Tu me promets que tu m'appelles dès que tu es arrivée ? demanda Katherine en étudiant le visage de Lily.

— Je te le promets. Tu n'étais pas obligée de te déplacer.

— Je tenais à t'accompagner, dit Katherine comme si le voyage de Lily vers le nord était une simple balade.

Elles savaient toutes les deux que cette jovialité était contrefaite. Lily avait tout raconté à Katherine autour d'une tasse de thé dès que son amie était arrivée, mais elle s'était sentie coupable par la suite d'avoir accablé Katherine avec ses problèmes personnels. À Balcombe Manor, la police menait une enquête de routine sur la mort de Gideon, et Katherine lui avait raconté que toute cette tristesse et cette tension avaient plongé sa mère dans des crises de larmes.

Lily posa une main sur le bras de son amie.

— Merci encore pour tout ce que tu as fait.

— Ce n'est rien.

— Au contraire.

Tout avait changé, et Lily ne savait plus à qui faire confiance en dehors de ses amies.

— S'il te plaît, ne raconte pas aux autres Imparfaites ce qui s'est passé. Pas encore.

— Elles vont s'inquiéter pour toi, prévint Katherine.

— Je sais. Dis-leur simplement que j'ai besoin d'un peu de temps pour moi. Je reviendrai, promit-elle.

— Que dois-je dire à Ian s'il essaie de te joindre ?

Lily hésita. Elle avait beaucoup pensé à Ian durant les longues heures écoulées depuis son départ de Harley Gardens. Elle voulait revenir à cet instant sur la plage avant que tout bascule. Elle voulait l'embrasser encore, enveloppée dans la chaleur de sa veste et le parfum réconfortant de son savon. À ce moment-là, elle s'inquiétait déjà de ce qu'il penserait si les gens apprenaient que Michael Nicholls n'était pas son père, mais cette idée lui semblait risible maintenant qu'elle connaissait toute la vérité.

Elle ne pouvait pas retourner dans le passé. Sa vie avait changé, et elle avait besoin de réponses si elle voulait aller de l'avant ; des réponses à des questions qu'elle seule pouvait poser.

Elle finit par avouer :

— Je ne sais pas.

— Eh bien, ni toi ni moi ne lui dirons quoi que ce soit avant que tu aies trouvé ce que tu veux, conclut Katherine avec un hochement de tête assuré. Maintenant file, tu vas rater ton train.

Lily serra son amie dans ses bras.

— Prends soin de toi, murmura Katherine.

— D'accord, promit-elle.

Katherine l'enlaça une dernière fois et recula d'un pas. Lily se pencha pour ramasser la valise. Elle aurait dû trouver étrange le fait d'entreprendre ce voyage vêtue des habits d'une autre femme, mais, d'une certaine façon, cette situation lui convenait. Elle ne savait pas ce que l'expédition allait engendrer, mais elle savait qu'elle en reviendrait changée.

— Bien. Je ferais mieux d'y aller.

Elle fit un dernier signe de main à Katherine, prit une grande inspiration et se dirigea vers le quai pour démarrer son long voyage vers le nord.

Le train de Lily serpenta à travers le paysage pittoresque des Cotswolds et les terres agricoles des Midlands jusqu'aux villes industrielles du nord de l'Angleterre. Elle changea à Wolverhampton et prit le temps de s'acheter un sandwich composé de pain ramolli, de fromage pâteux et de cresson mou. Elle ouvrit son sac, s'apercevant ainsi que, quand elle avait eu le dos tourné, Katherine avait glissé à l'intérieur une petite enveloppe contenant dix billets de cinq livres, une poignée de shillings et un mot qui disait : « Ne t'inquiète pas pour l'argent. Va trouver les réponses que tu cherches. » Elle en profita pour acheter également une tasse de thé et le *Birmingham Times*.

Les pages du journal étalées devant elle, Lily lut le titre : « 6 000 soldats prêts à livrer de l'essence : la mesure mise en place si la grève des bus de Londres s'étend », et les caractères à l'encre noire lui rappelèrent sa vie à Londres alors même qu'elle avait arrêté sa lecture depuis un bon moment. Au lieu de ça, elle regardait au loin la campagne qui devenait de plus en plus verte tandis que son train traversait le Cumberland.

« Tu as gâché ma vie, Lily. Le moins que tu pouvais faire, c'était de te rendre utile. »

Les mots, teintés d'amertume et lancés comme des poignards, résonnaient dans chaque partie de son corps. Lily n'avait jamais eu la faiblesse de croire que Josephine nourrissait des sentiments particulièrement chaleureux à son égard, mais elle comprenait à présent que ce n'était pas uniquement parce qu'elle lui en voulait de l'avoir privée des derniers instants avec son mari. Pour Josephine, Lily n'était qu'un devoir.

Le conducteur s'arrêta au milieu de l'allée et toussa légèrement pour attirer l'attention de Lily.

— Changement de train sur le quai numéro un dans deux minutes, Mademoiselle.

Elle le remercia et commença à rassembler ses affaires. Un train de plus, un bus, et elle serait arrivée à Hawkshead Hill, un peu plus près d'obtenir les réponses qu'elle attendait.

Le chauffeur actionna de tout son poids le levier permettant l'ouverture des portes, et Lily descendit prudemment sur le sol boueux. Elle était contente que Katherine ait insisté pour qu'elle prenne ses bottes en caoutchouc vertes, affirmant qu'il faisait toujours plus humide au nord qu'à Londres. Au moins, Lily aurait les pieds au sec.

La valise de Katherine frottant légèrement contre sa jambe droite et son sac à main au poignet gauche, elle arpenta la rue principale du village jusqu'à une boutique dotée d'une enseigne rouge vif. Des pots de bégonias étaient disposés de part et d'autre du porche. Elle poussa la porte ; la sonnette située au-dessus tinta pour annoncer son arrivée. Au comptoir, une jeune femme leva les yeux du magazine qu'elle lisait et ajusta ses lunettes à fine monture.

— Bonjour, dit la vendeuse en la regardant d'un air curieux.

— Bonjour. Je me demandais si vous pouviez m'aider. Connaissez-vous une Miss Joanna Nicholls qui habite à Hawkshead Hill ou dans les environs ?

La vendeuse pencha la tête.

— Il n'y a personne de ce nom ici.

— Oh, dit Lily en sentant son cœur s'affaisser dans sa poitrine.

— Il y a bien une Mrs Bute qui vit par là-bas, cela dit. Son prénom, c'est Joanna.

Lily leva le menton. Bute était le nom de jeune fille de sa mère.

— Oui, c'est elle. Je ne savais pas qu'elle était mariée.

— Elle est veuve, et ce depuis que je la connais. Vous êtes une amie ?

— Je ne l'ai jamais rencontrée, mais j'ai besoin de lui parler. C'est urgent.

La fille se pencha par-dessus le comptoir en bois, un sourire conspirateur aux lèvres.

— Ma mère pense que Mrs Bute n'est pas veuve du tout. Bien sûr, on n'a aucun moyen de le savoir, et elle porte une alliance.

Lily sentit une aigreur monter dans son estomac, et elle se demanda ce que Josephine penserait en apprenant que, même en exil, Joanna n'avait pas pu échapper aux rumeurs qu'elle avait anticipées.

— Pouvez-vous me dire où la trouver ?

— Dovecote Cottage, répondit la vendeuse, bien moins intéressée maintenant qu'elle avait vu que Lily n'avait aucune envie de commérer.

— C'est loin ?

Cette question lui valut un haussement d'épaules.

— Environ une demi-heure de marche. Remontez Main Street jusqu'à ce qu'elle devienne Loanthwaite Lane et tournez à gauche. Suivez la route jusqu'au village. Ce n'est pas grand, vous ne manquerez pas le cottage.

Lily remercia la jeune femme et ressortit. Elle leva les yeux vers le ciel tandis qu'un livreur passait près d'elle dans son camion. Au coin de la rue, un couple muni d'une carte du Lake District examinait les balises. En face, dans un pub, deux hommes assis fumaient à la fenêtre. Aucun de ces gens ne savait que, debout devant une boutique dans un village dont elle n'avait jamais entendu parler auparavant, elle s'apprêtait à faire la chose la plus terrifiante de sa vie.

La balade ne suffit pas à la calmer. Le bruit répété de la valise qui cognait contre sa jambe conférait à sa marche un rythme méthodique parfait pour ressasser tous les scénarios qui pourraient mal tourner.

Joanna pourrait lui fermer la porte au nez.

Joanna pourrait être sortie pour la journée.

Joanna pourrait la rejeter.

Joanna pourrait être ravie de la voir.

Chacune de ces possibilités la terrifiait, mais à chaque pas elle était de plus en plus déterminée à rencontrer la femme qui l'avait mise au monde.

Elle commença à avoir mal aux pieds au bout de huit cents mètres, aux endroits où ils avaient frotté lorsqu'elle s'était rendue sous la pluie jusque chez les Norman. Elle ne savait pas où elle allait en quittant Harley Gardens. Elle s'était contentée de passer la porte de la seule maison qu'elle ait jamais connue et s'était mise à marcher. Cependant, elle commençait à comprendre pourquoi ses pas l'avaient instinctivement menée là-bas : Katherine l'avait poussée à réfléchir à ce qu'elle voulait, contrairement à Grand-Maman et Josephine. En entendant tous ces discours sur la possibilité de travailler et de tracer son propre chemin, elle avait fini par se demander si elle pouvait y arriver.

Elle savait à présent qu'il y avait toujours eu deux chemins devant elle : l'un conduisant au mariage et à la vie de famille parmi la haute société, très prévisible, et l'autre, inconnu et inexploré. Elle avait cru vouloir ce qui était le mieux pour elle d'après les autres. Désormais, elle ne savait pas où elle finirait, mais elle ne supportait plus l'idée de jeter à la poubelle tout ce qu'elle avait appris pour se retirer dans le supposé confort de la haute société. Elle en savait trop.

Elle atteignit les environs de Hawkshead Hill, où les pâturages des moutons laissaient place à des cottages dont les toits dépassaient les murets de pierre et les petits bosquets de conifères. Elle envisagea de frapper à la porte du premier cottage chaulé qui se présentait à elle à l'intersection pour demander où se trouvait Dovecote Cottage, mais elle n'était plus à Londres : le village était suffisamment petit pour qu'elle trouve ce qu'elle cherchait toute seule.

Dovecote Cottage ne se trouvait qu'une trentaine de mètres plus loin. La maison élégante, blanche comme ses voisines, était fermée par un portail en fer forgé qui venait combler une haie basse. Mais, contrairement aux autres demeures devant lesquelles Lily était passée, un jardin exubérant s'étendait derrière le muret de pierre qui séparait la propriété de la route. Lily sortit son mouchoir de sa poche et s'épongea le front et le dessus des lèvres en admirant l'allée du jardin bordée de lavande. Elle menait à une porte d'entrée jaune pâle – une couleur joyeuse et accueillante qui, Lily l'espérait, reflétait la disposition de la femme qui vivait à l'intérieur – encadrée de rosiers grimpants qui commençaient à peine à éclore pour l'été.

Elle regretta un court instant de ne pas avoir profité du temps passé dans le train pour répéter ce qu'elle allait dire à l'inconnue qui était en fait sa mère. Mais quelque chose l'en avait empêchée, comme si elle se protégeait de la possibilité d'une déception au cas où elle ne trouverait pas Joanna.

Elle se redressa, repoussa les mèches échappées de sa chevelure qu'elle avait entortillée, et posa une main sur le portail du jardin. Mais avant qu'elle puisse l'ouvrir, une femme vêtue d'une vieille jupe en tweed et d'un pull vert décoloré d'où dépassait un col blanc arriva à l'angle de la maison, transportant une plante dans un pot en terre dans une main et une pelle dans l'autre. Le regard de la femme se posa sur Lily et elle s'arrêta net, laissant tomber plante et pelle dans un bruit sourd. Le pot se fendit en deux à ses pieds.

— Qu'est-ce que tu fais ici ?

— Je… Je suis désolée. Je m'appelle Lily Nicholls, réussit-elle à dire malgré sa langue sèche.

La femme porta une main à son front.

— Je sais qui tu es. Tu ressembles comme deux gouttes d'eau à moi quand j'avais ton âge.

Des larmes se formèrent au coin de l'œil de Lily.

— C'est Josephine qui t'a dit où j'habitais ? lança la femme, qui ne pouvait décidément pas être quelqu'un d'autre que Joanna.

Lily secoua la tête.

— J'ai trouvé les lettres que vous lui avez écrites.

Joanna serra les lèvres, à la manière de Josephine quand elle était perturbée.

— Alors, tu sais qui je suis ?

— Vous êtes ma…

— Non. Pas ici, l'arrêta Joanna en regardant de part et d'autre de la route. Tu ferais mieux d'entrer.

Avec un hochement de tête, Lily souleva le loquet du portail et suivit sa mère à l'intérieur.

28

L'INTÉRIEUR DE DOVECOTE COTTAGE n'avait rien à voir avec l'aspect impeccable du jardin. Dans l'entrée, qui ressemblait plus à un débarras, étaient entassées des bottes et des chaussures de marche, laissées là où elles avaient été enlevées. Une veste cirée pendait à un crochet de telle sorte qu'une des manches touchait presque par terre, et un chapeau de feutre vert olive était tombé sur un banc de bois éraflé sur lequel Joanna enfilait et retirait vraisemblablement ses chaussures, à en croire les traces de boue sur les pieds.

Dès que Joanna eut fermé la porte, il y eut un fracas au niveau du sol et un épagneul blanc et marron déboula par une des portes qui menaient à l'entrée. Lily regarda le chien danser avec joie aux pieds de sa maîtresse.

— Jorey, couché, intima Joanna d'un ton sec.

Le chien posa son arrière-train par terre, la queue encore remuante contre le sol en ardoise.

— Quel beau chien, dit Lily en observant Joanna d'un air embarrassé.

Celle-ci se baissait pour délacer ses bottines de jardinage.

— Il est vraiment pénible, mais c'est un bon compagnon l'hiver. Pas un mauvais chien de chasse non plus, quand il s'y met.

Joanna regarda Lily.

— Tu peux poser ta valise là où tu es et ta veste sur le crochet.

Lily s'exécuta. Quand elle se retourna, elle vit que Joanna l'observait.

— Allez, viens, lança-t-elle d'un ton brusque en indiquant une porte d'un signe de tête.

Lily la suivit dans un petit salon.

— J'espère que le froid ne te dérange pas, fit Joanna par-dessus son épaule. Il ne fait jamais aussi chaud ici qu'à Londres, mais je préfère laisser le radiateur électrique éteint dès la fin de l'hiver. Ça évite de laisser grossir la facture.

— Ça ne me dérange pas.

— Tu peux t'asseoir là, à la lumière, que je puisse te regarder un peu, proposa Joanna en pointant un vieux canapé en tissu écossais en face de deux fauteuils.

Elle s'enfonça lourdement dans l'un d'eux.

Alors que Lily s'asseyait, Jorey s'avança vers elle et posa la tête sur ses genoux. Elle gratta les oreilles du chien, et la sensation de sa fourrure soyeuse lui procura un peu de réconfort dans cette étrange situation.

— Oui, on dirait vraiment moi quand j'avais dix-huit ans. Bien sûr, je faisais bien plus attention à mon apparence à l'époque, expliqua Joanna en touchant les fines lignes qui formaient des rides sur son front abîmé. Même plus tard, il m'a fallu du temps pour apprendre.

— Apprendre quoi ?

— Comment m'as-tu retrouvée ? J'imagine que Josephine ne t'a pas montré les lettres, lâcha Joanna en ignorant sa question.

Elle avait la brusquerie d'une femme de la campagne habituée à passer du temps avec les chiens et les chevaux, qui n'éprouvait pas le besoin d'échanger des politesses pour éviter de blesser les autres.

— Non. Elle s'est endormie dans le bureau, et je les ai trouvées en essayant de la mettre au lit.

— C'est mignon, dit Joanna en plissant les yeux. Comment est-ce qu'elle s'en est sortie ? Elle a joué le rôle de la mère aimante et chaleureuse qu'on voit dans les films et les magazines féminins ?

— Pas spécialement.

— Non, abonda Joanna, un sourire triste sur ses lèvres dépourvues de rouge. Ce n'est pas son genre, n'est-ce pas ? Tu sais, elle s'intéressait très peu à moi quand j'étais petite. On me montrait aux invités et on me disait quoi dire et quoi faire, mais ça n'allait pas plus loin.

C'était l'histoire que Josephine lui avait racontée au sujet de la façon dont Ruth Hartford traitait son fils, Geoffrey, comme une poupée qu'on sortait pour les grandes occasions plutôt que comme un petit garçon.

— Nanny s'est occupée de moi jusqu'à ce qu'ils la virent quand j'ai eu dix ans, reprit Joanna.

Elle sortit un paquet de cigarettes froissé de sa poche de jupe et en alluma une.

— L'argent commençait à manquer, tu comprends. Je ne pense pas que Josephine ait réengagé Nanny quand tu es arrivée, si ?

— Je n'ai jamais eu de nurse.

— C'est dommage. Je suis surprise que la dragonne – la mère de Papa – n'ait pas eu son mot à dire là-dessus.

— Grand-Maman n'est arrivée dans ma vie que quand j'étais bien plus grande. C'est Hannah, notre gouvernante, qui m'a élevée.

Les lèvres de Joanna tressautèrent.

— Oh, Hannah. Aucun d'entre nous ne la mérite.

Lily ressentit une pointe de culpabilité en pensant à Hannah, encore à la maison, se demandant sûrement ce qui lui était arrivé.

— Alors, qu'est-ce que tu veux ? demanda brutalement Joanna.

Lily se pencha en avant, saisissant enfin les fils de cette étrange conversation.

— Je veux savoir ce qui s'est passé. Ce qui s'est *vraiment* passé.

Joanna lui lança un regard.

— Et tu crois que c'est moi qui vais te le dire ?

— Tout le monde m'a menti toute ma vie. À ce que je sache, tu n'as jamais essayé de venir me voir. Tu n'as jamais écrit. Tu n'as jamais appelé. En un sens, tu es la seule qui ne m'ait jamais menti.

— En un sens.

— Donc, pourquoi commencer maintenant ?

Joanna prit l'air concentré en retirant un morceau de tabac sur sa langue.

— Je crois que ça ne change pas grand-chose, désormais. Surtout si tu connais déjà les pires passages de l'histoire.

Lily regarda Joanna s'installer au fond du fauteuil, ses cheveux blond pâle reposant sur le dossier et sa main tenant la cigarette posée sur l'accoudoir. C'était incroyable de voir l'aisance et l'assurance qu'avait cette femme même quand on la confrontait à ce qui devait être le plus gros secret de sa vie.

— Je pense que Josephine t'a raconté que j'étais plutôt une enfant sauvage ? demanda Joanna.

Lily acquiesça.

— Elle n'a pas tort, mais ce n'est pas tout à fait exact non plus. J'étais vive – je l'admets –, mais je pense que je m'en serais sortie si j'avais été auprès de quelqu'un qui savait comment canaliser cette énergie vers quelque chose d'utile. Au lieu de ça, j'ai eu droit à toute une ribambelle de pauvres jeunes filles chargées de s'occuper de moi, toutes si faiblardes et si pâles qu'on aurait dit qu'elles allaient fondre à la moindre goutte de pluie. Ce n'est qu'à l'arrivée de Nanny, vers mes sept ans, qu'ils ont fini par embaucher quelqu'un de compétent, mais je suppose que c'était trop tard pour remettre mon désir d'indépendance dans sa cage.

« Peut-être que la guerre a montré à tout le monde que les filles pouvaient servir à quelque chose. Mais, à l'époque où j'ai grandi, on n'attendait rien de moi à part que je reste assise, que je garde le silence et que je ne déshonore pas la famille.

Joanna sourit de toutes ses dents.

— Je me suis bien plantée là-dessus, n'est-ce pas ?

— Que s'est-il passé ? demanda Lily, refusant de se laisser entraîner par la jovialité cynique de Joanna.

Celle-ci rit à travers un nuage de fumée et se pencha en avant pour faire tomber la cendre de sa cigarette dans la soucoupe d'une tasse oubliée.

— Très exactement ce qu'on peut attendre d'une fille à qui on a laissé trop de liberté. J'étais une terreur – je le reconnais pleinement. La seule chose qui m'intéressait, c'étaient les chevaux. Mais on a fini par ne plus avoir assez d'argent pour l'équitation, et on m'a annoncé que je ne pourrais plus continuer. Non pas que ça ait changé grand-chose. J'ai eu treize ans cette année-là, et d'un coup je ne pouvais plus penser à autre chose qu'aux garçons. J'imagine que ça te choque.

— Je crois qu'il n'y a plus grand-chose qui puisse me choquer.

Joanna gloussa.

— C'est probablement vrai.

Elle se pencha plus près de Lily.

— Dis-moi, tu lui en as fait voir des vertes et des pas mûres, à Josephine ?

Lily fronça les sourcils.

— Je ne vois pas ce que tu veux dire.

Joanna se renfonça dans son siège, presque déçue.

— Non, j'imagine que ce n'est pas ton genre. Pas grave. J'ai causé à Papa et elle assez de tracas pour une vie. Je me suis entichée du fils de notre boucher à Fulham quand j'avais quatorze ans.

— J'ai entendu dire que c'était le fils du marchand de fruits et légumes et que tu avais treize ans.

Joanna rit.

— J'étais précoce, mais pas si précoce que ça. Un agent de police nous a surpris en train de nous embrasser à Bishops Park, le fils du boucher et moi. Il m'a raccompagnée jusqu'à cette affreuse maison de Harley Gardens et a raconté que j'étais une mauvaise graine. Josephine a pleuré un peu, et Papa a fait les cent pas comme s'il faisait face au plus grand dilemme jamais rencontré par l'espèce humaine. En fin de compte, tu sais ce qu'ils ont fait ?

Joanna marqua une pause.

— Ils m'ont dit d'être sage et m'ont envoyée au lit avec mon dîner sur un plateau. Lorsque je me suis fait pincer à nouveau, je n'étais plus si innocente. Le garçon, Gerry, avait dix-sept ans et moi seize. C'était le frère d'une fille avec qui j'allais à l'école avant que Josephine et Papa ne m'envoient en pension en affirmant que c'était pour mon bien. Hannah était en congé et Josephine et Papa étaient tous les deux sortis. Josephine est rentrée de son bénévolat au Women's Institute et nous a trouvés dans mon lit à moitié nus.

Lily écarquilla les yeux, et Joanna se mit à rire.

— J'ai enfin réussi à te choquer ?

— Oui. En effet.

Joanna eut l'air satisfait.

— J'ai vu une photo de toi dans un journal mondain. L'article disait que tu avais été présentée et que tu allais organiser un bal. J'imagine que Josephine a obtenu ce qu'elle voulait en fin de compte. Une fille débutante. C'est ce qu'elle aurait voulu pour moi, tu sais ? Papa aussi, je crois, mais il ne l'aurait jamais dit. La saison, c'était une affaire de mères à l'époque.

— C'est toujours le cas, à l'exception de quelques filles dont la mère est morte. Leur père essaie de faire au mieux.

Joanna écrasa sa cigarette et en alluma une autre.

— Après que Josephine m'a attrapée avec Gerry, il n'y avait plus de débat possible. Ils m'ont envoyée chez la sœur de Papa à Washington. J'étais avec une famille respectable qu'ils connaissaient et qui m'a accompagnée de New York à Washington en train. Tante Patricia et oncle Howard sont venus me chercher à la gare dans leur énorme Oldsmobile noire, et on a roulé jusque chez eux à Georgetown. Ils m'ont collée dans une chambre et ont pratiquement verrouillé la porte et jeté la clé. Je n'avais le droit d'aller qu'à l'école et à l'église. Partout ailleurs, il me fallait un chaperon. C'est là qu'Ethan est arrivé.

Jusqu'à ce moment-là, le ton de Joanna était ironique et malicieux, mais, à la mention de Mr Hartford, sa voix se tendit, comme si le souvenir en lui-même était trop douloureux.

— Josephine a dû te raconter qu'Ethan était un ami de la famille. Il est venu à Washington à la fin de l'automne, après le début de la guerre. Sans sa femme, mais je pense que ça l'arrangeait. Il a appelé tante Patricia et lui a raconté qu'il avait promis à mes parents de garder un œil sur moi. Il lui a demandé s'il pouvait m'emmener déjeuner, pour que je passe du bon temps. Il a dit que ça lui ferait du bien, à lui aussi, après tous ses rendez-vous concernant la décision des Américains de rester à l'écart du conflit.

« La première fois qu'il m'a invitée à déjeuner, j'ai mis ma plus belle robe. C'était ma première vraie robe d'adulte – en soie vert clair scintillante avec des petits boutons recouverts de tissu sur le devant et des fronces sous la poitrine. J'avais des chaussures à talons, et tante Patricia m'a même laissée mettre du rouge à lèvres. Au déjeuner, Ethan a commandé une bouteille de champagne et du caviar avec des toasts, après quoi on est allés se promener dans le National Mall. J'avais l'impression de ne plus être dans le même monde que Gerry et le fils du boucher.

« Ethan venait me chercher une fois par semaine. Souvent pour le déjeuner, mais parfois il m'emmenait au cinéma. Il a passé Noël avec nous parce que tante Patricia était désolée qu'il soit loin de sa famille pour les fêtes.

« En janvier, il a demandé la permission de m'emmener voir le National Symphony Orchestra au Constitution Hall, et je suis restée assise à faire semblant d'écouter un concerto de piano de Chopin, mais tout ce que je voulais c'était qu'il me prenne la main.

Le regard de Joanna devint quelque peu rêveur.

— J'étais tombée amoureuse de lui, à ce moment-là. Comment aurait-il pu en être autrement ? Il était plus âgé, et moi je me croyais plus maligne que je ne l'étais. J'avais été envoyée là-bas en guise de punition, je vivais enfermée dans une maison et on me disait que j'étais très vilaine. Il m'a fait sortir toutes les semaines et m'a dit que j'étais géniale. Que j'étais jolie. Que j'étais la seule à comprendre à quel point son travail était difficile.

« Je te dirais bien qu'il m'a séduite, mais la séduction implique qu'une des deux parties soit entrée dans la liaison sans vouloir exactement la même chose dès le départ. Or je croyais le désirer tout autant qu'il affirmait me désirer. Je n'avais pas encore compris qu'aucun homme de quarante et un ans ne devrait désirer une jeune fille de seize ans.

L'expression de Joanna s'assombrit.

— J'ai commencé à faire le mur la nuit, à descendre le long du treillage qui longeait la fenêtre de ma chambre pour passer la porte du jardin jusqu'à sa voiture, qu'il garait au bout de la rue. C'était amusant de faire quelque chose d'aussi interdit au nez et à la barbe de tout le monde, mais ça n'a duré que quelques semaines. Au milieu du mois de mars, je suis tombée malade comme un chien. Je savais ce que ça voulait dire, d'autant plus que j'avais du retard.

« Je lui ai écrit une lettre, mais j'étais bien trop naïve, et je l'ai laissée dans une enveloppe ouverte sur mon bureau. Le lendemain, ma tante m'attendait dans le petit salon quand je suis rentrée de l'école, la lettre posée sur la table devant elle. Une domestique l'avait trouvée. Avant que je puisse expliquer quoi que ce soit, tante Patricia avait téléphoné à ma mère et Josephine est arrivée à Washington deux semaines plus tard. Je suppose que tu connais la suite.

— Josephine m'a raconté qu'elle avait prétendu que tu étais malade et qu'elle avait foncé à Washington pour te remettre sur pied.

Joanna ricana.

— Ça colle très bien avec l'image qu'elle a d'elle-même. La mère et l'épouse parfaite. Elle a toujours fait preuve d'astuce, je dois bien le reconnaître. Elle a dit à tante Angelica – qui n'a jamais su tenir sa langue – qu'elle était enceinte avant de partir. Ça lui a permis de gagner du temps. En parallèle, tante Patricia a fait courir le bruit que j'étais très malade – je ne me souviens plus de la maladie qu'elle avait choisie – et m'a enfermée dans ma chambre jusqu'à l'arrivée de Josephine.

« Je n'oublierai jamais ce qu'elle a dit en entrant dans ma chambre pour la première fois. Elle ne m'avait pas vue depuis des mois, j'étais triste et j'avais le cœur brisé, mais elle m'a lancé un regard et m'a dit : « Je suppose que tu es fière de toi. » Je lui ai répondu que oui, même si j'étais terrifiée.

« Elle m'a emmenée à Hot Springs, et on a attendu dans une toute petite maison aux abords de la ville. Je ne voyais personne d'autre que le médecin et la bonne.

Joanna pointa sa cigarette vers Lily.

— Tu m'as causé quatorze heures de souffrance, en fin de compte.

Lily prit une grande inspiration.

— Pourquoi l'as-tu laissée me garder ? Pourquoi me faire passer pour ta sœur ?

Pour la première fois depuis que Lily était arrivée dans le petit cottage en désordre, Joanna sembla douter.

— Je n'avais pas d'autre choix. Une fois, j'ai volé du papier à lettres, avant que Josephine n'ait l'idée de me l'enlever, et j'ai écrit à cet homme. Je lui ai raconté ce qui se passait. Que j'allais avoir son enfant. La lettre m'est revenue scellée avec la mention « Adresse inconnue » à l'encre bleue sur le devant. J'avais seize ans, et l'homme que j'aimais et qui avait prétendu m'aimer en retour m'avait abandonnée dans un pays étranger. Qu'est-ce que j'étais censée faire ?

— Ça ne répond pas à mes questions, insista Lily, la voix éraillée.

Une douleur sembla poindre au coin des lèvres de Joanna tandis qu'elle tirait une grande bouffée de sa cigarette. Elle recracha la fumée, comme si elle essayait de se ressaisir, et demanda :

— Tu sais où tu dors cette nuit ?

Lily tressaillit face au changement de sujet soudain.

— Non, je n'y ai pas réfléchi.

— Le bus jusqu'à la gare ne passe plus après dix-huit heures, donc je crois que tu vas devoir prendre une chambre dans une pension. J'imagine que tu as de l'argent ?

— Oui.

— Je vais appeler Mrs Roberts à Hawkshead pour lui dire que tu arrives. Elle va probablement essayer de te lire les Saintes Écritures, mais elle tient un bon établissement, bien propre.

Quelques instants plus tard, Lily fut obligée de remettre son manteau pendant que Jorey l'observait au pied de sa maîtresse. Joanna lui tendit sa valise. Quand leurs doigts se frôlèrent sur la poignée, Lily se retourna bien vite vers la porte afin de dissimuler les larmes qui lui montaient aux yeux.

Elle avait parcouru la moitié de l'allée lorsque Joanna l'appela :

— Lily !

Elle se retourna à moitié vers sa mère.

— L'histoire n'est pas finie, mais je n'ai pas la force de continuer aujourd'hui. Reviens demain vers dix heures. Je te raconterai la suite.

Lily déglutit, la gorge nouée.

— D'accord.

— Je nous ferai du thé, dit faiblement Joanna.

Elle hocha la tête et avança en vitesse vers le bout du jardin. Ce ne fut qu'aux abords du village qu'elle se rendit compte que Joanna, qui disposait d'un cottage entier, ne lui avait pas proposé de l'héberger.

29

JOANNA AVAIT TENU PAROLE et passé un coup de téléphone ; aussi, lorsque Lily arriva à la pension de Mrs Roberts en suivant les indications de la vendeuse de la boutique de Hawkshead, une chambre l'attendait comme promis. Cependant, Joanna ne l'avait pas préparée au côté inquisiteur de son hôtesse.

— Et vous comptez rester longtemps ? demanda Mrs Roberts après avoir montré à Lily la salle de bains, au bout du couloir où se trouvait sa chambre.

— Je ne sais pas, répondit-elle, sa valise encore à la main.

— Pas grand monde ne vient rendre visite à Mrs Bute, tenta Mrs Roberts.

— Il faut croire que non.

— Vous la connaissez comment ?

— Si vous voulez bien m'excuser, je suis épuisée, Mrs Roberts, dit-elle en indiquant la porte ouverte de sa chambre.

Mrs Roberts croisa les bras devant elle, l'expression soudain glaciale.

— Je ne sais pas ce que vous comptiez faire pour votre dîner, je n'ai appris votre venue que très tard. Ce que j'ai prévu pour les autres clients ne suffira sûrement pas.

À l'idée de devoir s'asseoir à table avec d'autres convives, Lily sentit sa peau la démanger.

— Si vous pouviez juste me garder du pain, du fromage et un peu de thé, je m'en accommoderai.

— Il vous en coûtera un supplément.

— Ce n'est pas grave. Pensez-vous que je puisse me servir de votre téléphone ?

— Pour appeler où ?

— Londres et Cambridge.

En voyant la tenancière hausser les sourcils, Lily ajouta rapidement :

— Bien sûr, je paierai les frais.

— Eh bien, vous pouvez utiliser le téléphone. Notez la durée de l'appel et je l'ajouterai à votre note.

Elle remercia la tenancière et se dirigea vers sa chambre, puis s'adossa contre la porte qu'elle venait de refermer, laissant tomber son sac avec un bruit sourd.

Elle était épuisée – elle ressentait jusque dans ses os une fatigue directement liée aux chocs de l'après-midi. Elle ignorait quel accueil elle allait recevoir de la part de Joanna, mais elle n'avait clairement pas anticipé celui-ci. Peut-être que, si Joanna n'avait pas participé activement à un mensonge qui avait façonné toute l'identité de Lily, elle aurait admiré son attitude désinvolte. Ce n'était sûrement pas facile pour une femme encore jeune de jouer les veuves, dans un village isolé où même les commerçantes se mêlaient de vos affaires. Cette vie paraissait solitaire, du moins de l'extérieur, avec Jorey pour seule compagnie.

Mais malgré la bravade de Joanna, Lily avait bien vu son visage s'effondrer quand elle avait raconté comment elle avait été abandonnée par Ethan Hartford. Il s'était servi d'elle et l'avait mise de côté.

Une boule de colère vibrante qui s'accumulait depuis plusieurs jours monta à la gorge de Lily. Ethan Hartford avait profité de Joanna. Quand il avait entendu que Lily allait naître, il avait payé pour les éloigner toutes, pour les faire taire et les renvoyer dans l'ombre, pendant qu'il continuait de mener sa vie sans autre conséquence que la perte de 150 £ par mois. Il avait abusé d'une fille trop jeune pour comprendre ce qu'il faisait, et son crime était resté impuni.

Lily attrapa l'oreiller au liseré de dentelle sur le lit et le pressa contre son visage avant de hurler dedans. Elle cria toute sa rage, sa déception, son chagrin de toutes ses forces jusqu'à ce que sa voix étouffée devienne rauque et que tous les muscles de son corps s'amollissent. Là, elle se laissa tomber sur le lit, les membres flasques, et s'endormit.

Lily s'éveilla en sursaut. Perdue dans une chambre inconnue au ton rose sombre avec des cantonnières, des frous-frous et des nœuds partout, il lui fallut un moment pour se rappeler où elle se trouvait. La pension de Mrs Roberts. Hawkshead. Le village voisin du cottage de Joanna.

Elle quitta le lit simple en gémissant et se dirigea vers le petit miroir accroché au-dessus du lavabo dans le coin de la pièce. Elle avait des traces de drap sur le visage et ses cheveux – déjà décoiffés depuis sa dernière visite au salon de coiffure – étaient tous du même côté.

Elle se passa de l'eau sur le visage, puis ouvrit la valise pour attraper son peigne. Quelques minutes plus tard, elle avait l'air à peu près présentable. Son estomac grondait ; elle regarda l'heure à sa montre. Il était vingt et une heures trente.

Elle ouvrit délicatement la porte. Les lumières dans le couloir étaient faibles, mais elle voyait suffisamment pour repérer le plateau qui contenait une assiette de choses à grignoter et une théière recouverte d'une housse. Elle le prit dans sa chambre en remerciant silencieusement Mrs Roberts, puis remarqua le mot glissé entre un bout de fromage et quelques tranches de pain.

Le téléphone est au rez-de-chaussée dans la pièce à côté de l'entrée.

Lily prit une bouchée du cheddar aigre et fort, puis fouilla dans sa valise à la recherche de son carnet d'adresses et de son agenda. Il lui semblait désormais ridicule que deux petits carnets bleu pâle aient pu à ce point diriger sa vie cette année-là. Dans son carnet d'adresses étaient inscrits les numéros des autres débutantes et de leurs cavaliers. Dans l'agenda, elle avait consigné au crayon toutes les informations concernant les fêtes, les thés, les déjeuners et les bals. Elle ouvrit l'agenda à la page de la semaine à venir et lut l'intitulé des différentes fêtes auxquelles elle était censée assister à Londres et à la campagne : le bal de Thomasina Beckett au Dorchester ce soir-là, le bal d'Alice Macaulay lundi au Hyde Park Hotel, le bal de Lucy Cannadine à son domicile familial le mardi, le pique-nique et la régate du 4 juin à Eton, puis une virée dans le Sussex de l'Est avec Philippa et Ivy pour le bal de l'honorable Sarah Bragg vendredi. Il lui semblait étrange, ce monde où son plus grand souci consistait à savoir ce qu'elle allait porter, si elle avait un cavalier ou non, et si elle pourrait s'asseoir à côté des Imparfaites au dîner.

Lily posa l'agenda et prit le carnet d'adresses ainsi qu'une tasse de thé avant de descendre l'escalier le plus doucement possible pour ne pas déranger les autres clients. Elle ne savait pas s'ils étaient encore debout à cette heure-là, mais elle voulait éviter de les croiser.

Dans l'entrée, elle trouva la salle du téléphone. C'était plus une cabine qu'une véritable pièce, avec une petite table et une chaise à l'intérieur. Il y avait un bloc de papier et un crayon pour prendre des notes sur la table, à côté d'une lampe de bureau. En gardant les genoux sous la table, elle avait juste la place de fermer la porte vitrée pour obtenir un peu d'intimité.

Elle avait deux appels à passer ce soir-là, l'un bien plus simple que l'autre. Elle envisagea de commencer par la facilité, mais elle secoua la tête en silence. Elle n'avait rien d'une lâche. Pourtant, elle parcourut les pages du carnet d'adresses les doigts tremblants jusqu'à trouver le bon numéro.

Elle se saisit du combiné et donna le code à l'opérateur. Quelques instants s'écoulèrent en attendant qu'on la mette en relation avec son correspondant. Puis elle entendit la connexion s'établir et la voix de Ian à l'autre bout du fil :

— Allô ?

— C'est Lily.

— Lily !

Le soulagement dans la voix de Ian lui fit mal au cœur.

— J'ai essayé de t'appeler un peu plus tôt, mais ta mère m'a dit que tu ne te sentais pas suffisamment bien pour venir jusqu'au téléphone.

Elle serra le combiné contre son oreille.

— Je vais bien. Enfin, aussi bien que possible. À vrai dire, je ne suis pas à Londres.

— Que s'est-il passé ? Où es-tu ?

Elle ferma les yeux très fort. Elle souffrait de l'entendre si inquiet, mais aussi à cause de ce qu'elle s'apprêtait à faire.

— En fait, je ne me sens pas très bien. Je suis énervée, triste et un peu perdue.

— Je suis navré pour Gideon, dit-il à voix basse. Je sais que vous étiez proches tous les deux.

— Merci, murmura-t-elle.

Gideon lui manquait, tout comme la façon qu'il avait de rire en la faisant tourner sur la piste des boîtes de nuit, mais aussi son air sérieux quand il la prenait à part pour discuter au calme. Il avait été pour elle quelque chose de rare parmi les prétendants des débutantes : un ami.

— J'ai découvert quelque chose au sujet de ma famille juste après que tu m'as raccompagnée le soir du drame, reprit-elle.

— Tu veux en parler ?

Les larmes qui avaient menacé de couler toute la journée se mirent à tomber.

— J'ai peur.

— Peur de quoi ?

— Peur que si je t'en parle, tout change, dit-elle.

Que tu ne me regardes plus de la même manière.

— Lily, dit-il d'une voix douce. Je crois que rien au monde ne pourrait changer ce que je ressens pour toi.

Elle porta une main à son cœur, priant pour qu'il arrête de battre si fort. Toute sa vie, elle avait vécu entourée de mensonges – si nombreux qu'elle n'avait jamais remarqué qu'ils étaient juste sous son nez. La dernière chose qu'elle voulait, c'était mentir à cet homme et faire semblant de n'avoir rien découvert. Elle devait lui dire la vérité, même si ça lui brisait le cœur.

— C'est mon père. J'ai découvert… En fait, je croyais que ma mère avait eu une liaison et que mon père…

Elle déglutit autour de la boule qui lui montait dans la gorge.

— Mon père n'est pas vraiment mon père. Mais quand tu m'as déposée, j'ai appris que ma mère n'était pas non plus qui elle prétendait.

Ian hésita un moment puis il demanda :

— Tu as été adoptée ?

— Non. Enfin, pas comme tu pourrais le croire. La femme que je prenais pour ma mère est en fait ma grand-mère.

Il y eut une longue pause à l'autre bout du fil.

— Tu as appris ça le soir où Gideon est mort ? finit-il par demander.

— En partie. J'ai lu une lettre que je n'étais pas censée lire il y a quelques semaines, et j'ai cru que ma mère avait eu une liaison. J'ai cru que c'était la pire trahison que je puisse apprendre, mais j'avais tort. (Elle laissa échapper un rire creux.) Que j'ai été naïve.

— Je suis navré, Lily.

Sa voix paraissait tendue et étouffée.

Elle appuya une main contre son front ; elle aurait tant aimé pouvoir retirer ce qu'elle venait de dire, mais elle savait qu'elle devait aller de l'avant. Elle devait finir ce qu'elle avait commencé, car, si elle ne lui disait pas la vérité, elle ne vaudrait pas mieux que tous ces gens qui lui avaient menti jusqu'à son dix-huitième anniversaire. Le baiser qu'ils avaient échangé sur la plage était la promesse que, peut-être, il pouvait se passer quelque chose entre eux. Elle *voulait* qu'il se passe quelque chose.

— Je suis dans le Lake District pour l'instant, j'essaie d'en apprendre davantage sur ma vraie mère. Je… je l'ai rencontrée aujourd'hui.

— Qui est-elle ?

Si je te le dis, je ne pourrai pas revenir en arrière.

— Celle que je prenais pour ma sœur, Joanna.

Nouveau silence.

— Je comprendrais que tu ne veuilles plus m'adresser la parole, dit-elle en essuyant une larme.

— Pourquoi est-ce que je ferais ça ? demanda-t-il brusquement, avant de se radoucir. Je n'en ai aucune envie.

— Mais je viens de te dire que j'étais une enfant illégitime. Ma famille m'a menti – à moi, à tout le monde. Tout ce que tu sais sur moi est faux. Mon père m'a tourné le dos avant même ma naissance. Et ma mère – la femme qui m'a mise au monde – m'a abandonnée à la garde de ma grand-mère. Tout ce que je sais sur moi est erroné. Je *suis* une erreur.

Elle pleurait à présent, prise de gros sanglots qui lui secouaient le corps face à cette petite table. Elle se raccrochait au téléphone comme à une bouée de sauvetage, terrifiée des prochains mots qui allaient sortir de la bouche de Ian. Ce seraient sans doute les derniers.

Quand ses sanglots se calmèrent enfin en une respiration saccadée, Ian souffla :

— Je suis désolé que tu aies eu à vivre tout ça, Lily. Je suis navré que tu souffres. Je n'imagine pas à quel point ce doit être difficile.

Elle hocha la tête lamentablement, même s'il ne pouvait pas la voir.

— Alors tu comprends.

— Je comprends que tu aies besoin de temps. Ce n'est pas le moment de te demander des réponses et des promesses.

— Je ne sais pas ce que je vais faire, murmura-t-elle dans le combiné.

— Si, tu le sais. Mais tu n'en as pas encore conscience. Pense à ce que tu veux vraiment. Pas à ta grand-mère, ta mère ou tes amis. Ne pense pas à ce qu'on attend de toi ou ce que les autres veulent que tu fasses. Pense à ce que tu veux, *toi.*

Elle se servit du bord de son doux cardigan de laine pour essuyer ses joues humides.

— C'est un excellent conseil.

Il laissa échapper un ricanement grave.

— C'est un conseil que je devrais moi-même suivre de temps à autre. Combien de temps comptes-tu rester dans le nord ?

— Je ne sais pas. Je n'ai pas réfléchi à grand-chose à part venir ici. Je n'avais pas vraiment de plan, admit-elle.

Heureusement, grâce à la générosité de Katherine, elle avait suffisamment de ressources.

— Je n'ai aucun doute sur le fait que tu vas en trouver un bon. Peut-être qu'à ton retour à Londres on se reverra, et tu me raconteras ton choix, dit-il avec dans la voix une jovialité forcée.

Les épaules de Lily s'avachirent. Il faisait preuve de bonté. Elle lui avait raconté tous ses secrets de famille, et il l'avait écoutée, mais il n'avait aucune obligation d'en faire davantage. Ils n'étaient pas mariés – ils s'étaient vus un certain nombre de fois, ils avaient dansé et échangé un baiser – et il n'était pas obligé de l'écouter. C'était par pure gentillesse qu'il ne raccrochait pas et ne choisissait pas de passer son temps avec une fille moins compliquée.

Lily essaya de se forcer à croire que c'était mieux ainsi. Ethan Hartford était son bienfaiteur, et, en s'associant avec elle, Ian se compliquerait la vie. Elle devait le laisser partir.

— Il est tard, dit-elle, la respiration difficile. Je devrais probablement te dire au revoir avant que la tenancière vienne me faire une réflexion.

— Prends soin de toi, Lily. Promets-moi que tu le feras.

Elle accepta dans un murmure et raccrocha. Elle prit une grande inspiration, essayant de se défaire de la profonde tristesse qui s'emparait d'elle. Si rien de tout ça n'avait eu lieu, elle serait en train de s'entasser dans un taxi après un long dîner – en compagnie de gens qu'elle appréciait, avec un peu de chance. Elle serait en chemin pour le bal de Thomasina, pressée de passer une bonne soirée, dans l'espoir de croiser Ian.

Mais tout était fini. Il avait raison, elle avait besoin de prendre le temps de penser à elle et à ce qu'elle voulait. Grand-Maman avait peut-être pu la contrôler avec son argent, mais sa menace de couper les vivres à Josephine semblait sans importance à présent que celle-ci avait trahi sa confiance.

Lily avait mis Leana et son penchant manipulateur de côté pour s'entourer d'amies qui tenaient vraiment à elle. Il était temps à présent de prendre les mêmes précautions avec sa famille. Elle ne savait pas exactement ce que ça allait donner, mais elle n'était plus obligée de rien.

La seule chose que Lily savait au plus profond d'elle-même, c'était que ses jours en tant que débutante avaient pris fin. La saison l'avait entravée dans des rubans de soie, jusqu'à ce qu'elle ne puisse rien faire d'autre que voltiger de cocktail en bal et de bal en déjeuner, si épuisée par tout cela que certains jours elle ne savait plus où elle allait avant d'arriver dans la queue et de reconnaître la débutante, les yeux légèrement écarquillés, plantée près de ses parents pour accueillir les invités. C'était tout le temps la même chose. Les gens, les fêtes – seuls les hôtes changeaient.

Il existait un monde au-delà des limites de la haute société, et elle avait envie de vivre dans ce monde-là.

Elle se saisit à nouveau du téléphone. Elle n'avait pas besoin de son carnet pour le prochain coup de fil. Elle transmit de tête le numéro au standard et attendit qu'on la mette en communication.

— Famille Norman.

— Bonjour, Mrs Kent. C'est Lily Nicholls. Est-ce que Katherine est disponible ?

— Oui, Mademoiselle. Si vous voulez bien patienter un moment.

Il y eut une pause au bout du fil, puis Katherine décrocha, hors d'haleine.

— Lily, comment vas-tu ?

— Je n'étais pas sûre de pouvoir te joindre. Je pensais que tu serais au bal de Thomasina ce soir.

— Je voulais être là quand tu appellerais. En plus, tout le monde est choqué par la mort de Gideon. On ne parle que de savoir s'il est de bon ton de maintenir les bals cette semaine.

Elle porta une main à son front et s'en voulut de n'y avoir pas pensé.

— Bien sûr, il n'y a même pas encore eu d'enterrement.

— C'est ce que je me suis dit, mais certaines des mères sont inquiètes de ne pas pouvoir organiser le bal de débutante de leurs filles. Elles disent qu'il est injuste que la mort d'un jeune homme saoul puisse gâcher le plaisir de leurs enfants. Tout ça est affreux, comme on pouvait s'y attendre. Quoi qu'il en soit, je pense que tu ne m'appelles pas pour discuter de ces horribles personnes. Dis-moi, tu l'as rencontrée ?

Lily laissa échapper un soupir.

— Oui.

— Et qu'est-ce qu'elle a dit ? Elle était choquée ?

— Oui, je crois, mais elle m'a invitée chez elle. Elle ne ressemble pas à ce à quoi je m'attendais.

— Ah bon ?

— Elle a une attitude particulière, comme si elle se fichait de ce que pense le monde. Elle adore se montrer choquante, mais elle possède une certaine fragilité. Une amertume, aussi.

— Tu lui as demandé pourquoi elle…

— Elle m'avait abandonnée ?

— Lily…

— Tu peux le dire. C'est exactement ce qui s'est passé. (Elle soupira.) Non. Elle m'a raconté la majeure partie de l'histoire, mais quand je lui ai demandé pourquoi elle avait accepté de me laisser auprès de Josephine elle m'a demandé de revenir demain.

— Revenir ? Tu veux dire que tu n'es pas sur place, là ?

Lily rit.

— Je suis dans la pension du village voisin. Je crois qu'il était absurde de penser qu'elle allait m'accueillir à bras ouverts.

— Mais non, ce n'était pas absurde. Tu es sa fille. Oh, Lily, comment te sens-tu ?

— J'ai l'impression que plus rien n'a de sens, admit-elle.

— Peut-être que ça ira mieux demain. J'imagine que tu vas y retourner ?

— Joanna m'attend à dix heures.

— Tu m'appelleras pour me raconter ce qui se passe ?

— D'accord.

— Lily ? Peu importe ce qui arrive avec Joanna, n'oublie pas que tu n'as aucune obligation de rentrer vite. Prends tout le temps qu'il te faudra.

Elle secoua la tête.

— Je ne peux pas retourner à Harley Gardens. Ni chez Grand-Maman, d'ailleurs.

— Tu n'es pas obligée. Tu sais que Maman et Papa seront toujours ravis de t'accueillir, mais j'ai peut-être une autre idée.

— Laquelle ?

— Je ne veux rien dire avant d'en être certaine. Laisse-moi un peu de temps et je te promets que tout va s'arranger.

Lily voulait demander à Katherine comment elle pouvait lui faire une telle promesse étant donné tout ce qu'elle savait désormais. Lily n'avait pas d'argent à son nom. Elle n'avait pas de maison ni d'endroit où loger. Elle n'était qu'une femme célibataire sans la moindre ressource, et aucune banque ne lui accorderait de crédit. Elle dépendait entièrement de Grand-Maman, et avait même dû compter sur la générosité de Katherine pour acheter son billet de train et la chambre qu'elle occupait à la pension de Mrs Roberts.

Mais elle faisait plus confiance à son amie qu'à n'importe qui d'autre, alors elle se défit de ses doutes.

— Je t'appellerai demain après avoir vu Joanna, promit-elle avant de lui dire au revoir.

30

LILY TROUVA À PEINE LE SOMMEIL, et elle finit par abandonner vers cinq heures du matin. Elle se mit à lire un roman à l'eau de rose que Katherine lui avait passé avant qu'elle ne parte pour la gare. C'était une lecture légère et amusante, un changement bienvenu par rapport aux œuvres sérieuses et rébarbatives que lui avait conseillées Miss Hester. Elle dévora près d'un tiers du livre avant que son estomac commence à gargouiller.

À sept heures trente, elle descendit pour prendre son petit déjeuner. Elle mangea en silence en compagnie des autres clients ; un couple en lune de miel, un représentant de commerce et un homme d'âge mûr dont les habits en tweed vert olive semblaient usés mais de très bonne facture.

Le soleil d'été filtrait à travers les rideaux de dentelle de sa chambre ce matin-là, et après le petit déjeuner, elle enfila les chaussures plates en cuir bicolores qu'elle avait empruntées à Katherine, attrapa son sac à main et sortit de la maison. Il était trop tôt pour se rendre chez Joanna, mais elle avait envie de marcher.

C'était une belle journée : le soleil brillait sur les collines ondoyantes, baignant tout le paysage du vert intense typique de l'été anglais. Elle inspira profondément la fraîcheur de l'air, si différente de la fumée londonienne.

Tandis qu'elle marchait, les choses devinrent plus claires dans son esprit. Elle se concentrait sur la sensation d'effort dans ses jambes alors qu'elle gravissait les collines et éprouvait la caresse du soleil sur son visage. Elle trouva un sentier public qui longeait la route et passa par l'échalier, écrasant les hautes herbes sous ses pieds et libérant le doux parfum de l'été. Elle passa devant des moutons qui l'observèrent placidement dans leur pré. Après s'être laissée aller à se lever de plus en plus tard à mesure que ses soirées s'éternisaient durant la saison, il était plaisant de marcher dans l'air frais du matin et de faire de l'exercice. Elle en avait perdu l'habitude depuis qu'elle avait quitté l'école, où sa professeure la faisait jouer au netball.

Mais elle n'avait pas oublié son rendez-vous du matin, et, comme elle n'avait plus qu'une demi-heure devant elle, Lily rebroussa chemin jusqu'à Hawkshead Hill.

Parvenue à Dovecote Cottage, elle passa le portail du jardin et sonna. La porte jaune s'ouvrit quelques secondes plus tard, comme si Joanna l'avait observée depuis la fenêtre du salon.

— Entre, dit-elle en lui faisant signe.

Lily fronça les sourcils, mais passa le seuil. Jorey courut vers elle et colla sa tête sous sa main pour qu'elle le caresse. Joanna ne bougea pas, et se contenta de croiser les bras.

— C'était une erreur, annonça-t-elle.

Lily sentit un poids dans son estomac.

— Une erreur ?

— Tu ne devrais pas être ici. Je mène ma petite vie de veuve. Les gens se demandent déjà qui tu es.

— Mais je n'ai rencontré personne en chemin.

Joanna rit.

— Tu n'as visiblement jamais vécu dans un village. Tout le monde se mêle des affaires de tout le monde ici. Que suis-je censée leur répondre s'ils me demandent pourquoi une fille qui me ressemble comme deux gouttes d'eau vient sonner à ma porte ? Tu t'es déjà posé la question ?

Lily fixa Joanna jusqu'à ce que celle-ci craque et détourne le regard. Soudain, elle comprit tout.

— Tu as parlé à Josephine.

Joanna ouvrit la bouche, mais elle la referma d'un coup.

— Hier, tu m'as dit que tu me raconterais pourquoi tu m'as abandonnée. Qu'est-ce que Josephine a bien pu dire pour te faire changer d'avis ?

Joanna laissa tomber ses bras, et elle eut la décence de s'avouer vaincue.

— Elle a accepté de m'envoyer deux cents livres par mois.

— Deux cents livres ? Elle n'a pas cette somme.

— Elle est allée voir ton arrière-grand-mère.

Lily la regarda, incrédule.

— Grand-Maman est au courant ?

— Je ne sais pas ce que Josephine lui a dit, mais ton arrière-grand-mère a accepté de payer si je te renvoie à Londres et si les choses reprennent leur cours comme avant. Pas de visites, pas de lettres, pas de coups de téléphone. Aucun contact.

— Pourquoi ?

— Parce qu'elles veulent que tout rentre dans l'ordre.

Parce que ni Grand-Maman ni Josephine n'étaient prêtes à renoncer à la vie qu'elles voulaient pour Lily. La vie qu'elles avaient toujours connue, où les débutantes étaient présentées à la cour et où il y avait une saison, deux vérités absolues qui régissaient leur existence la majeure partie de l'année. Pour elles, dans cette tradition en péril se trouvait la sécurité. Pour Lily, c'était un étouffement.

Elle ne pouvait pas remettre la vérité dans une boîte qu'elle rangerait dans un coin de sa tête pour l'oublier, pas plus qu'elle ne savait si elle pourrait leur pardonner d'avoir menti.

— Tu devrais savoir que Josephine nous déteste toutes les deux, souffla Lily à voix basse. Elle te hait à cause de ta liaison et parce que tu l'as tenue éloignée de son mari durant ses derniers instants, et elle me hait parce que j'ai refusé de la laisser faire semblant que rien de tout ça n'était important. Je doute que Grand-Maman ait un avis très différent sur la question si elle connaît la vérité.

Joanna sortit des cigarettes d'un sac à main de cuir marron usé accroché dans l'entrée, en alluma une et tira une bouffée comme s'il s'agissait d'un gilet de sauvetage. En reprenant son souffle, elle lâcha :

— C'est plus compliqué que ça. Elles tiennent toutes les deux à toi à leur manière, même si elles ont vraiment du mal à l'admettre.

Lily s'empressa de sécher une larme qui venait de couler au coin de son œil.

— J'en doute fort.

— Pas moi. La première chose que Josephine a faite quand je l'ai appelée hier, ça a été de me demander comment tu allais. Je lui ai dit que tu semblais avoir la tête bien froide pour une adolescente qui vient d'apprendre que tout ce qu'elle savait sur sa famille est faux, car la femme qu'elle croyait être sa mère lui a menti. Et tu sais ce que Josephine a répondu ?

Joanna marqua un temps d'arrêt avant de reprendre :

— Elle a dit : « C'est Lily. Elle est en acier trempé. »

— Je n'en ai pas l'impression, murmura l'intéressée en se laissant tomber sur le banc de l'entrée.

Jorey gémit en la regardant. Joanna soupira.

— Les questions que tu m'as posées hier sont-elles vraiment importantes à tes yeux ?

Pourquoi l'as-tu laissée me garder ? Pourquoi me faire passer pour ta sœur ?

— Oui. Réponds-y, et je m'en vais. Je comprends bien que tu n'es pas ma mère – pas de la façon qui compte – et je ne vais pas faire semblant de croire que tu as envie de l'être après toutes ces années. Tu as été suffisamment claire à ce sujet. Mais tu pourrais être la première personne à me dire la vérité, simplement parce que c'est la bonne chose à faire.

— J'imagine qu'il n'y a aucun mal à ce que tu apprennes la vérité, après tout ce qui s'est passé, soupira Joanna en glissant ses cheveux blonds mi-longs derrière son oreille. Pose-moi tes questions.

— Pourquoi l'as-tu laissée me garder ?

— Parce que je n'ai pas eu le choix. J'étais une fille de seize ans terrifiée dans un pays étranger. Je n'avais pas d'argent et je ne savais rien faire. J'avais besoin de l'aide de Josephine, et elle m'a aidée à condition que je t'abandonne et te fasse passer pour sa fille.

— Mais pourquoi ? Pourquoi ne pas me placer à l'adoption ? Pourquoi faire une chose aussi cruelle ?

Les lèvres de Joanna formèrent un sourire lugubre.

— Je crois que nous n'avions pas compris à quel point ce serait horrible pour toi si tu apprenais la vérité. Si on avait pris le temps d'y réfléchir, on aurait peut-être trouvé une autre solution.

— Alors, pourquoi ? insista Lily.

— Pour l'argent.

Le mot resta suspendu en l'air, lourd et putride. C'était la même raison que lui avait donnée Josephine, mais présentée différemment.

— J'ai accepté parce que je savais que je pouvais demander à recevoir l'argent qu'Ethan envoyait pour ta pension, avoua Joanna. Je n'ai eu qu'à renoncer à mes droits vis-à-vis de toi et promettre que je ne te contacterais jamais. Josephine avait déjà commencé à faire croire que tu étais sa fille. Tout était en place. Je n'avais plus qu'à dire oui. Et je suis devenue la sœur qui a fugué.

— Tu m'as échangée contre de l'argent, murmura Lily.

— Je t'ai échangée contre une *vie*. (Joanna désigna l'entrée d'un geste de la main, sa cigarette allumée orange entre ses doigts.) Ça n'a peut-être pas l'air de grand-chose, mais tout ce qui est ici est à moi. Je choisis comment vivre ma vie. Je choisis quand je mange et avec qui je sociabilise. Je m'occupe de mon jardin et je monte à cheval. Personne ne me dit quoi faire. Personne ne me juge simplement parce que j'existe.

La voix de Joanna perdit son ton défensif.

— Je ne peux pas t'offrir ce que tu es venue chercher ici. Je suis désolée de ne pas pouvoir être mère. Je ne sais pas comment faire ces choses-là.

Lily regarda la femme qui se tenait devant elle, fumant nerveusement une cigarette comme pour repousser les sentiments que Lily avait apportés avec elle dans ce petit village du nord. Joanna semblait si sûre d'elle la veille, mais à présent Lily voyait bien que ce qu'elle avait raconté au téléphone à Katherine était vrai. Son apparence blasée cachait quelque chose de très endommagé.

— Je ne suis pas venue ici parce que j'avais besoin d'une mère. Je suis venue parce que j'avais besoin de réponses. Tu me les as données, et je t'en remercie. Je n'ai passé aucun accord avec Josephine, mais je comprends que tu l'aies fait. Je ne te rendrai pas la vie plus dure que nécessaire. Je ne t'écrirai pas et ne te contacterai plus.

Joanna hésita, puis elle hocha la tête.

— C'est pour le mieux.

Lily leva le menton.

— Je le crois aussi.

— Tu vas rentrer à Londres ? demanda Joanna.

— Non, pas tout de suite. J'ai encore quelques choses à régler.

— Mais la saison continue. Tu es attendue, non ? (Lily leva un sourcil.) J'ai grandi dans ce monde, tu te rappelles ? J'étais censée devenir débutante, mais j'imagine que la guerre m'en aurait empêchée de toute façon. Je n'oublierai jamais ce genre de choses, dit doucement Joanna.

— Non, je ne crois pas que je vais rentrer finir la saison. Je dois réfléchir.

— Que vas-tu faire, alors ?

Joanna semblait fascinée.

— Ça, je dois encore le trouver.

Elle se leva et récupéra son sac à main sur le banc. En arrangeant sa jupe, elle vit Joanna hésiter du coin de l'œil, comme si elle ne savait pas quoi faire. Quand Lily leva la tête à nouveau, elle se rendit compte que Joanna avait avancé jusqu'à la porte d'entrée, la main sur la poignée.

— Je peux te demander encore une chose ? ajouta Lily avant que Joanna ne puisse ouvrir la porte.

— Tout ce que tu veux.

— Ça en valait la peine ?

Joanna pencha la tête.

— Tu me détesterais si je te répondais oui ?

— Non.

— À dire vrai, je ne sais pas. C'est une décision que j'ai prise et je ne peux pas revenir dans le passé pour l'examiner en détail.

— Si tu pouvais, tu le regretterais peut-être.

Joanna porta les doigts à ses lèvres et dit :

— J'ai fait ce que j'avais à faire.

En passant devant elle, Lily s'arrêta.

— Tu as tort, tu sais. Tu m'as peut-être échangée contre une vie, mais ses fondations sont construites sur de la culpabilité. Celle de Josephine et la tienne. Comment arrivez-vous à vous regarder dans la glace en sachant ça ?

Puis elle sortit et parcourut l'allée du jardin sans se retourner.

31

LILY SE RENDIT DIRECTEMENT DU COTTAGE DE Joanna à la pension de Mrs Roberts, fit sa valise, libéra la chambre et régla la note plus un supplément pour ses deux coups de fil et son dîner. Ensuite, elle monta dans le bus pour Windermere et se présenta à la réception d'un vrai hôtel près de la rive du lac. L'établissement offrait un peu plus d'intimité que la pension, et personne ne semblait s'intéresser à cette jeune femme qui voyageait seule. C'était le début de l'été après tout, et la ville lacustre était occupée à s'éveiller et s'ébrouer après son sommeil froid et hivernal.

Dès qu'elle fut installée, Lily appela Katherine d'une cabine téléphonique au bout de la rue.

— Qu'est-ce que tu vas faire ? demanda son amie après que Lily lui eut raconté tout ce qui s'était passé.

— Je vais rester un peu ici et réfléchir. Je n'y arriverais pas à Londres, où tout m'est familier. J'ai besoin de temps pour moi.

— Je vais t'aider tant que je le peux, quoi que tu décides.

Katherine hésita, puis elle ajouta :

— Tu as encore le temps de réviser pour l'examen d'entrée à l'université ?

— Je ne suis vraiment pas prête pour cette année, et, même avec quelques mois de révisions, je ne sais pas si j'en serais capable.

Mais je vais le faire. Si ce n'est pas cette année, ce sera la prochaine.

— Bien. Quoi que tu décides, j'espère que tu finiras par rentrer à Londres, parce que j'ai des nouvelles de mon côté, lança Katherine d'une voix excitée.

— Des nouvelles ?

— J'ai dit à Papa et Maman que je ne voulais plus être une débutante.

Lily rajusta le combiné pour mieux l'entendre.

— Oh, Katherine, comment l'ont-ils pris ?

— Ils n'étaient pas ravis, mais ils m'ont dit qu'ils comprenaient. J'ai vingt et un ans maintenant, et j'ai de l'argent. Comment auraient-ils pu ne pas être d'accord après ce qui s'est passé à mon bal ?

— Ce n'est pas ta faute.

— Non, en effet, mais ça m'a fait réfléchir à tout ce gâchis. Gideon est mort de façon si absurde, et tous les invités se sont contentés d'aller dans une autre maison ou en boîte de nuit. C'est affreux.

— Je sais, dit Lily en retenant ses larmes.

Elle avait assez pleuré durant ces derniers jours. Elle aurait le temps de faire son deuil, mais elle voulait avant tout pouvoir lever la tête et aller de l'avant.

— Qu'est-ce que tu vas faire maintenant que tu ne suis plus la saison ?

— J'ai parlé à Papa et Maman de mon projet d'acheter un appartement. Je leur ai dit que je voulais un travail. Papa n'était pas ravi d'apprendre que sa fille unique veut devenir reporter. Il dit que les reporters passent le plus clair de leur temps à fouiller dans les poubelles de la société, et que ça se reflète dans leur paie. Il a essayé de me convaincre de devenir secrétaire à son bureau.

— Je ne t'imagine pas secrétaire.

— Je serais très mauvaise. Je suis bien trop curieuse et indiscrète. En plus, je ne pense pas que mon père et moi puissions travailler un an ensemble sans nous entre-tuer, dit Katherine en riant.

— Je suis contente que tu le leur aies annoncé.

— J'étais une très mauvaise débutante !

— Mais non, pas du tout.

— Eh bien, j'aurais fini par le devenir. Je ne m'y intéressais pas pour les bonnes raisons. Je faisais ça uniquement pour faire plaisir à Papa et Maman. J'aurais probablement abandonné plus tôt si je ne vous avais pas rencontrées, toi et les Imparfaites.

— Comment vont-elles ? demanda Lily.

Les taquineries et les bavardages constants de ses amies lui manquaient.

— Elles sont inquiètes pour toi. Je ne leur ai rien dit à part que tu devais quitter Londres pour quelques jours. Je crois qu'elles sont toutes très jalouses, surtout Philippa. Ses parents ont appris l'existence de David et ils ne sont pas très contents. Ils n'arrêtent pas d'essayer de la caser avec un garçon catholique, Victor Longford, tu vois qui c'est ?

— Il mesure dix centimètres de moins que Philippa et a le quotient intellectuel d'une pomme de terre, répondit-elle en énumérant les statistiques du jeune homme comme l'aurait fait tante Angelica.

Katherine éclata de rire.

— Je vais dire à Philippa que tu es de son côté.

— Toujours. Dis-leur que je rentre bientôt, promit-elle en regardant hors de la cabine téléphonique, vers le fragment de lac bleu qu'elle apercevait au loin. Je dois juste tirer certaines choses au clair avant.

— Quand tu te sens prête, appelle-moi et donne-moi les horaires de ton train. Je viendrai te chercher à la gare.

— Tu n'es pas obligée.

— Je sais, mais j'en ai envie. Oh, Lily, il y a autre chose que tu dois savoir. Ian Bingham m'a appelée ce matin.

— Ah oui ?

— Il a dit que vous aviez discuté et il voulait savoir si j'avais eu de tes nouvelles. Il ne voulait pas paraître intrusif, mais il s'inquiétait pour toi. Il s'est dit que tu avais besoin d'une amie.

Elle ferma les yeux et posa la tête contre la vitre froide de la cabine.

— C'est gentil de sa part.

— Il est au courant ? demanda Katherine.

— Il est au courant. Je lui ai tout raconté hier, juste avant de t'appeler.

— On dirait que c'est un homme bien.

— C'est un homme bien. *Trop bien.*

— Tu lui plais, insista Katherine.

— Pour l'instant, c'est compliqué.

— Tout est compliqué.

— Son bienfaiteur n'est autre qu'Ethan Hartford.

— Et ?

— C'est avec Ethan Hartford que Joanna a eu sa liaison.

Il y eut un silence à l'autre bout du fil, si long que Lily crut que la communication avait coupé.

— Oh, mon Dieu, finit par murmurer Katherine. Le vieux salaud.

Lily laissa échapper un rire de surprise.

— Le vieux salaud ?

— Eh bien oui, c'est ce qu'il est, n'est-ce pas ? demanda Katherine, indignée.

Lily ne pouvait plus s'arrêter de rire, pliée en deux. Il n'y avait rien de drôle dans le fait que Mr Hartford avait profité de Joanna, mais l'idée qu'un diplomate intimidant qui possédait une imposante demeure à Mayfair et un domaine à la campagne soit tourné en dérision de la sorte lui paraissait hilarante. Il serait vraiment énervé de savoir que quelqu'un pensait ça de lui. Sa *fille* serait furieuse.

L'opérateur revint sur la ligne et Lily se dépêcha d'ajouter quelques pièces dans le téléphone tandis que son rire s'estompait.

— Merci. J'en avais bien besoin, gloussa-t-elle.

— Tu sais, si Ethan Hartford est ton père…

— Ça veut dire que Leana est ma demi-sœur.

— Tu imagines la tête de Leana si elle savait ? demanda Katherine.

— Elle serait horrifiée.

— Tu es bien mieux sans eux.

— Peut-être bien, dit Lily, mais elle ne pouvait pas s'empêcher de penser qu'elle aurait encore beaucoup de choses à régler quand elle se déciderait à rentrer à Londres.

32

AU BOUT D'UNE SEMAINE À WINDERMERE, à hanter les librairies et arpenter les collines le jour et lire dans sa chambre la nuit, Lily décida qu'il était temps d'arrêter de se cacher et d'affronter la suite des événements. Elle avait eu assez de temps pour réfléchir, et, même si elle n'avait quasiment aucune réponse, elle savait comment elle voulait faire le premier pas vers sa nouvelle vie.

Cet après-midi-là, elle prépara sa valise, quitta l'hôtel et acheta un billet pour le train de nuit avant de téléphoner à Katherine.

— Je rentre. J'arrive par le train de Wolverhampton à 9 h 04 demain matin ! cria-t-elle sur la ligne qui crépitait.

— Je viendrai te chercher avec plaisir, promit Katherine.

Sans surprise, quand Lily descendit du train à la gare de King's Cross le matin suivant et regarda autour d'elle sur le quai, son amie était là. Katherine était difficile à manquer dans son pantalon cigarette noir, son tee-shirt blanc impeccable et son cardigan rouge vif. Elle faisait de grands signes de la main, à tel point que son sac à main balançait d'avant en arrière en arc de cercle. Lily éclata de rire avant de remonter le quai en vitesse pour la serrer fort dans ses bras.

— Je suis tellement contente que tu sois rentrée ! Je t'attends depuis une heure, l'accueillit Katherine.

— Le train est à l'heure, rétorqua Lily en riant.

— Je sais, mais j'avais tellement peur de te rater que je suis arrivée en avance. Même les porteurs commencent à me regarder bizarrement. Benjamin, notre chauffeur, nous attend dans la voiture. Papa a insisté pour qu'il vienne te chercher, précisa-t-elle avec un sourire bienveillant.

— Comment est le nouvel appartement ? demanda Lily.

— À la fois en désordre et complètement vide, répondit Katherine d'un ton enjoué.

Durant leurs appels téléphoniques quotidiens, Lily avait appris que Katherine louait un appartement sur Greville Place à Maida Vale. Elle était partie de chez ses parents cinq jours plus tôt. Dès que Lily avait mentionné qu'elle rentrait à Londres, Katherine lui avait proposé de l'héberger gratuitement jusqu'à ce qu'elle trouve un travail.

— Je n'ai jamais vécu seule. Tu m'aideras à ne pas tourner en rond et devenir folle, avait plaidé Katherine.

Debout au milieu de la gare de King's Cross, face à la perspective de mener sa propre vie, Lily était ravie de s'être laissé convaincre.

— Viens, proposa Katherine en lui prenant le bras pour la traîner à travers la gare. Benjamin est garé à cette sortie.

Lily salua le chauffeur au crâne dégarni et au doux sourire, et celui-ci prit sa valise pour la mettre dans le coffre de la Rolls-Royce. Dès que Katherine et elle furent montées à l'arrière, son amie lui dit :

— Tu veux aller à la maison, trouver quelque chose à manger ?

— J'aimerais aller à Harley Gardens.

Katherine lui lança un regard en biais.

— Tu en es sûre ?

— Oui, confirma-t-elle avec un hochement de tête déterminé.

Elle avait pris le temps de réfléchir à plusieurs choses, mais elle ne pourrait pas avancer avant d'avoir refermé la porte de son passé.

— Très bien. (Katherine se pencha un peu sur son siège.) Benjamin, pourriez-vous nous conduire au 17, Harley Gardens ? Nous avons une affaire à régler.

Lily leva les yeux sur la devanture de la maison de son enfance, assise sur la banquette arrière de la Rolls-Royce des Norman.

— Tu es sûre de vouloir faire ça ? demanda encore Katherine.

Lily continua de fixer la maison.

— Aussi sûre que je l'ai jamais été. Si je ne le fais pas maintenant, je ne le ferai jamais.

— Je peux y aller pour toi, si tu me donnes une liste des affaires à récupérer, proposa Katherine.

Elle secoua la tête et sourit à son amie.

— Non. J'ai aussi des choses à dire. Je dois le faire en personne.

Elle prit la clé de l'entrée dans son sac à main et arrêta Benjamin qui s'apprêtait à venir lui ouvrir la portière, puis elle sortit. Elle monta les marches de la maison de Harley Gardens, mais, avant qu'elle puisse glisser la clé dans la serrure, la porte s'ouvrit en grand et Hannah se précipita sur le perron pour la prendre dans ses bras.

— Oh, vous voilà ! J'étais si inquiète ! s'écria la gouvernante.

Lily serra fort la vieille femme.

— Je vais bien, Hannah. Promis.

Hannah la tint à bout de bras.

— Ne me refaites jamais un coup pareil. J'étais à deux doigts de téléphoner à Scotland Yard, mais Mrs Nicholls ne voulait pas en entendre parler. Elle ne voulait pas non plus me dire où vous étiez.

— Je suis navrée de vous avoir causé du souci, s'excusa Lily tandis que Hannah la faisait entrer. Hannah, je dois discuter de certaines choses avec Josephine. Savez-vous où elle est ?

— C'est curieux que vous appeliez votre mère par son prénom. Elle est dans le salon avec votre grand-mère.

Hannah baissa la voix.

— Mrs Nicholls mère est venue lui rendre visite tous les jours. Elle arrive après le petit déjeuner et repart juste avant le dîner.

Elles attendaient que Lily revienne, car elles savaient que celle-ci devrait renouer à un moment ou un autre avec son ancienne vie.

— Merci, fit Lily en prenant une nouvelle fois Hannah dans ses bras.

Avant de se dégonfler, elle se rendit au salon et toqua à la porte.

— Entrez, lança Josephine.

Lily se redressa, passa une main sur ses cheveux pour vérifier qu'aucun épi ne dépassait de la petite queue-de-cheval qu'elle avait pris l'habitude de se faire durant son séjour au Lake District, et tourna la poignée.

À l'intérieur du salon, elle trouva Josephine dans sa tenue noire habituelle, rangée de perles au cou. Cependant, tous ses vêtements, de sa jupe à son chemisier de soie noire, semblaient flotter sur elle, et elle avait des traces sombres sous les yeux.

Grand-Maman était assise bien droite sur le fauteuil de brocart vert qu'occupait d'ordinaire Josephine ; pas le moindre pli n'était visible sur son costume prune guindé, et son chignon ne laissait dépasser aucun cheveu. Mais elle avait le teint pâle et arborait une expression mécontente qui lui tirait la peau au coin des lèvres.

— Il me semblait bien avoir entendu du bruit dans l'entrée, dit Josephine.

— Lillian, l'accueillit Grand-Maman. Ta mère s'est fait un sang d'encre pour toi.

— Grand-Maman, je suis contente que tu sois là. Je dois vous parler d'un sujet très sérieux.

— C'*est* un sujet très sérieux, jeune fille. Si tu crois que tu peux simplement filer Dieu sait où toute seule et abandonner toutes tes obligations ! Tu sais combien d'excuses ta mère et moi avons dû inventer pour toi ces dix derniers jours ? Tout le monde se demande où tu es.

— Je suis désolée que vous vous soyez senties obligées d'expliquer mon absence.

— Où étais-tu passée, et qu'est-ce que tu faisais ? demanda Josephine avant que Grand-Maman ne puisse rétorquer.

— Tu sais très bien où j'étais. Tu as parlé à Joanna, l'accusa Lily, toujours debout.

— C'était il y a plusieurs jours. J'ai été très claire avec elle sur le fait que je voulais que tu rentres à Londres.

Lily haussa un sourcil.

— Étrangement, ce message s'est perdu au milieu des révélations concernant les circonstances de ma naissance.

— Ne crois rien de ce que cette femme t'a raconté, souffla Grand-Maman.

— Ce n'est rien d'autre qu'une égoïste cupide qui cherche à détruire cette famille, abonda Josephine.

— Elle est égoïste, mais tout n'est pas sa faute. Elle s'est retrouvée dans une situation impossible. Tu lui as raconté la vérité ? demanda Lily avec un signe de tête en direction de Grand-Maman.

Josephine se tortilla sur son siège.

— Il est devenu nécessaire d'expliquer la situation.

— Et ?

Lily regarda son arrière-grand-mère.

— Qu'est-ce que tu veux que je te dise ? demanda Grand-Maman, détournant le regard pour la première fois.

Lily plissa les yeux.

— On pourrait peut-être commencer par des excuses.

Personne ne dit rien.

— Très bien, voilà qui facilite les choses, murmura-t-elle avant de se racler la gorge. J'ai deux ou trois choses à vous dire. D'abord, je ne reprendrai pas la saison.

— Lillian, sois raisonnable, la coupa Grand-Maman. Tu n'auras qu'une seule chance d'être débutante.

— J'ai déjà entendu dire que la saison continuera l'année prochaine, même si les présentations à la cour sont terminées. Peut-être que Lily pourra participer l'an prochain – ou assister aux bals écossais et aux soirées londoniennes à l'automne, avança Josephine.

— Je ne ferai rien de tout ça, qu'il y ait une saison l'année prochaine ou pas. Je pars.

— Ne sois pas si ingrate, la tança Grand-Maman.

— Et en quoi devrais-je être reconnaissante ? cria Lily.

— Lillian, parle moins fort.

— Non ! J'ai fait tout ce que vous vouliez, je suis allée boire le thé tous les mardis et j'ai quitté l'école plus tôt parce que *vous* pensiez que c'était pour le mieux. Mais c'est terminé. J'ai dix-huit ans, et vous n'avez plus le droit de me dire ce que je dois faire ou non.

— Tu comptes laisser ta fille crier sur sa grand-mère dans ta propre maison ? demanda Grand-Maman à Josephine.

Lily la pointa du doigt.

— Ce n'est pas la tienne, de maison ! Ce n'est pas toi qui dictes les règles. Tu n'es qu'une invitée ici.

— Josephine, menaça Grand-Maman.

Lily se tourna vers l'intéressée.

— Pourquoi tu la laisses te parler comme ça ?

— Lily, tu connais notre situation, plaida-t-elle en rapetissant dans son fauteuil.

— Eh bien change-la, cette situation ! Tu as tellement peur que Grand-Maman arrête de te verser de l'argent que tu la laisses régir nos vies.

— Ce n'est pas si simple.

— Personne n'a dit que ça devait être simple ! Je suis sûre que ce serait très difficile de vendre cette maison et d'admettre que tu dois trouver un travail, mais au moins tu ferais tes propres choix.

— Je ne suis pas forte, murmura Josephine.

Frustrée face à sa faiblesse, Lily se passa une main dans les cheveux et défit sa queue-de-cheval.

— Tu aurais dû l'être. Pour nous deux. Si tu l'avais été, nous n'aurions pas eu à vivre ce mensonge. Au lieu de ça, tu as laissé Grand-Maman nous manipuler pour qu'on fasse ce qu'elle voulait.

— Si c'est ce que tu ressens, pourquoi es-tu revenue ? demanda Grand-Maman.

— Parce que je trouvais cruel d'envoyer une lettre à celle qui m'a élevée pour lui dire que je partais.

— Que tu partais ? répétèrent les deux femmes.

— Je vais vivre avec Katherine Norman. Elle a décidé d'abandonner la saison elle aussi et elle loue un appartement. Elle m'a demandé de la rejoindre. J'aurai donc un endroit où vivre le temps de trouver un travail.

— Ne sois pas ridicule, Lily, railla Grand-Maman. Tu n'as pas besoin de travailler.

Si tu te recroquevilles dans ta petite vie d'avant et que tu fais ce qu'on te dit, je m'occuperai de toi.

— Je suis très sérieuse, au contraire. Katherine m'attend dehors dans sa voiture. Je vais emporter quelques affaires ainsi que mes livres. Je donnerai des instructions à Hannah pour faire envoyer le reste.

La couleur avait commencé à monter aux joues de Grand-Maman.

— Tu jettes à la poubelle tout ce pour quoi nous avons travaillé dur.

— C'est Joanna qui t'a donné cette idée ? demanda Josephine. C'est exactement le genre de chose qu'elle ferait pour nuire à notre famille.

Lily soupira. Elle commençait à avoir mal à la tête à force d'avoir des montées de colère et de déception.

— Joanna m'a renvoyée de chez elle, comme tu le voulais.

— Pour une fois que cette fille fait quelque chose de bien, soupira Grand-Maman en faisant la moue.

Lily en avait assez, mais il y avait encore une chose qu'elle devait savoir. Elle se tourna vers Josephine et lui demanda :

— M'as-tu jamais aimée ?

— Je t'ai vêtue. Je t'ai nourrie. Je t'ai envoyée à l'école. Je t'ai donné tout ce que je pouvais pour te mettre sur les bons rails dans le monde, répondit Josephine.

— Ce n'est pas la même chose que l'amour.

Josephine cligna des yeux, et, pour la première fois depuis son retour, Lily y vit une étincelle.

— Chaque fois que je te regarde, je la vois, et elle ne pensait à personne d'autre qu'à elle-même, siffla Josephine.

— C'était une enfant. On a profité d'elle alors qu'elle aurait dû être protégée, dit Lily entre ses dents.

— Elle est la raison pour laquelle Michael est mort seul dans cette maison pendant que j'étais à des milliers de kilomètres. Si j'avais été ici, j'aurais pu faire quelque chose.

La voix de Josephine se cassa, et elle se prit la tête entre les mains. Lily regarda Grand-Maman maladroitement tenter de lui tapoter le dos pendant qu'elle pleurait. Elle comprit alors qu'il était possible de se sentir navrée pour Josephine et la perte qu'elle avait connue, tout en haïssant les dégâts qu'elle avait causés.

— Ton mari avait un cancer. Tu n'aurais rien pu faire, avança doucement Lily.

— J'aurais pu être à ses côtés, réussit à dire Josephine. Il me manque tant.

— À moi aussi, murmura Grand-Maman.

— Je suis désolée pour ça, compatit Lily en sortant un mouchoir de la manche de son cardigan pour le tendre à Josephine.

Celle-ci le prit et s'essuya les yeux, penchant la tête en arrière pour arrêter ses larmes.

— Je n'attends pas de toi que tu comprennes pourquoi j'ai fait ce que j'ai fait. Sache seulement que j'ai agi en pensant faire au mieux pour ma famille. Pour toi.

— Je ne te pardonne pas pour ça, et je ne sais pas si j'y arriverai un jour. Tu m'as menti, mais c'est bien pire que ça. Vous m'avez toutes les deux privée de choix.

— Il n'y a pas de choix possible. Pas pour les filles comme toi, Lillian, rétorqua Grand-Maman.

— J'ai dû faire tout ce que je pouvais pour m'assurer que ta réputation soit inattaquable. C'est ce que les gens comme nous font pour leurs filles.

Ces femmes-là ne comprendraient jamais. Elles étaient le produit de leur propre petit monde. Elles ne s'aventureraient jamais au-delà. Elles ne quitteraient jamais leur confort.

— Le monde change. Les filles font d'autres choses que simplement se marier. La saison continuera peut-être l'an prochain, mais je parie qu'elle mourra bientôt, maintenant que les présentations sont terminées. Je veux voir où mènent ces changements. La saison a été amusante pendant un temps, et j'y ai rencontré mes meilleures amies, mais je désire plus que ce qu'elle peut m'apporter.

— Tu te crois trop bien pour être une épouse et une mère ? ricana Grand-Maman.

— Je crois que je mérite d'avoir le choix concernant le reste de ma vie. Je veux aller à l'université. Je vais me faire une place. Je vais travailler, et quand je ne travaillerai pas, j'étudierai. Ensuite… (Elle écarta les bras.) Je ne sais pas.

— Tu jettes tout à la poubelle, répéta Grand-Maman.

— C'est juste un fait. Je ne jette rien du tout.

Aucune des deux femmes ne protesta, et Lily se dirigea vers la porte.

— Si tu quittes cette maison aujourd'hui, ne reviens pas ! cria Grand-Maman.

Elle s'arrêta et se retourna.

— Ce n'est pas chez toi, ce n'est pas à toi d'en décider.

Elles regardèrent toutes deux Josephine.

— Ne complique pas les choses davantage, Lily. Tu sais que je n'ai pas le choix.

Lily s'attendait à ressentir de la déception, mais celle-ci ne vint jamais. Elle s'était déjà fait une raison sur la nature de Josephine.

— J'espère qu'un jour tu te rendras compte que tu as le choix. Je serai partie dès que j'aurai récupéré mes affaires.

33

IL LUI FALLUT PRÈS D'UNE HEURE pour faire ses valises. Elle avait cru que Josephine ou Grand-Maman monteraient peut-être la voir dans sa chambre, mais seule Hannah apparut, suivie de Katherine.

— J'ai pensé qu'on pourrait vous aider, avança Hannah.

Les yeux de Katherine s'écarquillèrent quand elle vit la pièce remplie de vêtements, de chaussures et de livres.

— Tu pourrais ouvrir une bibliothèque.

Lily rit.

— C'est ce qui arrive, quand on est une grande lectrice.

— Non. C'est ce qui arrive quand on est une future étudiante en littérature anglaise à l'université.

Pour la première fois depuis son arrivée à Harley Gardens ce jour-là, Lily sourit.

Une fois les valises et les caisses contenant les livres que Lily considérait comme vitaux furent remplies, Benjamin jeta le journal qu'il lisait et sortit de la voiture pour les aider à charger.

— Je prends le relais, Mademoiselle, dit-il, et Lily lui tendit avec reconnaissance la plus lourde des valises.

Assise à l'arrière, elle s'avachit contre l'appuie-tête et ferma les yeux.

— C'est fait, dit-elle avec un soupir.

— Ça va ? demanda Katherine.

Lily ouvrit les yeux et tourna la tête vers son amie.

— Ça ira.

— Ça ira mieux demain, et le jour d'après, et celui d'encore après.

— Oui. Oui, je crois.

Katherine lui sourit, et Benjamin reprit place derrière le volant pour les conduire dans leur nouveau foyer.

L'appartement de Maida Vale faisait partie d'une grande maison qui avait été divisée en plusieurs lots après la guerre. Sur le trottoir, Lily étudia le grand bâtiment blanc tandis que Benjamin déchargeait la voiture. Elle habiterait là, du moins tant qu'elle ne saurait pas si elle avait été acceptée à l'université. Si c'était le cas, elle partirait étudier dans un peu plus d'un an. Sinon… Lily trouverait une solution. Elle s'était éloignée du chemin tout tracé devant elle et s'aventurait en territoire inconnu. Elle devait désormais créer son propre sentier, et elle avait bien l'intention de profiter de chaque instant.

— Viens, l'invita Katherine tout excitée en sortant la clé de son sac. J'ai quelque chose d'incroyable à te montrer.

Lily rit.

— Plus incroyable que d'emménager dans un nouvel appartement dans un nouveau quartier ?

— Plus incroyable encore, répondit Katherine, le regard brillant.

Elle passa la porte la première et monta les marches jusqu'au deuxième étage. Derrière Lily, Benjamin était essoufflé car il avait insisté pour porter la caisse de livres. Il la posa avec un grand soupir de soulagement.

— Ce sera tout, Mademoiselle ? demanda-t-il à Lily.

— Oui, c'est tout. Merci beaucoup.

— Oui, merci Benjamin. Dites à mon père que nous sommes reconnaissantes d'avoir pu utiliser la voiture.

Il les salua en retirant son chapeau et se dirigea vers l'escalier. Katherine fit volte-face et enfonça la clé dans la serrure.

— Nous y voilà ! claironna Katherine en laissant tomber l'une des valises de Lily dans l'entrée.

L'appartement était magnifique, avec de beaux murs blancs qui laissaient place à des corniches sculptées et un plafond en plâtre surplombant le salon. Des cartons jonchaient le parquet en bois blond, et dans la petite cuisine se trouvait déjà une pile de journaux entassés sur la table.

— Je suis une piètre cuisinière, mais je suis bien décidée à progresser, lança Katherine en se tournant vers le fourneau, les mains sur les hanches, comme si elle faisait face à son ennemi.

— Je peux t'apprendre, rit Lily. Et je peux aussi coudre des rideaux et d'autres choses pour rendre l'endroit plus douillet. Je vais demander à Hannah de faire porter ma machine à coudre, si Josephine accepte.

— Ça nous coûtera moins cher. On fera des *économies*, dit Katherine en faisant rouler le mot dans sa bouche avec satisfaction.

— Je t'apprendrai ça, aussi, la taquina Lily, bien consciente que son amie n'avait jamais manqué de rien.

— J'en serai ravie. Mais je ne t'ai pas encore montré ma surprise !

Lily suivit Katherine, qui se précipita dans le couloir menant aux deux chambres de l'appartement. Devant l'une des portes, Katherine s'arrêta et lui fit un grand sourire.

— Tu es prête ?

Lily hocha la tête, et son amie ouvrit la porte.

Lily pénétra à l'intérieur et regarda autour d'elle. Un lit double soigneusement fait était recouvert d'une couette blanc cassé. Une large armoire se trouvait collée contre le mur avec une coiffeuse à côté d'un miroir. Une chaise tapissée de bleu était installée près de la fenêtre, en face d'une petite table parfaite pour y poser une tasse de thé. Mais ce fut surtout le bureau qui attira l'attention de Lily.

Il était grand et moderne, avec de hauts pieds fins sans ornements. Sur le dessus en bois vernis se trouvaient une pile de papier à lettres, un pot à crayons et un stylo-plume. Au-dessus, sur une étagère, un dictionnaire attendait Lily.

— Je me suis dit que tu aurais besoin d'un endroit pour étudier, dit Katherine. J'ai parlé à Ian et je lui ai demandé ce qui pourrait t'être utile. Il n'était pas sûr que tu veuilles d'une machine à écrire. J'en ai une dans ma chambre, et tu peux t'en servir si tu en as besoin…

— Merci, dit doucement Lily en passant un bras autour de sa taille pour lui faire un câlin. C'est parfait comme ça.

— Je veux que tu sois heureuse, souffla Katherine en posant la tête sur son épaule.

— Je le suis. Vraiment, répondit-elle, très sérieuse.

— Qu'est-ce que tu veux faire d'abord ?

— Pour commencer, je vais défaire mes valises. Je pourrai t'aider avec certains des cartons dans le couloir. Ensuite j'appellerai mon ancienne institutrice pour lui demander si elle veut bien me prendre en tant qu'étudiante pour préparer les examens d'entrée.

— Tu as choisi une université ? demanda Katherine.

Le coin de ses lèvres se souleva légèrement.
— Je pensais à Cambridge.
Katherine sourit en retour.
— Serait-ce à cause d'un certain étudiant en sciences politiques ?
— Je ne vois pas ce que tu veux dire, répondit-elle d'un ton faussement pincé.
Puis elle secoua la tête.
— Je ne peux pas encore penser à lui.
— Il te faut du temps et de l'espace.
— Oui.
Non seulement elle avait souffert, mais tout ce qu'elle savait sur elle-même avait été chamboulé. Elle avait besoin de redécouvrir qui elle était avant toute chose, et elle avait décidé de mettre Ian de côté. Pour l'instant.
— Qu'est-ce que tu vas faire après avoir appelé ton ancienne institutrice ? demanda Katherine en s'installant sur le lit.
— Je vais aller voir Madame Benum et lui demander si elle veut bien me prendre comme assistante.
— Oh, je suis sûre qu'elle acceptera. Il le faut !
— Ensuite, je pense qu'on devrait organiser une fête, mais à notre façon. On invitera les Imparfaites si elles arrivent à se libérer une journée loin des courses hippiques de Royal Ascot.
— Elles meurent d'envie de voir l'appartement, approuva Katherine.
— Très bien. Pour l'occasion, je t'apprendrai à faire du poulet rôti.
— Et je m'occuperai des cocktails. Ce sera très amusant ! s'enthousiasma Katherine.

Lily jeta un œil sur son nouveau foyer et sourit de plus belle.

— Je crois que tu as raison.

La soirée fut bel et bien amusante. Katherine prépara des cocktails bien trop forts, et elles faillirent oublier le repas, sauvant le poulet du désastre à la dernière minute. Les Imparfaites célébrèrent leur premier vrai dîner dans l'appartement de Greville Place avec deux bouteilles de champagne que Doris avait prises dans la cave à vin de son père, et tout le monde se réveilla le lendemain avec une gueule de bois.

Cela n'empêcha pas Lily d'attaquer sa première semaine de liberté avec plus d'enthousiasme qu'elle n'en avait ressenti depuis des mois. Elle s'arrangea avec Miss Hester pour ses leçons – elle la paierait plus tard, quand elle aurait trouvé un travail –, puis elle marcha jusqu'à la boutique de Madame Benum pour lui demander un emploi. Madame ne lui posa qu'une seule question (« Vous êtes encore une débutante ? ») et l'engagea sur-le-champ.

Quand elle n'était pas à la boutique, Lily passait son temps derrière son bureau, mais, un après-midi, une semaine et demie après son emménagement dans l'appartement, elle décida de mettre ses livres de côté plus tôt. Elle enfila sa plus belle robe d'été en coton à imprimés floraux jaune et bleu sur fond blanc avec un large jupon, et appliqua soigneusement son maquillage en face du miroir de la coiffeuse. Elle passa ensuite des chaussures à talons bleu clair qu'elle portait quand elle était débutante et se regarda dans le miroir en pied que Katherine avait accroché à la porte de la salle de bains.

— Parfait, murmura-t-elle.

Puis elle monta dans le bus en direction de Mayfair, soulagée que la grève soit terminée.

Elle s'avança jusqu'à Hartford House, en se remémorant la première fois qu'elle s'en était approchée. La maison lui avait paru si imposante, un véritable symbole du nom prestigieux des Hartford. Désormais, elle savait que derrière cette façade se cachaient les mêmes secrets que dans n'importe quelle famille.

Lily sonna et attendit. Au bout d'un moment, la gouvernante, Mrs Hastings, vint ouvrir.

— Bonjour, est-ce que Mr Hartford est là ? demanda-t-elle.

— Non, Miss Nicholls, répondit Mrs Hastings en faisant mine de refermer la porte.

— Vous êtes sûre ? Il est cinq heures passées.

— Il n'est pas encore rentré.

— Pourrais-je laisser un message ?

La gouvernante lança un regard furtif derrière Lily, et celle-ci se retourna au moment où une berline noire se garait le long du trottoir. Un chauffeur en uniforme en sortit pour ouvrir la portière arrière. Mr Hartford apparut, mallette dans une main et parapluie dans l'autre. Il paraissait parfaitement respectable dans son costume gris classique et avec sa chevelure grisonnante coiffée en arrière. Quand il leva les yeux et aperçut Lily, il s'immobilisa.

Elle redressa le menton, refusant de détourner le regard. Elle ne se laisserait pas intimider par cet homme qui avait acheté le silence de sa famille pendant dix-huit ans à grands coups de billets. Elle avait confronté Joanna, Josephine et Grand-Maman. Elle avait repris le contrôle de sa vie, et elle décidait maintenant de la forme qu'elle souhaitait lui donner.

Ethan Hartford ne pourrait jamais lui enlever ça.

Elle observa son père s'approcher du seuil de sa maison. Il s'arrêta à quelques mètres d'elle.

— Mrs Hastings, qu'est-ce que cela signifie ? dit-il d'un ton sec.

La gouvernante s'excusa en bégayant.

— J'aimerais vous parler, avança Lily en s'interposant entre Mr Hartford et la porte d'entrée.

— Je suis un homme très occupé.

— Je serais ravie d'avoir cette conversation en pleine rue si vous préférez, répondit-elle avec douceur.

Mr Hartford plissa les yeux un instant, puis il leva le menton.

— Tu as cinq minutes.

— C'est plus que vous ne m'en avez jamais accordé auparavant, répondit-elle en entrant à l'intérieur devant une Mrs Hastings horrifiée.

Mr Hartford passa en vitesse devant la gouvernante et fourra dans ses bras son parapluie et sa mallette. Lily le suivit, les bras croisés pour ne pas montrer qu'elle tremblait.

Mr Hartford ouvrit une porte et pénétra dans la pièce. C'était un petit salon qui ne servait visiblement pas l'été, car les rideaux étaient tirés pour ne pas laisser entrer le soleil.

— Comment oses-tu venir ici ? cria-t-il en se retournant.

— Comment osez-vous violer une fille de seize ans et acheter son silence ? répondit-elle aussi calmement que possible.

Il ouvrit grand la bouche, comme un poisson hors de l'eau.

— Comment oses-tu… ?

— J'ai en ma possession les lettres que votre avocat a envoyées à Josephine, ainsi qu'une lettre de vous, mentit-elle.

Elle ne savait pas si Joanna ou Josephine avaient conservé leur correspondance au fil des années, mais elle s'en moquait.

La menace seule suffisait à terrifier un homme qui nettoyait derrière lui à grandes sommes d'argent.

— J'ai parlé à Josephine et Joanna. Je sais ce qui s'est passé. Vous avez commis une erreur en arrêtant de payer Josephine quand j'ai eu dix-huit ans. Elle a envoyé l'argent à Joanna pendant des années, et celle-ci était ravie de garder le silence tant qu'elle recevait les versements. Mais la source s'est tarie et elle s'est retrouvée dos au mur. Maintenant, je suis au courant.

Mr Hartford écarquilla les yeux, et pour la première fois elle vit la peur en lui.

— Combien veux-tu ?

Elle recula avec dégoût.

— Je ne veux pas de votre argent.

— Je ne te reconnaîtrai pas comme ma fille, prévint-il.

— Je n'arrive pas à imaginer quoi que ce soit de plus gênant que d'apprendre à tout le monde que *vous* êtes mon père.

— Alors, qu'est-ce que tu viens faire ici ? demanda-t-il.

L'inquiétude commençait à poindre dans son regard.

Elle s'avança lentement vers lui jusqu'à ce qu'il n'y ait plus qu'une quinzaine de centimètres entre eux. Malgré sa taille, Lily dut lever le menton pour le regarder droit dans les yeux, mais ça n'avait aucune importance. Il sentait la peur.

— Je ne sais pas à combien de filles vous avez fait subir le même sort, combien d'enfants cachés vous avez, de combien de familles vous achetez le silence, mais vous allez arrêter tout de suite, car si j'apprends la moindre rumeur selon laquelle vous auriez recommencé, je divulgue tout à la presse. J'entretiens une relation proche avec la famille Norman – une famille que vous et vos amis avez sans doute snobée de nombreuses fois, ce qui est imprudent étant donné le nombre de journaux que Mr Norman possède.

— Je serais ruiné, gémit-il.

— Votre famille aussi, mais pourquoi m'inquiéterais-je de ce qui arrive à votre famille alors que vous vous êtes si peu préoccupé de la mienne ?

Il recula d'un pas et sa jambe vint cogner le fauteuil derrière lui, ce qui le força à s'asseoir d'un coup.

— Je suis désolé, murmura-t-il.

— Non, vous ne l'êtes pas. Vous êtes simplement désolé d'avoir été démasqué. Mais moi, je suis désolée pour vous, un vieil homme pathétique qui va finir ses jours dans la crainte de sa propre fille.

Il se prit la tête dans les mains. Elle marqua un temps d'arrêt pour observer la scène : cet homme puissant, humilié dans sa propre demeure.

La porte s'ouvrit et Leana entra, les yeux baissés sur un carton d'invitation.

— Papa, tu connais un certain Mr… Toi ? dit-elle en apercevant Lily.

— Leana, laisse-nous, ordonna son père, la voix paniquée.

— Qu'est-ce que tu fais là ? demanda Leana.

— J'étais venue régler des affaires avec Mr Hartford. Je connais le chemin de la sortie. (Elle hésita.) Et, Mr Hartford, ce dont nous avons parlé tout à l'heure ? Ça s'applique également à la famille Bingham. Vous feriez bien de ne pas l'oublier.

Elle contourna le père et sa fille. Elle était ravie d'être venue. Elle se sentait plus légère, libérée de savoir que Mr Hartford était terrifié. Lily aurait trouvé vraiment satisfaisant d'aller raconter son histoire à la presse immédiatement pour le faire tomber, mais il y aurait eu trop de dommages collatéraux. Leana, aussi pénible soit-elle, ne méritait pas de souffrir pour ce que son père avait fait.

Lily ralentit en entendant le bruit étouffé des talons derrière elle, et quand Leana cria « Attends ! », elle s'arrêta.

— Qu'est-ce qui se passe ? Quelles affaires avais-tu à régler avec mon père ?

— Tu n'as qu'à le lui demander.

Leana la regarda, comme si elle inspectait son visage pour y trouver une réponse. Lily voyait bien les taches sous ses yeux, qui rappelaient les nuits blanches des débutantes, et qu'aucune quantité de maquillage ne permettait de dissimuler complètement. Elle était bien contente d'avoir abandonné ce monde, pour de multiples raisons.

— Tu ne m'as jamais félicitée pour mes fiançailles, avança Leana.

— Si c'est ce que tu veux, je le ferai.

— J'ai tout, désormais. Jennifer m'a nommée débutante de l'année dans le *Tatler*. Je suis fiancée. Mon bal aura lieu la semaine prochaine, rappela Leana, une pointe de tristesse dans la voix.

— Est-ce que tu es heureuse ? demanda Lily.

Leana détourna le regard.

— Que je sois heureuse ou non, ce n'est pas le but de la saison.

Lily avança d'un pas pour poser la main sur l'avant-bras de Leana.

— J'espère qu'un jour tu le seras.

Leana ne répondit rien, et Lily hocha une dernière fois la tête.

Arrivée à la porte d'entrée, elle n'attendit pas Mrs Hastings. Elle tourna elle-même la poignée et sortit sous le soleil de la fin d'après-midi, plus légère que jamais.

Épilogue

Automne 1959

« Et voilà, c'est le dernier, dit Lily en fermant le carton avant de l'empiler sur les autres.

Katherine leva les yeux des livres qu'elle classait par ordre alphabétique.

— Ça a mis moins de temps que je ne le pensais.

— On était motivées. Mes cours commencent bientôt, et tu vas devoir retourner à Londres.

— Le magazine peut attendre.

— Certainement pas, rétorqua Lily en souriant, sachant très bien à quel point son amie adorait le poste qu'elle occupait depuis huit mois en tant que rédactrice dans un petit magazine qui montait, spécialisé dans l'actualité. Je sais combien tu détestes être absente.

Katherine lui rendit son sourire.

— Je vivrais là-bas, s'ils me laissaient faire.

— Ne leur dis pas si tu espères obtenir une promotion un jour. Tu devrais au moins laisser planer un peu le doute sur ton allégeance.

Katherine rit.

— Je n'en ferai rien.

— Tu dois aussi me promettre que tu rentreras à l'appartement pour dormir, et que tu prendras au moins un vrai repas par jour.

— Si j'arrive à en cuisiner un sans tout faire brûler, marmonna Katherine.

En effet, les leçons de cuisine n'avaient pas été un franc succès, mais dès que Lily avait appris qu'elle avait obtenu une place à Cambridge, elle avait insisté pour que Katherine se donne la peine de maîtriser au moins une demi-douzaine de recettes afin qu'elle n'aille pas exclusivement dîner au restaurant.

— En parlant de repas, tu veux manger les sandwichs que j'ai apportés ? demanda-t-elle.

— Lily Nicholls, on ne peut pas célébrer ton premier jour à Cambridge avec un pauvre sandwich tout écrasé que tu as emballé il y a des heures. Je t'invite au restaurant pour fêter ça.

— Tu n'es pas obligée.

— J'insiste. (Katherine regarda sa montre.) Prends ton manteau. On y va.

Après un an en colocation, Lily avait appris qu'à certains moments il était impossible de contredire son amie, aussi enfila-t-elle sa veste bleu marine avant d'attraper son sac à main.

— Où allons-nous ? demanda-t-elle en fermant la porte.

— Un ami m'a conseillé un endroit près de Newnham College.

Lily regarda Katherine.

— Tu as des amis à Cambridge ?

Katherine balaya la question de la main.

— J'ai des amis partout en Angleterre. Tu ne m'as simplement jamais posé la question.

— Tu es bien meilleure que moi pour garder le contact avec les gens.

Lily avait raison. À l'exception des Imparfaites, elle n'avait que très peu vu les autres débutantes depuis qu'elle avait abandonné la saison. Katherine, elle, était devenue une vraie championne pour partager des potins et entretenir des relations. Quand Lily la taquinait en lui disant qu'elle était simplement trop curieuse, Katherine lui répondait que ces qualités étaient essentielles dans son métier.

— Tu as vu que Leana Hartford a épousé l'horrible Raymond Troy la semaine dernière ? Il y avait une annonce dans le *Times*, et des photos dans le *Sketch* et le *Tatler*, dit Katherine.

— Non, je ne savais pas.

— Je n'arrive toujours pas à croire qu'ils se sont fiancés à ma soirée. Ça paraît si loin. Tu n'es pas vexée de n'avoir pas été invitée au mariage ? Je sais que vous étiez proches, à une époque.

— À vrai dire, j'étais invitée, lui apprit Lily en passant dans le couloir devant d'autres filles qui venaient emménager. J'ai décliné, mais j'ai envoyé un cadeau.

Au cours des derniers mois, avec le temps, elle avait développé de la pitié envers Leana plutôt que de la colère. La boisson, la possessivité, la solitude : elle n'avait pas réalisé à quel point tout ça était triste pendant la brève période durant laquelle elle avait fréquenté Leana.

— Tu étais invitée ? Je ne savais pas.

— Je ne te dis pas tout, dit Lily en riant.

— Je sais, et c'est très inquiétant, répondit Katherine en sortant dans la cour.

— Lily ! cria une voix d'homme.

Lily fronça les sourcils et se retourna. Ian Bingham se tenait adossé contre le mur de la cour, les mains dans les poches d'un pantalon gris, un grand sourire sur le visage. Elle sentit sa poitrine se contracter en l'apercevant. Elle ne l'avait pas vu depuis la fête chez Katherine, mais elle avait pensé à lui. Comment aurait-il pu en être autrement, quand tout son être brûlait de décrocher le téléphone et de l'appeler ? Elle n'avait pas craqué parce qu'elle avait des choses à régler d'abord ; des décisions à prendre seule.

Mais maintenant qu'elle le revoyait…

— Ian, murmura Lily alors qu'il s'avançait vers elle. Que fais-tu ici ?

— J'ai entendu dire que tu arrivais cet automne.

— Comment ?

Ian fit un signe de tête en direction de Katherine.

— On m'a un peu aidé.

— Katherine !

Celle-ci haussa les épaules.

— Il est évident que tu tiens toujours à lui. Je comprends pourquoi tu voulais prendre du temps pour toi, mais maintenant que tu es à Cambridge, pourquoi tu ne le verrais pas ? Ça fait si longtemps.

Katherine avait raison. Elle en avait très envie, plus qu'elle ne voulait bien l'admettre.

— C'est plus compliqué que ça, dit-elle tout de même en reculant d'un pas. Si on en venait à se fréquenter, les choses pourraient se compliquer pour toi. Les Hartford et moi ne sommes pas en très bons termes.

Il fit un pas en avant et lui prit la main.

— Ça n'a aucune importance.

— Mais si, c'est important, Ian, insista-t-elle, sans parvenir à lui lâcher la main.

— Non, pas du tout, car j'ai coupé les ponts avec Mr Hartford. Quand Katherine m'a dit que tu avais décidé de voler de tes propres ailes, j'ai réfléchi à ce que je voulais vraiment. J'ai compris que je désirais davantage être universitaire que mener une vie confortable. Je le lui ai dit, et il m'a coupé les vivres.

Elle se raidit.

— Et ta famille ? Je sais que tu étais inquiet…

— Rien du tout. Il se fichait de la dette, et il n'a même pas essayé de me faire changer d'avis. Je crois que Mr Hartford était content de se débarrasser de moi.

Il se balança sur ses talons en souriant.

— Tu as devant toi un pauvre étudiant qui donne des cours de soutien pour payer ses repas. J'espère que ça ne t'embête pas.

— Si tu es heureux, ça ne me dérange pas du tout.

— Tant mieux, parce que je n'ai pas l'intention de rester un pauvre étudiant pour toujours. Je ne sais pas à quoi ressemblera ma vie, mais je…

Lily l'interrompit en montant sur la pointe des pieds pour l'embrasser. Elle le sentit se raidir de surprise l'espace d'un instant, puis il passa ses mains autour de sa taille, l'attira vers lui et tourna la tête pour l'embrasser plus fort. Elle se laissa faire avec bonheur, ne désirant rien de plus au monde que ce moment avec lui.

Quand il rompit le baiser, le front contre celui de Lily, celle-ci murmura :

— Et si on prenait les choses comme elles viennent ? On s'inquiétera pour l'avenir plus tard ?

Il lui vola un autre baiser.

— C'est une excellente idée. J'ai envie de t'inviter à dîner demain soir.

— Si tu le faisais, j'accepterais.

— Très bien. Alors je viendrai te chercher à sept heures, mais d'abord… (Il s'éloigna légèrement d'elle.) Katherine, je crois que je te dois bien un dîner aussi.

Katherine leva les yeux du journal qu'elle avait sorti de quelque part et qu'elle plia en deux.

— Je crois aussi. Jouer les entremetteuses, ça creuse l'appétit.

Lily passa son bras droit sous celui de Ian et le gauche sous celui de Katherine, et lança :

— Je vous suis.

Note de l'autrice

J'en suis venue à écrire *Le Dernier Bal des débutantes* à cause de ma mère. En février 2020, juste avant que la pandémie de coronavirus ne plonge la Grande-Bretagne et le reste du monde en confinement, mes amies Beatrice, Mary et moi avons invité nos mères à prendre le thé à l'hôtel Flemings de Mayfair. Étant donné que Maman avait dû venir jusqu'à Londres pour l'après-midi, il nous semblait normal d'aller flâner juste avant chez Hatchards, notre librairie favorite.

Chargées de livres, nous nous sommes arrêtées dans un café pour discuter et passer le temps avant d'aller boire le thé. C'est là que Maman a prononcé les mots que tous ceux qui écrivent des romans historiques rêvent d'entendre :

— J'ai un livre à te conseiller. Je crois que ça ferait un excellent roman.

Il s'avéra que ce livre était *Last Curtsey: The End of the Debutantes* de Fiona MacCarthy. L'autrice, l'une des plus grandes biographes modernes de Grande-Bretagne, a fait partie des dernières débutantes à être présentées devant la reine en 1958. Le livre offre le récit merveilleux d'un monde qui n'existe plus vraiment, avec de vives descriptions, souvent ironiques, des préparatifs de la saison, des cocktails, des bals, des thés, des déjeuners et bien plus encore. MacCarthy évoque cette époque avec tendresse, même si elle reconnaît volontiers qu'il était extrêmement vieux jeu en 1958 de continuer à présenter des jeunes filles à la haute société dans l'espoir qu'elles trouvent un bon parti.

La Grande-Bretagne de la fin des années 1950 s'apprêtait à vivre des changements radicaux. Le pays était sorti de l'austérité d'après-guerre au milieu de la décennie et, comme l'écrit l'historien Dominic Sandbrook dans son excellente observation de la Grande-Bretagne de 1956 à 1964, *Never Had It So Good: A History of Britain from Suez to the Beatles*, il y avait de la révolution dans l'air :

« Ce fut au milieu des années 1950 [...] que le rationnement et l'austérité prirent fin, que la consommation se mit à augmenter, que la première chaîne de télévision commerciale fut créée, et que commença un certain recul de l'Empire. »

En 1958, on voyait déjà apparaître des indices de l'arrivée des *« Swinging Sixties »* et des évolutions sociales qui allaient avec. De plus en plus de femmes ont commencé à rejoindre le monde du travail, la culture des jeunes qui dominerait tous les secteurs, de la mode à la musique en passant par le cinéma, était en train de naître, et le glissement politique entre les gouvernements conservateurs de Harold Macmillan et Alec Douglas-Home et le gouvernement travailliste de Harold Wilson en 1964 approchait.

Comme je l'ai écrit dans *Le Dernier Bal des débutantes*, la mort de la saison n'a pas été immédiate. Jennifer, la vénérée chroniqueuse mondaine du *Tatler* que je mentionne plusieurs fois dans ce livre, écrivait :

« Je tiens à dire à quel point je suis écœurée de lire des phrases comme "La mort des débutantes", "Plus de débutantes", "La fin de la saison des débutantes". C'est ridicule. Il y a eu

autant de débutantes en 1959 que n'importe quelle autre année précédente. »

Évidemment, elle avait raison. La légende raconte que la princesse Margaret aurait plus tard déclaré qu'« on laissait entrer toutes les cruches de Londres », mais, en fin de compte, la fin de cette tradition n'a pas suffi à tuer la saison entièrement. En effectuant des recherches pour ce livre, j'ai eu la chance de discuter avec plusieurs débutantes de 1958 et du début des années 1960, et j'ai appris que non seulement la saison avait perduré pendant un temps, mais aussi que toutes les débutantes ne vivaient pas la même expérience. Les filles enjouées et sociables – des filles en fin d'adolescence ou au début de la vingtaine – s'en sortaient bien, même si elles n'étaient pas les plus jolies, les plus fortunées ou issues des meilleures familles. Les plus timides avaient plus de mal peu importe d'où elles provenaient sur l'échelle de la haute société. Certaines se sont fait des amies pour la vie, d'autres ont tout abandonné derrière elles sans se retourner.

Le déroulé de la saison variait beaucoup d'une fille à l'autre. Une femme avec qui j'ai discuté m'a raconté qu'elle avait eu droit à un cocktail dans un club prisé et un bal au Ritz. Une autre m'a parlé des nombreuses fêtes auxquelles elle avait assisté ; elle sautait dans des taxis pour foncer aux quatre coins de Londres d'un événement à un autre puis de boîte de nuit en boîte de nuit. L'ancienne débutante avec qui j'ai parlé, qui avait fait la révérence devant la reine en 1958, n'a connu que la présentation à la cour, mais aucun autre aspect de la saison.

Cependant, MacCarthy raconte qu'à la fin des années 1960, et à plus forte raison au milieu des années 1970, la saison était bel et bien terminée. En 1975, Jennifer, qui écrivait pour le *Queen*, avait arrêté de dresser la liste des bals de débutantes. Le bal de la reine Charlotte s'est arrêté en 1976, et, même s'il a connu un modeste retour plus récemment à Londres, il n'a jamais retrouvé l'importance qu'il revêtait autrefois dans la haute société.

Je suis fascinée par les débutantes de 1958 et les saisons qui ont suivi parce qu'elles se trouvent à un moment charnière du bouleversement social. Bon nombre des débutantes de 1958 sont devenues épouses et mères, comme le voulait la tradition, mais toutes n'ont pas emprunté des chemins conventionnels. Sally Croker-Poole a épousé l'Aga Khan en 1969, et Jennifer Murray (née Mather) est devenue la première femme pilote d'hélicoptère au monde. Certains mannequins pour la couturière Mary Quant et d'autres femmes se sont battues pour sauver les manoirs historiques de Grande-Bretagne – souvent en trouvant de l'argent auprès d'entreprises. Certaines, comme Lily, sont allées à l'université et ont obtenu des diplômes. MacCarthy elle-même a quitté son mari pour prendre son poste de rédactrice au *Guardian* avant de devenir l'une des meilleures biographes du pays grâce à ses travaux sur Eric Gill et William Morris.

En écrivant ce livre, je me suis beaucoup appuyée sur l'histoire de MacCarthy en guise de structure, mais toutes les débutantes présentées sont des personnages de fiction. Les seules fêtes qui ont vraiment eu lieu sont les événements importants de la saison : les présentations, le Berkeley Dress Show, le bal de la reine Charlotte, la Boat Race, Royal Ascot, Henley, le Dublin Horse Show, et ainsi de suite. Cependant, les vrais bals et cocktails de débutantes dont j'ai entendu parler dans mes lectures m'ont servi de base pour les autres événements de ce livre.

On m'a demandé plusieurs fois, lorsque j'écrivais *Le Dernier Bal des débutantes,* si j'avais moi-même vécu cette expérience. Je suis née et j'ai grandi dans un quartier aisé de Los Angeles, et j'aurais pu avoir cette opportunité. Même si ça n'avait pas la même importance sociale à Los Angeles que dans la haute société britannique de 1958, la Junior League de mon quartier parrainait des débutantes et organisait un bal. J'ai le vague souvenir d'une photo avec une demi-douzaine de filles en robe blanche dans notre journal local. Des années plus tard, j'ai dit à ma mère que j'aurais aimé être présentée, surtout pour pouvoir porter une belle robe et faire une grande fête, même si j'aurais sûrement trouvé les préparatifs épuisants[1]. Il s'est avéré qu'une amie de la famille et ancienne débutante à la Junior League avait proposé de me parrainer, mais Maman avait pensé que j'aurais détesté cette idée ; une occasion manquée, mais sûrement pour le mieux.

L'expérience la plus proche de la tradition des débutantes que j'ai connue a été la sélection à la Royal Court du Tournoi des Roses de Pasadena. Chaque année, environ un millier de filles de toute la région de Pasadena postulent pour jouer le rôle de la reine et ses sujets, assis sur un char recouvert de roses lors de la parade du Nouvel An. Cette tradition est tellement populaire que, près de deux décennies plus tard, alors que je faisais la queue pour visiter la Christ Church d'Oxford avec des amis de passage, je leur ai parlé de la

1. Même si je suis du genre à respecter les règles, je n'aime pas spécialement qu'on me dise quoi faire. Des années après le lycée, j'ai découvert que je n'avais pas été nommée reine de promo parce que j'avais préféré aller voir une pièce de théâtre plutôt qu'assister au bal de fin d'année ; une anecdote qui résume bien mon sens des priorités d'après ma meilleure amie.

sélection de la Royal Court, et une femme derrière nous m'a dit :

« Vous devez être de Pasadena. J'y ai participé. »

Toutes mes amies ont essayé d'être prises à la Royal Court, parce que c'est le genre de choses qu'on fait quand on est en terminale à Pasadena. Nous étions surexcitées : la reine de l'année précédente venait de notre lycée, et l'événement représentait la promesse d'une grande fête pour toutes les participantes et leurs cavaliers, ce qui voulait dire rencontrer des garçons venus d'autres écoles de la région – un concept parfaitement exotique à nos yeux, mais très enthousiasmant.

J'ai passé les premiers tours d'entretiens jusqu'aux quarts de finale, mais j'ai fini par être éliminée. Deux ans plus tard, ma sœur Justine est arrivée en demi-finale. Ma mère affiche encore les photos de nos essais dans la maison, ce que mon beau-frère trouve hilarant, car ni ma sœur ni moi n'avons jamais montré le moindre intérêt pour les concours de beauté depuis.

J'ai toujours aimé écrire sur les femmes, surtout à des périodes de changements sociaux majeurs. Dans certains livres, comme *Le Dernier Jardin d'Angleterre*, je me suis intéressée à des femmes en temps de guerre et à toutes les opportunités – positives et négatives – auxquelles elles ont été confrontées. Même si l'histoire de Lily, Katherine et les autres Imparfaites se passe dans un environnement plus glamour qu'un hôpital de la Seconde Guerre mondiale, j'espère qu'elle illustre bien un morceau de l'évolution des femmes en Grande-Bretagne au cours du XXe siècle.

Remerciements

Bon nombre de personnes ont travaillé dur pour que ce livre arrive jusqu'à ses lecteurs. J'aimerais surtout remercier mon agente, Emily Sylvan Kim, et mes éditrices, Hannah Braaten et Kate Dresser, qui ont façonné cet ouvrage. J'aimerais aussi remercier Jennifer Bergstrom, Aimée Bell, Michelle Podberezniak, Abby Zidle, Andrew Nguyen, Molly Gregory, Caroline Pallotta, Allison Green, Iris Chen, Christine Masters, Jamie Putuorti, Kaitlyn Snowden, Sally Marvin, Sammi Sontag, Paul O'Halloran, Cordia Leung, Fiona Sharp, Athena Reekers, Gregory Tilney et toute l'équipe de Gallery Books et Simon & Schuster Canada. Aussi, je ne peux pas me permettre de ne pas citer Danielle Noe.

Plusieurs anciennes débutantes ont eu la gentillesse de m'accorder un peu de leur temps et de partager leurs souvenirs avec moi. Merci à Anthea St. Aubin d'Ancey, Sue, et Iones. Merci aussi à Sophie (et Laitue !) de m'avoir aidée durant les premières phases de recherches.

Merci à Alexis Anne, Lindsay Emory, Mary Chris Escobar, Laura von Holt, Alexandra Haughton, Kristin Harmel, Mary Shannon, Beatrice Bazell, Jemima Lovett, Sonia Moghe, Katherine Ingram, Christy Cloninger et Sean

Warlick. Un grand merci à Ian Stephens et Shrey Agarwal, qui m'ont prêté leurs noms pour ce livre.

Merci à mon incroyable famille : Maman, Papa, Justine et Mark. (Mais surtout à Nora.) Votre soutien et vos encouragements comptent énormément à mes yeux et je ne pourrais pas écrire sans.

Merci aux critiques, aux blogueurs, aux bookstragrammeurs, et aux booktubeurs qui ont lu mes livres et les ont partagés. Je ne saurais leur exprimer toute ma gratitude.

Enfin – et surtout – merci à tous mes lecteurs. Que ce soit le premier de mes livres que vous lisiez, ou que vous soyez des habitués de mon groupe Facebook « Ask an Author », c'est pour moi une joie et un privilège de vous écrire des histoires.

PEFC
10-31-3068

Certifié PEFC

Ce produit est issu de forêts gérées durablement et de sources contrôlées

www.pefc-france.org

Dépôt légal : juin 2024
Achevé d'imprimer en France
Par CPI Firmin-Didot en juin 2024 (180292)

Cet ouvrage a été imprimé sur du papier Enso classic 65g PEFC